ジュリー・アン・ロング/著
高里 ひろ/訳

忘れえぬキスを重ねて
Lady Derring Takes a Lover

JN250242

扶桑社ロマンス
1551

忘れえぬキスを重ねて

登場人物

デライラ――――――――――――――デリング伯爵未亡人

トリスタン・ハーディー―――――王室海軍艦長

デリング伯爵―――――――――――故人。デライラの亡き夫

アンジェリーク――――――――――デライラの下宿屋の共同経営者

ドット―――――――――――――――デライラの侍女

ガードナー姉妹――――――――――下宿人

スタントン・デラコート―――――下宿人。行商人

アンドリュー・ファラデー――――下宿人

ルシンダ――――――――――――――アンドリューの婚約者

マッシー――――――――――――――トリスタンの部下

1

レディ・デリングは、育ちと行儀作法は人生の苦難の防波堤になってくれるといい聞かされて育った。だから黒いヴェール越しに夫の事務弁護士を見たときも、背筋を伸ばし、あごをあげて、その眉《まゆ》も、今朝屋敷に押しかけてきた男の手からなんとか取りもどした中国磁器の瓶のようになめらかだった。

「だが目録があるんですよ！」今朝の男は紙束を彼女のほうにつきだした。「それに作業員たちにきょうの給料を約束しちまったんですから」

たしかに目録はあった。

本のようにぱらぱらとめくれるほど分厚い。

それは夫が購入したあらゆる美しいものの記録のようだった。

彼女はそこには入っていないけど、もちろん。

最初のページのいちばん下、「彫像、裸、石、レダと白鳥」と書かれていたところまで読んだところで、命にかかわる寒気のような疑いがしのびこんできた。心臓がまるで、うっかりのみこんでしまった異物のように感じられる。胸にぎざぎざの凍った塊が詰まっているようだ。

深呼吸した。

もう一度。

それでようやく、まつげ越しに相手を見上げることができた。「ただ、もう少しよく見たいの、よろしいわね？」つとめて明るくきっぱりと、伯爵夫人らしい威厳に満ちた声でいった。

それからつかえる限りの武器――相手の罪悪感、喪服、うるんだ茶色の目――を利用して、なんとか男を玄関ドアのそとに押しだした。

賄賂《わいろ》をもらって男を家のなかに通した裏切者の執事に不機嫌なまなざしを投げる。執事は目をそらすだけの品位はもちあわせていた。

それから馬車を出させて、夫の葬儀の四日後、弁護士のタヴィストックが同情をこめた小声で申しでた日の一日前に、約束もないまま彼を訪ねてきたのだ。

ミスター・タヴィストックは恰幅《かっぷく》がよく頭髪の薄くなったうぬぼれ屋で、彼女を見てびっくりしたが、ずけずけと質問に答えた。こちらの気持ちを思いやる婉曲《えんきょく》ないい方には、きっと別料金をとるのだろう。

「そうですよ。葬儀が終わったばかりでショックでしょうけど」彼はいった。「だがデリングは死んだとき、まったくの金欠で、借金まみれでした。おそらく領地も借金の抵当に入っています」

いまや彼女の心臓は、まるで罠《わな》にかかった獣のように胸のなかで暴れていた。感じるのはそれだけだった。なめらかな黒いヤギ革の手袋のなかでぎゅっと握りしめた手は、妙に自分のものとは感じられず、逃げ場を求めて彼女のひざの上にあがってきた生物のようだった。

このような心の麻痺《まひ》は、もう許されない贅沢《ぜいたく》だということは明らかだった。頭をしっかり働かせないと。

いままでだれも、亡くなった夫はとくに、彼女を知性で評価したことはなかった。でも、彼女にはあった。

「これがご主人の全財産です、もしご覧になりたければ」弁護士は抽斗《ひきだし》をあけて紙の束を取りだした。「お手元にある目録と一致すると思います」

彼女はおそるおそる受けとった。

タヴィストックが無言で見守るなか、明細書を三枚読んでみた。

最初のが、「彫像、裸、石、レダと白鳥」で、サセックスの石工から購入。

三枚目は、マダム・ル・フレールから購入の「手袋、黒い山羊革」。いまつけているものだ。

そこでやめた。タヴィストックのぴかぴかの机の上にそっと明細書の束を置いて、手を安全なひざの上に戻した。

タヴィストックはなにもいわなかった。羽根ペンをいじりはじめた。必死で時計を見ないようにしているという感じだった。

デライラは咳払《せきばら》いした。「でもデリングは裕福だったはず――」

「裕福でした」タヴィストックが簡潔にいった。

「もっと新しい遺書があるのではないですか、ミスター・タヴィストック、最近の財産も記されているものが――」自分の声が、まるで枕《まくら》を通しているかのように聞こえた。「そとの部屋にいるお若い事務員の方にもう一度調べてもらって――」

「遺書はひとつだけ、あなたとわたしが敬愛したデリング伯爵もおひとりだけですよ、彼が安らかでありますように」

タヴィストックはそういうとわざとらしく頭《こうべ》を垂れた。

デライラは呆気《あっけ》にとられて彼を見つめた。不愉快だった。そのいい人ぶりが、デリングの葉巻のくさい煙のように鼻についた。あれは牙《きば》をもつ肉食獣の肉くさい息が、庭師が薔薇《ばら》の剪定《せんてい》をしたあとに燃やすもののにおいと混ざり、トップノートは革のようなにおいだった。

タヴィストックが〝敬愛〟していたのは、デリングのコネとくさい葉巻だけだった。そして彼女がデリングにいだいていた感情は、なによりも感謝だった。

デライラは夫を愛そうと努力した。心からそれを望んでいた。子供たちと笑い声に囲まれ、友人たちと音楽の夕べを過ごす、居心地のよい楽しい家庭。必死で手掛かりを――心惹《ひ》かれるところ――を探した。たとえば彼女の父親がしていたように、新聞を読むときにハミングするとか、そういうとおしくなるような癖でもよかったし、それをもとに愛情を育てられるような魅力や人柄の名残りでもよかった。デリングは十五歳年上だった。出会ったとき、その人格はすでに、彼が熱心に蒐集《しゅうしゅう》していた彫像のように硬く、できあがっていた。

結婚初夜――汗ばんだ手でまさぐられ、ぼそぼそ声で指示され（すまんが、もう少し左に動いてくれるかな、デライラ?）、うめき声で「ああごめん、ごめん」「ありがとう」と言われた体験――は、その夢を終わらせた。ロマンティックな愛なんて、種を保存して跡継ぎをつくり、子孫代々貴族の暮らしを楽しむために、若い娘を結婚に誘いこむための作り話なのだ。ユニコーンや妖精《ようせい》とおなじ。

彼女は妻としてデリングに尽くした。夫が気遣いと愛情の違いに気づかないでくれたらと願っていた。ひょっとしたら、悪いのは彼女だったのかもしれない。

タヴィストックが咳払いをした。「失礼ですが、あなたはまだお若い。結婚することも可能かもしれません、出会いさえあれば」

「――」ふいにいいよどむ。「いや、母親を必要とする子供のいるやもめと結婚するも――」

ヴェールをつけていてよかった。羞恥《しゅうち》と怒りがつぎつぎとやってきて、吐き気をもよおし、顔がかっと熱くなった。デリングと結婚していた六年間で跡継ぎを産めなかったのだから、彼女と結婚したがる人なんているはずがない。

今後は親戚《しんせき》のあいだをたらい回しにされるのだろう。デリングが思いつきで購入したものの、部屋から部屋、家から家へと動かされては、いつもなんとなく場違いでじゃまっけな、インド産の彫刻入りスツールのように。最後に見かけたのは、図書室で向こうずねをぶつけてすりむいたときだった。

「あなたのような助言者がいてくださってよかったわ、ミスター・タヴィストック」

「お安い御用ですよ、レディ・デリング」彼はそういって、ついに時計に目をやった。

「ほかになにかお約束が？」

彼は驚いた顔になった。「じつはこれから妻と家族といっしょに出かけるところなんです。ずっと延び延びになっていたので。海岸は最高ですよ、そう思われませんか？」

デライラは彼をじっと見つめた。

そのとき、タヴィストックの若い事務員がいる小さな控えの間から声が聞こえてきて、ふたりはそろってそちらに顔を向けた――おだてるように何事かを訴える女性のきれいな声がして、続いて若い事務員の丁重だがきっぱりとした声が。

デライラは咳払いをした。「帳簿で見落とされているものがあるかもしれません。最後にもう一度、見直してくださ――」

「お言葉ですが、レディ・デリング、〈タヴィストック、ウルカート、ラムゼイ&ドン法律事務所〉では、ミスはありません」

この脂ぎったカエルのような男は、彼女の言葉を最後まで聞く価値もないと思っている。

「おかしいと思いませんか？　御社の不謬性《ふびゅう》は確実だとうかがってもわたしにはそれがたしかとは思えないのですが、ミスター・タヴィストック？」

彼はまるで目のなかに水をとばされたように、目をぱちくりした。

母親のあきれた声が聞こえるようだ。〝皮肉で夫は捕まえられないのよ、デライラ〟

デライラが美人になるとわかると、夫を捕まえることが人生において最重要なことになった。彼女自身もふくめて家族はほっとしていた。家族のお荷物ではなく、救済者になれるかもしれないからだ。父親は下級貴族だったが、彼女の子供時代、貧困のギロチンの刃はつねに頭の上できらりと光っていた。なにか間違ったふるまいをして刃が落ちてくるのをおそれて、家族は息をひそめ、いつも張りつめて暮らしていた。

デリング伯爵がデライラにほれこんだのは、神のなせる業《わざ》であると同時に母親の注意深い教育のたまものだと思われた。〝愛想よくしなさい〟〝従順にしなさい〟〝かしこまるのよ〟〝紳士の要求と気分にはこちらが合わせて〟〝うぬぼれをくすぐるのよ〟〝しゃべるときはかわいらしく、ずけずけものをいってはだめ〟

ひとりの男を完全に信用することの落とし穴についても、教えておいてほしかった。笑ってしまう。デライラは頭のなかでかわいらしくしゃべることなんて、生まれてから一度もなかった。

それに想像のなかでは、自分が折れることもなかった。

「心配は無用ですよ、レディ・デリング。あなたのようにきれいな女性は、食べるのに困ることはありませんから、その気さえあれば」

ほんの数日前だったら、タヴィストックはこんなになれなれしく、ほのめかすようないい方はしなかっただろう。未払いの手袋のなかで、手がじっとりと冷たくなる。

人生の苦難にたいする唯一の防波堤は夫なのだと、よくわかった。

デライラは、タヴィストックが哀れで不運な彼の妻の上に乗り、転がり落ちるところを想像した。ヴェール越しにその考えの一部がのぞいてしまったようで、タヴィストックの笑顔が消えた。

彼は咳払いした。「ご存じのとおり、デヴォンシャーとサセックスの領地は男性相続人である甥御《おい》さんのものになります。ご結婚による子の出生がなかったので」

子の出生。なんて無神経ないい方。

「しかしながら――」彼はふとなにかを思いだし、ぴたりととまった。

抽斗を引き、取りだしたなにかを机の上にガチャリと置いた。輪についたたくさんの鍵。

「うっかり忘れるところでした。デリングはある建物を完全に所有していました。こちらは限嗣《げんし》相続財産ではありません。カードゲームかなにかで勝ちとったようです。住所は波止場近くのロヴェル・ストリート十一番地。あなたのものですよ」

デライラは鍵を見下ろした。

「波止場近くのロヴェル・ストリートにある建物」ゆっくりとくり返す。

デリングからはなにも聞いていなかった。彼女は引きつった笑いをこらえた。でも波止場近くなんて、悪党かごろつきしかいない。伯爵夫人は波止場には行かない。

「建物はひどくいたんでいるでしょう」タヴィストックはなにも考えずに続けた。壁の時計に目をやる。彼のように多忙な男には、長々と彼女の人生の破滅を説明している暇はないらしい。

デライラは鍵束をさっと引き寄せ、ぎゅっと握りしめた。「どんな種類の建物なん

から」

「わかりません、正直いって。わかっているのは、あなたは一週間以内にロンドンのタウンハウスを出る必要があるということです。デリングは家賃を滞納していましたから」

とつぜん、ドアのそとの声が、いい争いでもしているかのように大きくなった。

ドアノブがガタガタいった。

ドアが数インチこじあけられた。女性とそとの机に坐《すわ》っていた事務員がドアノブを取りあっているのがデライラから見えた。

さらに数インチ開いた。

「お願いだから、ミスター・マッキントッシュ」女性が甘い声でいった。「彼はわたしには会ってくれるはずよ、そんな大騒ぎする必要はないわ。あら、新しいコートを仕立てたの？　すてき。あなた、やっと見た目に成長が追いついてきたみたい」

事務員はめちゃくちゃなお世辞にふいを衝かれ、顔を赤くして、ドアノブを握っていた手をゆるめた。

女性の香水――官能的で華やかな香り――がふわっとただよってきて、続いて登場した本人は、デライラがこれまで見たなかでもとびきりしゃれた黒いシルクの未亡人用喪服に身をつつんでいた。

タヴィストックがいきなり立ちあがったので、椅子《いす》がぐらっと揺れた。

「アンジェリーク――いや――ミセス・ブリードラヴ――」

彼は、まるで時計の振り子のように頭を振って、デライラとその女性を交互に見くらべた。

「タヴィー、ダーリン」女性がきびきびと口をはさんだ。「お時間はとらせないから。借金取りがやってきてうちのドアをノックしているのよ。ノックといっても譬《たと》えではなく」彼女はこぶしで鋭くコッコッと机を叩《たた》いた。「こういうノック。手紙を何度も送ったけれど、返事がないから、きっと忙しいのだろうと思って。あなたがわたしを無視するはずがないもの」

彼女が媚《こ》びるように小首をかしげると、帽子の羽根が――この未亡人はヴェールをつけていなかった――ふわふわ揺れた。デライラは彼女の鼻がかわいらしく、ぱっちりとした目が淡い色なのに気づいた。年齢はよくわからなかった。ただ、自信たっぷりのはきはきした態度が、一瞬、子供っぽく感じられた。

それに、女性はおびえていた。

仮面をつけて人生を生きてきた女は、ほかの女の仮面もわかるようになる。彼女の声は快活だが少し甲高《かんだか》く、あごと目元は緊張しているし、コートの縁をつかむ指に力が入っている。

自分の不幸にもかかわらず、デライラは女性に同情して胸が苦しくなった。

「ミセス・ブリード――」タヴィストックが口を開いた。声が必死になっている。

女性は無視した。「デリングは――あの人の魂が安らかに眠らんことを――亡くなる前にわたしの年金を用意してくれていたはずよ。忘れがたい機会に何度も約束してくれたんだから。いまや事態は急を要するの。お願いだから、この件を急いで進めてくださらない？」

タヴィストックはさっとデライラを見た。

そして机に目を落とし、あきらめたようなため息を洩《も》らした。

短い沈黙が、銃声のあとのように響き渡った。

理解がしみこんでくる。傷から血がしみ出していくように。

デライラは小さな声で笑った。

生まれて初めて出した苦々しい声だった。

そういうこと。つまりここ数日のひどいできごとには無限の層と種類があったということだ。

それなのに、退屈だと感じるような贅沢にふけっていたこともあったなんて。

ミセス・ブリードラヴは――それが本名だとして――はっとして、デライラの坐っている椅子のほうに向きなおった。「ごめんなさい……気がつかなくて……おじゃましてしまったわね」

デライラはゆっくりと顔を覆っていたヴェールをあげた。そして立ちあがった。完全な沈黙、肌がひりひりして、空気がふれるだけで痛みを感じる。

女性をしかと見たかった。

女性にも自分をしかと見せたかった。

タヴィストックの顔から血の気がうせた。まるで彫像のように動かない。いまにも両手をもみしぼりだしそうに苦悩している。

そのすべてが、デライラの心に冷たい酸のように増殖している疑いを裏付けていた。

「わたしがあなただったら、けっして賭け事には手を出さないわ、タヴィー、ダーリン」どうやらデライラのなかには、抑制のきいた皮肉の在庫がたくさんあったらしい。彼女は女性の顔から目を離さなかった。「ゲーム向きの顔ではないもの。ところで、こちらの方を紹介してくださらない？」

タヴィストックはふたたびため息をついた。そしてまるで法廷で評決を言い渡す役のように、しかたないといった様子で、咳払いをした。

「アンジェリーク」彼は落ち着いた声で女性にいった。女性は彼を、そしてデライラを見た。なにかがおかしいと気づいたようで、その表情は不安と好奇心のあいだのどこかにあった。どちらにするかを決めかねているようにも見えた。「あとにしてもらえるかな。デリング伯爵夫人とのお話がすんでからに」

彼は〝デリング伯爵夫人〟という言葉を、まるで煉瓦《れんが》を置くかのように、ゆっくり、まっすぐ並べた。

タヴィストックはカードゲーム向きではなかった。

でもアンジェリークは、ゲームが強そうだ。

彼女はぎくりとしなかった。まばたきもしなかった。それでもデライラには、彼女の心臓が一瞬とまった瞬間がわかった。ぴたりと動きがとまり、なかばタヴィストックのほうに向き、なかばデライラのほうを向いて、デリングの蒐集していた彫像のように固まった。

そしてデライラの視線を受けとめた。

なにか、哀れみのような、恥ずかしさのようなかすかな感情がミセス・ブリードラヴの顔によぎった。

少しだけあごをあげる。

「おじゃまして申し訳ありませんでした、デリング伯爵夫人。このたびのご不幸にお悔み申しあげます」静かな声でいった。「また別の日に出直してきますね、ミスター・タヴィストック」

そしてそっと、音もなくドアをしめて出ていった。

2

五分後、デライラが部屋を出たとき、ミセス・ブリードラヴの香水はまだ残っていたが、本人の姿はなかった。

若いミスター・マッキントッシュは机のうしろに坐り、まだほおの赤味が消えてなかった。親切なこの青年が、女性を残酷に失望させるようになるには、まだ数年かかるだろう。

彼がたったいま聞いたことをいったいどれくらい理解しているのかは謎だけど、考えてみれば、どうでもいいことだと彼女は思った。

名誉のためにいっておくと、彼は心を痛めているように見えた。

「ありがとう、ごきげんよう、ミスター・マッキントッシュ」

「レディ・デリング、ミセス・ブリードラヴがこれをあなたに渡してほしいと」

彼は跳ねるように立ちあがって、折りたたんだ筆記用箋を差しだした。

デライラはおぼつかない手つきで紙を開き、読みはじめた。

夜逃げする前に宝石をドレスの裾《すそ》に縫いこむことをお勧めします。

署名はなかった。きっちりとした筆跡は優美で、少し澄ました感じさえした。まるでブレクスフォード公爵夫人からのお茶会の招待状のようだった。デライラは公爵夫人のことは大嫌いだったけど、なんとか認めてもらいたいと思っていた。なぜなら彼女がそうすることを夫が望んでいたから。妻というものは夫の望みどおりにするものだから。そうでしょう？

デライラは喉《のど》の奥でうなり、手で紙を握りつぶした。

なんて……なんて……厚かましい！

怒りのあまり熱くなった息が肺を切り裂くように感じた。

まるで対等な関係であるかのように、こんな手紙を書くなんて！

でもそうじゃないの？　頭のなかでありがた迷惑で冷静な声がささやいた。

同じ男のせいで困窮した女どうしではないの？

そしてデライラは、夫なしでは何者でもなかった。伯爵夫人という彼女の称号も、自分が相続したものではないし、貧しくなったら、なんの価値もない。

めまいに襲われた。夫、領地、礼儀、衣装、瓶や絨毯《じゆうたん》、友人、馬、バルーシュ型の馬車、宝石、日光浴室の窓際に置いたお気に入りの椅子。不思議。彼女の人生を形づくっていたそういうものが、なにひとつ彼女のものではないなんて。彼女という人間は、彼女のものではなかった。喪服や無言劇の衣装のように、自分の役を演じるために着ていたものにすぎなかった。いったい自分は何者なの？　ほんとうに存在しているの？　ひょっとしたらこれはすべて夢なのかもしれない。でも、そのほうがいいといえる？

紙を握りしめた彼女を、マッキントッシュが不安そうに見ていた。肩をすぼめて、いまにも机の下に隠れる準備をしているようだ。ひょっとしたら、彼女の顔つきが紙つぶてを投げるように見えたのかもしれない。

デライラは紙をバッグにしまった。ガチャガチャ音をたてる鍵束の隣に。

彼女のこれまでの人生。貧乏のおそれと絶え間ない緊張が二十年近く。そして安心と贅沢と退屈と我慢の六年間。

そしていま、またおそろしい恐怖の出番が来たようだ。

デライラは、自分のものではない馬が曳《ひ》く自分のものではない馬車に揺られ、自分のものではない家に帰る道すがら、そんなことを考えていた。彼女が馬車に乗るのに手を貸してくれた御者の表情は、用心深かった。ほんの数日前までは温かな敬意がこもっていたのに。デライラは、ロンドンで働く使用人たちが情報回覧システムの一部であることはわかっていた。デリングが無一文で亡くなったいま、その家が丸裸にされるらしいという噂《うわさ》はすぐに広まるだろう。

そのショック。その恥辱。

ずきずきする頭を、馬車の冷たい窓にもたせた。

タウンハウスに帰っても、暖炉に火はなく、厨房《ちゅうぼう》は冷え、シャンデリアの明かりは消えているだろう。

使用人たちは、きわめて実利的に、自分の荷物をまとめてすでに逃げだしたか（願わくば銀器は置いていってほしい）、すぐに逃げだすはずだ。彼らがほかの貴族の家に雇われるのは確実だった。なぜならデライラには、もっとも優秀な使用人を見極め、雇う才能があったから。

ドットはその例外だった。デライラがドット――はにかんだほほえみと、人をよろこばせたいという熱意をもったかわいらしい子――を侍女として雇い入れたのは、彼女がブレクスフォード公爵夫人に紹介状もなしで馘《くび》にされたと聞き、思わずかっとして情け心を起こしたからだった。しかし数年間ドットをそばに置いて、デライラは殉教の意味がわかってきた。ドットはものを焦がしたり、こぼしたり、落としたり、壊したりした。それも毎日。仕事はいっしょうけんめいするし、善意でいっぱいなのだが、ほがらかな熱意以外の才能は見あたらなかった。それでもデライラは、彼女に暇をとらせる気にはなれなかった。

ドットはどうなるの？

それにうっとりするほど才能豊かな料理人のミセス・ヘルガも。心根の温かい、豪快に笑う厨房の心臓だった。彼女のつくるアップルタルトとレモンシードケーキと芳《ほう》醇《じゅん》なソースは、天国の食べものだ。伯爵夫人や公爵夫人たちは、そんな料理人を雇うためなら、上流社会の社交場オルマックの真ん中での泥仕合も辞さないだろう。

それにわたしはどうなるの？

両親がすでに亡くなっていてよかった、とデライラは痛いほど思った。こんなことを見たり、また貧乏を経験したりすることがなくて。

爵位と領地を相続するデリングの甥っ子の慈悲にすがるべきだろうか？　それともアメリカにいるいとこに手紙を書いて、居候《いそうろう》兼手伝いはいらないかと尋ねるべきだろうか？　頭に浮かぶどの選択肢にもぞっとした。

だから知人たちは、彼女が友人だと思っていた女性たち——いっしょに食事して、買い物に出かけ、おしゃべりしたレディ・ラグランドやレディ・コーヴェイル——もふくめて、デリングの葬儀を機にさりげなく彼女から離れていったのだろう。まるで死にかけた犬から離れる蚤《のみ》のように。みんな知っていたんだ。ちょっとした借金はたいしたことじゃない。でも無一文はちがう。

大恥だ。

デライラがバッグをもちなおすと、鍵束が音をたてた。

鍵束を手に取ろうとしたら、くしゃくしゃになった紙もいっしょに出てきた。

ここに入れたことを忘れていた。

一瞬ためらってから、紙のしわを伸ばして、薄暗い馬車のなかでもう一度読んだ。

そしてなぜ自分がこれをとっておいたのか、理解した。

そこに不屈の意志があったからだ。さりげない世慣れた機知には同情さえ感じられた。デライラを笑いごとの仲間にしている。このメッセージには、デライラも彼女とおなじ種類の女だという前提がこめられている。強くて、皮肉屋で、へこたれない。

ほんとうに？

もし彼女が夫を愛していたら、この裏切り？　屈辱？　の発覚に打ちのめされていただろう。正直にいえば、そのどちらもピンとこなかった——そしてデライラは、残りの人生は正直に、ほんとうの自分で生きていきたかった。

おかしなこともあるのね。夫に愛人がいたと知っても打ちのめされなかったのを残念に思うなんて。

彼女のプライドは傷ついた。でもいまは傷ついたプライドなんて二の次だ。

それにデライラはいままで夫のことをまったく知らなかった。夫が知らせようとしなかったからだ。

でも考えてみれば、夫も彼女のことをよく知らなかったのだ。

だからこそ、彼女と結婚した。


馬車がグローヴナー・スクエアにつくと、タウンハウスの玄関ドアが開き、男たちがふたり、忍び笑いを洩《も》らしながら、ほとんど裸の彫像をかかえて出てきた。アポロから逃れるために月桂樹の木になったダフネ像だ。

そんな選択肢があるなんて、ダフネは運がよかったわね、とデライラは思った。少なくとも自分がどうなるか、彼女はわかっていた。

「ジェイムジー、石でできた女のほうが生身の女よりいいのはどうしてか、知ってるか？」前の男がふり向いて、大声で仲間に問いかけた。

「さあ。なんでだよ、ジョンジー？」

「それはな、乳首がすでに――」

ふたりはデライラを見て、口を閉じた。

彼女は冷ややかな叱責《しっせき》をこめてふたりをにらみつけた。

デリングはタウンハウスの美術陳列室にそういう彫像をたくさん置いていた。大部分はほとんど裸で、胸筋やペニスや乳首や臀部《でんぶ》をむき出しにした、ギリシア風の鼻をもつ人物像で、どれも非常に高価だし、デリングのような堅物には似合わない官能的なコレクションだった。大理石や石膏《せっこう》ではなくふつうの石でつくられているのだから、庭に置くのがふさわしいのに、とデライラはいつも思っていた。

それらの彫像が、まるで乱交パーティーの不名誉な参加者たちのように整列して、これから荷車に乗せられるところだった。

彼女の姿を見て、詮索《せんさく》好きな近所の人たちがさっとカーテンをしめる勢いで起きた風が感じられるようだった。

デライラは両手でスカートをつまみ、階段を駆けあがって広い両開き扉をくぐって家に入った。すぐにドアを閉め、閂《かんぬき》をかけた。玄関広間のなかほどまで歩いたところで、足をとめた。足音が妙に、頭がくらくらするほどこだまする。

その瞬間、気づいた。彼女の人生を品よく和らげていたもの——あちこちに敷かれていた多色織のアクスミンスター絨毯、金色のタッセルで留められたビロードのカーテン、湾曲した脚付きの張りぐるみの長椅子——そのすべてが、なくなっていた。

ふたたび胃が凍るように感じた。

彼女はじっと床を見つめた。まるでそれが、身を投げようとしている海であるかのように。

ふいに駆けだした彼女の足音が不気味に響き、まるで何十人ものデライラの群れが階段をのぼり、彼女の部屋までずっと追いかけてくるようだった。その途中で片方の靴（小さなヒール付きの黒く染めたサテンの室内履き、未払い）を落としてしまった。

デライラは自分の部屋の扉の前で急停止した。

驚いたことに、なにもかも——鏡も、衣装箪笥《だんす》も、書き物机と椅子も、やわらかな枕の置かれたベッドも、薔薇色とクリーム色の絨毯も——無事だった。

ドットがベッドに腰掛けていた。右手にハットピン、左手に編み棒を握りしめている様子は、まるで三日月刀を構えたトルコ人のようだ。大きな青い目に殺気がみなぎっている。

「わたしはあの人たちに、ぜったいにこの部屋には入れないっていったんです、レディ・デリング。そうしたら笑って、またあした来るって」

「まあ、ドット。なんて勇敢なんでしょう。その武器をおろして、ハグさせてちょうだい」

ドットはいうとおりにした。

デライラは短く、ぎゅっと侍女を抱きしめた。

「いったいどうなっているんですか、レディ・デリング？」

「借金取りがわたしたちのものを差し押さえているのよ。デリングはお金に困っていたらしいわ。わたしもさっき、事務弁護士から聞いたばかりなのよ。あの人もわたしたちをこんな目に遭《あ》わせるつもりはなかったはずだけど、しかたないわ。わたしもこんなことが起きるとは思っていなかったし、困ったわね」デライラはドットのために、できるだけ明るい声でいった。「一週間以内にここを出る必要があるの。家賃を滞納していたから。これから紹介状を書くわね、それがあればあなたは別のお屋敷で――」

「そんな、奥さまとお別れすることなど考えられません、レディ・デリング」その目は大きく見開かれ、真心がこもっている。

これこそデライラが危惧《きぐ》していたことだった。

「ほかにだれがわたしを雇います?」ドットは自分を憐れむことなく、いつになく冷静な自己認識を示した。ついでにいえば、彼女を雇う人間にたいする憐れみも。

とはいえそのとおりだったので、デライラはいった。「まあ、そんなことといわないで」

そのときデライラは、ひとりではないことが情けないほどうれしくなった。ドットの忠誠は感動的だった。

そして自分以外のだれかの面倒を見る立場だと自覚したら、頭がはっきりしてきた。

「ミセス・ブレンケンシップはどうしたの?」デライラは必死に頭を働かせながらいった。ミセス・ブレンケンシップは家政婦で、デライラのハンドバッグに入っているのとおなじような鍵束をもっているはずだった。

「すぐにブレクスフォード公爵夫人のところで雇われました。公爵夫人はそれまでの家政婦を馘にして彼女を雇ったんです」

皮肉だが、デライラは誇らしかった。彼女の使用人たちは最高の人材だ。

「ミセス・フォーゲルは？　ヘルガは？」

「ブレクスフォード公爵夫人です」

「またブレクスフォード公爵夫人なの？　あの……」デライラはどんな言葉をつかうか考えて、もっとも適切なのを選んだ。「くそ女」

「レディ・デリング！」ドットはうれしそうに聞き咎《とが》めて、小声でいった。

変だけど、悪態で少し元気が出てきた。いままでそんな言葉を口にしたことは一度もなかった。人々がそうする理由がよくわかった。

習慣にするつもりはないけど。

とはいえ、彼女は波止場のそばの建物の所有者となったのだから、むしろどんどん口にするべきなのかもしれない。

「ああ、レディ・デリング、わたしたちどうなるんでしょう？」

デライラは答えなかった。ゆっくりと立ちあがり、隣のデリングの部屋に入った。

家具や調度品はほぼすべてなくなっていた。

床に上着が落ちていた。デライラはためらった。でも拾いあげて、においをかいでみた。そしてまた床に落とした。あの葉巻のにおいが鼻をつく。かぐわしい香りのはずだった、でもはげしい怒りがこみあげてきた。怒りとともに、覚悟も。

「いっしょに来て、ドット」彼女はドットの腕をつかんでいっしょに階段をおり、四段目でさっき落とした靴を拾って、厨房の出入口からそとに出た。

「あなたにもお知らせしておいたほうがいいでしょう、ロード・キンブルック、ぼくには心がありません。ぼくの仕事ではじゃまでしかないのです」トリスタン・ハーディー艦長は、向かいの席に坐り、国王御用達《ごようたし》の仕立屋ウエストンの手による上着がびしょびしょになりそうなほど大汗をかいている貴族に、穏やかな口調でいった。

今夜のホワイツは大にぎわいだった。盆をもった給仕たちは、まるでランプから呼びだされた精霊のように、葉巻の煙のなかを出たり入ったりしている。高揚感に満ちている。もちろん、人々の笑い声が響く。このテーブルにはそのいずれもなかった。

ハーディー艦長はホワイツのメンバーではない。というのも、彼は世間一般でいうところの紳士ではないからだ。その洗練された物腰は非の打ちどころがないが、生来のものではなく習得したものであり、彼はそれを、その魅力とともに、まるで剣のようにふるう。必要なときには戦略的に、そしてやむをえない場合には、容赦なく。彼が親睦《しんぼく》のためだけにこのクラブに招かれることはなかった。「いや、あいつは手加減しないやつだな」というのが、ハーディー艦長と話した相手の多くが、驚き、唖然《あぜん》として達する結論だった。人々はハーディー艦長がひじょうに魅力的で、話し方も上品な、じつに立派な男だということに驚き、その彼に容赦なく自白させられてしまったということに気づいて、呆然《ぼうぜん》とする。

遠目には、彼はロード・キンブルックとおなじように見えた。上着のボタンが光っているのは、それが銀製だからだ。ブーツのつま先には天井のシャンデリアが映っている。両者ともホビーの店でつくらせたものだ。しかしよく見ればわかる。彼は周囲の男たちとはまったくちがう素材でできている、まったくちがう力によって形成された男だと。

「綱をつけた狼《おおかみ》と散歩するほうがいいわよ」彼を物欲しげな目つきで追いかける女たちに、世慣れた女たちは忠告する。

それでも彼が部屋に入ってくると、人々はふり向いて彼を見た。無意識に視線を引きつけられ、じっと見つめた。まるで、その来歴も、いくつ大砲を積んでいるのかもわからない謎めいた船が港に入ってきたかのように。

だからもしロード・キンブルックが、トリスタンは目をそらすだろうと思ったとしたら、彼はいつまでも待つことになる。

「ほんとうですよ」マッシー海尉はいった。「その取引をわたしはこの目で目撃しました。悪魔がこういったんです。『おまえの心をもらうぞ、トリスタン・ジェレマイア・ハーディー、もしおまえが毎回犯人を捕まえたいと願うならな』と」

「公正な取引です」トリスタンは穏やかな声で、ほとんど物憂《ものう》げにいった。「なぜならぼくの望みは犯人を捕まえることだけですから」

トリスタンのミドルネームはジェレマイアではない。自分でも知らないのだ。

ロード・キンブルックが全身で反感を発している。色の薄い太い眉が汗で光って見える。いまにも汗が滴り落ちそうだ。紳士のこういうところが問題なのだ。自分が捕まるとは考えないし、ましてや罰されるはずがないと高《たか》を括《くく》っている。なんでも好き放題にできると思っているから、言い訳したり、ごまかしたりすることすらない。トリスタンは、ニューゲート監獄で絞首刑か国外追放を待っている泥棒のほうが尊敬できた。やつらは少なくとも嘘《うそ》をつこうと努力する。狡賢《ずるがしこ》いものが生き残る。トリスタンはよくわかっていた。

もうひとつわかっていたのは、どんな男も女も一皮むけばおなじだということだ。爵位も関係ない。紳士淑女が名誉を重んじるなどというのは幻想だ。

「ハンカチをつかいますか?」トリスタンは礼儀正しく尋ね、ハンカチを差しだした。寒冷紗《かんれいしゃ》。白。彼には、イニシャルの刺繍《ししゅう》などで無機質な生活の端々をやわらげてくれる女性はいなかった。女性は、刺繍のように、手間暇がかかる。

ロード・キンブルックは、トリスタンが差しだしたのが犬のふんででもあるかのように、ハンカチーフをまじまじと見つめた。

そして憤慨した様子でトリスタンを見返した。

「わたしがお役に立てるとは思えないな、ハーディー艦長」

トリスタンは椅子の背にもたれて、長々とため息をついた。そして注意深く、テーブルを指で叩いた。

通りがかりのウエイターからブランデーのグラスを受けとった。

キンブルックは頑固だが、葛藤《かっとう》しているように見えた。

「お気に入りの猟犬がいますか、ロード・キンブルック?」トリスタンは軽い口調で尋ねた。「けっしてあきらめたり、あなたをがっかりさせたりせず、かならず獲物を見つけるような犬が」

キングルックはおずおずと話題の変化に食いついてきた。「ああ、いるよ。ダービーというんだ。スパニエル種で。子犬から育てたんだ」

「ぼくは国王のお気に入りの猟犬です」

キンブルックは滑稽《こっけい》なほどうろたえた顔をした。

「ぼくに従えと命じられるのは国王だけです」トリスタンはあえていわなかったが、国王が彼に従えと命じたことはなく、もし命じたとして彼がそれに従うかどうかはわからなかった。これまでそれでうまくやってきた。今回の事件では国王もトリスタンも、その理由は微妙にちがえども、犯人を捕まえるのにかなりの個人的な関心がある。

「質問に答えてくださったら、われわれはおいとまします。ご自分が禁制品を所有しているのはおわかりでしょう。その葉巻をどうやって手に入れたのか話していただけないのなら、こちらは別の方法、それでもだめならまた別の方法を試すだけです。そしてそれはどんどんあなたにとって、不愉快なことになるでしょう。ぼくはこのやり方しか知らないし、心から楽しむのもこのやり方だけです。単純な人間なので」

彼は片方の肩をすくめてみせた。

これはあながち誇張でもなかった。トリスタンはこれまでの人生であらゆるものを経験し、目撃してきた。暴力、肉欲、屈辱、阿片《あへん》、勝利、傷心。すべて有益だった。それらすべてによって、ひたむきに打ちこみ、かならずや目的を達成する男が生まれた。

ロード・キンブルックは、嫌悪を隠そうともせず、彼をにらみつけてきた。

「さあ」トリスタンは脅しのこもった優しさで誘った。「ぼくの目を見てください。いまいったことが、本気でなかったと思いますか、ロード・キンブルック？」

キンブルックは彼を見た。

そこに見えたものがなんであれ、すぐに目をそらした。

ごくりと唾《つば》をのんだ。

トリスタンはため息をつき、ブランデーの入ったグラスをトン、とテーブルに置いた。

「デリング」

「それはおそれ知らず《デリング》という誉め言葉ですか？　それとも悪罵《あくば》ですか？」

「デリング伯爵だ。二週間前、そこの椅子で亡くなった」キンブルックはあごで椅子を指し示した。「聞いているだろう。伯爵が人々の面前で、ばかなやつらに囲まれて死ぬなんてめったにないことだ。跡継ぎもなく。わたしはデリングから葉巻を分けてもらっていたんだ。あいつがどこから入手していたのかは知らない」

問題の椅子に坐っている若い男は、身を乗りだして両手をひざにつき、連れの男が自分の尻《しり》を叩き、頭をそらせて乗馬のパントマイムをしているのを見て、大口をあけて笑っていた。

トリスタンはそれをじっと見つめた。いったいどうして——どういう理由で——あれがそんなにおかしいんだ？ トリスタンは三十六歳だった。ときどき自分が千年も生きて千の人生を経験したかのように感じる。悪名高いスラム街セント・ジャイルズで人生を始めた人間は、さっさと年をとるか、まったく年をとらないかのどちらかだった。どんな理由でも自分の尻を叩くなんて、考えたこともなかった。

「死者に罪を着せるのは便利ですね」彼は退屈そうにキンブルックにいった。「そう思わないか、マッシー？」

「ちょっと安易ですよ、旦那」マッシーは申し訳なさそうにキンブルックにいった。

トリスタンは〝安易〟という言葉に、片方の眉を吊《つ》りあげた。キンブルックの口元の深いしわで、彼が〝旦那〟という呼び名を気に入っていないのがわかる。

だがトリスタンもマッシーも、ほとんどの筋がデリングに向かっているのは承知していた。

「それでも。わたしはデリングから葉巻を買っていた。なぜ第四代デリング伯爵がそのようなことに手を染めるのかと思うかもしれないが、自暴自棄な男は自暴自棄なことをするものだ」

「デリング伯爵のような人物がどうして自暴自棄に？」

「たしか美術品が趣味だったはずだ。噂では借金で首が回らなくなっていたらしい。わたしも詳しくは知らないが。所有物は借金取りに差し押さえられたはずだ。あいつの未亡人に誘いをかけてみようかと思っていたところだよ。かねがね、あんな若くて美人の妻をもらって、うらやましいやつだと思っていた。うちのはだいぶ年だからね」キンブルックは、ふたりから賛同のしるしを待つように、いったん言葉を切った。「デリングの未亡人は……無一文で、美人で、おとなしく、従順で、贅沢な暮らしに慣れている……きっといまごろ、おびえきっているはずだ」彼はまるでそれが女性の魅力ででもあるかのように、ほほえんだ。「簡単に落ちるだろう」

トリスタンは考え深げに目の前の男を見つめながら、身を乗りだしてロード・キンブルックに頭突きをくらわせてやったらどんな気分だろうと考えていた。

彼自身は石頭だった。比喩《ひゆ》的にも、物理的にも。

だがトリスタンが王室海軍の艦長にまで出世したのは、国会議員にたいして不必要な暴力をふるったからではなかった。衝動は、彼が一部で伝説の人物とされている理由ではない。

その理由は、彼と部下たちから逃げられると思っている男たちより、つねに一歩先を行くということだった。

だが今回はそうなっていない。

腹立たしいことに。

「レディ・デリングの生活の心配をするなんてお優しい」

「わたしは根が篤実《とくじつ》な人間なんだ」キンブルックは殊勝らしくいって、テーブルの上のトレーに葉巻の吸いさしを置いた。不快な、だがなぜか貴族たちを夢中にさせている煙がたちのぼる。

「そうですね。もう良心にやましいことはないでしょうから、ふたたびそう思えるでしょう、ロード・キンブルック」

ロード・キンブルックが鋭くにらみつけてきた。

トリスタンは美人でおびえているレディ・デリングのことを考え、彼女は親戚の居候か使用人にでもなるのだろうか、それとも切羽詰まってどこかの男の愛人になるのだろうかと思った。そうやって運命の重みが人を押しやっていく。

トリスタンがキンブルックの葉巻の吸いさしを取って彼のグラスにつっこんだとき、葉巻がブランデーを押しやったように。

こぼれたブランデーがテーブルクロスに染みをつくり、トリスタンとマッシーはキンブルックの罵《ののし》りを無視して、その場をあとにした。

3

ロヴェル・ストリート十一番地の前でレディ・デリングとドットが御者のポールに助けられて馬車からおりたとき、一瞬、世界がくらくらと回転した。それで朝からなにも食べていなかったことに気づいた。たぶんドットもおなじだろう。

ふたりをとり囲む夜の闇《やみ》は生きていた。闇と喧騒《けんそう》は謎めいていたが、だからといってとくにおそろしいとは感じられなかった。夜中の木々とおなじだ。暗闇はところどころ、商店や店やたぶん人が住んでいる部屋の窓から洩れる光でとぎれていた。小さなアパートメントではそうした光が積み重なっている。ふたりが立っている場所から百フィートほど先に、とても大きな建物が並んでいるのが見えた。倉庫か作業場だろう。デライラはいままで一度も、この界隈《かいわい》に来たことはなかった。

建物の上、どんどん濃くなる藤色の空に、船のマストが尖塔《せんとう》のように突きでていて、まるで教会のように見えた。そのずっと上に、まん丸な満月が光っている。

遠くで、口論の声が聞こえた。

別の方角からは騒がしい笑い声が聞こえてきた。その声はやがて激しい咳こみに変わり、異常に長々と唾を吐く音で終わった。

デライラとドットは顔をしかめた。

遠くでだれかが声を張りあげた。殺されているのか、浮かれ騒いでいるのか、よくわからなかった。

ドットは六インチも跳びあがり、まるでこわがりの猫のようにデライラによじ登らんばかりだった。

デライラはその背中をぽんぽんと叩いて、ちゃんと立たせた。

「あれはだれかが激しい気持ちを表現しただけよ、ドット。とはいえ、ハットピンを握っておいたほうがいいわ」

「承知しました、レディ・デリング」ドットの声は少し震えていた。

海のにおいは、タールや塩や煙など、この場所に至るまでにふれてきたあらゆるもののすべてが少しずつふくまれ、荒々しくて塩からく、かすかに不快でかすかに甘く、複雑な香水のように層をなしていた。一陣の風が吹いて、デライラの帽子が飛ばされそうになり、彼女はとっさに手で押さえた。ふたりのスカートがはためき、脚を打った。

「ここでわたしたちを待っていてくれる、ポール？」

ポールはまだ逃げていない使用人のひとりだったが、新しい仕事の申し出を受けることにしたといっていた。それなのに、いやな顔ひとつせずに馬車を出し、デライラを波止場まで連れてきてくれた。もしかしたらポールは、無一文になった彼女が、現実的になって、まっすぐ娼館《しょうかん》にやってきたと思っているかもしれない、とデライラは思った。なんといっても、波止場は娼館があることろだ。

「もちろんです、レディ・デリング」

彼は実際的に目立たないようにマスケット銃をひざの上に置き、上着のポケットからフラスクを取りだした。

ロヴェル・ストリートは通りというより、大通りに交差しているちょっとした脇道《わきみち》という感じだった。見たところ、三つの建物があった。

十一番地がいちばん大きかった。

彼女の建物が、いちばん大きい。

デライラはいままで、これほど重大なものを完全に所有したことはなかった。彼女のもの、彼女だけのものだ。

〝わたしのもの〟。それがこれほど力強い言葉だとは、考えたこともなかった。

前かがみになった人影がふたり、おかしな角度で建物によりかかっているけれど。

死人ではなく、酔っ払いでありますように。そう祈った。

そのうちのひとりが、からだを動かし、ぶつぶつとつぶやいて、独りでくすくす笑った。

くすくす笑っているなら、それほど悪人ではないということでは？

その建物はタウンハウス二軒半分の間口があり、石炭の煤《すす》でよごれていた。その正面の古い看板が風で揺れて、錆《さ》びた鎖が軋《きし》んだ音をたてた。書いてあった文字は、色褪《あ》せて読めなかった。

デライラは視線を上に向けた。あれはガーゴイルだろうか？

ふいにおいしそうなにおいが、隣の小さなパブの扉からただよってきた。一日中、ひどい感情のるつぼだった胃が、鳴った。

鎖で吊られて、風でバタバタと揺れているパブの古看板を見ると、〈ザ・ウルフ・アンド〉と書かれていた。最後の言葉は読めなかった。

貴婦人というものは、付き添いがいてもいなくても、コーヒーハウスやパブに入ったりしないのはわかっていた。でも失うものがあるだろうか？　もしそれで誘拐されて奴隷に売られたり、遊び半分で殺されたりしたら、少なくともそれは彼女の人生の劇的な大団円になる。

デライラは空腹で喉が渇いていたし、間違いなく貧乏だった。

ドットもそうだ。デライラの建物に入る前に、腹ごしらえをしよう。

「ドット、あのパブに入って食事しましょう。できればコーヒーも」

ドットはためらった。「まあ、レディ・デリング、貴婦人はそんなことしません」

「未亡人はどこでも好きなところに行けるのよ。でも未亡人でもひとりでは行けないわ。だから、あなたといっしょでよかった」

ドットは安心したようだった。「そうなんですか？　わたしもお腹がすいています、レディ・デリング」

「それなら、入りましょう」

〈ザ・ウルフ・アンド〉のなかは洞窟《どうくつ》のように居心地のいい薄暗さで、隅の暖炉で燃えさかる火と煙で黒ずんだ梁《はり》から並んで吊りさげられたランタンの明かりが部屋を照らしていた。

煙、エール、食べ物――一世紀分のにおいが木材にしみこんでいるようで、もしそのなかに血が混じっていてもデライラは驚かなかっただろう。においが鼻をついたが、不快ではなかった。

黒髪が顔にかからないようにまとめてピンで留めた、気の強そうな若い娘が、片手でバーカウンターを拭《ふ》き、反対の手でなみなみと飲み物の注がれたタンカードを男に渡していた。暖炉のそばの椅子に坐っている男は、まるで木の枝が割れる音のようないびきをかいていた。隅の席の男ふたりは、頭を突き合わせて何事か話をしている。バーメイドの娘が顔をあげた。「ご覧よ、風がめずらしいものを運んできたよ。あなたたちは道に迷ってしまったの？」

思いがけない親切、そして煙で、デライラは目の奥がつんとした。「いいえ、わたしたちはお腹がすいているの。食事になりそうなものがあるかしら？」

「ミートパイがあるわ。まだ悪くなってないと思うけど。きょうの朝、パイ売りから買ったのよ」

「それでじゅうぶんよ。なんの肉？」

「腹ぺこなら、なんの肉でもいいんじゃない？」実際的。弁解なし。

「そうね。ミートパイをふたつ、お願いするわ。紅茶かコーヒーはある？」

彼女はふたりをじっと見つめた。「わかった、コーヒーだね。でもいっておくけど、あんたたちが普段飲んでいるのとはちがうよ。わたしはフランセス」

「ありがとう、フランセス」

でもデライラは名乗らなかった。

ドットといっしょに傷だらけの小さなテーブル席につくと、フランセスがすぐにミートパイをふたつ運んできた。

デライラが硬貨を数えて支払うと、フランセスは満面の笑みを浮かべた。歯が全部そろっているのは、波止場ではたぶん称賛すべきことなのだろう。

デライラとドットは、飢えた動物のように勢いよく食べはじめた。パイは悪くなかった――なんの肉であれ、ひょっとしたら動物の脇腹からそいだものかもしれないが、たっぷりスパイスを利かせてじゃがいもと混ぜられていた。それでからっぽの胃を満たすと、すぐに気分がよくなった。

次にコーヒーが出てきた。色以外は、彼女が慣れている飲み物とは似ても似つかなかった。でも熱い飲み物にはちがいなく、ありがたくいただいた。

幼いころ貧しい上流階級の暮らしを経験していたのも役に立った。これからは適応力が重要になってくるだろう。

「まあ、レディ・デリング」とつぜん、ドットがいった。「あそこに貴婦人がおひとりで坐っています。こちらのテーブルにお誘いしたほうがいいのではないでしょうか？」

デライラは貴婦人という言葉があてはまるのかどうか疑問に思いながら、そちらを見てみた。

その女性は黒ずくめの装いで、微動だにせず坐っていた。だからいままで気がつかなかったのだろう。

「ドット、女性がひとりで坐っているというのは、たいてい……」

そのとき、女性の向かいの椅子の上に置かれている帽子に気づいた。

黒くて、上品な羽根飾りがついている。

女性の頭の角度……。

髪の毛の色……。

デライラは心臓が飛びだしそうになった。

思わずじっと見つめた。

「ここで待っていてね、ドット」

考えるより先に、椅子から立ちあがっていた。

そしてゆっくりと部屋を横切り、まるでなにかの力に動かされているかのように、女性のほうへと歩いていった。

そして女性のテーブルの前に立った。彼女は背筋をぴんと伸ばし、たぶんシェリーがいっぱいに注がれた小さなグラスを見つめた。

でもミセス・アンジェリーク・ブリードラヴが顔をあげたとき、どことなく不安げで悄然《しょうぜん》とした様子は消えた。デライラが感じているのとおなじくらい、疲れているように見えた。もう驚くことなどなにもないかのように。

「わたしの顔に飲み物をぶっかけるつもり？　それともその、ばかばかしいほど小さなバッグのなかに、ばかばかしいほど小さな拳銃《けんじゅう》が入っているの？」

ミセス・ブリードラヴは軽い調子でそういった。しかしその目は冷ややかで、その姿勢は巻かれたスプリングのように張りつめていた。

デライラもおなじ調子でいった。「飲み物がもったいないわ。あなたのドレスはシルクのようだし。わたしの夫が買ってくれたの？」

どうやらこれが本当の自分のようだ。彼女はどういう人間なのか、どういう人間であるべきなのかをだれかに指図されなければ。皮肉屋。いまみたいな質問をするような人間なのだ。

まるでコルセットをゆるめたときのような解放感を覚えた。

「そうよ」女性は答えた。

たがいを見つめるふたりのまなざしに敵意はなかった。むしろ、無人島だと思っていた場所に自分ひとりではなかったと気づき、相手が食人族かどうかはまだわからないと思っているところだった。

「坐ってもいいかしら？」デライラはそう尋ねた自分にびっくりした。

相手の女性の顔にも驚きが浮かんだ。

一瞬のためらいののち、警戒しながらゆっくりとうなずいた。

デライラはおそるおそる、まるでこれが、自分ひとりでする初めてのことであるかのように、椅子を引いた。

そして腰掛けた。

一瞬、ふたりのテーブルでは沈黙が鳴り響くかのようだった。まるで大聖堂のなかでふたりだけのように感じられた。

ミセス・ブリードラヴの目ははしばみ色で、濃いまつげは金色だった。彼女は文句なしに美人だったが、デライラの考える愛人とはまったくちがっていた。人目を引く帽子をのぞいては。愛人は肌を露出するようなドレスを着ていると思っていた。

「わたしたちはきちんと紹介されなかったわね、タヴィストックのおかしな演技を別にすれば」デライラが口を開いた。「わたしはデライラ。デリング伯爵夫人です」

相手はかすかな笑みを浮かべた。「ええ、そうね。儀礼は大事だわ。貧窮に直面していても儀礼をないがしろにしてはいけない。本当ならここでわたしは立ちあがってお辞儀をするところだけど、一度腰をおろしてしまったらもう二度と立ちあがれないように感じていて。わたしはミセス・アンジェリーク・ブリードラヴよ」

「それは本名なの？」

「まさか、そんなわけないでしょ」彼女はおもしろそうに顔をほころばせた。それで一瞬、不安げで無防備な様子だった五分前の彼女より、五歳も若返って見えた。「イングランド人のきちんとした母親が、娘にアンジェリークなんて名前をつけるはずがないでしょう？　それに、いっておくけど、わたしの母はきちんとした人だったわ。

わたしの本名はアン・ブリードラヴ、デヴォンシャーの生まれよ。〝ミセス〟は自分でつけた尊称なの。そのほうが立派に見えるでしょう？」

皮肉合戦ではミセス・ブリードラヴが優勢だった。

ふたりはまた互いににらみあった。アンジェリークはかすかにあごをあげている。それだけが、ひょっとしたら彼女には身構えなければならない理由があるというヒントだった。その姿勢のよさで、子供のころに頭に何冊も本を載せて部屋のなかを歩く練習をしたのがわかる。デライラが、母親にやらされたように。ミセス・ブリードラヴが誇り高い女性なのは明らかだった。

「別の質問をしてもいいかしら？」デライラはいった。

ミセス・ブリードラヴはゆっくりとうなずいた。

「あなたはわたしの夫の愛人だったの？」

4

ミセス・ブリードラヴのかすかなほほえみには疲労と緊張が感じられた。「あなたは、すでに答えを知っている質問をよくするの？」

「イエスかノーか答えてくれればいいのよ、ミセス・ブリードラヴ」

「イエス、三年前からよ。それが次の質問でしょう」

デライラはその答えを無言で受けとめた。

自分がどんなふうに感じるべきかはわかっていた。または、自分が当然どんなふうに感じるはずかは。でも彼女は、いままでずっとほんとうの自分を〝こうして当然〟〝こうするべき〟というふるまいで濾《こ》してきたせいで、少しずつおのれの本質を薄めてしまったということを理解しはじめていた。ウイスキーをどんどん水で割ったかのように。気をつけないと、デリングと会う前の自分が、それがどんな人間であったとしても、なにもなくなってしまう。

それに本心をいえば、デリングがこの二年間、夫婦のベッドをなおざりにしてきたことを、その理由がなんであれ、嘆く気持ちにはなれなかった。

デライラの次の質問は、これまでつかったことのない勇気を奮いおこすことが必要だった。自分の人生の土台をつくってきた嘘の深さと大きさを知らないまま、その嘘から自由になることはできない。彼女はひそかに覚悟する深呼吸をした。

「あなたはデリングを愛していたの？　そしてデリングもあなたを愛していた？」

アンジェリークの目に驚きと、世間知らずをおもしろがっているような色が浮かんだが、すぐにそれは押しつぶされた。

彼女は同情と、かすかな謙遜《けんそん》をこめて、デライラを見つめた。

だがしばらく無言だった。

「ごめんなさい、どう答えたら正確で、あなたの感情を傷つけないですむか、考えているの」

「わたしにはもう、感情はないから、心配してくれなくてけっこうよ」

アンジェリークの口元がゆがんだ。「ああ、そうね。麻痺《まひ》しているのね。でも心配しないでもだいじょうぶよ、あなたの感情は都合の悪いときにいっきに戻ってくるから」

「あなたは愛人であると同時に、賢者でもあるということなの、ミセス・ブリードラヴ？」デライラは相手の世慣れた如才《いさい》なさに神経を逆なでされはじめていた。それに、正直にいえば、プライドも。なんといっても、デライラは伯爵夫人であることに慣れていた。感じのよいいい方でも、命令することに慣れていた。相手に敬意を払われることにも慣れていた。でももちろん、伯爵と結婚した以外に、彼女はその敬意にふさわしいことはなにもしていなかった。

ひょっとしたら、自分がミセス・ブリードラヴの如才なさに感心してしまうのは、それが理由なのかもしれない。彼女は自分の力で自信を得た。経験から得られた自信だ。

「わたしはあなたに、ある知恵を授けられると思うわ」アンジェリークは冷ややかにいった。「答えはノーよ、レディ・デリング。わたしは彼を愛していなかった。彼もわたしを愛していなかった。わたしはもう、ロマンティックな愛が実在するとは思っていないの。人生はビジネスの取引と妥協でできている。そしてこの、デリングとわたしの関係はすべて純粋な取引にすぎなかったということが、あなたを傷つけないといいのだけど。あの人が愛人をもったのは、それが彼にふさわしいことだったからよ。彼の友人は全員愛人をもっているしね。あのけちな小男のタヴィストックでさえ。彫刻や瓶なんかを買い集めるのが、彼にふさわしい趣味だったのとおなじよ。わたしは自分も蒐集品になったように感じていたわ。彼に出会ったときは、生活が困窮していたから、ありがたかった。あなたのことを考えたこともあるけど、それほど頻繁ではなかったわ、正直いうとね。ある状況下においては道徳規範は贅沢品になるのよ」

デライラは黙って聞いていた。答えを聞いて自分が安心したのかどうか、わからなかった。アンジェリークの話は、人生と〝愛〟について彼女自身が出した結論をより厳しくしたものだったが、興味深いことに、聞いていてかならずしも愉快ではなかった。ただ、彼女が本能的にデリングに感じていたことは正しかったとわかった。それで少し溜飲がさがった。

でもこの答えの飾りのない率直さはなんとなく爽快だった。自己憐憫《れんびん》や、幻想や、勘違いやあいまいなところが一切なく、理知的な言葉がたくさんつかわれている。デライラは知性に引きつけられた。じっさい、きれいな空気を呼吸したように感じた。ロンドンではつねに不足しているものだ。人は失うものがなくなると、意志疎通がより効率的になるのだろう。

でもその冷淡で直截《ちょくせつ》な語りは、ミセス・ブリードラヴにとって、つらいことだった。あごをあげ、顔をこわばらせて、青ざめている。

なぜこのような女性が、こんな境遇に？

「ある状況とは？」デライラは冷めたいい方をしようとしたが、その声には同情がにじんでいた。

アンジェリークはしばしばみ色の目で探るようにデライラを見つめた。そこになにを見つけたのかわからないが、彼女はバーカウンターのほうに顔を向けた。

「フランセス、友だちにもシェリーをもってきてくれる？ 大きいグラスで」

「せっかくだけど」デライラは毅然《きぜん》といった。「わたしはお酒は飲まないの。ディナーのあとのシェリーさえ飲まないのだから」

「今夜は飲むのよ」アンジェリークはいった。「飲んだほうがいいわ、それに、飲めば、あなたは訊《き》きたいことを全部訊けるし、あなたはわたしに正直に、わたしもあなたに正直に話し合える」

デライラはその提案を考えてみた。「いいわ。貴重品はもっていないから、酔っ払ってもあなたに盗まれる心配はない。それに、もしあなたがわたしを娼館に売りとばそうとしたら、勇猛なわたしの侍女のドットが、ハットピンで刺すわよ」

それは冗談としては辛辣《しんらつ》だった。冗談だけど。

ほぼ。

ドットは、話の内容はともかく自分の名前を聞いて、あくびをして、はにかんだ笑みを浮かべ、ハットピンをもっている手を小さく振った。そしてまたうつむき、うたた寝に戻った。

ミセス・ブリードラヴはドットを、そしてデライラを見て、眉を吊りあげた。

そして心から皮肉をおもしろがっているように、目をきらりと光らせた。

どうしよう。デライラはミセス・ブリードラヴを好きになりかけていた。

この小さなパブが、上品な応接間で出されることの多いシェリーのような酒を揃《そろ》えているとは思えなかったが、フランセスはバーカウンターの下をごそごそして、ふさわしい小ぶりなグラスを取りだし、シェリーを注いで、テーブルに運んできた。

「では、親愛なる、鹿爪《しかつめ》らしい、死んでしまったデリングに献杯しましょう」アンジェリークはいった。

フランセスはデライラの前にグラスを置き、「ああ、デリングね」と楽しそうな声をあげた。「アニー、あなたを口説いていた人でしょ、『きみが手足をついてわたしが――』」

「最後までいったら、それがあなたの辞世の句になるわよ」アンジェリークはおそろしく穏やかな声でいった。

フランセスはびっくりして固まった。そして降参するように両手をあげた。「ごめんなさい。悪気はなかったのよ、ミセス・ブリードラヴ」

彼女は手をあげたまま、忍び足でさがっていった。

デライラはあんぐり口をあけた。

ひじょうに気まずい雰囲気のなかで、デライラはいろいろ心に浮かんだことのうちのひとつを口に出した。それはたまたま、もし彼女の母親が聞いていたら仰天するような言葉だった。

「ああいうことを、わたしもいえるようになりたいわ。つまり、いまあなたがフランセスにいったようなこと」

でもミセス・ブリードラヴは少しいらだって見えた。ひょっとしたら照れているのかもしれない。「あなたはあんなこと知らないでいいのよ、レディ・デリング。それに嘘だし。フランセスは誤解しているのよ。デリングはまったく想像力が欠けていたもの」

デライラにはなんのことかさっぱりわからなかったが、たぶんすごく性的なことなのだろうと思った。どれだけシェリーを飲んだとしても、アンジェリークに説明を求めることはできなかった。屈折しているけど、自分の世間知らずに腹が立つと同時によかったとも感じ、ついでにミセス・ブリードラヴの思いこみには多少むっとした。

「とりあえず、そういうことにしておくわ、ミセス・ブリードラヴ。説明するのは気まずいでしょうから。でも、わたしがなにを知らなくていいのかは、わたしが決めます」

ミセス・ブリードラヴは少し頭をのけぞらせてデライラをまじまじと見つめた。まるで彼女が細工をほどこした宝石箱で、たったいま、それに秘密の抽斗《ひきだし》があるのに気づいたとでもいうように。

「飲みなさい」ミセス・ブリードラヴは有無をいわさぬ口調で、だが優しくいった。

「シェリーを」

デライラはため息をついた。ふたりは同時にグラスをもちあげ、皮肉なことにカチンと打ち合わせた。デライラは男の人たちがよくしているように、勢いよく一気に飲みほした。

思わず息をのんだ。涙がこみあげてきて、まつげがぱちぱちした。

すぐに横隔膜からからだの隅々にすてきな温かさが広がった。元気が出てくると同時に感覚が麻痺するようだ。ほんとうに、魔法みたい。

「なるほどね」彼女は感心していった。

「緊張がほぐれるでしょ？」アンジェリークはおもしろそうにいった。彼女も自分のシェリーを飲んだ。グラスにはほんの少ししか残らなかった。

「ほんとね」デライラは、さっきの啖呵《たんか》とおなじく、ちょっとしたアルコールの効果をふいに理解した。

ふたりともしばらく無言だった。

「あなたもデリングを愛していなかったのね」ミセス・ブリードラヴがいった。妙に優しい言い方だった。

デライラはあんぐりと口をあけた。「そんなことないわ、わたし……」

まったく！　彼女には体裁をとりつくろうだけの強さがなかった。

声をひそめていった。「どうしてそう思ったの？」

「あなたは明らかに感情豊かな人だけど、その感情は夫を亡くした悲しみで少しもぼろぼろになっていないもの」

デライラは息をのみ、ゆっくりと吐きだした。

彼女の背後で、暖炉の火と、そのそばでいびきをかいている男の人の両方が音をたてた。

「努力はしたわ」声がかすれてしまった。彼女が冗談をいったり、大きな声で笑ったりすると、夫はいやそうに顔をしかめた。それなのに、彼女にはいつも、いつも笑顔でいるように求めた。

ふいに、そんな愛のない結婚で無駄にした年月への後悔に心を突き刺されるように感じた。いったいなんのためだったの？　たしかに、両親が亡くなるまでの数年間を快適にしてやれた。その安心にはそれだけの価値があったのだろうか？

「夫に感謝していた」声がうまく出てこない。「本当よ。夫は跡継ぎを欲しがっていた。わたしは彼をがっかりさせてしまったと感じていた。わたしだって子供が欲しかったわ、それに音楽に満ちた家庭も――」

「罪悪感は重荷よ」アンジェリークは驚くほど強い口調でいった。「手放しなさい。

それはあなたの――わたしたちの――現在の状況ではじゃまになるだけ」

ああそうね。現在の状況か。

デライラはふたたび黙りこんだ。自分たちがいまどこにいるかを思いだして、現在の状況をあらためて実感した。ここは波止場近くのパブ。そして彼女は無一文なのだ。

「デリングはあなたをこのうえなく尊重していたわ」アンジェリークは優しく、皮肉にいった。「ほんとうよ」

デライラはそれになんと応えたらいいのか、わからなかった。だれかをほんとうに大事に思っていたら、人生の破滅の瀬戸際なのだと知らせないまま死ぬなんて、ありえない。

「〝尊重〟で家主に家賃を支払えればよかったのに」デライラはぼんやりといった。

アンジェリークはふたたびにっこりと笑った。デライラのなにもかもが驚きで、ちょっとした見物だとでもいうかのように。

「ご家族はいないの、レディ・デリング？　住むところは？」

デライラはゆっくりと首を振った。「ひとりっ子だったの。この国には血縁はいないわ。ドットがいるけど」ふたりはドットを見やった。小柄なからだを椅子にもたせて、口をあいたまま、小さくいびきをかいている。「使用人で逃げださなかったのはあの子だけ。そして……わたしはまだ、これからどうするか決めていない。選択肢は限られていて、どれも気が進まないし、だれかの情けにすがることになる」

アンジェリークは口元の片端をゆがめた。「わたしの使用人ふたりも、状況がわかるとすぐに出ていったわ。これから行くところもないし」

彼女は指でシェリーのグラスを叩いた。「想像できる？　爵位で借金をして人生をまるごと――それに女ふたりも――買うことができる世界なんて。偶然の生まれによって。もちろん、なかには自分の爵位は神さまに定められたものだと思っている人もいるけど。こんな世の中、ばかばかしいわ」

アンジェリークの最後の言葉は驚くほどとげがあった。

そのときデライラは、ミセス・ブリードラヴはそれほど冷淡なわけではなく、自制心がとても強いだけなのだと気づいた。その上辺《うわべ》の下には、彼女の言葉でいえば、感情豊かな女性がいて、その感情はデライラのとおなじく激しく複雑なものだった。

「あなたはどうして、今夜ここに、つまりこのパブに来たの、ミセス・ブリードラヴ？」

アンジェリークはため息をついた。「じつはね、ここがデリングと初めて会った場所なのよ。それがいちばん短い答え」

「ここでデリングと会ったの？　でもどうして……」

「わたしたちの出会いに至ったできごとを手短に話したほうがよさそうね。必要ない細部は省略するけど」

デライラはうなずいた。「いいわね。話して」

「母はわたしが子供のころに亡くなったの。兄は戦死した。父は外科医で、女子も教育を受けるべきだという考えだったから、わたしは優秀な家庭教師をつけてもらったわ。数か国語を話せて、書けるようになった」彼女はそういって、かすかに身構えるような自負をのぞかせた。「でも父が重い病気になって、わたしは家計を支えるために、娘がふたりいる裕福な家庭の家庭教師になったの」

「ああ、それで！」デライラは思わず声をあげた。アンジェリークの家庭教師姿はすぐに想像できた。居丈高で自分に自信があるタイプ。

「その家の父親が……わたしに興味をもったのよ」彼女は咳払いをして続けた。「わたしはうれしくて、うぶで、少しおびえていた。そして完全に疵《きず》ものになった。父が亡くなった直後に、女主人に解雇されて屋敷から追いだされた」

彼女の口調は、まるで文法を説明する家庭教師のように落ち着いていたが、その手は、シェリーのグラスが自分を地上につなぎとめる錨《いかり》であるかのように、握りしめていた。指の関節がまっ白になっている。アンジェリークは反応を期待していなかったし、デライラもなにもいわなかった。ただ、胃がねじれるように感じていた。

「紹介状もなく、もう家庭教師としては働けなかった。親戚は、スコットランドに叔父、デヴォンシャーにいとこたちがいたけど、その醜聞のあとでわたしの面倒を見ようとする人はだれもいなかった。それで結局、このパブの先にある仕立屋に勤め口を見つけた。裁縫は得意だったし、きつい仕事も平気だった」彼女はかすかにあごをあげた。「あらゆる階級のお客さんがいて、その多様さが妙に新鮮だった。若くてとてもハンサムなある貴族がよくお店に来ていた。彼はわたしを愛しているといって、わたしにそれを信じさせ、いっしょにスコットランドに行こうと誘ったのよ。グレトナ・グリーンに行くのかと思っていた」

ふいにアンジェリークは言葉を切った。まるで目の前に氷山があらわれ、どうやってそれをよければいいのか、わからないようだった。

一瞬、落ち着きがそこに落ちていないかと探すかのように、テーブルに目を落とした。

デライラは話の先がこわくて、胃が締めつけられた。

アンジェリークは顔をあげた。「スコットランドに着いて、宿屋の二階の部屋で、彼はこういったわ。わたしがとても世慣れているから、自分は彼が結婚できるような娘ではないと承知しているはずだと思っていた、ふたりの関係はただの遊びだということも、わかっているだろうと。もちろん、彼はそれまで一度もそんなことをいったことはなかったわ。じっさい、彼はそのとき、ふさわしい若い女性と婚約する寸前で、わたしにそれを祝ってほしいといった」

最後の言葉で、アンジェリークの機械のような淡々とした語りに、ひびが入った。一瞬、デライラは息ができなかった。

アンジェリークの半生のすべてがデライラのみぞおちで激しく渦巻いた。こういうことだ。こういうことを、男たちは平気でする。女ふたりを無一文にして、不安におびえさせ、まるで鋤《すき》が耕したあとに舞いあがった土埃《つちぼこり》のように、波止場近くのパブにたどりつかせるようなことを。まったく無頓着《むとんちゃく》に。

男の人がすべて傍若無人な人間ばかりではないのはわかっている。でも彼らはどんな生き方だってできる。もしそれが合わなくても、結果を心配する必要はない。

デライラはなにもいえなかった。無言でアンジェリークの物語に敬意を示した。

その苦難に激しい同情を覚えるいっぽうで、デライラのあまりに人間的な部分は、アンジェリーク自身はそんなふうにいわなくとも、その人生の広がり――道ならぬ恋、胸躍らせる希望、愛情の芽生え――をうらやましく思った。それにひきかえデライラは、父の家から夫の家に、木箱入りの陶器のように移されただけだ。

バーカウンターの向こうで、フランセスはなんと本を取りだし、読みふけっている。ドットと暖炉のそばの男は、いびきで対位旋律を奏でている。

「その貴族はまだ生きているの？」デライラはようやく尋ねた。

アンジェリークが驚いたように目を瞠《みは》った。片方の口元がほころび、それが反対側まで広がってほほえみになった。

「ええ」

「残念ね」

そこで彼女はため息をついた。「続けるわね。その事件のあと、わたしは仕立屋に戻って、もう一度わたしを雇ってくれるかどうか訊いてみた。でも、わたしは突然仕事を放りだしていなくなったのだから、もちろん断られたわ。それでフランセスに会うためにこの店にやってきて、ミートパイを食べ、思いきり泣いていた。そのときデリングが入ってきたのよ。まさに年配の伯爵という感じだった。自分が重要人物だとうぬぼれていたけど、我慢ならないほどではなかった。彼はわたしに、どうして泣いているのかと訊いたわ。いまはもう泣かないけどね」

デライラは想像してみた。親愛なる、鹿爪らしいデリングが、年取った狼として傷ついた女鹿に偶然出会った。

思わず身震いをこらえた。もうこれ以上の詳細を聞く必要はない。

「デリングが完全所有していた建物が、このパブの隣にあるのよ。ロヴェル・ストリート十一番地。タヴィストックによれば、夫はカードゲームで勝ってそれを手に入れたらしいわ。つまりいまは、わたしのもの。ひょっとしたら、あなたが夫に出会ったとき、彼がこの店にやってきたのはそれが理由だったのかもしれない。

「そうかもしれないわね。彼は建物のことはなにもいっていなかったけど。おめでとう……建物を手に入れて」

デライラは口元をほころばせた。

アンジェリークは軽くうなずいた。「あなたの不運をお気の毒に思うわ」

続く沈黙は、ふつうはありえない互いへの同情と、緊張の緩和のしるしだった。

「さっきあなたが仕立屋で働いていたときの話……それで思いだしたの、子供のころに家族で旅籠《はたご》に泊まったときのことを——わたしたちはひどく貧しくて、それを隠そうとしていたけど——忘れたことはなかった。聞きなれない訛《なま》りだったり、外国の言葉で話す人々、あらゆる階層の人々が、ひとつの宿に集まっていた。温厚な人もいれば、怒りっぽい人もいて……そのときわたしは、こんなところに住めたらどんなにすてきだろうと思った」

「雑多な集まり。デリングは忌み嫌うわね」アンジェリークは考えながらいった。

デライラは口元をほころばせた。

アンジェリークが咳払いをした。「いっておくけど、そういう取り決めをしたあとでも、デリングにはあまり会わなかったわ。月に一度か二度。わたしの家で、彼の友人たちとその愛人のために晩餐《ばんさん》会を開いたの。デリングはわたしが着飾って、客をおだてて、媚《こ》びをふりまくのをよろこんだわ」

華やかなことなのに、苦々しく響いた。

「奇遇ね。わたしのつとめもおなじだったわ」デライラはぼんやりといった。アンジェリークがほほえむ。「もてなした友人は爵位のある人だったの、それとも……」

「ほとんどは爵位もちの人たちだったわ。ときどき、タヴィストックのような、そうじゃない人もいたけど」

「公爵は？」

「公爵はいなかったわ」

「ブレクスフォード公爵もきっと愛人がいると思うわ。奥方があんなだから」

「あの公爵夫人？　一度劇場で見かけたことがあるけど、あまりにも冷たい目をしていて、見ただけで肝が凍りそうになった」

デライラは小さく笑った。「彼女はわたしには挨拶《あいさつ》さえしないわ。下級貴族の娘の田舎者なんかに。会うたびに、自分はそういう存在だと、彼女に思い知らされたものよ。でもこれでついに公爵夫人は、ロンドンじゅうのお屋敷垂涎《すいぜん》の的《まと》であるわたしの料理人を盗むのに成功した」

いびきが響いた。ドットだ。頭をそらして、口を大きくあけていた。手にはまだハットピンを握りしめている。キャップが頭から滑り落ちそうになっている。

「ねえ、レディ・デリング、わたしから質問してもいいかしら」ミセス・ブリードラヴがいった。

「どうぞ」

アンジェリークはあまりに長いこと黙っているので、デライラは彼女がいうことを忘れたのかと思った。

でも彼女が深呼吸するのを見て、勇気を奮い起こしていたのだとわかった。

「あなたはわたしを憎んでいる？」彼女は静かな、冷静な声で訊いた。ほんの少し、あごをあげて。

デライラは鋭く息を吸った。

自分がどう答えるべきかはわかっていた。べき。その言葉こそ暴君であり、抑圧であり、重石なのだ。いまの自分にそんなものが必要だろうか？

「いいえ」デライラの声は小さく、自分でも驚いているように響いた。「あなたが訊いたのは、それが当然だと思っているからでしょう。たしかに、最初は腹が立ったわ……あなたのことを知って……プライドも傷ついたし……でもそういう感情は長続きしなかった。もしかしたらシェリーのおかげなのかもしれないけど、あなたを憎むより好きになる理由のほうが多いわ。ちょっと居丈高だけど」

最後の部分は、シェリーがいわせた言葉だった。

アンジェリークの顔はとまどいと安堵《あんど》で明るくなった。椅子に深く腰掛け、ずっととめていた息を吐きだした。

「ひょっとしたら、あなたは聖人なのかしら」アンジェリークは少しして、批判するようにいった。それはまるで、間違った、合わない袖のドレスを着ている客を見る仕立屋のような感じだった。頭のなかで完璧《かんぺき》に合う別の服を考えている。

デライラは身を乗りだした。「まあ、そうだったらよかったけど、ちがうわ。ただね、決心したの。これからは心からの真実だけを話し、心から真実な人生を生きようって。なんといっても、これまでの人生は蜃気楼《しんきろう》のようなものだったから。本心をいうのって、コルセットを緩めるのに少し似ていると思う。爽快よ」

アンジェリークはびっくりしたように笑った。

「ねえ、ひみちゅを打ち明けてもいい？　やだ、秘密といおうとしたのに」とつぜん、シェリーが効いてろれつがあやしくなった。

「もちろんいいわ」

「いうわね。わたしはずっと、それほどいい人ではなかったの」

「それなら、見ればわかるわ。あなたはちびのシマリスのように狂暴なんだわ。グルルル……」

「やめて」デライラは手でピシャリとテーブルを叩いた。ドットといびき男はふたりともびくっとして目を開いたが、すぐにまた目を閉じた。「ふざけないでよ」

アンジェリークは目を瞠《みは》った。

「わかった？」デライラは少しわくわくしながらいった。謝らなかった。感じのいい話し方をしなくていいのは、痛快だった。

「わかった」アンジェリークが、複雑な数学の方程式をだれかに説明されたかのように応えたので、デライラはうれしくなった。

「わたしの考えは薄情だったり偏っていたり、そうよ……皮肉だったりすることもある」

「皮肉はだめよ。公開処刑場のタイバーンでは皮肉の罪で魔女が絞首刑にされているのよ」

デライラは笑いだし、自分でも驚いた。

アンジェリークも笑った。楽しそうな、本物の笑いだった。

ドットがびくっと顔をあげて、眠たそうに、「ハハハ！」といっしょに笑い、またこっくりこっくりした。

この七日間で起きたさまざまなことのなかで、亡夫の葬儀から一週間もたたないうちに彼の愛人といっしょに笑ったのは、いちばん不思議なできごとだった。

「デリングはわたしの冗談に笑ったことは一度もなかったわ。でもわたしは彼の冗談にいつも笑っていた。おもしろいと思わなくても。笑わないと、不機嫌になるのよ」

デライラはいった。

「ささいなことだけど、疲れるわね」

「ほんとに」

「あまりおもしろい人じゃなかったわね」

「ぜんぜん」デライラは夫に悪いとはあまり思わなかった。真実なのだから。彼女は真実を好きになりはじめていた。とはいえ、真実も、シェリーや悪態とおなじく、摂取する量と表明する量をよく考えたほうがいいのだろう。

すこし間があいた。

「あなたはこれからどうするの、ミセス・ブリードラヴ?」

「そうね」アンジェリークはいった。「このシェリーを全部飲んで、ポケットに石を詰めたら、テムズ川に身を投げるわ。それから、わたしのことはアンジェリークと呼んでね」

デライラは息をのんだ。「本気ではないわよね!」

「あら、本気よ」アンジェリークの口調は快活といってもよかった。「もううんざりなの。わたしはこの人生で配られた、さほどよくないカードで勝負してきて、ずっとうまくいかなくて、何度も何度も負けつづけて、もうおしまい。男の背信と退屈にはうんざりなのに、そういう生き物とかかわらなければ成功も安楽もおぼつかない。もう一度やり直す気力も、たとえば花売りになるような想像力も、王子さまが助けてくれるという夢もないわ。王子さまなんていないし、もしいたとしても、わたしを助けようとするはずがない。夢なんて意味がない。もうたくさんなの。でもレディ・デリング、あなたのことは応援するわ。幸運を祈ってる」

「でも……宝石は！　宝石を売ったお金で生活していけるのに！」

自分はいま、夫の元愛人に、彼が買った宝石を売りはらうように勧めているのだろうか？

「宝石を売れば、一年、もしかしたら二年くらいは、比較的余裕のある暮らしができるでしょうね。でもわたしは、ただ生きていたいわけじゃないの」

そういって、シェリーのグラスに手を伸ばした。

デライラはその手首を握った。

その瞬間にはっきりとわかった。わたしは、だれかに必要とされれば、強くなれる。ひょっとしたら、目の前のこの女性よりも強くなれるかもしれない。たしかにアンジェリークは洗練されていて、賢く、世慣れているけど、彼女の世知は、宝石が研磨回転機にかけられるようにして身につけたものだった。たしかに何事においてもデライラより物知りだ。でも、これまで世の中でさんざん苦労し、翻弄されて、〝もううんざりなの〟という気持ちになっている。

デライラは六年間、伯爵夫人をやってきた。自分にも、ひとつかふたつは、うまくやれることがある。

居丈高はアンジェリークの専売ではない。

「それは残念だわ」デライラはいった。口調は軽く、しっかりと言葉を選んで。「わたしが今夜ここに来たのは、自分が相続した、隣の建物を見にきたのよ。でも、ドットとふたりだけでなかに入っていいものかと思って。わたしは世間知らずだし、このあたりではどんな危険があるのか、よく知らないから。ああ、それから、わたしのことはデライラと呼んでね」

アンジェリークは目をせばめた。

デライラがなにか画策していると疑っている。

デライラが優秀な使用人(ドットと、デリングが雇った裏切者の執事は例外)を雇えたのは、だれでも心のどこかでは、だれかに必要とされることを望んでいるし、自分の好きな部分だったり、自分では気づいていない長所で評価されることを求めているということを、理解しているからだ。

「そういうことなら」とうとうアンジェリークはいった。「デライラ、頭のハットピンを一本抜いて。そうすればわたしたち、どぶ鼠に遭遇しても勝てるかもしれないわ」

5

海上封鎖艦隊司令官となった初日、トリスタンはハックベリーにある全帆船の焼却を命じた。

サセックスの灰色に曇った朝、彼は冷酷なまなざしと完全な無表情で、部下たちが順番に船に火をつけていくのを見守った。村人たちのなかには、反抗的な目をしているものもいたが、だれも文句をいう度胸はなかった。夜中に密輸業者たちに馬を貸して、密輸品のラム酒をひと樽《たる》もらったり、密輸品の紅茶を秘密の抜け道でロンドンまで運んだり、黒く塗られたボートによって海岸近くに沈められた密輸品入りの樽を引き揚げたり、自分たちの黒く塗られたボートを操ったり――そういう日々は終わりだと、村人たちはわかっていた。ハックベリーにある帆船はひとつ残らず、なんらかの形で密輸に利用されていた。じっさい、この程度で済んで、村人たちは感謝すべきなのだ。

次は見逃すことはしない。

〝ハーディー艦長は情け容赦しない〟。噂はすぐに広まった。これまでの沿岸封鎖司令官とはちがう。彼の部下たちは非情になれと訓練されていた。しっかりと組織化され、徹底していた。戦略的かつ効率的に強権を用いた。巻かれたロープを切り裂いて、隠された煙草《たばこ》を発見したこともあった。樽の二重底に気がつき、違法な酒を見つけたこともあった。あるときは、カッター型帆船のマストを切り倒し、くりぬかれたなかにシルクが隠されているのを見つけたこともあった。彼らはあらゆる場所に出没し、昼夜を問わず、田舎や沿岸の脇道を騎馬で見回り、高い塔から監視した。昔の取締官のように賄賂《わいろ》でいうことを聞かせることもできなかった。彼らは仕事の鬼であり、英雄だった。村人たちのなかには、密輸に進んで協力していたものもいたが、大多数は人殺しも辞さない密輸団に脅されて口どめされていた。そういう人々はトリスタンと部下たちによって密輸団の支配から解放された。

トリスタンはこの仕事にうってつけだった。彼は密輸業者を理解した。やつらがどのように考えるか、どう生き延びるのか。やつらはゴキブリとおなじで、追われるとイングランドのすきまに逃げこむ。トンネル、脇道、支流、洞窟。そしてふたたび集まる。

だがそんなやつらは、生まれてから十歳までスラムのセント・ジャイルズで生き延びた司令官の敵ではなかった。彼は無防備な人間を食い物にするやつらへの冷たい憎悪に駆りたてられていた。セント・ジャイルズで、彼は人の恐怖と醜悪な面を知り、それに耐えたことが彼の勇気の土台になった。戦い方、隠れ方、盗み方、戦略の立て方を学んだ。父親の顔も知らず、八歳のときに孤児になったが、父母のどちらか、または両方から、良心と狡猾《こうかつ》な知性を受け継いだ。ひょっとしたら、幸運も。十歳のときに海軍の艦長にとりたてられて仕官見習いとなった。それから順調に階級を登っていった。海軍は彼の能力をわかっていた。

トリスタンはイングランドの密輸団をほぼ壊滅させた。

ひとつの例外をのぞいて。

彼は黒く油のようになめらかな水面と、そこに浮かぶ船を見つめた。彼がこの船の購入を手配したのは、ミルコック伯爵邸が放火され、夫妻と子供たちが焼死した事件が起きる前のことだった。ブルーロック密輸団が禁制品の葉巻を輸送するための馬を貸すのをミルコックが断ったために。

彼は部下のマッシーに、スティーヴンズ・ホテルに帰って、睡眠をとり、指示を待つようにと命じた。

「ぼくはデリングの事務弁護士に会ってくる。それに彼の未亡人を見つけたほうがいいだろう」トリスタンはいった。

マッシーは、もう少し夜更かしして、いとしい人についての詩を書こうと思っているといった。

トリスタンは眉をひそめた。「おまえのいとしい人はなんという名前だったかな?」

「エミリーです」マッシーは忍耐強く答えた。

トリスタンはもちろん、その名前を知っていた。エミリー、エミリー、エミリー、エミリー、エミリー。まったく。密輪団を捕まえていないときにマッシーが話すことといったら、それだけだった。

もっともトリスタンは、忍耐強く文学好きの海尉をからかうのを楽しんでいた。

「ときどき、あふれそうになるんです、感情が。そうなったら詩を書くしかありません」

いったいどういう意味なのか。べたべたした感傷はトリスタンには外国語も同然だった。自分の肉欲の教育は、寛容な娼婦と熱心な未亡人から受けた。一度だけ本気で求愛したことがあったが、自分の心と下半身と社会的地位の共謀による、彼にしてはめずらしい衝撃的な敗北という結果に終わった。いまではわかるが、それでよかった。それに賢くなった。

「もし書いたとしても、わたしにその詩を聞かせないでくれ」彼はマッシーに釘《くぎ》をさした。

「もちろんしませんよ」マッシーはなだめるようにいった。彼は前に一度やったことがあり、そのときに学んだ。

マッシーは並外れて優秀な海軍士官で、トリスタンの忠実な右腕であり、いちおう友人といってもよかった。

だが彼も、人生の次の一幕を夢見ている。

イーストインディア・ドックにやってきて、自分が買う予定の〈ゼファー〉号を見つめているトリスタンも、それはおなじだった。深みを、というかテムズ川を見つめていると、考えが進む。

彼はおもしろくもなさそうに口元を吊りあげた。去年のいまごろ、一年後の自分は退屈だが立派な商人になって、シルクや香辛料など立派な品物を自分の船で輸送していると思っていたのに。なにしろそのときの彼は、密輸取引をほぼ壊滅させたところだった。

それがいまも葉巻の行方を追っている。

いらだたしいことに、一本ずつ。

目的を達成するまではやめない。だが彼も、部下たちも、いらだっていた。彼らには別の種類の行動が向いていた。

彼の眼下の水が沸騰してもおかしくなかった。それほど集中して凝視していた。

ブルーロック密輸団はようやくミスをおかした。納屋の放火で脅して貴族夫妻にいうことを聞かせるつもりだったのに、火が燃え広がってしまったこと、昔の愛人であるレディ・ミルコックを殺された国王を激怒させたこと、トリスタン・ハーディー艦長の冷酷な復讐心《ふくしゅうしん》に火をつけたこと――なかでも最大のミスは、葉巻を密輸したことだ。

なぜなら、葉巻は独特だからだ。驚くほど高価で、裕福な男性の虚栄心と退屈を満足させ、密輸業者に大きな儲《もう》けをもたらす。すでに巻かれた状態で密輸され、輸送を急ぐ必要がある。その他のよくある密輸品――紅茶、煙草、酒――はありふれているせいで見分けがつかず、いったん封鎖を突破されたら、足取りを追うことは不可能だった。そしてトリスタンが司令官になって以来、封鎖は破られていなかった。

だがこの葉巻は、フランスのどこかでだれかによってつくられ、野生動物のふんのように、個性があった。つまり、足取りを追える。

トリスタンと部下は、ブルーロック密輸団が問題の葉巻を密輸していることはつきとめていた。

だが、やつらがその葉巻を、サセックスの海岸からどうやってロンドンまで輸送しているのかがわからなかった。それが腹立たしかった。ほかの禁制品の流れはすべて断ち切ったというのに。

テムズ川沿いのすべてのドックを監視していたにもかかわらず、どうやって葉巻がロンドン市内で流通しているのか、なぜ〈ホワイツ〉でロード・キンブルックの手に握られていたのか、謎だった。

たぶんだれか、ふつうの役人では手が出せない人物、通常の密輸業者の世界以外でも動ける人物が資金を出しているか、手を貸しているかなのだろう。

ずばり、どこかの貴族のろくでなしが。

トリスタンたちは、ピカデリーで問題の葉巻を売っていた商人を見つけた。ふたりとも、この二週間ほどは仕入れが滞っていると話していた。

少なくともトリスタンが不愉快な思いをしながら、その魅力、おだて、脅し、強要を駆使して尋問したきざな貴族のろくでなし三人は、ロード・キンブルックがいつも何本かもっているといった。

そしてようやく、キンブルックがデリングから葉巻を買っていたことをつきとめたのだ。

だがデリングは死んでいた。

まったく。

勘弁してくれ。

だがつじつまは合う。葉巻の流通がとまったのは、デリングが死んだのとおなじころだ。偶然という可能性もあるが。トリスタンは偶然を信じていなかった。

それに、このような弱く不確かな証拠しか見つからないのも、異例だった。

とはいえ、彼はこれまでも自分の直感を信じてきた。

ただ、いまこの瞬間、彼の直感を信じている人間が多すぎる。

国王はトリスタンを厳しく見守っている。国王が国王らしくふるまうのは異例だったが、彼は食欲と性欲が関係することについては、真剣になる。じっさい、国王は、その感情と知性の適性がまったく合わない仕事についてしまったのだと、トリスタンは思っていた。

それでも、トリスタンが愛し、信じる国の王であることに変わりはない。

国王はトリスタンに、犯人を捕まえたら褒美《ほうび》をやると申しでた。

トリスタンには褒美は必要なかった。なにがあっても、犯人はかならず捕まえる。だが彼が濁った海の波を読むのとおなじくらいはっきりと読める将来、立派な働きで稼いだ金は、もちろんじゃまにはならない。

彼にとっても、分け前にあずかる部下たちにとっても。部下たちはトリスタンが今回も彼らを勝利に導くと信じている。

トリスタンの誇りと伝説もかかっている。いずれ彼が……普通の人間になったときに？　それが自分の望みなのか？　戦いや戦略や駆け引きのない生活はどんな感じなのだろう？　自分はどんな人間になるのだろうか？

とにかく、生きてはいるだろう。

そしてマッシーのように、田舎に家をもち、愛情にあふれた妻と、自分に似た子供たちがいる暮らし――さすがのテムズ川の水占いをもってしても、トリスタンはそんな家庭や人生を想像することはできなかった。ありえない。たぶん自分はそういうものには不向きなのだろう。自分のような行動の男は。

考えてみれば、普通の人間になりたいと思ったことは一度もなかった。

それはたぶん、少なくともブルーロック密輸団にとっては、あいにくの知らせだろう。

デライラがロヴェル・ストリート十一番地の鋲《びょう》の打たれたオーク材のドアの鍵を回し、三人がかりでなんとかドアを押しあけた。蝶番《ちょうつがい》の軋《きし》む甲高い音は、まるで人殺しの犠牲者の悲鳴のようだった。

それでもこのあたりでは、あまり注意を引かないのだろう。

三人が室内に入ると、ドアはもう二度と開かないような音をたてて閉じた。デライラは一瞬、襲撃を防ぐために跳ね橋を引きあげたような気分になった。あるいは、城の本丸に閉じこめられたような。

三人はしばらく無言で、フランセスから借りたランタンをそれぞれ手に持ち、立ちすくんだ。あまりの静けさに、手を伸ばせばそのかけらがつかめそうな気がした。建物のつくりはしっかりしている。それはいいことだ。

遠くでドスッ、という音がした。まるで地下にドラゴンが飼われているかのように。そとのよくわからない音のひとつだろう。

「床がひどくやわらかいわ」ようやくデライラがいった。慎重に。

「たぶん鼠《ねずみ》の皮よ」アンジェリークがいった。

ドットが喉の奥でひきつれたような悲鳴をあげ、とっさに脚を高く蹴《け》りあげた。そのせいで、彼女がもっているランタンの光が大きな揺れる弧を描いた。

デライラはドットのひじをつかんだ。心臓が飛びだしそうになっている。「お願いよ、ドット、ただの埃だから。しっかりしてちょうだい、もしも……」

ドットの揺れるランタンの光が、なにかきらきら光るものをさっと照らした。

デライラは上を見て、息がとまりそうになった。

ドットが蹴りあげた埃が、琥珀《こはく》色のつぶになってゆっくりと螺旋《らせん》を描きながら落ちてきて、その向こうに信じられないほど豪華なシャンデリアが、玄関広間の高い天井から吊りさがり、まるで小さな星座のようにきらめいていた。ランタンの光が、クリスタルの切子面《きりこめん》にあたって、赤、青、緑などの虹《にじ》色にきらきらとまたたいた。まるでドットが妖精の粉をまいたかのようだった。

三人は、しばらく完全に魅せられて、言葉が出てこなかった。

なぜかこれが、しるしのように感じられた。隠れた、古びた、すばらしいものの。そしてこれはわたしのものなんだわ。デライラは驚きとよろこびを感じながら思った。この美しい建物はわたしのもの。わたしたちが立っているきたない床も、目の前の階段も、これから見る部屋も全部――わたしのものだ。

ドットが、まるで子豚の藁《わら》の家を吹き飛ばすような勢いでくしゃみした。

アンジェリークがそっと、デライラをシャンデリアのすぐ下からひっぱりだした。

「もう一回くしゃみしたら、落ちてくるかもしれないわ」

魔法はとけた。「ほんとにそうね」デライラはいった。「それにもう、人殺しがいるのでもなければ、大声を出すのもなしよ、ドット。気絶もしないでね」ドットがいまにも気を失いそうになっているのを見て、つけ加えた。「あなたはもっとしっかりしてるし、人殺しなんているわけないんだから」もっと確信できればいいんだけど。

「ハットピンはもってる?」

「申し訳ありません、レディ・デリング、承知しました、レディ・デリング」

「この子の悲鳴で鼠たちを追い払えたはずよ」アンジェリークがいった。「よくやったわ、ドット」

「ありがとうございます、ミセス・ブリードラヴ」ドットはうれしそうに笑顔になった。

「でもここイーストインディア・ドック界隈では、鼠たちはすごくしつこいのよ」アンジェリークはいたずらっぽくいった。

「勇気を出すのよ」デライラは、泣きだしそうになっているドットを叱咤《しった》した。「アンジェリーク、助けになってないわ」

「わたしは物事を軽く考えたほうが、勇気が出るわ」

デライラは横目でにらみつけた。皮肉っぽいアンジェリークのほうが、テムズ川に身を投げようとしていたアンジェリークよりましだ。「この階にはなにがあるか、見てみましょう」

三人はランタンを四方八方に向けた。右、左、上、下。すぐにここは玄関広間で、目の前には階段があり、左右にひとつずつ広間があることがわかった。

なにもかも埃と蜘蛛《くも》の巣がかかっていて、まるで阿片チンキの幻覚のなかでものを見ているようだった。

立派な階段の手すりと欄干《らんかん》は球根と蔓《つる》の形に彫られているようだったが、それらがなにを形づくっているのかはよくわからなかった。デライラはつま先で床をこすってみた。感触は大理石のようだった。

「わたしたちのタウンハウスに似ていますね、レディ・デリング。こちらのほうが大きいけど」かわいそうなドットは大いに安心したようにいった。鋲の打たれたドアは地獄の門だと思っていたのかもしれない。それなのに、この子はデライラについてきてくれた。ここまでの忠誠にふさわしいことを、自分はなにかしたのだろうか？

「そのとおりだわ」デライラは明るい声でいった。「よかった。もっと調べてみましょうか？」

デライラが先頭に立って右に進むと、そこは中くらいの応接間だった。暖炉は煤《すす》でよごれていて、蛇腹《じゃばら》形のマントルと曲線の柱型はジョージ三世がまだ精神的にまともだったころにはやっていた様式だ。それにはげかかっている絨毯は、たぶんサボネリーだろう。壁紙もはがれているし、老朽化した華奢《きゃしゃ》な脚の長椅子ふたつは、チッペンデールか、複製品だ。すべてさまざまな色合いの赤い色をしていた。たぶん数世代の鼠たちのすみかだったはず。蜘蛛の巣が、窓と部屋の隅々から万国旗のように部屋を横切って張られている。

この部屋は暖かい——窓は割れているがすき間風は入ってこない——優雅な部屋だったのだろう。

だれが、それともなにが、この部屋にいたのだろう？　どうしていまは空き家なのか？

いったいなぜ、デリングがこの建物を所有していたのだろう？

三人は玄関広間を横切った。反対側の部屋は広さが二倍で、おなじ時代の立派な暖炉が中心になっていた。この部屋には絨毯も家具もなかった。

でもピアノフォルテがあった。

「まあ！」デライラは興奮していった。

ゆっくりと、ほとんど忍び足で、近づいていった。まるでアンテロープを狙《ねら》う、腹ぺこの豹《ひょう》のように。

埃だらけの蓋《ふた》をあけたとき、どんな石棺よりも気味の悪い音がした。

ドットはなにかお祈りの言葉をつぶやいている。

デライラはよごれた鍵盤《けんばん》にさわってみた。ソの音が響いた。まるで大昔の幽霊のパーティーのように。

うしろでドットが、身震いした。

「あなたは弾ける？」デライラはうっとりと、アンジェリークに尋ねた。

「ええ」アンジェリークが答えた。デライラとおなじくらい魅了されているような声だった。

疲れのせいかもしれないし、シャンデリアの魔法のせいかもしれないし、シェリーのせいかもしれなかったけれど、デライラにはたしかに、かすかな歌声と笑い声が聞こえた。まるで何マイルも離れたところから近づいてくるパレードのように。

彼女のなかで、なにかが動きはじめた。言葉にしろといわれてもできなかっただろう。それはじっさいのアイディアというより、感覚だった。でもその感覚はシャンデリアのクリスタルのように輝いていた。考えがまとまりつつあった。

「上に行ってみましょう」デライラはいった。

階段の四段目は軋んで音をたてた。でもだれかが悲鳴と埃をあげて落っこちるようなことはなかった。ランタンが三人の巨大な影を反対側の壁に映し、デライラはそれで、援軍とともに二階にあがっていくように感じた。不思議なことにそのおかげで、ほんの数フィート先までの明かりのなかで見知らぬ廊下を一歩一歩進んでいくのが、少し心強かった。

これは人生とおなじだ、とデライラは思った。

二階と三階にあった十四のドアのうちいくつかは、ドアノブをひねればあいたが、ほとんどの鍵は差し油が必要で、あけるのにこつが必要のようだった。二階でいちばん大きな続き部屋の鍵だけは、最近油を差したようになめらかだった。部屋と廊下の壁紙は破れてもとの面影もなかった。部屋は、水差しや洗面器がいくつか転がっているほかはからっぽで、数室ある大きな続き部屋には驚くほど立派な衣装簞笥《だんす》があった。

長いあいだ閉めきりになっていた部屋からはよどんだ空気が流れだしたが、いやなにおいや存在はなかった。でも最後の部屋では、長細い尾と小さな光る目をしたなにかが飛びだしてきた。

あまりの速さでどこかに消えてしまったので、だれも悲鳴をあげる間もなかったが、みんな悲鳴をあげたくなった。

「まあ、わたしが考えていたほどひどくはありませんでした」ドットは高くなったり低くなったりする声でいった。

「えらかったわ」デライラがいった。彼女の声も震えていた。

アンジェリークは、あの生き物がドレスの背中を駆けおりていったかのように、肩を小刻みにゆすった。

鼠がいてもいなくても、三人で厨房にたどりついたときには、ピアノフォルテのそばで生まれた感覚が具体的なアイディアとなり、デライラの心臓は早鐘を打っていた。厨房の中心には巨大で分厚い作業台があり、埃で覆われていた。デライラは思わず立ちどまった。ヘルガが大声で指示を出し、厨房のスタッフたちがここに坐って野菜を切ったり鍋《なべ》をかき回しているところが、ありありと目に浮かんだ。においまで漂ってきそうだ。煮えた玉ねぎと、焼きたてのパン、そして――デリングの葉巻の煙のにおい？　想像からひっぱりだしてしまったのだろうか？　それとも夫は、なんらかの理由でこの厨房に入ったことがあったのだろうか？

作業台と埃のほかにはなにもなかったが、すぐにふたたびにぎやかな家の中心になるだろう。

　鎧戸《よろいど》のすき間から灰色の光が射しこんでいた。

　ふいにデライラの心臓はどきどきしはじめた。希望は痛みをともなうけど、傷が癒《い》えるのには光にあてなくてはいけないのと似ている。デライラはいままで、自分の安楽で怠惰な暮らしにほとんど希望がなかったのに気づいていなかった。ずっと希望を封じこめ、閉じこめていたのだ。ある意味、この家とおなじように。

「この建物には可能性があると思う」デライラはぼんやりと、唐突に話しはじめた。テーブルの埃にDという文字を書いた。

「娼館の可能性ね。たぶん昔はそうだったはずよ。それか、本当に高級で危険な賭博《とばく》場《じょう》かしら。場所柄を考えればね」アンジェリークも、あくびしながら、同意した。

　デライラは咳払いをした。

「それより……とても高級な下宿屋になるんじゃないかと思う」

　いってしまった。

「まだ少し酔いが残っているんじゃない？」アンジェリークは頭をかしげて、やさしくいった。

「希望に酔ってるのよ」デライラはよろこびに顔を輝かせていった。じっさい、まだ少し酔っ払っていたけど。「でも考えてみて。部屋をとても居心地のいいすてきな部屋にすることは可能よ。家全体をとても居心地よくすてきにすることだって。よごれているだけで、がたがきているわけではないわ。この厨房を見て！　想像してみて、陽気なスタッフがみんなでアップルタルトをつくっているところを……」

「ああ、アップルタルト！」ドットは想像してうっとりしている。「わたしはアップルタルトが大好きです！」

「それにもし雨漏りしていたら、かびくさいはずよ。でもそんなにおいはしない、そうでしょ？」デライラはいった。

「たしかにしません」ドットが答えた。

アンジェリークは変な目つきでデライラを見つめていた。

「鼠よけに、一匹か二匹、猫を飼いましょうよ」デライラは力強くいった。

「わたし、猫大好きです！」とドット。

つかの間の沈黙のなかで、デライラの言葉、アイディア、夢が、さっきの傾いたシャンデリアのように宙に浮かび、きらきらと輝いた。

「〝猫を飼いましょうよ〟？」アンジェリークが静かな声で尋ねた。

そう訊くのも当然だった。デライラはこの人のことをほとんど知らない。ふたりを結びつけているのは、役立たずの伯爵がふたりを養って、死ぬほど退屈させて、そのからだに乗ったりおりたりして、しまいには死んでふたりを無一文でおびえさせているということだけだった。いまこの瞬間、ふたりは難破船の乗客が最初に見つけた漂流物にしがみつくように、たがいにしがみついているだけなのかもしれない。デライラの判断は、恐怖やシェリーや希望や飢えや怒りに影響されているだけなのかもしれない。でも彼女の人を見る直感は――たぶんデリングをのぞいて――いつも正しかった。

「いいでしょ？」デライラはなぜいけないの、という感じで愉快そうにいった。肩をひょいとすくめる。

アンジェリークの表情に希望のようなものがよぎった。シャンデリアに反射した虹色の光のように一瞬だけ。彼女の口元がぴくりとして、ほほえみそうになっている。でもふたたび容赦なくそれを押し殺した。

「でもデライラ……ここは波止場の近くだし……このへんに泊まろうとする人は少し……伯爵夫人が慣れているような人たちではないのよ――」

デライラはひらひらと手を振った。「そうね、もちろんいろいろな人がいるでしょう。でもきっと楽しいわ！　すごくいいと思う。想像してみて。あなたが話せる言葉を全部つかえるかもしれないのよ」

アンジェリークは笑いかけて、思い直したように唇をかんだ。

デライラは、棚に食べ物をいっぱいにするように、ゆっくりと部屋を回りながら、火の前に料理人がいるところを想像した。

彼女は勢いづいて続けた。「最初はわたしも、自分の頭がおかしくなったのかと思ったわ。でも考えれば考えるほど、それほどとっぴな考えではないと思えてきたのよ。わたしたちはどちらも、大きな家を切り盛りしてきた経験がある。下宿人はわたしたちがいいと思う人たちだけ受け入れればいいわ。すばらしいサービスの代価にいい料金をとるのよ。それから――」デライラは自分の空想をぞんぶんに広げながら、指であごを叩いた。「それから、下宿人には週に四日は夕食をいっしょにとること、ほとんどの日は客間でほかの下宿人たちとの団欒《だんらん》に加わることを条件にしましょう。みんなよく知り合って、家族のようになるわ。ああそれに、音楽会を催してもいいかも」

それはデライラの求めるものほぼすべてだった。

彼女は嘆願するように、あごの下で両手を握りあわせた。

ドットは熱意と希望に感化されて笑顔になっている。

アンジェリークはじっと動かなくなった。そのはしばみ色の目は、頭のなかでそろばんを弾いてなにかを計算しているように、計り知れなかった。

希望は鎧戸のすき間から射しこんでくる青白い光と似ていた。少しでもすき間があれば、なんとしても道を見つける。

「でもこの建物はあなたのものよ、デライラ。わたしはまた、もう二度とごめんだと思っている立場になってしまう。だれかの世話になるということ。そうではなく、わたしの参加を正式なものにするのはどうすればいいの？」

それは完璧に鋭い質問で、デライラは自分がこの提案を彼女にしたことが正しかったと確信した。

「あなたはたぶん、わたしたちの手持ちの宝石を売れるところを知っているでしょ？　そのお金を貯めて、合意書をつくりましょう」

短い間があり、デライラは息をとめて待った。アンジェリークはゆっくりとうなずいた。まるでデライラが彼女の生徒で、正しい答えを述べたかのように。

「たしかにわたしは、宝石を売るところを知ってるわ。それに重労働のいちばん大変な作業を手頃な支払いでやってくれる人たちも」

「すばらしいわ！　立地にかんしては、わたしたちでこの建物をすごく魅力的にして、人々が無理してでもここに住みたい、ずっと住みつづけたいと思うようにすればいいわ。謎めいて高級そうな名前をつけましょうよ、そうね……たとえば……」デライラは魔法使いの杖《つえ》のようにさっと手を振った。「〈グランド・パレス・オン・ザ・テムズ〉！」

「まあ！　レディ・デリング……」ドットがうっとりといった。「その名前すごくすてきです」

アンジェリークは小さく鼻を鳴らした。でもその姿勢から、彼女のなかにあったなにかのしこりがほぐれていくのがわかった。

「いいと思う?」デライラはささやき声で訊いた。

「いいと思うわ」アンジェリークも認めた。「それにこれは頭がおかしくなんてないし、わたしたちはもう二度と男の人に翻弄されることはなくなる」

「わたしもそう思ったの」デライラはひと息ついて、いった。「握手しましょうか?」彼女の声は震えていた。

アンジェリークはゆっくりと長い息を吸った。

それから、皮肉っぽい表情になって、今夜、最後のシェリーを飲もうとしたのをデライラにとめられた手を差しだした。

ふたりはきびきびと手を振った。

「〈グランド・パレス・オン・ザ・テムズ〉に!」

「〈グランド・パレス・オン・ザ・テムズ〉に!」ドットとアンジェリークが唱和した。

そして三人は、ランタンを持ちあげて、光で乾杯した。

6

六週間後……

ロヴェル・ストリート十一番地の建物正面はきれいになっていた。それも最近。こんなことをするのは楽観主義者か愚か者のどちらかだと、トリスタンは思った。ロンドンのなにもかもとおなじように、たちまち石炭の煤に覆われてしまうのに。とくにここはドックの近くじゃないか。

それでも、このきれいな白い箱型の建物は、霧のなかからあらわれた幻の極楽島、アヴァロンであるかのように思われた。悪徳の館がそんなふうに見えるのはめずらしいことだったが、悪徳の館はいろいろな形に化けることが多い。

皮肉なことに、ここは〈ゼファー〉号が係留されているところから早足で十五分しかかからなかった。

ここにやってきたのは、休暇から戻って不機嫌なタヴィストックがようやく——トリスタンの魅力とかすかな脅しを駆使したたくみな説得によって――四つの重要事実を明かしたからだ。デリングが多額の借金を残して死んだこと、彼には愛人がいたこと、ある建物を完全所有していたこと、タヴィストックは未亡人にその建物の鍵を渡したこと。それも何週間も前に。

トリスタンは、彼女が影も形もなく消えてしまったと思いはじめていた。

ここまでに、トリスタンが調べてわかっていたのは、デリング伯爵夫妻が住んでいたセント・ジェイムズにあるタウンハウスは明け渡され、夫妻の持ち物もなくなっていたということだった。デリングの知人も跡継ぎも――トリスタンたちは傲慢《ごうまん》な新しい伯爵を田舎に訪ねたが、彼は悲しんでいるふりさえしなかった――未亡人がどこに行ったのか、まったく知らなかった。または彼には教えようとしなかった。未亡人の人柄については、〝かわいらしい〟、〝献身的〟、〝美人〟といった言葉がつかわれた。それはタヴィストックによる評価とは対照的だった。彼は「蜜蜂《みつばち》でいったら、ふわふわというよりチクッという感じですよ、わかるでしょう？ ロード・キンブルックとおなじく、タヴィストックも女はおびえているのが好みらしい。

デリング夫妻の使用人たちは散り散りになったようだ。それとなく問い合わせてみても、ひとりも見つからなかった。

レディ・デリングは誘拐されたか、愛する夫を亡くした悲しみのあまりテムズ川に身を投げるかした可能性はあるが、身を隠している可能性もある。葉巻と関係する理由で。

波止場近くの建物は、禁制品を出荷する拠点として理想的だ。

タヴィストックが不在だったあいだも、密告者は出てこなかった。みんな自宅や家族に火をつけられるのではないかとおそれていて、報奨金と保護の約束でも翻意させることはできなかった。

密輸業者はサセックスからなにも運びだしていない。もしそんなことをしていたら、トリスタンの部下たちが踏みつぶしていたはずだ。

トリスタンはうしろにさがって、建物を見上げた。

小さな、癇癪《かんしゃく》もちのような顔のガーゴイルたちが、屋根に並ぶ明かりとりの窓の上にしゃがんでいる。

建物正面に、ぴかぴかの鎖で吊られた看板には〈グランド・パレス・オン・ザ・テムズ〉と書かれていた。

これは見上げただれかを笑わせるためのものなのだろうか。

トリスタンは看板をよく見てみた。新しく書かれた文字の下に、ROと、たぶんGの文字がかすかに読みとれる。もとからあった看板を再利用しているのか。放蕩者《ROGUE》と書かれていたのだろうか？

彼はドアに近づいていった。通りに面していて、最近赤く塗り直されている。そこにも看板がさがっていた。〝ようこそ！〟と書かれている。〝！〟つきで。

トリスタンはこの陽気な言葉を疑わしげに眺めた。

「そんなの嘘っぱちですよ、旦那」足元で声がした。

見ると、男がひとり、壁にもたれかかって地べたに坐っている。「あいつらは入れてくれやしません。葉巻をもってるか、あのくそったれ摂政殿下のような見た目でなければね」

「そうなのかい？」トリスタンは気の毒そうにいった。「くそったれ摂政殿下はどんな見た目だって？」

「金持ちのでぶ」

「なるほど。〝あいつら〟っていうのはだれのことをいってるのか、教えてくれるかな？」

「女どもだよ。あいつらは冷酷だよ、旦那。無慈悲なもんさ」

「ああ、それは知ってるよ。〈グランド・パレス・オン・ザ・テムズ〉の人の出入りは激しいのかな？」

「いんや、そんなことはないね」

男の状態を考慮すれば、この答えにあまり意味はなかった。

「このあいだ金持ちのでぶが来たのは、数か月前だったね。ステッキの先が金だった。金時計もしてたな。おれはここから見るだろ、目をあげるときらきら光るものが見えるんだ。夜空の星みたいにな」

「そうか」トリスタンははっとした。

「そいつは友だちを連れてきてたよ、ときどきね。荷馬車に乗せて。どいつも半分裸で、てめえでは歩けないみたいだった、だからやつが引きずって家に入れていたんだ」

それは見物だっただろう。だが噂では、この建物は昔、娼館だったらしい。

「半分裸だって？　あんたはその男と話したことはあったのか？」

「いんや。殿さまはおれをステッキでつついて、無理難題をふっかけてきた」

「どんなことを？」

「立てっていうんだ」

トリスタンはため息をついた。とにかく、訊くだけは訊いてみよう。「デリング伯爵かデリング伯爵夫人がこの建物に入るのを見なかったかい？」

男はびっくりして、げらげら笑った。「おれがそういう人たちとつきあいのある人間に見えるかい？」

トリスタンはドアに耳をつけてみた。新しいペンキのにおいがした。これだけ厚そうなドアだと、大砲の音だって聞こえないだろう。

「それはわからないだろう。ぼくは結論に飛びつかないことを学んだからね」トリスタンは真鍮製《しんちゅうせい》のノッカーを指でつまんだ。そのうえに小さな鎧戸《よろいど》があり、なかにいる人間が訪問者を見られるようになっていた。

なんとなく、彼はそっとドアノブをひねってみた。

驚いたことに、ドアノブは簡単に回った。やはり直感は大事だ。

蝶番が軋むこともなく、ドアはなめらかに開いた。トリスタンは思わず感心した。海のそばで錆を防ぐのは、ひじょうに骨の折れる仕事だ。警戒を怠ることはできない。海軍の階級を登っていくなかで、それが彼の仕事だったときもあった。

おそるおそる、一歩なかに入ってみた。

そしてそおっとドアをしめた。

悪徳の館かもしれないが、教会のようなにおいがした。レモン汁で徹底的に埃を拭《ふ》きとり、家具には亜麻仁油《あまにゆ》をすりこんだようだ。そのなかにかすかに――この建物がドックのそばにあることを考えれば、おどろくほどうっすらと――かびのにおいがした。古い建物はどこもかびのにおいがする。トリスタンには気にならなかった。それはまるで香辛料のようなもので、彼に海を思いださせる。

試しに、足元の市松模様の大理石のタイルをつま先でこすってみた。どのタイルもぴかぴかに磨かれている。黒いタイルには、暗くゆがんだ彼の姿が映っていた。敵にはこのように見えるのだろうかと、彼は辛辣に思った。

わりと立派な階段の手すりには謎の球根状の果物と木の葉が彫られていて、ところどころあいだからケルビムやニンフがのぞいている。最初の踊り場の窓からの四角い光が彼の足元を照らしていた。上にあるなにかが彼のブーツのつま先のそばに、きらきらする光を投げかけ、トリスタンが頭をそらして見ると、驚くほどすばらしいシャンデリアがあった。注意して見なければ、並んだクリスタルが二、三個欠けているのには気づかないだろう。ドック界隈の住人の歯のほうがすき間が多いはずだ。トリスタンはつねに、なんでも、だれでも、注意して見るようにしている。

シャンデリアの枝にはひとつも蜘蛛の巣はなく、その燭台《しょくだい》に置かれているのは、獣脂ではなく蠟の蠟燭《ろうそく》のようだ。けっして小さくない出費だろう。それにこの大きさの建物では数えきれないほど蠟燭が必要なはずだ。

下宿人もいないという下宿屋に、どうしてこんな贅沢ができるんだ？　それだけではなく、何年間もの甲板のモップがけで厳しくなっている彼も認めるほどしっかり掃除をしている使用人も。

パチッとはぜる音がして、トリスタンは自分の右側の部屋の暖炉で赤々と火が燃えているのに気づいた。暖炉の前には、薔薇色のブロケード織の長椅子がふたつ、向かい合わせに置かれている。炉棚の上には、花束を生けた瓶が。禁制品の葉巻の箱は見当たらない。葉巻の煙のにおいもしない。

家の奥に進もうとしたトリスタンの耳に、なんということか、だれかの楽しそうな歌声が聞こえてきた。

彼は足をとめ、首を伸ばして階段を見上げた。

メイドが、ふたつ目の踊り場の窓の前に置いた踏み台の上に立ち、できるだけ高く手をあげるために伸びあがっていた。窓ガラスの下半分はぴかぴかで、ロンドンの弱々しい光が射しこんでいた。ガラスの上半分はよごれている。

彼女はワルツのリズムでうたっていた。

窓はくもってる、ラララララ！
ドアは軋んでる、タラララララ！
空気はよどんでる、ララララララ！
でもわたしの雑巾《ぞうきん》は頼りになる
磨きましょう　光らせましょう
古いおうちをすてきにしましょう

不思議なことに、これほど楽しい気分になったのはひさしぶりだった。彼には自分の仕事を歌にしてしまおうという発想はなかった。

そのとき自分がなぜふいにふり向いたのか、あとになってもデライラは説明できなかった。ただ、部屋の空気が、なにか重大なものを迎えて変化したかのようだった。うなじを指でさわられたくらいはっきりと、それを感じた。

彼女は踏み台の上でくるっと回り、見おろした。

磨いたシリング硬貨のように硬質に輝く双眸《そうぼう》がこちらを見ていた。その瞬間、矢に真ん中を射貫かれた的がどんなふうに感じるのかを理解した。衝撃が彼女のつむじからつま先までかき鳴らした。

思わず心臓に手をあてた。守るような、なだめるようなしぐさだった。心臓がとまりそうになっている。びっくりしたせいにちがいない。

下にいる男の人は、踏み台なしで壁付き燭台に手が届きそうなほどの長身だった。〈グランド・パレス・オン・ザ・テムズ〉で数週間がたち、彼女がだれかについてまず気にするのは背が高いかどうかということだった。光が彼を明るく照らし、よく見せていた。けっして若くはない。ひどく短く刈りこんだ髪と凛《りん》とした優雅な顔立ちは、彼がユーモアを解さず、けっして自分を枉《ま》げない人だと示している。下唇の官能的な曲線と目じりの小じわを見ると、ときどきは笑ったりするのかもしれないと思えてくる。もしかしたら、ときどきは枉《ま》げるのかもしれない。

でも彼の姿勢は、その考えは甘いという警告を発している。広い肩に、ぴんと伸びた背筋。目的のために、最大限の破壊をもたらすようにつくられているかのようだ。そう、まるで矢のように。

不思議。これまで一度も、だれかの唇を〝官能的〟だと思ったことはなかったのに。彼は両手にビーバーハットをかかえ、黒いぱりっとした仕立ての上着をはおり、ボタンもブーツもよく手入れされて光っていた。あらゆる点でちゃんとしていた。でも彼のどこにも、デライラがこれまで会ったことのある紳士たちのような怠惰を感じさせるものはなかったのに。

きっとこの人は人生を懸命に生きなければならなかったのだろう。

そしてそれを乗り越えてきた。

「驚かせてしまってすまなかった。名前を告げようと思ったんだが、きみの歌に聴きほれてしまって」

低く落ち着いた声で、慇懃《いんぎん》な話し方だった。厳格な威厳でこわがらせてしまった平民をなだめるのに慣れているかのように。

デライラは引きつけられると同時にいらだちを覚えた。

「まあ、からかっていらっしゃるのね。音痴なのはわかっています。わたしの欠点のひとつですから」

「そうなのかい？　欠点はたくさんあるのかな？」純粋に知りたがっているようないい方だった。

「寝る前にひとつひとつ数えています。羊の代わりに」

「そんなことをしたら目が覚めてしまうだろう。代わりにブランデーでも飲んだほうがいい」

彼がからかっているのかどうかよくわからなくて、こらえようとしたのに、思わずほほえんでしまった。

その瞬間トリスタンは、うっかり太陽を直接見てしまったときのように、目がくらんだ。驚きのあまりなにもいえなかった。

彼は顔をしかめた。まるで彼女が自分に反抗したかのように。

彼女のすらっとした黒い眉のあいだに、考えこんでいるような、しわが寄った。

「あなたは歌がお上手なの？」

「まあね」彼は自分の答えに驚き、警戒した。

「じつをいうと、〈グランド・パレス・オン・ザ・テムズ〉では毎月、音楽会をもよおす計画なの。でもまだ男性パートをうたう人が見つからなくて。もしあなたが音楽をお好きだったら、心に留めておいてくださるとうれしいわ」

ああ、まずい。これは危険だ。トリスタンの経験では、女性はなにかを求めるとき、はっきり依頼するのではなく誘導することが多い。彼は一度、上官の妻による音楽会の企みから抜けださなければならなかった。まるで漁網から脱出するような苦労だった。なんとか抜けだしたが、傷は避けられなかった。彼のプライドも、彼女の気持ちも。

それに、このメイドは健康な男ならだれにでもそういっているのだろうと思うと、あまりうれしくなかった。

「じつはパブを探していたんだ」彼はいった。「ここなら教えてくれるだろうと思って。とても魅力的で立派な建物だから」

彼女はうれしそうに両手を握り合わせた。「まあ、魅力的だとお思いになった？」

その顔はまるで月のように輝いた。それでわかった。もともと彼と月は親密な仲だ。幾夜、月を頼りに航海しただろう？　数えきれない。これは空想的な考えではない。まさか。自分は空想にふけるような男ではない。

彼は短く、慎重にうなずいた。そのとき気づいたのだが、彼女の言葉遣いはメイドというより伯爵夫人を思わせた。それにじっさい、彼女は、はっとするほどきれいだった。

レディ・デリングについては直接訊かないほうがいいだろうと、トリスタンは思った。もし本当にこの建物が密輸団の本部なら、彼が知りたいことを聞きだすためには、さりげなさが重要だ。それにおもてにいた酔っ払いのいうことが正しければ、だれもこの建物に出入りしていない。単刀直入に質問したら彼女にあやしまれ、逃げられてしまうかもしれない。

「〈グランド・パレス・オン・ザ・テムズ〉のよさがおもてからもわかって、うれしいわ」彼女はまるで生徒のフランス語の発音を正す家庭教師のように、建物の名前を発音した。「隣のパブではおいしい温かな食事をとれるし、親切にもてなしてくれるはずです」

「それなら行ってみよう」

そういった瞬間から、彼女が応えるまでのあいだ、トリスタンは彼女が、「まだ行かないで」といって、まだまだ驚かせてくれるのを期待していた。

「それではごきげんよう、サー、〈グランド・パレス・オン・ザ・テムズ〉を訪ねてくださってありがとう」

そうか。てきぱきと厄介払いされてしまった。

このメイドが彼をさっさと追い払いたがるのには理由があるのだろうか？

だがおもしろいから、いうとおりに引き返した。

そして戸口で立ちどまった。「余計なことかもしれないが、棒かモップの先に雑巾をつければ、窓の上のほうが拭けるだろう。それにこれも余計なことかもしれないが、ぼくが出たらドアに鍵をかけたほうがいい」

彼女は肩越しに彼を見た。「ありがとうございます、サー。わたしひとりだったら、どちらも思いつかなかったでしょう。男の人が来てくださってよかったわ」

トリスタンはそっとドアをしめた。

誤解でなければ、彼女はいま、彼をからかっていた。

一瞬、トリスタンはその場に立ったまま、通りを見おろした。自分がほほえんでいるのに気づいた。ほんのかすかではあったが。

「やっぱり追いだされたんだろ、旦那？　冷酷だろ？」

「ああ、ほんとうに冷酷だ」

トリスタンが帽子をかぶり直したとき、ドアの鍵をかける音が聞こえた。

7

隣のパブは——〈ザ・ウルフ・アンド〉という名前らしいと、トリスタンは気づいた——テーブル四つと椅子が八脚、まるで動物の巣のようなこぢんまりした空間に、仲良くくっつきあって並んでいる店だった。暖炉の火は燃えさかっているがそれほど煙くはない。おそらくロヴェル・ストリートのこの場所で少なくとも百年は続いているのだろう。

男がふたり、エールを注いだタンカードを手に深刻そうにいわくありげな会話をしていた。だがじゅうぶんに酔っ払えば、なんでも深刻そうに思えてくるものだということも、トリスタンにはわかっていた。

素朴なオーク材のバーカウンターのなかのバーメイドは、なんと読書をしていた。彼女は顔をあげて、温かいほほえみを浮かべた。

「おはようございます、サー」

「おはよう。半パイントもらおうか。ライトの出来はどうだい?」

「まずいね。次回のほうがいい味になりそう。ダークにしたほうがいいよ」

「正直でありがたいよ」

彼は少しがたついている傷だらけの椅子に坐った。

目の前のテーブルはナイフの刺し傷であばたのようになっていた。

「客はけっこう入るのかい？」彼はエールを運んできたバーメイドに訊いた。

「あたしはフランセス、でもフランって呼んでもいいよ。それと、さっきのだけど、それほどじゃないね。この店の所有者はあたしだから——前は父、その前は祖父が所有者だった——たくさん客がいなくてもやっていけるし、あたしにはそれが合ってる。ひょっとしたら、この店には喧嘩するスペースがないからかもしれないね。すぐに通りに出ていくんだ。なかで喧嘩して物を倒したりほかの人たちを巻きこんだりできる店のほうが楽しいんだろうね、たぶん」

それはとてもおもしろい説で、彼をふくめた男にたいする批判だった。

「たぶんそうなんだろう。だが隣の下宿屋からお客が来るんじゃないのかい？」

フランセスは口ごもった。

「そう思うよね」彼女はいった。

用心している口調だ、とトリスタンは思った。それになぜか、少し物欲しそうだった。

「隣は下宿屋なんだろう?」彼はなに食わぬ顔で眉をひそめてみせた。「あの名前からじゃ、すぐにそうとはわからないが」

テーブル席にいる男のひとりが、けげんな顔で彼を見た。「いや、あんなところは行かないほうがいいですよ、旦那」

「おや、それはなぜだい?」

「もっぱらの噂だよ。〈パレス・オブ・ローグス〉には近づくなって」彼は腕を振った。どうやらおもての通りを示しているらしい。「あんなとこは行かないほうがいいですよ」

「名前は〈グランド・パレス・オン・ザ・テムズ〉だよ」フランセスがきっぱりと、トリスタンもなかば反射的にいった。なんといっても、彼はその名前を三度聞かされたし、覚えは早いほうだ。

テーブル席の男のひとりが鼻を鳴らした。「羊のぶちは変わらねえよ」

つまり酔っ払いか、めちゃくちゃな比喩からして。

「避けたほうがいい理由は?」彼は男たちに訊いてみた。「オープンしてどれくらいたつんだ?」

「噂を聞いただけですって。だれに訊いてもそういってますよ」

「とはいえ……よさそうなところだったが」

トリスタンは暖炉の火、レモン汁と亜麻仁油、純粋に無防備なよろこびを浮かべた顔のことを考えていた。急にエールを飲みたくなくなった。奇妙なことに、すでにおいしくて人を酔わせるなにかを飲んだように感じて、それを終わらせたくなかった。

「すてきなところだよ」フランセスはいった。「前はひどかったんだ。何年間も板でふさがれていた。十年以上、なんにもつかわれていなかった。あたしがいうんだから間違いないよ」

「見た目は欺くもんですよ、旦那」羊とぶちの比喩をごっちゃにした男がむっつりといった。

「たしかにそうだ」

トリスタンは波止場で軽率な議論を始めるほどばかではなかった。

だが自分の仕事を歌にしてうたっていたメイドのことが頭に浮かび、見た目どおりの人間もいるはずだと思った。彼女がだれかを欺くなんて考えられない。彼ははっとして、その考えを人の生き血を狙う蚊《か》のように叩き潰した。これまでずっと、必要から、つねに客観的な疑いをもって生きてきたのに。

「このパブのことを友人から聞いたんだよ、フランセス」彼はバーメイドにいった。

「静かで居心地がいいといっていた」

彼女のうれしそうな顔を見て、トリスタンは嘘を少し粉飾しておいてよかったと思った。「友人はどなたですか、旦那？」

「ばったり会ったんだ。デリングに」

彼女の表情は〝意識的な無表情〟という感じだった。彼はデリングを友人と呼んだことで、ほんの少し評価を下げたらしい。

「ええと……デリング伯爵に？」

「彼の冥福《めいふく》を祈るよ」トリスタンは神妙にいった。

「ご冥福を祈ります」彼女も一本調子でいった。

「彼はきみに名乗ったのかい？」

彼女はぎょっとしたように見えた。

「いいえ」フランセスは一瞬ためらってから、いった。「でも彼はあたしの友だちに話しかけていた。女の人で、ひとりで坐っていたから。いっておくけど、まっとうな女性だよ」あわてていった。「彼女に名乗っていた。そして彼女があたしに、彼がだれだか教えてくれたんだ。だからあたしも彼が伯爵だと知ったんだよ」

「下宿屋の女主人たちがどんな人間か知っているかい、フランセス？　あそこに部屋を借りるべきだろうか？」

「レディ・デリングとミセス・ブリードラヴは善良で親切な人たちだよ」

つまりレディ・デリングもいたということか。

「教えてくれてありがとう、フランセス」彼はまじめな声でいった。なぜ伯爵夫人が下宿屋経営に乗りだすことになったのか？　それがほんとうに下宿屋経営だとして。

「この店に寄ってよかったよ、フランセス」

トリスタンはダークエールを飲み干し、フランセスがほおを赤らめるほど気前のいいチップを置いて店を出た。


鍵をかけたあと、デライラは——ふと——ドアにさわってみた。炎が入り口まで迫ってきたときのように、熱くなっているのではないかと思ったからだ。なにしろ彼女の腕の裏は妙に熱くなってうぶ毛が逆立ち、心臓は、褒賞をかけて競走したあとのように早鐘を打っていた。

それとも、なにかからか、走って逃げたあとのように。

いなくなってから、こんなふうに反響する男の人に会ったのがいつだったか、思いだせなかった。それはかならずしもいい気分ではなかった。自分の感覚が、自分のあずかりしらぬところで簡単に圧倒されてしまうなんて、気に入らなかった。弱さを思いださせられるようで。でも同時に妙に残念にも思っていた。まるで心をかきたてるような曲が中断されてしまったかのような感じだった。

キャップとエプロンをとって、鍵束をジャラジャラとさせながら、駆け足で階段を登った。このごろ彼女は動くたびに音を奏でているが、それはまったく気にならなかった。この数週間、気づくとなんの理由もなく歌をうたっている。

最上階である四階の居間で、ドットがカーテンの裾を縫っていた。ドットのそばに置かれた籠《かご》のなかでは、頭が小さなかぼちゃほどもあり、からだはクッションのようにふっくらとしたトラ猫のゴードンがくつろいでいた。

「ドット、ドアをあけたら、鍵をかけるのを忘れないで！　さっき紳士が入ってきたとき、わたしはキャップとエプロンをつけて踏み台の上に立ち、まるでばかみたいに歌をうたっていたのよ」

「まあ、申し訳ありません、レディ・デリング！　でもあなたは歌がとてもおじょうずで、ばかみたいなんかじゃないです！　その方は本物の紳士でしたか？　部屋を借りたいとおっしゃってました？」

ドットが期待をこめた声で尋ねた。このところみんな、お金と礼儀のありそうな紳士たちがたくさん通りを歩いているのを見ると、みんな期待をふくらませた。三人とも紳士のすばらしさにはなんの幻想もいだいていない。

とはいえお金はすばらしい――かつ必要な――ものだ。

もうオープンして二週間もたつ。

それなのに、きょうまで、だれもドアをノックして入ってくる人はいなかった。ただ、正確にいえば、銀色の目をしたあの紳士も、ノックなしで入ってきたのだけど。

「その人はパブを探していたのよ」

ドットはひどくがっかりした顔になった。もともとドットの大きな青い目は、なにもないときでさえ、森の生き物のように不安げなのに。

「心配しないで、ドット。わたしたちの下宿屋の噂が広まるのにはもう少し時間がかかるだけよ。きっとだいじょうぶだから」

もし時間がお金で許られるのなら、彼女たちには〝もう少し〟しか残っていなかった。

その日は一日じゅう何度も、デライラはあの男の人が玄関広間に立っていた数分間のことを思いだした。かゆいのに手がとどかないような感じだった。その夜、最上階の小さな居間で、アンジェリークにあの人のことを少し話した。夜はその部屋で三人で団欒するのが習慣になっていた。おしゃべりしたり、笑ったり、ときにはデライラかアンジェリークが朗読することもあった――ふたりでギリシア神話を読んでいる途中で、いまはちょうど、哀れなペルセポネがハーデースに捕まってしまったところだった。

アンジェリークはデライラの話を黙って聞いた。オープンから日がたつのにだれも下宿人があらわれないことで、最近はドットもふくめてみんな、黙りこむことが増えていた。

「広告を出したらいいかもしれないわ、〈タイムズ〉紙に」デライラはそういって、沈黙を破った。

「ドットを通りに出して、お触れ係のようにベルを鳴らさせたらいいかもよ」アンジェリークが反対意見を述べた。「そうすればお金がかからないもの」

ドットがぱっと顔をあげた。

「わたし、ベルは好きです」ドットは少し心配そうに、いった。

デライラはため息をついた。「わたしたちはあなたにベルを持たせて通りに出したりしないわ、ドット」

ドットはほほえみかけた。

「いまのところはね」デライラはつぶやいた。それはあながち冗談とはいい切れなかった。

ただ、何週間も休みなしで、わくわくしながら意気揚々と開業準備をしてきたあとで、この二週間の静けさはショックだった。デライラとアンジェリークは話しあいながら、出費や改装について難なく賢い決断をしていった。借金取りたちがデライラのタウンハウスに残していったカーテンや絨毯やベッドカバーなどもうまく利用した。〈グランド・パレス〉はぴかぴかだった。

デライラはふたりの共同事業が誇らしくて、自信と熱意のあまり、タウンハウスで雇っていた料理人のヘルガに厨房での完全な自治を約束し、さまざまな国出身の下宿人をもてなすことで名声があまねく知れ渡るはずだと誘って、ブレクスフォード公爵夫人から奪い返していた。

「きっとすごく楽しいわよ、ヘルガ！　想像してみて」そういって、デライラは説得した。アンジェリークを説得したのとおなじように。

「公爵夫人はお給金はたっぷり払ってくれるんですが、ほんとにいやな職場で、みじめだったんです」ヘルガは認めた。「奥さまのところはよかったと思っていたんですよ、レディ・デリング。だからお引き受けします！」

ヘルガはすぐに辞めると伝えて、〈グランド・パレス〉に住みこんだ。

看板（〝放蕩者〟とかなんとか書かれていた古い看板を美しく塗り直したもの）をかけて、ドットと新しく雇ったメイドふたりに、近隣のすべての店にビラを配らせて、みんなで息をひそめながら待っていた。

でもだれもやってこなかった。

それは不可解だった。ロンドンにやってくる人はたくさんいる。船でも郵便馬車でも、たくさんの人がロンドンに降りたっている。そのなかのひとりやふたり、偶然でも〈グランド・パレス・オン・ザ・テムズ〉にたどり着く人がいてもいいのに、なぜ？

でも、だれも来なかった。

静かな日々で緊張が高まり、デライラとアンジェリークの協力関係の歯車がくるいはじめた。ときどき火花が散るようになった——皮肉がちょっと辛辣になりすぎてしまったり、少しいらだった口調になってしまったり。籠のなかにおさまるゴードンのように、心配の重圧がずっしりと居坐るようになると、ふたりで笑いあうことも減ってしまった。ゴードンの気楽さがうらやましかった。

八時になるころには、みんな鬱々と黙りこんでいたので、とつぜんのドアをノックする音は、まるで銅鑼《どら》の音《ね》のように家じゅうに響きわたった。

三人はまるで現場を見つかった泥棒のように凍りついた。

デライラが咳払いをした。「どなたか見てきてくれる、ドット？」まるで毎日のことのように、いった。

しかしドットはすでに、階段を駆けおりていた。

デライラとアンジェリークは、ほとんど滑稽なほど固まった姿勢で、なにもいわなかった。

少しして、ドットが息を切らして戻ってきた。

「レディ・デリング、ミセス・ブリードラヴ、レディ・デリング、ミセス・ブリードラヴ、レディ・デリング、ミセス・ブリードラヴ！　下に男の方が来ています！　とっても偉そうで、それと……」ドットはいったん言葉を切り、声をひそめた。「部屋を借りたいとおっしゃってます！」

デライラはアンジェリークと目を見交わした。そういうこと。銀色の目をしたあの人は、下宿人の前触れだったのかもしれない。大雨の最初のひとしずく。

ひょっとして彼本人なのだろうか？　偉そうだというのはたしかに合っている。

そう思ったら、自分でも驚くほど心臓がどきりとした。

「ドット、お茶を淹《い》れてくれる？」アンジェリークが冷静にいった。

デライラとアンジェリークはスカートを振ってしわを伸ばし、エプロンをはずして、髪の毛がピンからとびだしていないか鏡で確認し、ドットについて階下におりた。

応接間に、中背で、どこまでもきちんとして控えめな印象の男の人がいた。顔立ちは整っていた。まっすぐな、あまり高くない鼻。小さく唇の薄い口元。ひじょうに短く完璧に刈りこまれた黒髪は、おそらく定規かなにかをつかったのだろうと思わせた。着ているものは高級品で、からだにぴったり仕立てられていた。彼はどこにでもとけこみ、壁紙の一部になれるような人間だった。

ふたりが入っていくと、彼は立ちあがった。

「わたしたちは、こちらでもっとも高級でもっとも広い続き部屋を借りたいと思っています」彼は前置きなしにいった。

ふたりはひそかに、横目で部屋のなかを見回した。

疑問を口にしたのはデライラだった。「わたしたち、とおっしゃいますと?」

説得力のある頭のおかしな人が迷いこんできただけなのかどうか、確かめておかないと。

「わたしが代理をつとめるお方は、当面、匿名でいたいというご希望なのです。その方はかなりの財力をおもちで、便宜のために、つねにロンドン市内にいくつかの部屋を利用可能にしています。わたしは事務代理人です。部屋代はじゅうぶんにお支払いいたします」

ふたりはいままで、〈グランド・パレス・オン・ザ・テムズ〉について、現実的なことから夢のようなことまでさまざまなこと（「もし国王陛下がお立ち寄りになったらどうする?」とか、「いずれ馬を一頭所有しておくべきでは?」とか、そういうこと）を話しあってきたけど、見えない人間に部屋を貸すなんて、考えたこともなかった。

沈黙が落ちた。

デライラが用心深く口を切った。「なるほど、ミスター……？」

「わたしのことはミスター・X《エックス》と呼んでください」

さっきよりも長い沈黙が続き、デライラとアンジェリークはおたがいの顔を見てしまわないように気をつけた。それほど内心では驚きあきれていた。

「そんなすばらしく謎めいたお名前は、あなたを雇っているお方がご自分用にとっておくのではないかしら？」アンジェリークはいった。

デライラは笑ってしまわないように、ほおの内側を嚙《か》まなければならなかった。

「それはそれとして」それがミスター・Xの返事だった。

「それはそれとして」は説明でもなければ、文章でさえなかった。それにしても傲慢だ。

「ひょっとしたら、雇い主《エンプロイヤー》のお方はミスター……E《イー》と呼ばれたいと思うかもしれませんね」デライラは礼儀正しくいった。

アンジェリークは笑いださないように、唇を引き結んだ。

「おもしろいですね」ミスター・Xはまるでそう思ってなさそうだった。

だが、ミスター・Xはしびれを切らしはじめた。「わたしたちの要求は、彼がつかうと決めたときにつかえるように、部屋を準備しておいてほしいということだけで

居心地よく清潔に保ってください。その他の用意が必要な場合には事前にお知らせいたします」

「でもミスター・……」デライラにはどうしてもいえなかった。

「Xです」彼は忍耐強くいった。

「わたしたちは、すべての下宿人の方々に、〈グランド・パレス・オン・ザ・テムズ〉をわが家のように、安全で安心できる港のように思ってもらいたいと考えています。それにはどんな方々が出入りして、どんな方がここに住んでいるのかを知っていないと。ですから新しい下宿人の方を受け入れる前に面接をおこないたいと思っています。見えない方を面接するのはむずかしいわ」

彼は一瞬、ふたりを同情するような目つきで見て、かすかに首を傾げた。

「下宿人の方々？」彼はやさしく訊いた。

デライラのほおが熱くなったのは、きょう二度目だった。腹立ち半分、恥ずかしさ半分だった。

それでも、彼の視線をしっかり受けとめた。

「二か月でどうでしょう」ミスター・Xがいった。「その時点で、わたしたちは契約を延長するか、満了にするか決めます。わたしの雇い主が礼儀正しいふるまいを承知している方であることは、わたしが保証いたします」

〝承知している〟という言葉がとくに強調されていた。

まるで、彼は礼儀正しいふるまいを承知してはいるが、そのようにふるまうかどうかは別の話だというかのように。

男は上着のポケットに手を入れて、財布を開いた。

そしてソヴリン金貨を二枚、チャリン、とテーブルの上に置いた。

デライラがこれほど人を嫌いになることはめったになかった。きっぱり断って彼を追い払えたら、どんなによかっただろう。

「雇い主の方はほんとうに紳士なんですね？」

この質問に、彼は考えているようだった。

そしてほほえんだが、それは小さく、疲れて、うんざりしたような皮肉な笑みだった。

ふたりは待った。

しかし彼は質問の答えをくれなかった。

「この寛大ですが異例なお申し出について、話し合う時間をいただければと思います、ミスター・X」アンジェリークがそつなくいった。ちょうどそのとき、ドットがお茶一式を運んできた。「お茶を飲んでお待ちになっていただけますか。すぐに戻ります」

「よろしいとも」彼はいった。まるで裁判官か、国王のように。

彼はお茶に口をつけて、感心したように眉を吊りあげた。

デライラとアンジェリークはぴかぴかの玄関広間を横切り、反対の居間に移動した。いまのところまだ弾かれたことのないピアノフォルテが置かれている部屋だ。少し寒かったのは、ふたりが節約のために、この部屋の暖炉には火を入れないようにしているからだった。

そのことがまた、デライラの怒りをかきたてた。またしても傲慢な男が、彼女たちは断れないから、なんでもいうことを聞くだろうと思いこんでいる。自分は金をもっているから。そして金はつまり、力だから。

ふたりはささやき声で話しあった。

「わたしあの人、大嫌い」デライラはひと言でいった。

「わたしもよ」アンジェリークも同意した。

「なにかの罠のように感じるけど、それがなにかわからない。もし犯罪者をかくまってしまったらどうする？」

「わからないわ。ミスター・Xは」アンジェリークは大げさに目を天に向けてみせた。

「犯罪者のただの手下にしては、服装がさりげなく豪華すぎるとは思うけど。たぶん悪名高い人物でしょうね、でも、なんだかスリルがある」

「第一、わたしたちにスリルはいらないわ。もしミスター・Eがここに来なくて、ずっと住まなかったら、スリルもない。でも、もしも……？」

デライラは最後までいわなかった。

それは答えのない質問だった。〝もしだれも来なかったら？〟〝もしこれがうまくいかなかったら？〟〝もしわたしたちが飢えることになったら？〟

「ほんとうに、わたしたちがなにかを決めるとき、恐怖ではなく、希望と自由な判断で決められたらいいのに」代わりにデライラはいった。

「そうね、いつかはそうなれるでしょう、たぶん。でもいまのわたしたちには、選択の余地はないんじゃないかしら」アンジェリークの冷静な言葉に、デライラは目が覚めた。

「なら、それがわたしたちの選択肢ね。自分たちで選ぶということなら、まったくちがってくる。なにが起きても対等よ。これまでの人生でも対等だったように。それに冒険になるかもしれないし」

「そうじゃないことを祈るわ」アンジェリークはいった。

「決まりね」

「決まりよ」

ふたりはミスター・Xにこのよい知らせを伝えたが、彼は顔をぴくりとすることさえなく、驚きもよろこびもあらわさなかった。

ソヴリン金貨はテーブルの上に置かれたままだった。

デライラは彼がいるところで金貨に飛びつくよりは、死んだほうがましだと思った。

「わたしの雇い主がこの半分をあなたがたにお見せしたら、彼だとわかるでしょう」

彼はデライラに、金貨の大きさの、金属製のトークンを渡した。なにかの種類の家紋が刻印されているように見えた。ひょっとしたら獅子《しし》の脚、それともユニコーン？よくわからなかった。

それにしても。

「あなたはこのようなしるしを、上流社会で配って回っているんですか、ミスター・……？」

「Xです」彼はふたたび、忍耐強くいった。

彼はデライラの質問を無視して、帽子を軽く叩き、コートをとると、もうひと言も話さずに夜闇に消えていった。

スティーヴンズ・ホテルの食堂は、いま現在、もしくはかつて、あるいはいずれまた軍務につくときにイギリス軍の軍服を身にまとう男たちでいっぱいだった。全員、驚くほど風味のない朝食を食べようとしているところだった。

「ロヴェル・ストリート十一番地は下宿屋だった」トリスタンはマッシーにいった。

「波止場のそばの下宿屋？」マッシーは困惑したようにいった。「それは娼館の別の呼び名ですか？」

「もしそれが娼館だったら娼館だというよ、マッシー。もうそんなに楽しそうな場所ではないらしい。昔はそうだったのかもしれないが。だからうらやむのはやめろ」

「どんなところですか？」

「とても清潔で、まるで教会のようなにおいがした。ある部屋の暖炉は赤々と燃えていて、隣には小さなパブがあった」

マッシーはどことなくさびしげな顔になった。「すてきな感じですね。おふくろのうちを思いだします」

トリスタンは冷ややかな顔で彼を見た。「おまえのおふくろさんは波止場のそばの元娼館に住んでたのか？」

「自分はドーヴァー出身です、艦長。うちのおふくろは聖女ですよ」

子供が八人いて、まるで船乗りのような言葉遣いの聖女か。トリスタンは知っていたが、なにもいわなかった。

「それにデリングの未亡人は、経営者のひとりらしい。隣のパブのバーメイドから聞いた」

マッシーは長く低い口笛を吹いた。「それは興味深いですね。伯爵夫人が現実の社会におりてくるなんて。美人でしたか?」

トリスタンは部下を咎《とが》めるように見た。「いったいなぜそれが問題なんだ?」

「美人は男になんでもさせられますから」

「ぼくはちがう」

だがふと、踏み台をつかっていたメイドになにか頼まれたら、きっとうれしいだろうと考えていた。勢いこんでしてしまうかもしれない。

「そうですね」マッシーが同意した。長い経験と観察から、だれもハーディー艦長にしたくないことをさせることはできないと知っているのだ。

「きのうは伯爵夫人には会わなかったよ、マッシー。もうひとりの経営者である、ミセス・アンジェリーク・ブリードラヴにも。メイドと少し会話しただけだ」

あの短い出会いをそのように要約するのは、なんとなく不誠実な気がした。実際の経験の大部分を省略して「虹を見た」とだけいうのとおなじだ。「ぼくはあの下宿屋で部屋を借りるつもりだ。直感で、あの建物ではなにかが起きているという気がする。次の指示まで待機しろ。あそこに落ち着いたら連絡する」

マッシーはため息を押しころした。彼は行動したかった。「わかりました、艦長。いとしい人に手紙を書くことにします」

「いとしい人がいるのか、マッシー？」トリスタンはのんびりといった。

「います」マッシーは忍耐強くいった。「名前はエミリーです」

8

ミスター・Xの来訪のあくる日は、まるで堰《せき》を切ったようだった。

「マーガレットはとても恥ずかしがりやなんです。だからわたしがふたり分話す役になってしまって。妹は話すときに声がヒューヒュー洩れるせいで人にからかわれ、傷ついてしまったんです」ミス・ジェーン・ガードナーのうるんだ淡い青い目は、縁が赤くなっていた。

マーガレット・ガードナーは上目遣いに目をあげた。さっと悲しげなほほえみを浮かべたが、すぐにまた下を向いてしまった。

ちらっと見えたが、マーガレットの歯並びはすき間だらけだった。

アンジェリークといっしょに、向かいの長椅子に坐っていたデライラは、彼女が気の毒でならなかった。ミス・マーガレット・ガードナーは目が小さく、鼻が丸く、耳の下にはまるでナイフで切りつけられたかのような傷痕《きずあと》まであった。

ガードナー姉妹の人生は楽ではなかっただろう。

ドットが姉妹を大広間に案内したのは九時半。十分前のことだ。それから階段を駆けあがって小さな居間に入るなり、興奮した口調でいった。

「姉妹おふたりが、借りる部屋を探しているそうです！　そこそこきちんとした方たちに見えます！」

それはすごく高い評価ではなかったが、希望は痛いほどふくらんだ。

デライラとアンジェリークはエプロンをとり、髪を直してスカートのしわを伸ばし――ふたりの鎧だ――下におりた。

青色の長椅子に女の人ふたりが並んで坐り、とまどうような顔つきで部屋を見回していた。

ふたりの年齢を推しはかるのは少々難しかったが、着ているものから判断すれば、十年間以上、世間から引きこもっていたのだろう。〈グランド・パレス・オン・ザ・テムズ〉とおなじように。ふたりはショールを、たぶん二枚ずつ巻いていた。じっさい、濃茶色とえんじ色のウールのドレスはひだを寄せた高い襟元や手首までの長袖など、まるで修道女のように慎ましいデザインだった。ふたりとも、頭をすっぽり覆うフリルつきのモブキャップをかぶっていた。白髪交じりの巻き毛が数本、ジェーンのこめかみを縁どっている。面長な顔はとがったあごにかけて細くなっていた。

ふたりは姉妹というよりむしろ、ドレスを着た狐《きつね》と熊《くま》のようだった。

デライラはふたりを守ってやりたいと思った。

「わたしたちは、こちらのチラシを見ました。この下宿屋を宣伝しているやつ。ロンドンで前に借りていた部屋は火事で焼けてしまったんです。ちょっとした収入はあるので、海風を感じられてロンドンのにぎわいにも近い場所で快適に暮らしたいんです。こちらの下宿屋は親切で居心地がよさそうだと思って。ほんとにそんな感じですわね」

それはまるで、木管楽器の弱々しいかすかな音のような声だった。まるでジェーン・ガードナーは生まれてからずっと、静かにしろと怒鳴られつづけてきたかのように。

「ええ、そうなんです」デライラはそれを埋めあわせるために、無意識に大きな声を出していた。ひとつ咳払いをして、いつもの声量に戻した。「女の方にはとくに。うちの下宿人の方々はみんな家族のようなんですよ。じっさい、週に四日は食堂で夕食をいっしょにとるように全員にお願いしています。互いのことをよく知るために。それに紳士たちは、罵り言葉を口にするたびに、瓶に一ペンス入れることになっているんですよ。わたしたちはそれを、礼儀を保つための楽しいやり方だと思っています。ここに住む条件のひとつです。規則がありますからね」

それはほんとうだった。規則を印刷した小さなカードの束が、うしろのテーブルの上に置いてある。「印刷したものがあります。それをよく読んでいただければ」

マーガレットとジェーンはさっと目を見交わした。

マーガレットは悲しそうにうつむき、ひざの上でぎゅっと組みあわせている両手を見つめた。はめている手袋は小さすぎるようだ。

「いいえ、こちらのルールは公正だとわかっていますから。でもマーガレットはすごく内気なので、あまりそういう……にぎやかなことは少し苦手なんです。話をしなければ失礼になってしまうような場に出るのは」

「すごく内気です」マーガレットも悲しそうにささやいた。下を向いたまま。

「あなたはにぎやかなことは、いかがですか、ミス・ジェーン？」アンジェリークが尋ねた。

「そうですね、わたしはよく憶えていません。ずっとそういうことから遠ざかっていたので」彼女は手で口を覆って気弱そうにいった。

「妹さんは居間にいらして黙って坐っているだけでもいいです。いてくださるだけでうれしいわ」デライラは提案した。「それに、ピアノフォルテのじょうずな演奏を聞いたら、にぎやかさのよさがわかるかもしれないわ。わたしたちは音楽会を開こうと思っているんです」

デライラはアンジェリークが彼女に向けた冷ややかなまなざしを無視した。

マーガレットがさっと顔をあげ、警戒するように目を見開いたのがちらっと見えた。

「いずれここに住む人たちはみんな友人だとわかれば、彼女も殻から出てくる気になるかもしれませんよ。それに彼女の笛のような声をからかう人がいたらわたしたちが許しません。わたしたちはずっと待ってます」デライラはやさしく、だがきっぱりといった。

「わたしたちは女性の下宿人を歓迎します」アンジェリークがなだめるようにいった。「男性の下宿人もいますが、厳しく紳士的な行動規範が求められます。反対に、お部屋に紳士の訪問客をこっそり招くこともご遠慮いただきます」

デライラはアンジェリークを咎めるように見た。

だがミス・マーガレットは手で口を覆ってくすくす笑った。その手袋は子山羊のなめし革の高級品だった。彼女がせめてひとつは美しいものを身につける贅沢をしているのかと思うと、温かい気持ちになった。

「いろいろお聞きして、とてもよさそうです。ふたりで二階にあるいちばん広い部屋を借りたいと思います」

「まあ、がっかりさせてしまって申し訳ありませんが、いちばん広くて、おふたりでつかえる部屋は、少し前に借り手が決まってしまったんです」

姉妹は完全に固まった。

あまりのショックで動けなくなってしまったようだ。ふたりのコルセットの軋むかすかな音だけが、呼吸のたびに胸郭が動いているしるしだった。

「がっかりさせてしまって、ほんとうにごめんなさい」デライラは心をこめていった。「二番目に広い部屋にご案内しましょうか。おなじくらい居心地がいいはずです。きっと気に入っていただけると思います。部屋は三階になります」

沈黙が奇妙に長引いた。

「わかりました」ジェーンの声は少し同情を引く感じだった。

「あなた方の〈グランド・パレス・オン・ザ・テムズ〉での滞在が楽しいものになるよう、できるだけのことをいたしますから」デライラは慰めるようにいった。

「ええ、それは間違いなくそうなると思いますわ」ジェーンはほほえんだ。

デライラとアンジェリークは、下宿人が三人――姿が見えないひとりと、姉妹ふたり――決まったのだから、夕食には牛肉をつかったごちそうを出してお祝いしようと決めた。ヘルガとアンジェリークは、肉の値段や、今週いっぱい肉を工夫してつかう方法について、なんだかんだと話しあいながら、肉を買いに出かけていった。

デライラはほほえましくふたりを見送った。

ときどき、ふとした瞬間に、自分たちがごく自然にこのようなめずらしい共同生活になじんでいることが、不思議に思えた。よくある状況では、自分、アンジェリーク、ドット、ヘルガの生活は厳しく分けられていたはずだ。もし母が生きていて、今朝、娘が厨房で料理人のヘルガとダブリンに住むいとこのことをおしゃべりしているのを見たら、なんといっただろう？　叱《しか》る声が聞こえてくるようだった。〝デライラ、使用人と内緒話なんてするもんではありませんよ！〟

彼女は、少なくとも名前だけは、まだ伯爵夫人だった。その立場のために教わってきたことにひっぱられるときがまだある。でもそれはきっと、薔薇がひっぱられて格子に這《は》わされるときに感じるのとおなじ。トレリスはもう崩れてなくなったのだから、これからは自分の好きなように育ってもいいのだ。

デライラは自分が〈グランド・パレス・オン・ザ・テムズ〉の暮らしという織物を織っているかのように、同時に自分もそこに織りこまれているかのように感じていた。ここでの生活は自分のものであり、自分そのものでもある。二十六年間の人生で、こんなふうに感じたことは一度もなかった。忙しくて、贅沢や余暇をなつかしむ時間もない。もしかしたらいつか、苦労のように感じる日が来るのかもしれない。

その日まで、掃除しながら楽しく歌をうたいつづけよう。

ドットがガードナー姉妹を部屋に連れていった。デライラは広い居間を掃除して、とくにピアノフォルテを磨くことにした。ひょっとしたら、音楽に興味のある下宿人がたくさんやってくるかもしれないから。それが終わったら、お茶を用意して最上階の小さな居間に行く。繕《つくろ》いものを終わらせるためというのは口実で、ゴードンのあごの下をなでたいというのがほんとうの理由だった。

デライラがゴードンをなでていると、ドットが四階まで階段を駆けあがってきて、その足音にびっくりしたゴードンはどこかにいってしまった。ドットはかなり体力がある。

「レディ・デリング、レディ・デリング、レディ・デリング、レディ・デ――」

デライラはあわてて立ちあがった。「どうしたの、ドット、なにがあったの？」

「下に男の人がいて、部屋を借りたいと、それに……」

ドットは言葉を切り、唇を噛《か》んだ。

そして驚きと、こわい話で呼びさまされるようなある種の甘美な恐怖に、顔を輝かせた。

「どんな男の人？」

「とても背が高くて、贅肉や飾りはいっさいついていません。そのお召し物はまるで皮膚のようにからだにぴったりです。完璧な装いで、ブーツにわたしの顔が映っているのが見えました。ルシファーといったらいいのか、それとも世界を支えているあの人――」

「アトラス?」三人が夜、上の居間でたがいに朗読しあっている神話が、ちょうどその部分だった。

「そうです、あの方のなにかが、その両方を思わせるんです。ひとりで路地を歩いているときにばったり会いたいような、会いたくないような、わかるでしょう?」

まったく。

デライラにはよくわからなかったが、とにかく下におりて、ひとりでこの男の人に会わなければいけないことはわかった。増援部隊はドットだけ。

エプロンの紐《ひも》をほどき、スカートを振ってしわを伸ばし、鏡で身だしなみを確かめた。あふれんばかりの期待にうるむ大きな茶色の目が見つめ返してきた。そろそろ藤色の半喪服にうんざりしていたが、少なくともその色は彼女に似合っていた。デライラは期待をつつみ隠し、気位高く歓迎するといった表情をつくりながら、ドットの先導で階段をおり、応接間へと向かった。

デライラの玄関広間を横切る足音に、その男の人はゆっくりとふり返った。

その顔を見る前にわかった。彼を感じた。その存在はビロードの感触や炎のように独特だった。そして彼女の心臓は、予想もしていなかったよろこびと恐怖に、飛びだしそうになった。

デライラは応接間の戸口で立ちすくんだ。じっくり選んできれいに手入れした絨毯が、溶岩にでもなったかのように。

彼が顔をあげた。

そして静止した。まるで彼も、衝撃に身がまえたようで、デライラは胸が騒いだ。

「窓がとてもきれいになっていた」彼が重々しくいった。とうとう。どちらもひと言もいわなかった沈黙を破って。

彼はまだ、まばたきしていない。

「ラララ！」と、さらにいった。まるで国会で演説しているかのように、まじめな顔つきで。

彼女の普段の受け答えは、なにかにつかまって出てこなかった。内気なマーガレット・ガードナーがひざの上に置いた両手のように、きつく締めつけられていた。とつぜんデライラは、シュミーズが肌にあたっている感触を痛いほど感じた。じっさい、すべての感覚が痛いほど鋭くなった。まるでこれまで彼女の人生の二十数年間、ずっと仕事をさぼってきたのに、ようやく真に注目に値するものを見つけたかのように。

「それではレディ・デリングはご不在ということかな？」彼はやさしくいった。まるで彼女がぼうっとしているのもしかたがないと思っていて、まじまじと見つめられるのにも慣れているというふうに。「きみに話せばいいのかな？」

「わたしがレディ・デリングです」彼女の声は少し小さかったが、落ち着いていた。

その瞬間、冷たく硬い幕のようなものが、彼の表情を覆った。

彼が頭のなかで、一種の再評価のような修正をおこなうのが見えるようだった。そしてその評価はかんばしいものではない。

この人とはカードゲームをしたくない、とデライラは思った。

それから彼は、廷臣のように優雅にお辞儀した。

「そうでしたか。お目にかかれて光栄です、レディ・デリング。トリスタン・ハーディー艦長と申します」

その名前はちょっとした驚きだった。でもそのすべてが、彼に合っていた。英雄的で悲劇的なトリスタン、そしてハーディー。〝硬質《ハード》〟がついていればなんでも彼らしい。さっきドットがいっていたように、この人のからだには無駄なものはなにひとつなかった。たとえ銃弾が当たっても、跳ね返るのではないかとさえ感じられた。

〝艦長〟という部分が、鼻もちならない、有無をいわせぬ尊大な雰囲気を説明しているのだろう。運命が自分の命令を撤回するはずがないとわかっているから、悠々と世の中を生きているという感じだった。

「どうしてまた、〈グランド・パレス・オン・ザ・テムズ〉にいらしてくださったんですか、ハーディー艦長？」

かすかに親しげにほほえみかけられて、デライラはひざの骨がとけてしまったように感じた。

「ぼくを憶えていたんだ、レディ・デリング」

彼女はそのほほえみを無視して、自分は伯爵夫人なのだと思いだした。たとえ腰に鍵束をジャラジャラいわせていても。

「侍女のドットから、あなたはお部屋をご希望だとうかがいました、ハーディー艦長。それでは話し合いますから、どうぞお掛けになってください」彼女は長椅子を指し示した。

「話し合いがあるのかい？　こうしたことは、イエスかノーで事足りるものだと思っていた」

その口調は軽かった。それでも彼は椅子に坐った。その瞬間、彼の存在が長椅子の格を高め、小さな焼け焦げにていねいにあて布し、脚の一本には傷のある椅子が、まるで玉座のように見えてきた。

「わたしたちは大切なお客さま全員が快適に過ごせるように努めています。新しいお客さまがこの館に合っていて、規則を守る方かどうか確認しています。だからいくつか質問します」

「〝大切〟だって？」彼は世慣れた調子でいった。「ぼくはずっと、〝大切〟にされることを目指してきた」

「家賃を払い、規則を守り、ほかのお客さまに迷惑をかけないお客さまは、大切にされます」

彼のまなざしはあくまで礼儀正しかったが、デライラにはどうしても、彼はドレスを透かしてコルセットが見えていると感じられてならなかった。

「規則があるんだって？」彼はなんとなくおもしろがっているように訊いた。

「そうです。〈グランド・パレス・オン・ザ・テムズ〉は無法地帯ではありません」

「大切にされるには、いくらかかるんだ？」

「週十二ポンドです」

デライラが決めた彼の下宿代だ。大きな部屋でも、小さな部屋でも変わらない。二ポンドは傲慢の追加料金。

「十二ポンドという高価な下宿代にはなにがふくまれているんだい？」

「一日に二食、ほんとうにすばらしい食事と、ご要望があれば朝晩、お部屋にお茶をおもちします。お部屋は暖かく、片付いています。ちょっとした裁縫もお任せください。ご入り用でしたら、少額の追加料金で洗濯女の手配もいたします。一週間に一度、お部屋にお風呂をご用意します。全体として見れば、とてもお得な下宿代だと思います」

「そしてたまには音楽会もある。それには値段がつけられないな」

「賛成してくださって、うれしいわ」

彼はほんの一瞬だけほほえんだ。まるで彼女がなにか、ほほえましいことをいったかのように。

それがなにかは、わからないけど。

「そして燃やすほど金が余っている客が、この館に詰めかけているということだね、レディ・デリング。彼らのスカートや外套にぶつからないようにと、玄関広間を抜けるのもたいへんな苦労だったよ」

デライラは息をのんだ。なんて失礼な……！

冷静になるのに少しかかった。

「当然ながらうちのお客さまは玄関広間をうろついたりしません、艦長。この場所からお仕事に出かけたりロンドンが提供するあらゆるものを楽しめます、たとえば……劇場とか」

「劇場というのは娼館の婉曲《えんきよく》表現かい？」

それに続く沈黙のなか、暖炉の火がはぜてパチッと盛大な音をたてた。まるで怒っているかのように。

ふたりとも、まばたきもしなかった。

いいでしょう。

二十六年間の人生で、だれも彼女に〝娼館〟という言葉をいった人はいなかった――少なくともそれは、伯爵夫人の利点のひとつだった。礼儀正しい会話にはそんな言葉の出る幕はない。

ハーディー艦長は彼女を動揺させようとしているか、彼女がほんとうに娼館を営んでいるかどうか突きとめようとしている。いったいどんな目的があるのかは、わからない。

それでも、ただの言葉だ。彼女だって繊細な乙女ではない。ほおは真っ赤になっているけど。

「申し訳ありませんが、娼館のリストはご用意していません、艦長」彼女は慎重に応えることにした。「もしそれがあなたの目的で、符丁でそれを伝えようとなさっているのなら。ここはそういう種類の館ではありません。別の下宿屋をお探しになったらいかがでしょう？　それとも暗に、うちに下宿されている方々の品位を確かめようとしていらっしゃるの？」

トリスタンは彼女の返答に感心した。

「いや、こちらの下宿人がロンドンが提供するあらゆるものを享受するには、波止場に近いロヴェル・ストリートの提供する試練も乗りこえなければならないだろう。たとえば強盗や、パブの喧嘩や、ときには人殺しも。礼儀作法についての規則のある高級下宿屋の立地としては、めずらしいと思って」

彼女はまばたきもしなかった。近くで見るレディ・デリングの目は、阿片窟の長椅子のように人を引き寄せる。だが彼女はただ、彼の睫《まつげ》を数えているだけにちがいない。

「〈グランド・パレス・オン・ザ・テムズ〉が混沌《こんとん》とした世界のただなかにあるオアシスだなんて、すてきだと思いませんか?」

これは巧妙だ。なかなかやるじゃないか。

「ところで、なぜあなたが下宿屋を開くことになったのかな?」

彼女は咳払いした。「じつはわたし、最近夫を亡くしまして――」

「お悔み申しあげます」

この事務的な言葉に、彼女は事務的にうなずいた。「――共同経営者であるミセス・アンジェリーク・ブリードラヴとわたしは、これはさまざまなご出身の方々とお会いするすばらしいチャンスではないかと思ったんです」彼女は誇らしげにいった。

「そうですか」彼はわざと、かすかに困惑したようにいった。「ちょっと不思議だったんだ。こちらが〈パレス・オブ・ローグス〉と呼ばれているのを耳にしたので。放蕩者の館だと思うのがふつうだろう」

彼女は固まった。その顔に心から傷ついたような表情がよぎった。

トリスタンは自分がその原因だと気づいてどきっとし、手に負えないほどの猛烈な後悔に襲われた。

「中傷です」彼女は毅然《きぜん》といいきった。「そんな話は。もしあなたがそんなふうにお聞きになったとしたら。もしまたそんな話を聞いたら、ご自分の目で確かめられるように上品な館だと訂正してくださったら、ありがたく思います。それであなたががっかりなさったのなら、残念ですけど」

「きっとそうするよ」彼はやさしくいった。「それにまったく白かびのにおいがしない。ドックにこれほど近い建物にしては驚きだ」

彼女はかすかに目を細くした。

「家賃の交渉をしようとしているのですか？」

「それは話によるな。最初の質問に戻ろう。ぼくが借りられる部屋はあるのかな、レディ・デリング？」

興味深いことに、彼女はためらった。

「いままでのお話からすると、ここがあなたのくつろげるような場所なのかどうか疑問です、艦長。それに家賃は交渉不可です。お客さまにはその価値に見合うサービスを提供しているとわたしたちは思っていますから」

「くつろぎか」彼は一瞬間を置いて、考えこむようにその言葉をくり返した。まるでその言葉は平民にしか使い道はないとでもいうように。

彼女はそれを、頭を傾げ、あのやわらかいまなざしで彼を批判的に観察する合図だと受けとったようだ。

トリスタンは、自分の心という年季の入ったぎざぎざの氷河に、強い日差しによってひびが入るのを感じた。

目をそらすべきだろうか、と思った。

だが次の瞬間、そんなもったいない、と思った。彼女を見ていられるのに、目をそらすなんて。

美人は男になんでもさせられますから、とマッシーがいっていた。

だが彼は、犯人を捕まえるためならなんでもする男だった。

もし捕まえるのが男ではなく女だったら、なおのこと簡単だ。

彼は内緒話をするように声をひそめた。「あごの下を見てもらえるかな、レディ・デリング？　ひげを剃《そ》ったときに一本か二本、見逃したかもしれない。ぼくは細部を見落とさないようにしているんだ。どんなことでも。つねに」

つかの間の沈黙。

「お酒をたっぷり召しあがった翌朝は、ひげを剃るのが大変でしょうね」彼女は如才なくいった。

ほんとうに、たいしたものだ。

「それはほんとうだが、今朝の状況はそうではなかったし、今後もだよ。ここ、〈パレス・オブ・ロー――」

「〈グランド・パレス・オン・ザ・テムズ〉です」

「そうだ、そうだった。よろしい。ここがどんな種類の館かわかってきたし――たしかに上品な館のようだ――規則について教えてくれるかな?」

彼女はほっとしたようだった。「とても簡単な規則です。居間ではレディが同席するときに飲酒、唾吐き、喫煙は禁止です、そして無作法な言葉遣いにはひとつにつき一ペンスの罰金を払っていただきます。そこに瓶があるでしょう」

「瓶が」彼は興味津々《しんしん》の様子でいった。

「でも紳士方には別の居間もあります。そこでは道徳的ではない本能を発散していただけます。ご自分を抑える努力が耐えがたくなった場合に」

レディ・デリングはきわめて冷ややかだった。

「それを聞いて安心したよ。本能を抑えるのは悪魔でも疲れるからね」

これにはほほえみを返してくれた。楽しそうに、ゆっくりと口元があがり、まるで自分でもこらえきれないといった感じのほほえみだった。そして彼は一瞬、そのほほえみを称賛する言葉を失った。

「ふさわしい下宿人の方には規則はまったく大変ではありません。あなたが立派な人格の方なら、ことさら行儀よくふるまう必要はありません。居間での団欒の夕べを楽しんでくださるだけでいいんです」

「ぼくの人格は立派かつ揺るぎないと保証するよ」

「ただし、謙遜にはやや問題があるということ?」

これは事務弁護士のいっていた、〝ふわふわというよりチクッという感じですよ〟の一例だろう。

奇妙なことに、トリスタンはそれを清々《すがすが》しく感じた。

「自慢用の瓶はないのかい? ぼくの悪事や欠点ひとつひとつに対応する瓶を置いたほうがいいんじゃないかな。大食。多弁。音痴」

「あなたの本能を修正するのに役立つなら、複数の瓶を用意します。〈グランド・パレス・オン・ザ・テムズ〉ではさまざまな悪事はご遠慮願っています。それにお部屋に不品行なお客さまを招くことも困ります」

彼は考えこむようにうなずいた。「たいへんよろしい。それにしても、どのようにしてこの下宿屋をそのように礼儀正しく、また快適に保っているのかと思ってしまうよ、レディ・デリング。それにはかなりの支出と忠実な使用人が必要だろう。もちろん使用人に給金も要る。下宿人の安定した入居も。それなのに、この館は驚くほど静かだ」

ふたたび一瞬の間があり、彼女はまるで彼が謎の廊下で、どのドアをあけようか迷っているかのように、彼を見つめた。

「簡単です、ハーディー艦長。うちでは、礼儀正しくない方にはお部屋をお貸ししていません。当初の判断が間違っていたら、退去していただきます。その方の荷物はすっかり荷造りされて、玄関ドアの前に置かれます」

彼女は支出については答えなかった。

「聖ペテロでもそこまで厳しくなかった」

「わたしたちを見習ってくれたらいいのに」

「驚いたな、それは異端すれすれだよ、レディ・デリング」

「あなたが異端を気にして〈グランド・パレス・オン・ザ・テムズ〉に部屋を借りないとしたら、残念ですわ、ハーディー艦長。ところで、どうしてここに部屋を借りようと思ったんですか?」

「ぼくは船を購入する手続きを進めている。その船は貿易で中国やインドに行く予定だ。この館はドックにいちばん近いから、仕事をするのに便利な場所だと思ったんだ」それはあながち嘘ではなかった。「そして出航したらもうお戻りにならない？」

彼女のいい方が気になった。それは希望と後悔の両方を感じさせた。ほんのかすかに、熱望も。なににたいする？　遠くへの船旅か？　彼がいなくなることか？「たしかに、かなりの長期にわたってイングランドから離れることになる。何度も撃たれれば、いずれ退役を考えはじめるものだよ」

彼女があの目で彼を見つめ、そこに心からの心配のようなものがちらっと見えた。「お住まいはどちらですか？」

「仕事柄、ぼくは定住用の家はもっていないんだ」不思議だが、彼女に自分の欠点を告白しているような気がした。

彼女は目をぱちぱちした。そして息を吸い、なにかいおうとしたが、気を変えたようだ。「そうですか。わたしたちはこの館にさまざまな方を迎えて、全員にここをわが家だと感じていただきたいと思っています。人生がもっと楽しく、おもしろくなるように」

彼女は立ちあがると、小さなテーブルのところに行った。その上にカードの束が置かれていた。彼女は小柄で動作が優雅で、その動いているところを眺めることは純粋なよろこびだった。

彼女はトリスタンに一枚のカードを手渡した。

下宿人の方は全員、週に少なくとも四度、食堂でいっしょに夕食をとってください。

下宿人の方は全員、週に少なくとも四度、最低一時間、夕食後に居間での団欒に参加してください。そうすることで友情がはぐくまれ、〈グランド・パレス・オン・ザ・テムズ〉の目指す、温かく、家族のような、心地よい雰囲気が生まれるとわたしたちは考えています。

下宿人の方は全員、つねに、ほかの下宿人の方にたいして敬意をもち、礼儀正しくふるまってください。ただし活発な議論は歓迎いたします。

下宿人の方はご自分のお客さまを居間にお通しすることができます。

門限は午後十一時です。玄関ドアは施錠されます。門限を破ると朝になるまでは入館できません。

経営者たちが合議によって、違反またはくり返しの違反が〈グランド・パレス・オン・ザ・テムズ〉退去に相当すると判断した場合には、下宿人の方の荷物はまとめられて玄関ドアの前に置かれます。家賃の残金の返金はいたしません。

「門限？」彼はとまどった。

「午後十一時以降、あなたがいなくなると困ってしまう賭博場があるんですか、ハーディー艦長？　人の出入りがしっかり管理されていたほうが、下宿人の方も安心だろうということです」

じっさいそれは、もっともだった。

「いや、ただ感心していたところだよ。規則。組織。ひょっとしたら、あなたは軍に入ることを考えるべきなのかもしれないな、レディ・デリング」

「それは褒め言葉だと受けとっておきますね、ハーディー艦長。ご自身がその選択をなさったのだから。わたしも、自分の選択肢がそれほど広ければよかったのにと思います。規則を守ることができるか、よく考えてみる時間が必要ですか？」

「ぼくが海軍で学んだことがあるとすれば、それは規則を守ること――そしてそれを守らせることだよ。ぼくの本質は無秩序ではない。不撓不屈《ふとうふくつ》なんだ」

彼女は疑わしげな同情をこめた目で彼を見た。「あなたの自慢の瓶の中身で、もうひとりメイドが雇えるかもしれません」

トリスタンは彼女にほほえんだ。それから上着のポケットに手を入れ、財布から一ポンド紙幣を十二枚取りだして、テーブルの上に並べた。一枚一枚。まるで賭け金を置いていくように。

紙幣をさっと見た彼女の目には、間違いなく渇望が見えたが、すぐに隠された。欲ではなく、必要からのようだ。

興味深い。

「いちばん広くてもっとも快適な続き部屋を借りたい」

「あいにく、うちでもっとも広い続き部屋の三号室はもう貸してしまったんです、ハーディー艦長。つぎに広い部屋も。でもどのお部屋も快適ですし、不自由を感じることはないと思います」

「ではあなたが選ぶ部屋ならどこでも、きっと快適だろう」

「そうなるようにいたします。それと、今夜、ほかの下宿人の方々に会えると思います」

トリスタンにはそれが、予告のようにも、警告のようにも聞こえた。

「鼻持ちならない人よ」デライラは、彼のことをアンジェリークにそういった。ふたりは厨房でヘルガと一週間分のメニューを話しあっているところだった。ヘルガはお眼鏡にかなう牛肉を手に入れて意気揚々と帰ってきた。「海軍の艦長で、武勲の誉れ高く。自分はすごく偉いと思っているのよ。ボタンやブーツの先に、自分の影が映っているのが見えたわ。上着には一本の糸くずもついていない。それに、すごく背が高

い の」

三人とも、背が高いという言葉に切ない思いをかきたてられた。窓掃除をしたり壁付きの燭台の蠟燭を切ったりするたびに、長い脚と腕がほしくなる。

数時間後、アンジェリークもハーディー艦長と応接間で対面した。彼は夕食の先約があるのでこれから出かけるということだった。彼は感じがよく、手短かに説明すると、さっさとドアをくぐって出ていった。

アンジェリークは、彼が出ていったドアを見つめた。

そしてぱっとデライラのほうを見た。

デライラは、瓶に生けてある花が急にものすごく興味深くなったように観察しはじめ、アンジェリークが自分を見つめているのに気づかないふりをした。

「変ね」ついにアンジェリークがいった。「わたしは荒っぽい、赤ら顔で白髪の船乗りを想像していたのに。不思議なことに、あなたはいわなかった……ハーディー艦長が、なんといったらいいかしら……注目せずにはいられない人だと」

ぴったりだ。それは彼を見事に表現する言葉だった。謎めいているのと、引きつけるのと、どちらも等しく。でもそれでは、彼がいる部屋の室温があがる説明にはならない。

「あなたは彼をそう思った？」デライラはさりげなくいった。

でもアンジェリークの信じられないといった視線は、デライラの額に焼け焦げをつくりそうだった。

「なにをいってるの、デライラ、彼はものすごくすてきよ」それは称賛には聞こえなかった。あたかも警告のように響いた。

ようやくデライラはアンジェリークを見て、ほとんどすまなそうに、唇を噛んだ。

「もしそういうのが、あなたの好みなら」

アンジェリークはため息をついた。「彼にはなにかひっかかるわ」少し考えて、いった。「鶏小屋の部屋を狐に貸してしまったような気がしてならないの。はっきりなぜかとはいえないけど。ハーディー艦長は、理由もなくなにかするような人ではないわ。だから、なぜ彼がここに、〈グランド・パレス・オン・ザ・テムズ〉にいるのかと考えてしまう」

デライラのなかの一部、虚栄心の住んでいる場所は、ハーディー艦長が〈グランド・パレス・オン・ザ・テムズ〉に戻ってきたのは、彼女にまた会いたかったからだと思いたがっていた。デライラは、虚栄心をくすぐる以上のことは、考えたいと思わなかった。人間の男は、野生動物が、たとえ飼いならされて何年たっても信用できないのと同様に、信用ならない。彼らがなにをするのか、まったくわからないのだから。

「彼がここに来たのは、ミスター、その、Xと雇い主に関係があると思う?」

ふたりとも相変わらず、〝ミスター・X〟と呼ぶのがばかばかしく感じていた。

「そうね……わからないわ。でも、その件にかんしてわたしたちに非はないわ」

「とにかく、ハーディー艦長の十二ポンドが手に入ったし」

「二ポンド余計にとったの？」

「傲慢の追加料金よ」

「これまでのところ、わたしたちの商売は、男の人からお金を巻きあげることで成りたっているわね。ひとりは見えないことで、もうひとりは傲慢なことで」アンジェリークは考え深げにいった。

「それを悔やむ気にはなれないわ」

ふたりはにっこりとほほえみあった。

9

そのわずか二時間半後、デライラはふたたび応接室で、アンジェリークと並んで坐っていた。

「なにをしている方かはわかりませんが、とても感じはいいです」ふたりを呼びに階段を駆けあがってきたとき、ドットは新たな下宿人候補者をそう描写した。「それと、声が大きくて」

下宿屋を始めてわかったことだが、客の観察にかんするかぎり、ドットはとても優秀だった。あらゆる点できわめて的確な描写をする。

「自分があまり魅力的な見た目ではないのは、よくわかっています」

「そんなことありませんわ、ミスター・デラコート」デライラとアンジェリークは異口同音に優しい嘘をついた。

ソファの端に浅く腰かけていても、足先は床にほとんどついていない。白髪まじりの黒髪の毛先は不揃いで、耳のあたりでもじゃもじゃに飛びだしているから、まるで鳥のひなのように見える。ブーツはつま先が傷だらけだけど、よく磨かれていた。胴着のボタンは張りつめて、軋む音がいまにも聞こえてきそうだ。暴風になびく木の枝のように、ボタンを縫いつけた糸がうめいている様子がデライラの脳裏に浮かんだ。そのうちのひとつが、いまにもはじけそうになっている。

ボタンが飛んできても目に当たらないように、デライラは視線の向きを少しだけ彼の左側に移した。

とはいえ、服の仕立ては上等だ。帽子もブラシをかけてよく手入れしてあり、外套《がいとう》は新しい。そのどちらも、ドットが彼から受けとって、椅子の上にかけてあった。

どうやら、彼の食欲に衣服が追いついていないらしい。

彼の笑顔はおおらかで、本物で、悲しげだった。

眉毛はふさふさで茂みのようだ。

青い目はきらきら輝いている。

そしてその声は、レディふたりの向かいのソファに坐っているというより、むしろ岸に立って、航海に出る船上の人々に向けて、別れを叫んでいるかのような大きさだった。

耳が遠いわけでないことはすぐにわかった。でも、こちらがわざと普通の声で話しても、彼に声量を修正させることはできなかった。

「食べるのが好きなんですよ」彼が胃のあたりを叩くと、共鳴してぽんといい音がした。

デライラは万一飛んだ時のために、片目だけは彼の胴着のボタンから離さなかった。
「うちには最高の調理人がいます」アンジェリークがいう。「つくった料理を皆さん
が楽しんでくれるのを見ることほど、彼女にとって幸せなことはありません」
「薬局でお宅のちらしを見て、思ったんですよ。これこそ、わたしが求めていたとこ
ろだと！　規則は好きだ。おわかりでしょう。少し行儀をよくしたいと思っていて」
「だれしも、ときには助けが必要ですよね」デライラはなだめるようにいった。
「それに、家庭のように感じられる場所が欲しいんです。自分の家庭をもつまでのあ
いだ」
「ええ、それこそわたしたちがお客さまに提供できるものです、ミスター・デラコー
ト」アンジェリークが熱心にいった。「週十ポンドの値打ちはじゅうぶんにあります」
彼はまばたきひとつしなかった。それはつまり、財政面の審査は通過したというこ
とだ。
「これまでもずっと、身のまわりの世話をしてくれる人が欲しいと思っていたんです
が、仕事で旅ばかりしているので、妻を見つけるのも難しいんです。ときにはわたし
と同行してくれて、いつもは家を守っていてわたしを待っていてくれる気立てのいい丈

夫な女性。家庭にあこがれているんですよ」彼の口調は悲しげだった。

「すてきな夢ですね、ミスター・デラコート。どんなお仕事をされているか、うかがってもいいですか?」

「病に効く薬を輸入し、英国沿岸の外科医と薬剤師に売り歩いています。中国から薬草、インドからは、発音できないさまざまなもの、たとえば異国の動物の角や睾丸《こうがん》をすりつぶしたものとか」彼が陽気にいった。「小金は稼げる」

デライラとアンジェリークはぎょっとして身を固くした。

ミスター・デラコートがふたりにウインクをする。

沈黙が刻々と深まるにつれ、彼の笑みが消えていった。

「ひと言申しあげていいでしょうか?」デライラは静かにいった。

「睾丸のことですかね?」彼が悲しそうにいう。「いつも話しているのは外科医や薬剤師、みな男ですからね。女性にたいする話し方を忘れてしまって」

「そうですか。この〈グランド・パレス・オン・ザ・テムズ〉では、みなさんが居間に集う機会を設けていますが、紳士方には、レディの前でうっかり荒っぽい言葉を使った時に一ペンス払うことをお願いしています」

「なるほど、それはいい考えだ! 多少の助けがあれば、わたしの粗野な面も直るってものです。いつかいい妻を得るために、いま、多少口やかましくされるのはありがたい」

知らず知らずのうちに、デライラたちは彼に魅了されていた。

「どうぞ、お茶を召しあがってください、ミスター・デラコート。そのあいだに、おつかいいただける部屋があるかどうか、ミセス・ブリードラヴと相談しますので」

ふたりは席を立ち、反対側の応接間に行った。

ふたりはしばらく、黙って立っていた。

ミスター・デラコートがお茶をすする大きな音が聞こえてきた。

「ああ！」心から満足しているらしい声も聞こえてきた。

「楽しめると思うわ」ようやくデライラがゆっくりといった。「ミスター・デラコートとハーディー艦長が同席している様子を見るだけでも」

アンジェリークもゆっくりほほえんだ。

部屋に戻ると、ミスター・デラコートが希望に満ちた目でふたりを見あげた。

「〈グランド・パレス・オン・ザ・テムズ〉にようこそ、ミスター・デラコート」

スティーヴンズ・ホテルに戻ったトリスタンは、まわりの男たちのおそらく全員が――そのレストランには男しかいなかった――陸軍か海軍関係者というなか、提供された悲しいほど切れないナイフで鶏肉を切るという試みを早々に断念し、ブーツに忍ばせた自分のナイフに手を伸ばしたが、悪いとは思わなかった。

こちらのほうが清潔だし、切れ味もいい。トリスタンは武器の手入れを怠らない。

ナイフをマッシーに渡すと、彼はうなって礼を言い、自分の鶏肉を切りはじめた。正餐《せいさん》の席でこれをやらないくらいの分別はある。しかし、郷に入っては郷に従えだ。

「レディ・デリングは〈グランド・パレス・オン・ザ・テムズ〉の経営者のひとりだ」トリスタンはマッシーにいった。「正真正銘の下宿屋だよ」

マッシーが低く口笛を吹いた。「それはおもしろいですね」

次の挑戦は、鶏肉を嚙むことだった。それを達成するのにしばし時間がかかった。

レディ・デリングのいうとおりに下宿屋の料理人の腕がいいことを、トリスタンは心から願った。

「美人なんですか？　レディ・デリングは」

トリスタンは口の動きをとめて、マッシーをにらんだ。

「そんな目つきでにらまないでください、ハーディー艦長」

「お赦しを。おまえの気持ちを傷つけたかな、マッシー？」

「ちょっといってみただけです」マッシーが気軽な口調でいった。「もしも美人だとしたら」トリスタンが返事をしなかったので、さらにつけ加えた。「美人で無一文の未亡人が、再婚ではなく、廃屋だった家で下宿屋を営むことを選ぶのはなぜでしょう。

もちろん、再婚にはしかるべき服喪期間が必要ですが。親戚だって、受けいれてくれるんじゃないでしょうか」

「ぼくもそう思った」

「つまり、美人なんですね」

トリスタンは言葉を選んだ。

「悪くない」その評価に、われながら皮肉なおかしさを感じた。

マッシーが額にしわを寄せ、疑わしそうに彼を見つめた。

「そして、尋ねられる前に答えておくが、マッシー、イエスだ。ミセス・ブリードラヴも美人だ。それに、下宿屋自体がもはや廃屋だったとは思えない。とてもよく手入れされている。そこで浮かんでくるのは、無一文の未亡人が下宿の修復と家具にかかる金をどこで手に入れたかという疑問だ。それに、規則を印刷する金も」彼はにこりともせずに説明した。

「規則があるんですか？」

「そのとおり」

ふたりは黙りこみ、決然と嚙みつづけた。固パンとビスケットはすでに咀嚼《そしゃく》した。この鶏肉にも勝ち目はない。とはいえ、ふたりとも、のちに消化を試みる段階で苦しむ可能性はある。

銀器がカチャカチャという音と、男たちの笑い声が沈黙を埋めた。

「見た目はどんな感じなんですか？」マッシーは好奇心を抑えられないらしい。「レディ・デリングのことです」

トリスタンは深いため息をつき、フォークを置いた。「いい加減にしてくれ、マッシー」

「いとしい人に会えなくて寂しがっている男を慰めると思って」

「いとしい人の名前はなんだっけ？」トリスタンはにやりとした。

「エミリーです」マッシーが忍耐強くいった。

トリスタンはまたしばらく鶏肉を嚙んで、それからいった。「小柄。黒髪。茶色の目」

突然、いまの描写はひどく失礼だと気づいた。こうした言葉は、「手軽な女だ」とか「彼はとんでもなく脚が長い」とか、そういう文脈で使う言葉だ。たとえば、目の前のこのテーブルも〝茶色い〟。だが、レディ・デリングの目は、まるで彼のピストルの、光るまで磨いた台尻のように希有《けう》な輝きを帯びている。そしてその底知れぬ深さをのぞきこめば、船を海底に引きずりこむほど激しい嵐《あらし》の可能性を秘めた静かな海が思い浮かぶ。

そういう言葉を聞きたい女性はいないだろう。銃の台尻とかそんなたわごとは。トリスタンの美の概念は一般的とはいえない。

「ミセス・ブリードラヴは明るい目が美しい」彼はつけ加えた。

しかもミセス・ブリードラヴはレディ・デリングとはまったくちがうタイプの女性だ。それはひと目でわかった。レディ・デリングが組んでいるのが冷静で皮肉っぽい人物だとわかり、トリスタンはなぜかほっとした。

「そこが本物の下宿屋だと、どうしてわかったんですか、ハーディー艦長?」

「かなり手厳しい面接のあとに、居心地のよい部屋に案内されたからだ。ぼくの意図に反して、それぞれの部屋や館のほかの場所には案内されなかったが、ほかの部屋もおなじだと信じない理由はなかった」

「なるほど、彼女に手厳しく面接されたんですね?」

「そのにやついた顔をいますぐやめるように命じる」

トリスタンがそういう話し方をすると、もっとも親しい人でさえ、ふいに気温が数度さがったように感じて、体をぶるっと震わせる。

だが、マッシーは表情を変えなかった。

「規則に加えて、消灯時間も決められ、レディの前で悪態をついた時に一ペンス入れる瓶もある。面接も明らかに、ぼくが下宿人としてふさわしいかどうかを彼女が確認するためだった」

「立派なレディが運営している下宿屋のようですね」

「その点に関しては、まさにそうだ」

「部屋はどんな感じですか?」

「ベッドカバーは青いキルトだ。ベッドはぼくの体格でもふたり寝られるくらい大きい。ついの衣装簞笥と抽斗、そして書き物机がついている」

「枕はやわらかい?」マッシーが期待をこめて訊ねた。

じつは枕を叩いてみたが、雲のようにふくらんでいた。兵士を経験した利点のひとつは、身体的な快適さのありがたみがよくわかることだ。

じっさい、その部屋のなかでトリスタンは驚嘆のあまり、一瞬だったが、無防備な驚きにとらわれた。書き物机の上の花瓶に挿した一本の小さな花、ベッド脇に置かれた組ひも式の敷物、鮮やかな青のなめらかで清潔なベッドカバー——家はこうあるべきという女性特有の細々したものが、ちょっとした罠になる。やわらかさや快適さ、清潔さに接すれば、人はそれを好み、必要とするようになる。実際にふっくらした枕にはまりこんだかのように、そこから抜けだすためには、必死にもがかなければならない。

しかし、トリスタンをよく知るマッシーの期待に沿い、トリスタンはただあきれ顔でにらんでみせた。「もちろん、枕はやわらかかった。そして、おまえが聞く前に答えておくが、しびんは青い小花模様だった」

マッシーが目を細めた。「ぼくの弟が持っていたしびんは、小便する先が国王の口に――」

「ぼくたちがお仕えしているのは国王だが」

冷たく言い放ったその鋭い言葉は、明らかに警告だった。

国王の不人気ぶりはひどいものだが、それでもトリスタンが命をかけてもいいと思うこの国、そして英国民全員の代表者であり、それゆえに彼は骨の髄まで忠誠を誓っている。

国王にかんしてトリスタンは独自の意見を持ち、それはマッシーも知っているはずだ。国王は人々が思っているより複雑でわかりにくい人物で、ひどく不幸だった。そもそも統治者という器ではない。服のように自分にぴったり合う運命を生きる贅沢を享受できない者もいる。それでも、トリスタンはあの国王のために死ねる。

「ああ、そうでした。申し訳ありません」

トリスタンは少し黙って、警告が染みこむのを待った。

「だが、居心地のよい部屋でも多くの男が殺されていることを忘れないほうがいい」

「そんなにたくさん？」

トリスタンはため息をついた。「おそらくな」

マッシーはにやりとした。

「ぼくはそのひとりにはならない、マッシー。入居したあとは、ほかの客たちと会話し、建物内を調べるつもりだ。おまえとモーガン、ハリガン、ロバーツ、ベッソンで、あの建物に出入りする者を記録してくれ。交代制にして、足りなければ兵を補充しろ。今夜、下宿人のほかの三人と会うことになっている。週に四回は全員居間での団欒に参加するのが義務らしいからな」

マッシーが遠い目をした。「居間の団欒っていい響きですね。エミリーとふたりで、自分たちの居間をもつのが待ちきれません」

トリスタンはあきれた顔をした。

トリスタンは、目的がない行動や楽しみのための楽しみに慣れていない。彼の人生はこれまで、行動を起こし、行動を計画し、行動を待つことで成り立ってきた。攻め、守り、逃げる。命令を叫び、命令を受ける。銃の狙いを定め、モップを振りまわす。その類いのことだ。

これまでの経験にまったく含まれていないのは、炉火に照らされた部屋で、暗い隅に坐る独身女性ふたりから明らかにぞっとした顔で凝視されながら、小さなテーブルに向かって静かに坐っている——ただ坐っている！——ことだった。

「見かけほどこわい方ではないんですよ」レディ・デリングがみんなにささやく声が聞こえた。

実際には、ささやきに分類するには大きすぎる声だった。

トリスタンは皮肉っぽく口角をゆがめ、本の上にさらにかがんだ。この下宿屋には、持ち物を入れた肩掛けかばんを持ってきた。着替えと歯磨き粉、ひげ剃り用の石鹸《せっけん》とブラシ、そして本を一冊。『ロビンソン・クルーソー』はかなり前から読もうとしている。だが、この三か月で五ページほどしか進んでいない。いつもなにかの邪魔が入る。

「初めまして」先ほどガードナー姉妹に紹介され、トリスタンは重々しく挨拶した。だが、ミス・マーガレットと呼ばれているほうは悲鳴のような声をあげ、頭をさげてうつむいてしまった。驚くほど大きい頭だとトリスタンは思った。うつむく前に、一瞬白目が見えた。

そして、それ以来、彼女は一度も頭をあげていない。

がっしりした女性だった。おそらく、一生涯続けてきた洗濯仕事から引退したのだろう。

姉妹のもうひとりのミス・ジェーンは「初めまして」とはいったが、非常に小さい声だったから、トリスタンがそう思っただけかもしれない。もしも鳥が話せるなら、こんなだろうと思うような声だった。

レディ・デリングとミセス・ブリードラヴはいったいどこでこのふたりを見つけてきたんだ？

「ミス・マーガレットは内気なんです」一瞬間を置いて、ミセス・ブリードラヴがささやき声で説明したが、だれもが、とりわけマーガレット自身がよくわかっている事実をささやく必要はない。

トリスタン自身は煉獄《れんごく》にいるような気分――この場所から出ていくことを許されていない――だったが、感傷的なマッシーなら、きっと楽しいと思うだろう。

ソファは茶色とクリーム色の古い紋織布張りで、バルーシュ型馬車くらい大きく、部屋を横断するように配置されている。そのまわりには寄せ集めの小テーブルがいくつか置かれ、それぞれに小さなランプが乗っている。トリスタンは紳士らしく、暖炉からかなり離れた小テーブルと椅子を選び、木製の背もたれに寄りかかって坐っていた。燃えあがる炎の明かりが、あえて炉火から一番遠い隅の暗がりを選んで坐っているガードナー姉妹以外のレディ全員を実物以上によく見せている。なかでも、それぞれの椅子に坐っているレディ・デリングとミセス・ブリードラヴは美しい蠟燭のように輝いている。

その刺繍は枕カバーになるのかもしれない。図柄は、客間に黙って坐らされているのに耐えられずに自分の頭に銃口を向けている男の姿かもしれない。

こういうのが〝ここちよい〟ということなのだろうとトリスタンは思った。

メイドのドットはなにかを修繕していた。「いたっ」彼女が小さい声を出した。数秒後、「いたっ」とまたつぶやいた。

トリスタンは壁際に置かれたピアノフォルテに気づき、その蓋を閉じたまま貼《は》りつけ、みんなが開かないのを必死に開けようとするのを見たらおもしろいと思った。音楽に異存はない。上手に演奏される音楽を聴くのが好きだが、どこの居間でも、そういう演奏に出会ったことはほとんどない。

「客はふたりしかいないようだ、レディ・デリング。三人目はどこに？　居間から逃げるために追加料金を支払ったのかな？　もしそうならば、ぜひ挨拶して、その交渉術を称えたいものだが」

レディ・デリングが一瞬冷たく彼を眺め、それからふり返った。

「ああ、ミスター・デラコートがいらしたわ！　彼と一緒に、紳士のお部屋で煙火を吸って、おしゃべりしたらいかが、ハーディー艦長？」

それは命令のように聞こえた。だから、従った。

10

居間の一画を区切ってつくられた、紳士が煙草を吸ったり、悪態をついたりするための部屋を快適にするには、かなりの努力が必要だっただろう。男たちが、ブーツを履いたまま足を乗せられるような低いテーブルがあり、その周囲に茶色の布張りの大きなウィングチェアが三脚置かれている。絨毯は黒と茶色の渦巻き模様が描かれている。煙草の煙のほかにも、男がやりがちな、口に出すのもはばかられる事柄を隠すにはうってつけの色合いだ。

彼とデラコートは、主人たちが店でお茶を飲んでいるあいだ、そとでつながれて待っている二匹の犬のように、しばらく黙って立っていた。

「あなたは、実にすばらしい夕食を食べそこねた」デラコートが口火を切る。「まさに、絶品でしたよ。あの料理人はソースの使い方が絶妙だ。皿を舐《な》めないでいるのが大変でした。それが行儀悪いことは、わたしにもわかります！　ハハハ！」

トリスタンはこわばった笑みを浮かべた。

ミスター・デラコートは声が大きい。怒鳴り声どころではない。競馬場で観客に混じって馬の声援に声を張りあげているかのようだ。

「しかし、ミス・マーガレット・ガードナーの熱狂ぶりには、わたしも到底かなわないね。まるでいつなんどき奪われるかもしれないと思っているかのように、両手を使ってがつがつ食べていた！　あれほどの食欲を発揮する女性は見たことがない」

トリスタンはため息を押し殺した。いまの話を聞くかぎり、あしたの夕食を期待する理由ができた。

「それで、あなたは艦長だとか？　海軍士官？」

「ええ」

「ネルソン提督をご存じで？」

「彼の下にいたんだ」

ネルソンは神のような存在だ。これ以上説明する必要はない。

「それはそれは」デラコートはうしろにさがり、両手を腰に当てた。「では、あなたは英雄だ、熟練の船乗り！」

「いや、ちがう」トリスタンは否定した。

完全にちがうというわけではない——英雄という言葉を簡単に口にする人物が存在しなければ、セント・ジャイルズ出身の孤児が有能で非情な海軍艦長になれるはずがない。その言葉を用いたのは国王自身だ。一度だけ。密談の時に。

デラコートの声がさらに大きくなり、言葉という形でさらに大量の空気が消費されると、まるで宇宙が大気のバランスを保とうとするかのように、トリスタンに残された空気がますます少なくなるような気がした。

デラコートは黙っていても、空気に別な要素を付加していた。夕食の食事にたいする彼の熱狂ぶりが、別な方法で自己表現をしはじめたのだ。

トリスタンは繊細なほうではない。何年ものあいだ、何百人もの男たちと一緒に船に詰めこまれていたから、男というものがいかに陽気で品がない生きものかは熟知している。この何年か、それを味わわなくてすんでいただけだ。船長の特権のひとつは、自分の部屋を持ち、そこならば、いびきも、げっぷも、すすり泣きも、夜驚症《やきょう》の発作も、ひそかな自慰行為のうめきも聞こえないことだ。

「いやいや、それは謙遜でしょう」

「ぼくを知っている者はだれもそんなことはいわない」

これは真実だが、デラコートはトリスタンにはわからない理由で大笑いした。

その笑いが多少静まっているあいだに、トリスタンは質問を開始することを考えたが、デラコートが密輸業者と考えるのはさすがに無理がある。岸に係留された黒船に積んである葉巻のことや、盗まれた品物をすみやかに陸揚《りくあ》げすることについて、こんな大声で話すはずがない。繊細さのかけらもない男だ。もしも密輸業者ならば、とっくに縛り首になっているだろう。

「ハーディー！」デラコートが秘密めかし、口を手で隠すようにしてささやいたが、それは身振りだけで、声は相変わらずの吼《ほ》え声だった。「ひとつどうかね？」

片手を上着に滑りこませて、引っぱりだしたのは、よりにもよってなんとそれは……。

……二本の葉巻だった。

デラコートはトリスタンに向かって促すように両眉を動かしてみせた。

トリスタンは葉巻を凝視した。

それからゆっくりと、なにも言わずに一本受けとった。

鼻の下に持っていく。

うなじの毛が逆立つのがわかった。

「気に入ると思うよ、ハーディー」デラコートが熱心にいう。「味わいは……チョコレートとパセリかセージで湿った家のなか、汚れた床の上で二頭のシマウマが交尾したような感じだ」

トリスタンは彼を凝視した。

こんな冒瀆的《ぼうとくてき》ないいまわしを聞いたのは、生まれて初めてだ。

しかも自分は船乗りなのに。

しかし、デラコートはすでに葉巻に火をつけ、まとわりつく煙のなかで、眉をほんの少しひそめ、考えこむように、よろこびさえ示しながらじっくり吟味《ぎんみ》していた。

「違うな――ライオンの交尾だ」うれしそうに言い直す。そして、その結論に満足したように、先端が真っ赤に輝くまで、深く吸いこんだ。「それにもかかわらず、なぜかとびきりの味だ。これまで吸ったなかでも、もっとも興味深い一本だよ」

これこそ、女性たちが男たちを一時的に隔離したがる理由だろう。男がなにをいったりやったりするか見当もつかないからだ。同じ理由から、ヤマネコをペット用に飼うべきではない。それを飼ったフランス人貴族の話を聞いたことがある。その家のイヌと交尾し、ネコを食べたという。

そして、これまでに吸ったすべてのものについて話すことになる。男たちの会話とはそういうものだ。

「残念だが、いまはやめておくよ、デラコート。だが、勧めてくれてありがとう。こんな珍しい葉巻をどこで手に入れたんだ？」

「コートランド・ストリートを行ったところの薬屋で一か月前に買ったんだよ。もっと入荷するといっていたが、だめだったらしい。いまは一本十ポンドで売っている。十ポンド！　あきれたもんだ」悲しげに頭を振る。「だれがそんな金を葉巻に費やすというのか?」
「その薬局は、その薬巻をだれから仕入れたといっていたかな?」
「そんなこと訊かなかったよ。彼には外国の調合薬を卸している。繊細な関係だから
ね、ほかの供給業者のことなど思いだしてほしくない」
「たしかにそうだ」その薬局を訪問するようにマッシーに伝えることと、心に書き留
めた。
「そのほかに、どんなものを吸ったことがある、デラコート?」
「そうだな、阿片だね。どんな感じか確かめるために一度だけ。頭がすっきりするも
のがいい。薬草はどれもそうだ。わたしの仕事関係でも、それをやっている者がいる。
製品の質を検査するんだと。ただ、わたしは日常的にはやらない。あれは精神を弱く
する。ほかのところもね。いってる意味がわかるかな」彼が元気よくウインクした。
「わかるよ」古今東西、デラコートのほのめかす意味を理解しない者はいないだろう。
「どんな仕事をしているんだ、デラコート?」
「世界各国から輸入される医療用の薬草や治療薬を薬局や医師に売っている。さまざ
まな外国産の動物の一部や非常に強い薬草などの粉砕検査をする。わたしが思いつい
たことなんだ。一度中国で治療を受けたが、魔法のように効いたよ!」
デラコートの職業が合法かどうかはきわどいところだが、トリスタンが知るかぎり、

内科医や外科医は運を天に任せて手術を行うことも多いし、経験上、中国の薬草やその類いのものが治療や痛みの軽減によく効くことも知っている。

「かなりいい金になるのか？」

男同士ならば、煙草を吸いながら、こうしたことも訊ねられる。

「そうだね、かなり稼げる。おかげでこの〈グランド・パレス・オン・ザ・テムズ〉の部屋代を払うこともできるし、これまでのところ、よい選択をしたと思ってるよ。みんないい人たちだ」勇ましくいう。

「この特別室に、悪態の罰金瓶がないだけでも幸運だ」

「ははは、それそれ、あの瓶ね！」彼に親しげに背中を叩かれたトリスタンは、上下の大臼歯《だいきゅうし》を嚙みしめて、反射的にデラコートの耳のあたりをひっぱたきそうになるのを、なんとかこらえた。「ねえ、ハーディー、規則のひとつやふたつ、わたしは気にしないね。男は飼い慣らされちゃだめだ、そうじゃないか？　男はみんな、伊達男ブランメルでさえ、一皮むけば粗野そのもの。自分の女に、『スタントン、家に入る前にはブーツの泥を落としな、さもないとのし棒で殴るよ！』くらい、怒鳴られたほうがいい」

「いや、ぼくは女に怒鳴られたいと思ったことはない」

「命令するのに慣れていたから、そうなんだ？」デラコートがウインクした。

少し間を置いてからトリスタンは答えた。「そうだ」

この〝そうだ〟の口調に、デラコートの断固たる快活さも多少迷いが生じたらしい。あやふやな笑みを浮かべて、トリスタンにほほえみかけた。

トリスタンはため息をのみこんだ。彼のかかえる問題点のひとつは、彼を一様に、つまり絶対的な権威としてしか見ない男たちとしか接してこなかったことだ。

自分はデラコートに、情報以外はなにも望んでいない。自分の役に立たない者とは雑談もできない人間だとしたら、自分はどんな人間なのだろう？

「もらっておいてもいいかな？」トリスタンはさっきよりも感じよくいって、葉巻を示した。

「どうぞ、どうぞ。あとで楽しんでくれ。不道徳なことをしたい気分の時にね」彼がまたウインクをする。

十ポンド、この悪臭漂う異国産の葉巻が十ポンドとは。人々がこうした品に置く価値について考えずにはいられない。密輸業者は、葉巻や絹や茶といった品にかかる税金を免れるために、自分やほかの人々の命を平気で危険にさらす。こうした品々の価値は恣意《しい》的なものだ。貴族やどこかの冒険家たちがこの葉巻に十ポンドも払っていると吹聴《ふいちょう》できるために、だれかの一家全員が死んでいるかもしれない。はからずもそうなったとしても、無残な死には変わりない。

「それで、あなたはどこでこのパレス……〈グランド・パレス・オン・ザ・テムズ〉のことを知ったのかな、ミスター・デラコート？」

「薬屋でちらしを見たんだよ。いいところのようだった。整然とした女らしいところかと」

「それにもかかわらず、ここに来たわけだ」

「ははは！」デラコートはその冗談に驚き、うれしそうな顔をした。

「部屋は気に入ったかい？　いちばん大きな続き部屋を頼んだが、もう埋まっているといわれた」

「わたしもそう言われたよ。ガードナー姉妹が二番目に大きな続き部屋をつかっているようだ」

「最大の続き部屋を獲得した幸運な人物に、われわれはまだ会っていないわけか」

「そのようだ」デラコートがあっさりいう。その事実を問題視していないらしい。

トリスタンは自分にとっては明白な疑問を口にしなかった。つまり、居間での団欒という全員に求められている義務を、最大の続き部屋の下宿人はなぜ免除されている？　調べてみる必要がある。

しばし沈黙に包まれた。

「さてさて。いとしい人はいるのか、ハーディー？　あるいは奥さんかな？　遠い港にいるとか？」

「結婚はしていない」

「あなたのような熟練の船乗りは、落ち着くのはむずかしいかもしれないが、もつべきだよ、奥さんを。あんたのような立派な人間はとくに」

「その忠告をよく考えてみよう。ありがとう」

「わたしのような男は、いい嫁さんを見つけるのがずっと困難だからね」

彼はそれ以上説明しなかったし、トリスタンもあえて異を唱えなかった。

自分のように、どの社会階層にも当てはまらない男にとっても、いい人を見つけるのは同様に困難だという事実もいわなかった。柔軟な生き方ができなくなった男。人間はどんなことでもやりかねないと学んだせいで、だれのことも心から信頼しなくなった男は、人々の小さな輪に入ると、落ち着かない気分になる。そういうことすべてが、最初の求愛が破綻《はたん》した原因の一部だった。

「ここの美しい経営者たちをどう思うかね、ハーディー？　ブラウニーとゴールディを？」

デラコートは遠からず、みんなの前でも、彼女たちのこのあだ名を口にしてしまうだろう。その時のふたりの顔を見たいとトリスタンは半ば期待した。

「ふたりは快適な場所をつくりだしているようだ」言葉を選んで答えた。

「これは、あんたとわたしのあいだだけの話だが……」

デラコートが声を低めたので、また衝撃的なほど下品な評価か、あるいはぞっとするような暴露話を述べるに違いないと、トリスタンは内心身構えた。

「あのふたりは、根っからのレディだと思うね。あんたやわたしのような輩《やから》にはいい人すぎる！　ハハハ！」

トリスタンは身をそらしたが、耳元に吹きかかる湿った〝ハ！〟を避けるにはやや遅かった。

「あのふたりがやったことを見てくれ！　このボタンを全部縫いつけてくれた。針金でつけたかのようにしっかりと」

そう言いながら胴着のボタンを力いっぱい引っぱったので、たしかにボタンにはものすごい負荷がかかったが、それでもびくともせず、その奇跡にデラコートは顔を輝かせた。「ほら、取れない！」心からの畏敬《いけい》と驚嘆をこめていった。そしておろす手で、まるでアコーディオンのようにボタンをかき鳴らした。「散髪もやってくれるといってくれた。もちろん自分でボタンはつけられるが、女性にやってもらうのは格別だよ」

トリスタンは奇妙なことに、そして、ひじょうに驚くべきことに、ささやかな感動を覚えた。しかも、デラコートのためにうれしくも感じた。

「おめでとう、デラコート。それはよかった」

世の中が安全で優しい場所だと感じ、そこには自分を気にかけてくれる人がいて、服の前が弾けることもないと確信させてくれるのは、ときに胴着の前を閉じておくボタンのように些細《ささい》なことなのかもしれないとトリスタンは思った。船上で、ボルトが締まっていることを確認したり、帆をたたんだりというもっとも簡単な仕事がきちんと行われているからこそ、自分が大英帝国の名のもと、犯罪者に裁きを受けさせることができたのとおなじだ。

力が存在するのは、優しさのような美徳がそれを許しているからなのだと、生まれて初めて考えた。

ふいに、彼がデラコートと一緒に部屋を出ていく時のレディ・デリングの顔をはっきり思いだした。いたずらっぽい表情——それがなぜか、いまはよく理解できる——と、期待のような表情が浮かんでいた。彼女はこの〈グランド・パレス・オン・ザ・テムズ〉で、なにか特別なものをつくりだそうとしているのだろうか。

でもなぜだ？

密輸業者を幇助《ほうじょ》しているとすれば、なぜわざわざそんな危険を冒す？

それとも彼女自身が密輸業者なのか？　だが、あんな優しい目をしていて、しかも、感情がすぐに顔に出てしまう女性が、そこまで下劣で違法なことに手を染めるとは到底思えない。

悪態をついたときの瓶まであるのに？　やれやれ。

しかし自暴自棄な人間は、自暴自棄になれば、なんでもやる。十二ポンドを見た時に彼女の目に浮かんだ渇望のきらめきを思いだすと、トリスタンの胸がちくりと痛んだ。

「わたしにとって、妻とか恋人を見つけるのは簡単ではないんだ」デラコートがまたいう。「昔かたぎの人間だからね。扱いづらいだろうと思うよ。仕事で回っていても、話しすぎてうるさいと思われる。静かな場所を騒がせてしまう。でも、あんたがそんなに静かなのは、むしろ船員たちがあまりに騒々しかったからでは？」

あやしげな薬を売り歩いている大声のおしゃべりな男から聞くとは予想もしていなかった洞察だった。トリスタンが静かにしていてもだれも咎めなかった。じっさい、ひじょうに寡黙《かもく》なほうだが、なぜそれほど寡黙なのか、だれも、彼自身でさえも疑問を呈してこなかった。

だから、こうして観察されることに多少いらだちを覚えた。

しかし逆にうれしくもあった。部屋のなかで、これまで隠れていた窓からそとを見たような感覚だ。見慣れた景色を違う角度から見る。

「たしかに長いあいだに、言葉を節約するようになったのかもしれない。意見をいう価値がある話かどうか見極めることを学ぶからな」

「わたしは長いあいだ独り身だったせいで、むしろ多弁になったかもしれない。でも、炉端で一緒に坐る妻がいたら、居心地よく静かにしていられるかもな」

「あなたが静かにしている姿を思い描くのはかなりむずかしいよ、デラコート」トリスタンは軽口を叩いた。

「ハハハ！」デラコートはからかわれてうれしそうだった。

トリスタンはつられてほほえんだ。

そして、薬屋を訪ねて、デラコートの話の裏付けを取るようにマッシー海尉に伝えることと、心に書き留めた。

新鮮な空気を吸おうと葉巻部屋から出た時には、夜の団欒も終わって、レディたちはだれも居間にいなかった。暖炉の火は小さくなり、ランプも消されている。淡い光に照らされた家具は、使い古しの安っぽいものには見えない。ソファのたわみやほつれが、何世代ものあいだ、本を読んだり縫い物をしたり、笑ったり、家族と寄り添ったりする人々の尻のさまざまな動きによってできたものであることは容易に想像できた。

そしてそれは、〈グランド・パレス・オン・ザ・テムズ〉の現在の居住者も反映している。揃いのものはひとつもない。それでも、というよりそれゆえに、ほどよく調和している。

一種の逆説といえよう。

ふと、ありがた迷惑な考えが脳裏をかすめる。もしも自分が家庭をもつのなら……こんな家がいいかもしれない。

この感傷的な考えを声に出してマッシーにいうことはぜったいにないが。

なぜデリングはこの建物を所有していたのだ？

それに、彼の未亡人が禁制品の葉巻によって金を得ているならば、金箔《きんぱく》や金めっきの装飾があるはずではないか？

最上階の経営者たちの部屋はすべてそうなっているのかもしれない。

下の厨房でまだ働いている女中たちの笑ったり呼び合ったりしている声が聞こえた。不幸せな使用人、とくに洗い場の女中たちが働きながら笑うことはない。

それにその笑い声は、彼が〝偶然〟さまよいこんで、料理場を調査できないことを意味している。少なくともいまはまだ。

自分の部屋に戻ろうと階段をあがっていくとき、上階のどこかで鳥のさえずりのような女性の笑い声が聞こえたような気がした。そのなにかに心惹かれ、人生の記憶のどこにもないものなのに、なぜか懐かしい気持ちになった。

階段をのぼりながら、一段ずつ軋んだり、がたついたりする箇所を確認し、それを記憶した。二、三時間待って、家じゅうが寝静まったあとに、もう一度おりる予定だったからだ。

自室に入ってブーツを脱ぎ、小さな衣裳簞笥に上着をかけると、トリスタンは綿を小さく丸めて鍵穴に詰めてから、青いベッドカバーの上に寝転がり、家のなかの音に耳を澄ました。

頭上で小走りする軽やかな足音がして、床が軋んだ。女性たちが移動し、椅子に腰をおろしたらしい。

床になにかが落ちるドサッと小さい音も聞こえた。たぶん本だろう。

ときどき女性たちのくぐもった笑い声が聞こえてくる。

そしてようやく、軋み音も動く気配も静まった。

みんなが目覚めているときと、寝静まっているときの家の様子は奇妙なほど違う。人と同じように、家も生きているといってもいい。

廊下を動物が走り抜ける小さな足音が聞こえた。たぶん猫だろう。それとも、ぞっとするほど巨大な鼠かもしれない。

そのとき、近くに動物がうずくまってうなっているような、低い小さい音に気づき、トリスタンは困惑して顔をしかめた。そのあとにぎょっとしてベッドカバーを握りしめたのは、音がどんどん大きくなり、巨木がゆっくりとふたつに引き裂かれるような激しい響きに変わったからだ。

突然やんだ。

そのあとに、動物が部屋の空気全部を吸いこんでいるかのような、長い大きい鼻息が続いた。

なんてことだ。

デラコート。

いびき。

トリスタンの真下の部屋だ。

まあ、少なくとも、これから自分がやろうとしていることが立てる音は、このいびきにかき消されるだろう。

真夜中の零時半になると、トリスタンは黒い上着を着て、ポケットに火打ち石と蠟燭をしのばせ、そっと部屋を出た。

階段のどこをどうやって踏めば軋むかわかっていたから、音がしないように、一段一段注意深くおりていった。

玄関広間の壁付燭台の蠟燭はすべて消され、カーテンも閉じられていた。雲のうしろに隠れた半月の月の淡い光が、覆われていないアルコーブの窓から差しこみ、漆黒の影をわずかに薄くしている。トリスタンは壁に沿って、壁にふれながら謎の三号室を目ざした。

はっと動きをとめる。

暗がりになにかいる。最初は音もせずに、ただ気配を感じただけだった。しかしそのあとに息遣いが聞こえた。かろうじて聞き取れるくらいに。

それに伴って足音も聞こえた。ゆっくりした慎重な足音。だれかがこっそり移動しているらしいが、あまり成功していない。

姿を見せたのはミス・マーガレット・ガードナーだった。どんな暗がりに紛れていようが、彼女が目立たずにいるのはとうてい無理だ。

デラコートの部屋から出てきたのだろうか？

しかし、デラコートはとっくにいびきをかいている。

しかも、ミス・マーガレットは軋み音を出さないように、かなり注意深く階段を登っていった。

もしも彼女がなんの意図もなく、ただ家のなかを移動しているだけならば、蠟燭を持っているはずだとトリスタンは思った。だが、彼女はただの巨大な影となって角を曲がり、姿を消した。

トリスタンは動かずにしばらく待った。いったい全体、彼女はなにをしているのだ？

暗闇でひざまずいて鍵穴をのぞきこんでいるところを見つかるわけにはいかない。だから、数秒後、トリスタンはおりた時と同じくらいこっそり階段を登り、自分の部屋に戻った。

11

翌日夜の〈グランド・パレス・オン・ザ・テムズ〉は静かだった。デラコートは幸せそうにボクシングの試合に出かけ、ボクシングと聞いてレディたちはぞっとしたような顔をした。ハーディー艦長は夕食後に、みなさんごきげんようと挨拶して、こんな雨のなかどこに行くのか説明もせずに、帽子をかぶり、長い脚を闊歩《かっぽ》させて出かけていった。「片づけなければならない用事があるので」といって。

夕食――みごとなビーフシチューとつけ合わせの野菜、ポテトを少し、美味しいパン、そしてタルト――はもちろんおいしかったが、上品に食べるという散発的な試みが立ち消えたのは、マーガレット・ガードナーが明らかに食事を楽しんでいる様子にみんなが気を取られ、ひとりまたひとりと食べる手をとめて眺めたからだ。肉の皿を与えられた猟犬のようにがつがつ食べている。フォークとナイフが、食べる道具というより鋤《すき》のように振り回され、そのあまりの速さに動きが見えなかった。

彼女の姉はもう少し食べ方を抑制できているようだった。落ち着いた様子で、やはり見るからに楽しみながらシチューを食べ、パンですくいあげ、ナプキンで口を拭っている。そして、周囲の気まずい様子にはまったく気づいていないようだった。

デライラはため息を抑えた。この家を客でいっぱいにし、夕食のテーブルを囲んで温かい友情を培ってもらおうと考えた時の構想から見れば、ガードナー姉妹はまったく当てはまらない。とはいえ、ここでの計画はまだ始まったばかりだ。多少は導き育てる必要があるかもしれない。デラコートのように。自分とアンジェリークと過ごすなかで、機会さえ与えられれば、彼女たちの行儀を直すことができるかもしれない。

しかし、片付けを女中たちとドットに任せ、アンジェリークとふたりで最上階の居間に戻った時も、デライラはまだ悲しい気持ちを引きずっていた。雨が激しく降る音に耳を澄ましながら、そのうち美しい毛布になって、客を温かく包んでくれることを願いながら製作している編み物をもう一列編んだ。

ドットが小走りでやってくる軽やかな足音が聞こえると、ふたりは話をやめた。

「あたらしい方がいらっしゃいました！」

ドットは口調だけでもかなりの情報を伝えていたが、それに追加して、目を剝き天井に向け、胴着をぱたぱたさせているのはかなり意味深だった。

おかげで、デライラとアンジェリークは心の準備をしてから、応接室の暖炉の前に立つ金髪で長い脚のがっしりした若者と向き合うことができた。手袋をはめた手で握っているビーバーハットから、雨のしずくが絨毯に垂れている。

「こんばんは。わたしはレディ・デリング、こちらにはミセス・ブリードラヴです。お部屋を見にいらしたのですか？」

「部屋？」若者が威勢のよい動きで、黒い目と血色のよいほおをこちらに向けた。抑えている興奮と緊張のせいで爆発寸前のように見える。「なるほど、そういういい方をするのか。ええ、ぼくをその……部屋に入れてもらえますか？」彼がデライラとアンジェリークを交互に眺めた。うれしさと驚きで目を輝かせている。

デライラたちはためらった。

「ことによったら」アンジェリークが慎重にうなずく。

「ああ、待って！　やっとわかりました。ぼくがここに来たのは、部屋をお願いしようと……」ふたりのほうにかがみ、秘めごとめいた様子でささやいた。「〈パレス・オブ・……ローグス〉で」

それから一歩さがって、まるでこの合い言葉をいえば、魔法で開く二番目の扉がぱっと開いて、自分を迎え入れてくれると思っているかのように待ち構えた。

ふたりは困惑して、彼を凝視した。

「申し訳ありませんが、この館の名前は〈グランド・パレス・オン・ザ・テムズ〉です。建物の前に掛かっている大きな看板にそう書かれているのをご覧になったはずですが」デライラは優しくいった。

彼はとまどった表情を浮かべたが、それでもひるまなかった。「こんなひどい天気だから、たしかに暗かったけれど、辻馬車の御者に住所を渡したら、この玄関の前まで連れてきてくれたんです。ここは、ラヴェル・ストリートの十一番地じゃないですか？」

「そうですけれど」デライラは認め、アンジェリークをちらりと見やった。

彼はますます混乱したらしい。それでもまだ、抑えこんでいるよろこびといたずらっぽい雰囲気で顔を輝かせている。彼は若く、そしておそらくは無邪気なせいで、表情をこらえる必要があることをわかっていない。「ああ、わかりました。これはテストですね？」

「テストとは……なんの？」アンジェリークはあえて聞いた。

彼が唇をぎゅっと結んだ。「ううむ……ああ、待てよ……わかったぞ」

彼は上着のポケットに手を入れて、四角にたたんだ一枚の紙を引っぱりだした。それを注意深く広げると、そこに書かれた字に目を凝らした。

「ぼくは試すために来たんです――」声を低めてささやいた。「牧師の……趣味を」

そして待った。

息を止めているようだ。

結局彼はその息を、ひじょうに長くとめることになった。デライラがようやく返事をするまで。「すみませんが、その言葉がなにを示しているのか、わたしたちにはわかりません」

彼が威勢のよい調子を取り戻した。「なんてことだ、それはもう提供していないんですね？　それは残念だ。いいでしょう。それならば……」

彼が代案を求めて、また紙を眺める。

デライラとアンジェリークは、困惑のていでまた視線を交わした。懸念は募るばかりだ。

「もしも教区牧師の趣味がだめなら、こちらでもいいですよ。ええと……やくざ者の手押し車。ちょっと高いけれど、でもまあいいですよ、こちらも楽しそうだ」

ささやき声で言い、恥ずかしいかのようにほおをピンク色に染めた。それから、誕生日を迎えた子供のように希望に満ちた目でデライラたちを見あげた。

ようやく事情が飲みこめてきて、アンジェリークとデライラは凍りついた。

「差し支えがなければ、見せていただけますか、その紙……」

「もちろん」彼はデライラの伸ばした手に紙を渡した。

デライラの肩越しにアンジェリークものぞきこみ、ふたりで詳しいメニューらしきものを眺めた。

「まあ！」それがなにかわかってアンジェリークがおもしろがっていい、「まあ！」と、デライラはぞっとしていった。

次の瞬間、アンジェリークがデライラの腕をつかみ、紙が火のなかに放りこまれるのをなんとかふせいだ。

若者はふたりの嫌悪に気づくと、少なくとも、顔を真っ赤にするだけの品位はもち合わせていた。

彼はだれかに一杯くわされ、ようやくそのことに気づいたらしい。

「これをどこで、この、ええと、メニューを、ミスター……」

「ファラデーです。アンドリュー・ファラデー。友人のロディからもらったんです。くそっ、ロデリックのやつ！　ここに来るべきだといったのは彼なんだ」

「そういう言葉は控えていただかないと、その瓶に一ペンス入れていただくことになります。先にいっておきますけれど、ちくしょうという言葉もだめです。今回は免除しますが、これは警告ですからね」デライラは優しくいった。

彼が目をぱちくりさせデライラを見つめた。口をぽかんと開けた表情は、天使たちの美しい夢を見ていたら、ふいにその天使たちが毒牙を剝きだしたかのような驚きようだ。

「ミスター・ファラデー、暖炉のそばにお坐りになりませんか？　体が冷えたでしょう。なにか温かい飲み物をお持ちしますわ」

若者のご多分に漏れず、彼も母親的な温かさにたいしては手も足も出なかった。素直に暖炉脇のソファに坐りこんだ様子は、愛情を注がれ、世話を焼かれる気まんまんだった。明らかにそうされることに慣れているらしい。

「残念ですが、ミスター・ファラデー、あなたの友人のロデリックはいたずらしたんだわ。ここはれっきとした下宿屋です。あなたのお友だちのロデリックがあなたにほのめかしたようなところではありません」

売春宿とか娼家という言葉は、さすがにだれも口にしない。

「それでは、あなたは、その……」彼がアンジェリークにいう。

アンジェリークが首を横に振った。

彼がデライラのほうを向く。「そして、あなたも……」

デライラも首を振った。

彼は打ちのめされたようだった。

「ふたりともちがう……そしてここも……」

〝やくざ者の手押し車〟をおこなってくれると、数秒前まで期待していたふたりの女性の前で、明らかに育ちのよいこの若者が売春婦という言葉を持ちだせないで困っている様子はむしろかわいらしかった。

「ブリードラヴ?」彼が復唱した。「そして、レディ・デリング」レディを意味ありげに強調する。「でも、まさにそういう呼び名じゃないですか……」

ふたりはきっぱりと首を振った。

「お詫びします。とても恥ずかしく思います」

「ええ、当然ですわ」デライラは優しいともいえる口調でいった。アンジェリークが笑いをのみこんでいる。

彼はしょげかえり、少し不安そうな顔をした。「じつは、ちょっと困ったことになりました。今夜泊まるところがないんです」

「そもそも、なんの用事でロンドンにいらしたの、ミスター・ファラデー? この、ええと、気晴らし以外に?」アンジェリークは訊ねた。

彼がまた顔を赤らめた。落ち着かない様子でそわそわする。

そして最後にため息をついた。「おわかりでしょう、逃げてきたんです」真面目な顔で打ち明けた。

なんのことかさっぱりわからない。

「逃げてきた?」デライラはまた優しく尋ねた。

「逃げてきたんです、彼女と結婚したくないから!」彼がいらだった様子で、唐突に打ち明けた。

「求婚することになっていたんです――みんなに期待されていたし――けれど、そうすることができなくて……だから、逃げた。数日後にはハウスパーティがある予定で、その場でぼくがプロポーズし、めでたしめでたしとなるはずだった。旅籠《はたご》の部屋のベッドで寝転がって考えたけれど、くそっ、やっぱり無理だった。だから逃げだして、こちらに来てしまった。さぞ薄情な青二才だとお思いでしょう」

デライラたちはいちばん正直で誠実な返事をあれこれ思案した。一発平手打ちをくらわせるか、「ほんとうにそうよ。なんてばかなことを。ひどい礼儀知らずだわ」といってやるか。

「話を聞いたかぎりでは、いかにも男性のしそうなことだわ」デライラはついに優しい裁定を下した。

正直な感想だった。

「ありがとう」彼がにこやかにほほえんだ。

ふたりはあきれはてた表情を浮かべそうになり、なんとかこらえた。

「もちろん、いいことをしたとは思っていません。でも、まだ足かせを掛けられるには若すぎるし、彼女を愛していない。友だちなんです！　生まれた時から友だちだった人と結婚するなんて、どうかしていると思いませんか？」

「悪くないと思うけれど。むしろ、好ましいのでは？」デライラはいった。

「ぼくは愛することを知りたい。ささやかな情熱を。興奮！　冒険！　世の中を経験したい！」彼がまた少し顔を赤らめた。

デライラたちはどちらも、世の中の経験は、思っているほどよいものではないと彼に告げることもできた。

でも、彼の言葉を聞いたとき、デライラは自分も少なからずおなじように感じていると気づいてはっとした。

ふいに、今夜、戸口から大股で歩き去ったハーディー艦長の長い脚を思いだした。彼はどこに出かけたのだろう？

どうして、自分のかけらも彼といっしょに出かけたかのように感じるのだろう？

「宿泊を許可する前に、あなたのことをもう少し知る必要があります」アンジェリークが彼にいう。

「適切かどうか面接するんですか。しかし……」彼は当惑した様子だった。「ここは波止場のそばの建物でしょう？」

「ロンドンの輝かしき生命線、テムズ川のそば。世界中の旅行者が最初に英国の土を踏む場所。まさにロンドンの心臓ともいえる波止場のそばです！」

アンジェリークは波止場という言葉を、まるで金鉱であるかのようにうやうやしく発音した。

「でも、玄関の前で男が寝ていましたよ。あなたがたが冷たくしたといっていた」

「ただ寝ているだけと思ったとは、ずいぶんお優しいこと」アンジェリークがいうのと、デライラが大よろこびでいうのと同時だった。「今夜はひとりだけでした？」

ミスター・ファラデーの視線が一瞬戸口に向けられ、それからふたりに戻った。

彼が不安げに脚を揺すった。

デライラたちは彼に温かくほほえみかけた。

彼の眉間からしわが消えた。ふたりの優しい笑みに浴して心が温まったらしい。

デライラがさりげなく続けた。「そとの気の毒な男性が〈グランド・パレス・オン・ザ・テムズ〉の玄関に入るのを断ったのは、彼が少しばかり暴れたためで、それ以来彼はずっと、その後悔をお酒で紛らせているんですよ」

これはある意味ほんとうのことだった。

ミスター・ファラデーは地方の紳士階級かもしれないが、愚かではないらしい。デライラの説明を聞いて、片方の眉を大きく吊りあげた。

それから、こっそり、だがこれまでよりも念入りにこの建物を観察しはじめた。やっと現実を受けいれたらしく、ちらりと天井を見あげ、シャンデリアを吟味し、床を、そのあと階段をざっと眺めた。

彼が暮らしているのは、略奪者から亡命中の王族の訪問まで、あらゆることに対応できるように建てられた一世紀ほど昔の領主屋敷かもしれないとデライラは思った。観察を終えた彼の表情は、有頂天とまでは言わないまでも、満足したことを示していた。

「でも、今夜泊まる場所がほかにないんです」彼が心配そうにいった。「ぼくがロンドンに逃げてきたことはだれも知らないし、だれにも知られたくない」

「幸い、いいお部屋がひとつ空いています。たしかにあなたは紳士のようですし、あなたの窮状はわたしたちも気の毒に思っていますわ。でも、もう少しあなたのことを知るまでは、今夜眠る場所を保証することはできません」

おだて、漠然とした脅し、明確な危険の示唆――そうしたすべてが盛りこまれているデライラの会話術を母が聞いたらぎょっとしただろう。しかもデライラは、爽快な気分だった。

「ぼくは、あなたがたの面接に通りますよ、絶対に。少なくとも二週間は滞在したい」

「お手元に二十ポンドをお持ちですか？　事前にお支払いいただく必要がありますが」

「二十ポンド！」

「ミスター・ファラデー」アンジェリークが、思いやりあふれる優しい口調でさえぎった。「今夜はひどい天気です。辻馬車をとめられるかどうかわからないし、たとえとめられてメイフェアまで行けても、どこか空いている部屋が見つかるかどうか。見つかっても、値段はここよりかなり高いでしょう。週に十ポンドはかなりお安くしていますから」

「もちろん朝食と夕食付きで、しかも、ここにはすばらしい料理人がいます。ご滞在中は、使用人が洗濯とアイロンがけと、服の繕いもいたします。特別な日には、夜の九時前に葡萄酒を二杯、お部屋にお持ちしますし、こちらの料理人は薬草剤や薬草茶を種々集めていますから、体調がすぐれない時もお役に立つでしょう。夜は必ずみなさまに居間での団欒に参加してもらいます。それもきっとくつろいで、楽しんでいただけると思いますよ。家庭のように感じてもらうことが目的ですから」

「でも、いまのぼくは、家庭から逃げようとしているんだ！」彼が激しい口調でいう。「違った意味での家庭です。もっと自由があって、魅力的な新しい友人ができるようなー」

「ただし、悪態をついたり、泥酔したり、怪しげな女友だちを自室でもてなす自由はありません」デライラはつけ加えた。

彼の下唇ががっかりした様子で下向きに曲がりはじめた。

「隣にビアショップやコーヒーハウスがあります。それに、夕食後は別室で、ほかの男性下宿人の方々と一緒に葉巻やブランデーを楽しんでいただけます」

彼の表情が、警戒しつつも少し明るくなった。

「ほかにも、音楽の――」

アンジェリークが風が起こるくらい激しく首を振った。

「ほかにも、いくつか規則を設けています」デライラはさりげなく言い換えた。音楽会の計画はそのうちもちだす機会があるだろう。

「規則?」彼が芝居がかった叫び声で抗議する。

「優良で洗練された宿はどこでも、規則を設けていますよ」デライラはとっさに答えた。「規則に目をとおされたらいかがでしょう、ミスター・ファラデー。その間にあなたの部屋に火を熾こし、枕を膨らませておきますから。ココアかコーヒーをご用意しましょうか? ブーツを脱ぐお手伝いは? 暖炉で足を温められるように?」

これらの言葉――火、膨らませる、ココア、ブーツ、足――は、ミスター・ファラデーのためにわざわざ選んだ言葉だった。彼はたしかに足かせをはめられる心の準備ができていないし、女性を惨めにしかねない若者だが、家庭のくつろぎに引きこむことはできると、デライラもアンジェリークも確信していたからだ。

彼がデライラとアンジェリークを交互に見つめた。女性らしい決意と優しい心配に満ちたふたりの顔を前にして、なかばとろけそうに、なかば潰れそうになっている。

「ココアをいただきます」彼がうなずいた。

「まずは規則を読んでくださいね、ミスター・ファラデー。それから、よろしければ十ポンドを見せてください」デライラは優しくいった。

12

「すみませんね、旦那。一本十ポンドで二本売って、もうないんですよ」薬屋のミスター・ウィルキーが金属縁眼鏡の中からふたりを見あげた。青い目が抜け目なさと同情の両方を示している。

マッシーが心底がっかりしたふりをする横で、トリスタンはため息をつき、葉巻を、あたかもダブロン金貨であるかのように大切にポケットにしまった。そのポケットをぽんと叩くと、コートから煙のにおいが立ちのぼった。マッシーとふたりで地元の混んだ汚いパブに入り、人々と押し合いへし合いしながら、さりげない雑談のなかに〈グランド・パレス・オン・ザ・テムズ〉にかんする質問を紛れこませて過ごした夜以来、その刺激的なにおいがついてまわっている。

「いやあ、あそこは行きたくないよ、旦那」パブでは、一度ならずそう言われた。「行きたいと思うような場所じゃない」トリスタンとマッシーがその場で起こっているナイフの喧嘩に割って入り、当事者ふたりをなだめて握手させたことを考えると、おかしな話だ。

床に血痕が残るパブならいいのに、なぜ〈グランド・パレス・オン・ザ・テムズ〉に行くべきでないのか、その理由を言える者はだれもいなかった。まさに謎だ。トリスタン自身は、そのパブにいるあいだじゅう、ふっくらした枕や青いベッドカバー、そして、酔い潰れず、殺し合おうともしない人々が集う暖かな居間のことを思い浮かべずにはいられなかった。

戻った時には――もちろん門限前に――ほとんどなにも収穫がなかったと感じていたにもかかわらず、心からほっとした。

昨夜はレディ・デリングが彼の向かい側に坐り、大きな茶色の目に不可解な表情を浮かべて、あのくさい葉巻の一本を吸っている夢を見た。ほんとうなら三号室の鍵穴をのぞきこんでいるはずの時刻に、煙草くさい服を着たまま目覚めて愕然《がくぜん》としたのだった。ベッドがあまりに寝心地がよいからこんなことになる。

自分への罰として、トリスタンは朝になると、厨房から漂ってくる卵とソーセージのいいにおいの前を素通りし、マッシーと落ち合って、薬屋のミスター・ウィルキーに会いにきたのだ。ほかの商人たちにも聞き込みをするため、すでに半ダースの部下を派遣してあった。

「葉巻がないのは残念だ、ミスター・ウィルキー。ぼくの友人が少し前にここで買ったといっていたが。たぶん憶えていないかな？　ミスター・デラコート――」

「ああ、デラコート！」薬屋が顔を輝かせた。「いい人だ、あの人は。彼が売ってくれる不能の治療薬は、うちのお客さんたちに大人気ですよ。あなたがたおふたりは必要――」

「ない」トリスタンとマッシーが同時にいった。

「ああ、そうですね。もちろん、いりませんね」ミスター・ウィルキーがあわてていう。「でも、いつか必要になったら……」

トリスタンの怒りだしそうな表情を見たとたん、彼は口をつぐんだ。

「ミスター・ウィルキー、このすばらしい葉巻が手に入るのか、入るとしたらいつかわかるか？」

「それが、実は一か月前に数本入ってくるはずだったんですがね、来なかったんです。先払いしていたらうれしくなかったでしょうね。他の注文ではよくその方法をとるので」

興味深いタイミングだ。トリスタンはピンの先ほどの小さい希望が芽生えるのを感じた。

「じつは、知り合いのデリング伯爵が、いくらか手に入れることになっていた。どこからか、ぼくは知らないのだが」

ウィルキーの表情に、なにか知っていることを示す動きはまったくなかった。「それなら、その人は幸運だ」ミスター・ウィルキーが真剣にいう。「おそらく、あなたに分けてくれるつもりだったのでしょう」

マッシーが一ポンド紙幣を彼のほうに押しやった。

ウィルキーがそれを眺めて考えこみ、それからため息をついて紙幣を押し戻した。

「いやいや、旦那さんがた、納入業者を明かしたら、商人としてどんなもんですかね？　それに、名前も知りません。とりたてて特徴のない普通の男です」

彼は冷静な様子でトリスタンとマッシーを見つめた。店では、中味がなにかわからない塗り薬を瓶に詰めて高く売っているかもしれないが、そんな彼にもいちおう、彼なりの良心はあるらしい。

いまいましいことに。

マッシーはトリスタンの合図を待っている。

国王の事業を守る立場から、居丈高に叱責すべきかどうか考えたのは、率直にいって、この面倒な任務が完全に行き詰まっているからだ。しかし、それをやれば、地域の商人はみな警戒するだろう。密輸業者に告げるかもしれない。

面倒でも地道なやり方を続けるべきだろう。

「ありがとう、ミスター・ウィルキー。ところで、このあたりにないかな、在庫があ

知りません」
「ええ、どの店にもある可能性はありますよ」彼が片手を振った。「でも、わたしは
る店――」
扉につけた鈴が鳴り、客がひとり入ってきたので、トリスタンとマッシーは店を出た。

今夜は針と乾し草の山の夢を見るかもしれないとトリスタンは思った。

その晩、〈グランド・パレス・オン・ザ・テムズ〉の居間に顔を出したときのトリスタンの気分はひじょうに暗く、金髪の前髪がバイロン風に額にかかった大柄な若者がソファに坐っているのを見ても、その気分は少しも改善しなかった。上半身をまっすぐ立てて、胸の前で腕を組んで両手を両脇の下に押しこんでいる様子は、だれかの手が伸びてきて心臓を引き抜かれることをおそれているかのようだ。片方のひざをゆすっていた。明らかにとまどっていて、確信がもてないまま、反抗的な表情を浮かべている。自分が夢を見ているかどうか定かでなく、むしろ夢であってほしいと思っている顔だ。

隅の長椅子に坐るガードナー姉妹は相変わらず暗がりに紛れ、トリスタンが入ってきても、顔さえあげなかった。まるで自分たちのひざに永遠の魅力を見いだしたかのようだ。はっきりとはいえないが、なにかが気になって、トリスタンはふたりを凝視した。

ミセス・ブリードラヴはメイドのドットがつくった刺繡らしきものを点検しながら、困ったように顔をしかめている。

彼の休むことのない観察の目が、最後にランプのそばの椅子に坐るレディ・デリングを見つけた。手に持った編み棒から、ふわふわした青いやわらかなものが広がっている。

トリスタンは一瞬動けなくなった。彼女のその姿が、彼の心のなかの冷笑的な部分に入りこんだせいだ。しかも、冷笑の下にやわらかな枕を押しこみ、靴を脱いでそこで昼寝をしろと命じている。

「ハーディー艦長！　こんばんは」レディ・デリングが顔をあげた無防備な一瞬、その顔に浮かんだ表情だけで、ここに滞在するために支払った十二ポンドの価値があるかもしれないとトリスタンは思った。

たとえこの女性が悪辣な密輸業者であっても、あるいは密輸を手伝って稼いでいたとしても。

それがあまりに不都合な、それでいて、とても示唆に富む気づきだったので、彼はいくぶん抵抗を感じて、すぐに部屋のなかに入らなかった。

「新しい下宿人の方が入居しました。ご覧のとおり」彼女がいくらか得意げにいった。ほらね、ちゃんと下宿人は来るでしょう、ハーディー艦長！

トリスタンは金髪の大柄な若者を見やった。「下宿人？　それとも捕虜？」

「ハハ！」若者が明るい顔になり、きつく組んでいた腕を少しゆるませた。そして、トリスタンにちらっと視線を向け、ホビーの店のものとわかるブーツと仕立てのよい上着、そして落ち着いた態度を眺めて判断し、英国じゅうの人がするのと同じ結論を出した。

「まあ、ハーディー艦長、なんておもしろい方でしょう」レディ・デリングがいう。文全体はなんとか優しい口調だったが、〝おもしろい〟という言葉を嚙みしめた歯の隙間から押しだしたのは、トリスタンにもわかった。「サセックスからいらしたミスター・アンドリュー・ファラデーをご紹介します。しばらくロンドンに滞在されるそうですよ」

ミスター・ファラデーがぱっと立ちあがった。全身にあふれる自己満足と気さくな雰囲気に、トリスタンは自分が一千歳の年寄りのような気がした。ギリシア風の鼻と箱のように角張ったあご、彼の出身がどの地方の田舎であろうと、そこの若いレディたちはみんな、彼がそばにいるだけで顔を真っ赤にしたはずだ。

彼はこの真ん前の通りで、ミセス・ブリードラヴとレディ・デリングと彼女たちの愛らしい笑顔に誘われたのだろうかとトリスタンはいぶかった。

伸ばされた大きな手を取り、若者と握手をする。

「艦長、なんですね？　あなたがたのような軍人は、普通スティーヴン・ホテルに滞在するのでは？　ホワイツで会った友人からそう聞きましたが」

友好的かつまったく妥当な質問だ。

デライラがトリスタンのほうをふり返り、問いかけの表情を向けた。期待しているのだろうか。そうよ、ハーディー艦長、ご自分の仲間のところにいらしたら？

ミセス・ブリードラヴも興味津々で彼を見つめている。

「購入するつもりの船の近くに滞在したかった。旅の準備をするのにこの宿《やど》は悪くないと思ってね」

「まあ、悪くないとは」デライラが繰り返した。「ミスター・ファラデー。おわかりでしょうけれど、ハーディー艦長はこういう話し方の方なんです」

「それに、居間の団欒を逃すわけにはいかない」トリスタンはさらにいった。そして、一瞬置いてつけ加えた。「文字どおり」

これといった理由もなく若いミスター・ファラデーをすっかり困惑させてから、トリスタンは本を片手に椅子に落ち着いた。

彼のためのブランデーは、すでにグラスに注がれていた。下宿屋としての〈グランド・パレス・オン・ザ・テムズ〉には、ほぼ不満がないことを認めざるをえない。

「部屋はとても快適で、テムズ川の眺めも最高ですよ、ハーディー艦長」ファラデーがいう。社交の規則に従うことを果敢に試みているらしい。「枕はふかふかで、暖炉の火も温かい」

「温かくない炉火はあまりないと思うが」トリスタンは答えた。

「はあ」ミスター・ファラデーがあやふやにうなずく。

「快適に過ごしてくださってうれしいわ、ミスター・ファラデー」アンジェリークが取りなすようにいった。

トリスタンは本を開いた。

「艦長とは！　とても興味深いです。戦闘を見たことはありますか？」ミスター・ファラデーがふたたび会話を試みる。

トリスタンは顔をあげた。鼓動ひとつ分だけ待ち、それから忍耐強くかすかにほほえんだ。「ある」

そしてまた本に目を落とした。

「怪我したことはありますか？」一瞬あとにファラデーはまた訊ねた。

トリスタンが目をあげた。「ある」

また本に戻る。

また沈黙が流れる。

「撃たれたことは？」

ハーディー艦長はゆっくり、非常にゆっくり顔をあげた。

「ある」トリスタンは抑圧的なまなざしで、じっと若いファラデーを見据えた。「きみは?」

デライラはこぶしを口に当て、驚きの、そして明らかに不穏当な笑い声を押し殺した。

「ありません」ミスター・ファラデーは少し黙り、それから弱々しく答えた。少しうなだれている。

ブーツの先で乱暴に小突かれているのに、嬉しそうにはあはああえいでいるスパニエル犬を見ているようだ。

「猟のお話をしたらいかが?」デライラはほとんど必死になって提案した。「それとも……犬の話。それとも馬とか? ハーディー艦長は、この居間ではあえて戦場における数々の栄光を思い返したくないかもしれないし」

また少し沈黙があった。

「数々の栄光」ハーディー艦長がつぶやいた。皮肉っぽい口調はおもしろがっているようだ。

そしてまた本に頭を突っこんだ様子は、まるでなにがあっても断固として甲羅に頭をひっこめている亀のようだった。

この人は、本当に癪にさわる。

しかも、彼を見るたびに、デライラの呼吸になにかが起こる。突然さらわれて、山のてっぺんに運ばれたかのように。

「だれかチェスをやらないか?」ミスター・デラコートのとどろく声に全員が少しだけ飛びあがった。デラコートがまるで嵐のような勢いでさっそうと部屋に入ってきた。

「ミスター・ファラデーがやりますわ」アンジェリークがすぐにいった。

「だれ……どこ……ああ! ミスター・スタントン・デラコートです」デラコートがミスター・ファラデーの真ん前に立った。「そして、あなたはミスター・ファラデーに違いない。お会いできて大変うれしい。ハーディー艦長がわたしと勝負しないのは、負けるのがこわいからですよ。彼は負けることに慣れていない」

そういって、大げさにウインクをする。

「考えただけでびくびくしてしまうよ、デラコート」ハーディー艦長が顔をあげずにいった。

デラコートがうれしそうに笑った。

「びくびくしたことなんか一度もないんだ」デラコートが部屋の全員に向けていう。

「べらぼうな英雄だからね!」

ハーディー艦長が一瞬目をあげ、不吉な視線を走らせてから、また本のページに戻った。

ミスター・ファラデーは実際にスパニエル犬のようであることを証明するかのように、ほおを真っ赤にして片手を差しだし、デラコートの手を勢いよく振った。

「わたしは外国の治療薬を薬屋に売っているんだよ」デラコートがいった。そして自分の非を認め、瓶が置いてあるところまで行って、べらぼうなという言葉の罰金として一ペンスを入れた。

「はあ!」ミスター・ファラデーは完全にとまどっているわりに明るい口調だった。ほかにいいようがなかったからだろう。「チェスはけっこう得意です」

「それはいい。では、やりましょうか?」

アンジェリークが自分とデライラにシェリーを、繕いものをしているガードナー姉妹にはコーディアルを注いだ。デライラは二口すってから、ふいに小さい声でいった。「ハーディー艦長は少し内気《シャイ》だというだけなのかしら?」

アンジェリークがゆっくりとふり返り、信じられないという顔でデライラを見つめた。

「内気という言葉は、ハーディー艦長のような男の人にはふさわしくないわ。岩や投《トレ》石機《バシェット》を内気とはいわないように」

「そうね。あなたがそういえるのは、さまざまな男性の一覧をつくったから?」最近、ンジェリークが——ほとんどすべてのことにかんして——洞察が鋭いことに、神経を逆撫でされることが多かった。「それとも、メニューをひそかに知っているとか？」

アアンジェリークは決して動揺しない。「そうとはいわないわ。そうでないともいわないけれど」

「野外観察図鑑が役立つかも。たぶん、ミスター・マイルズ・レドモンドが書いた全集とか。それを見れば、だれかが戸口に現れても、すぐに正体がわかるでしょう。ハーディ艦長のことは〝寡黙科日焼顔属無口男〟とでも呼べばいいわ」

アンジェリークが顔を輝かせた。おもしろがっているのと同時に少し驚いているらしい。

デライラがおもしろいとわかると、なぜみんな驚くのだろう？　なぜ、デライラは優しいけれど、つまらないと思いたがるのだろう？

「わたしたちで、彼を殻から引きだすべきだと思うのよ」デライラは考えこんだ。

「少し刺激するだけで、彼はたぶん、ずっと魅力的になるわ」

「彼は全身が殻なのよ、デライラ。マスケット弾のように。彼を殻からひっぱりだしても、骨折ったわりに、あなたが得るものはなくて、ただ煙にまかれるか、火薬で火傷するのがせいぜいよ」

そうはいっても、今夜のハーディー艦長はいい感じに見えた。小テーブルのほうに脚を伸ばし、片手で本を押さえている。その横にあるブランデーには、ほとんど手をつけていない。炉火が彼の日に焼けた肌を輝かせ、睫毛の先をアプリコット色に染めている。睫毛が濃くて、まるで子供のように見える。こんなことを考えるのはばかげているけれど。上品に引き締まり、存在自体が重厚な男性のなかで、その睫毛だけが無防備で傷つきやすく見える。

「彼の太ももはとてもすてきだわ」アンジェリークが、まるで羊肉の切り身かなにかのように評価した。

「男性の体の部分だけについて考えたことなど、これまで一度もないけれど」

「では、始めないほうがいいわ。あなたは、そういうのは苦手でしょう?」

デライラは奥歯を噛みしめた。〈グランド・パレス・オン・ザ・テムズ〉が成功するか失敗するかは、経営者ふたりがいい関係を保ち続けられるかどうかにかかっているが、いいたいこともいわずにいるのが自分だけという状態は公平でないと感じることが増えていた。

「ミセス・ブリードラヴ、ホイストの三人目をやりませんか?」ミセス・ジェーン・ガードナーがとても恥ずかしそうに声をかけた。

「ぜひ入りたいですわ」アンジェリークはかわいらしく嘘をつき、彼女たちに加わった。

しかし、いったんホイストを開始すると、アンジェリークは徹底的にゲームを楽しむ無情なプレイヤーになることをデライラはすでに学んでいた。これこそ、彼女が、もしもデライラと出会わなかったとしても、ポケットに石を詰めてテムズ川に入水《じゅすい》することはなかっただろうし、たとえなにがあろうと、自分たちの努力は成功するだろうとデライラが確信している理由だ。ふたりはどちらも、負けず嫌いだった。

室内が、厳密に社交活動でひとつになっているとはいえなくても、心地よい気楽な雰囲気に満ちていることを確認し、デライラは小さく息をついた。たしかにこれは成功といえるだろう。

シェリーのおかげかもしれないけれど。

それとも、アンジェリークの腰の低い態度のせいか。デライラは編み物を脇に置いてシェリーのグラスを取りあげると、ジブラルタルの岩山に向けて航行する船員のような気分で、艦長を目指して絨毯の上を歩いていった。

13

「どうぞ立たないでください、艦長。すべてあなたのお好みどおりになっているか、確かめにきただけですから」

「〝すべて〟ということはめったにない。しかし、今夜の集まりも、ぼくの部屋も、悪くないよ。あなたも坐りませんか?」

デライラは椅子を引き、彼の向かい側に腰掛けた。

「〝悪くない〟」彼女が考えこみ、まるで上等なコニャックを口のなかで転がすように復唱した。「あなたは〝誇張〟という言葉をご存じないようですね、キャプテン?ときには役立つものですけれど」

彼がかすかにほほえんだ。「〝誇張〟という言葉が必要という事実こそ、世界がおかしいという証拠だよ」

彼女もほほえんだ。「あなたは独特な考えをおもちね、ハーディー艦長」

「きわめて普通だと思うが、たしかに極度に集中する面はあるかもしれない」

「音楽会などよりはむしろ、戦争とかにですね」

「戦場で戦っていない時に、戦争に集中することはない」彼があの癪にさわる、目下相手に我慢しているような口調で説明した。

それから黙りこんだ。

デライラがなにかいうのを待っている。

「ではなにに集中するの?」デライラは訊ねてみた。

「目下のところ、『ロビンソン・クルーソー』の六頁に集中しようと必死になっている」

「戦争はどんなものなんだろうと、よく考えるわ」

「女性は理解できないだろうし、戦闘の身体的な厳しさにも耐えられない、レディ・デリング。理解できないものを話しても意味がない」

「そうね。たしかに、赤ちゃんを産むのは、ホイストゲームとおなじくらい簡単ですものね」

この言葉に、彼は完全に動かなくなった。

目を大きく見開いている。

ようやく彼に衝撃を与えることができたらしい。

というか、自分自身も衝撃を受けている。いったいなぜ、あんなことをいったのだろう?

「きみは……お子さんは、レディ・デリング?」

しかし、トリスタンはその答えを知っていた――デリングに後継ぎはいない――そして、この質問をしたことをすぐに後悔した。彼女のまなざしが一瞬、悲しみをたたえたからだ。

「いいえ」レディ・デリングがそっと答えた。かすかだが、敗北宣言のような響きがあった。

トリスタンは次にいうことを思いつけなかった。なにひとつ浮かんでこない。彼にはめったにないことだ。謝罪をしたかったが、子供がいないことを彼女が後悔していると決めつけたくはないし、彼女がある意味失敗したとほのめかすつもりもない。情報が役に立ったと彼は思った。

彼女がもちだした話題だとはいえ、明らかに狼狽《ろうばい》している様子はうれしくなかった。

くそっ。目的のない社交なんて、なにもいいことはないと苦々しく考える。

「わたしはいままで一度も……ときどきどんなかしらと思います思うんです、体をもっている意味ってなんだろうって」彼女がそっといった。

「なんだって?」

「変ですか? ごめんなさい。シェリーを飲みすぎたんだわ」

トリスタンは彼女のグラスを眺めたが、まだ満杯から三口しか飲んでいない量が入っている。

「体のことについて議論するならば、もう一杯ブランデーを飲む必要がありそうだ。おそらくあなたも、もう一杯シェリーを飲んでからのほうがいい」

彼女が小さく笑った。「そうは思いません。つまり、ノーです。これ以上は飲みません。未亡人のもつ贅沢のひとつは、自分がいいたい時にノーといえることだわ。これまでわたしには、だれかにとって有用なものであるという以外の意味はなかったから。でもいまは、自分の好きにできます」

軽い口調の、満足そうないい方だった。

とはいえ、トリスタンとしては、だれかにいわれたことのなかで、おそらくもっとも衝撃的な意見だった。

なぜかはわからない。だが、その言葉が彼の胸にずしりと重くのしかかった。同時に奇妙ないらだちも感じた。怒りともちがって、むしろ無力感に近く、自分が彼女を救うべきだという焦りにも似た、これまで感じたことのない感覚だった。

「きみがいっていることを理解できたとはいえないが」彼は慎重に言葉を選んだ。

「わたしは両親の家から直接夫の家に嫁ぎました。家族を救うために。というよりむしろ、デリング伯爵が救済者で、わたしは、彼がわたしたちを貧困から救うための道具だったんです。夫が亡くなったあと、手足の感覚がないように感じることがよくあったわ。まるで、自分のすべてにおいて、これまで本当に自分のものだったものなど、なにひとつないようで。おそらくショックによるものだったんでしょう。シェリー酒とか阿片チンキのせいではないの。まったく飲んでいなかったし。シェリー酒は最近飲みはじめた。アンジェリークの影響よ。伯爵はブランデーが好きだった。わたしは朝のココアが好き。いやだ、とりとめのないことばかり。とめてくれないと――困った顔をしているわ」

トリスタンはじっと聴いていた。不当にも思えるなにかに反応して、胃がぎゅっと収縮する。彼女がそんなふうに感じるのを阻止するために、自分がそこにいるべきだったというような感覚だが、それはまったく意味をなさない。

その一方で、奇妙なことだが、彼女の生き生きと語る声を聞きたくて、そして、いつもはすべてがきびきびとして有能な彼女が酔うとどうなるか知りたくて、耳を澄ましていた面もある。

「これは考えている時の表情だ。困惑しているように見えたら許してほしい。ぼくは志願兵で、最初は大砲の前にいる兵士だった。使い捨てだが必要な人材だ。その意味で役立っていたわけだ。なにかの一員という感覚もあった。とはいえ。だからこそ……ほんの少しは理解できると思う」

このような思いをだれかに打ち明けたことは、これまで一度もなかった。まして女性に。

「使い捨て」彼女が言い、息を吐きだした。「なんておそろしい言葉」

彼が戦争で殺されると考えただけで、心がかき乱されるかのように彼を見つめている。おそらく、〈パレス・オブ・ローグス〉におけるもてなし方法なのだろう。同情があふれる澄んだ瞳と、夕食後のブランデーと密輸品の葉巻。

しかし、彼女の優しい目でそんなふうに見つめられるのが不快でないことは認めざるを得ない。

「殺すか殺されるかのためにそこにいた。それは理解していたからね。命令を受け、それに従った。だが、戦闘で大勢の男たちのなかにいると、自分がほかと違う独立した人格であることを忘れるときがある。だから……きみがいっていることを理解できると思う。世の中の仕組みのなかでは、個人の重要性などなきに等しいと気づくのは惨めなことだ。その事実に打ちのめされるかもしれないが、それは見方によれば、力の源にもなる」

自分が彼女を理解していることに、トリスタンは自分でも驚いていた。

「とてもうまく表現してくださいましたね。ハーディー艦長。わたしもそれに気づきつつあるような気がします」

いままでこんなふうに考えたことはなかった。消耗要員と見なされることが、人の意志や心にどう影響するかなんて、気にしたこともない。

ふたりはしばらく黙って坐っていた。

「でも、あなたは昇進したのですね」

「ああ、昇進した」

「そして、いまはもう消耗要員ではない」

「たぶん」彼は小さくほほえんだ。

彼女もにっこりした。彼をほほえませたのがうれしいかのような笑顔だった。

「でも、志願兵で、国王の信任状を有する士官でなかったのなら、彼らがあなたを士官に昇進させる強力な理由があったはず――」

「勇気」彼は短くいった。

彼女が目をぱちぱちさせた。

「勇気」彼女が復唱した。バリトンの声をまねて。

ぼくをからかっているのか！

なんとあつかましい！

トリスタンは彼女を凝視した。こんなときにどう感じるべきかわからない。それほど驚いている。しかも、自分がそれを心から好ましく思っていることに気づいてますます驚いている。

「質問にひと言で答えるように教わったの、ハーディー艦長？　ご自分の過去を出し渋るけちん坊さんなのね」やはりからかっている。

「ぼくは、そこまでおもしろい人間ではないから」

「それには心から疑問だわ」

　トリスタンは完全に本をおろし、また彼女を見つめた。「ぼくを誘惑しようとしているのか、レディ・デリング？」

　彼女が口をぽかんと開けた。それからまた閉じた。「まあ……わたしが……なんですって？……いいえ、とんでもない」

　彼女があまりにショックを受け、愕然としている様子に、それを侮辱と思うべきか、おもしろがるべきかのあいだで、彼の心の振り子が激しく振れた。

　だが、彼女のほおはピンク色に染まっている。

　それを見て、彼の振り子は魅了されるほうでとまった。

　レディ・デリングは嘘をついている。

　しかも、嘘をつくのが下手だ。

「あなたは率直さに欠けていると非難しているだけです、ハーディー艦長」

「率直さに欠ける？　もっとささいなことで男に決闘を申しこんだことがあるよ」

彼女がほほえむと、ふっくらした唇の端に過度なほど魅力的な三日月型のえくぼがあらわれた。上唇をとがらせているせいで、真ん中にふたつの薔薇色の峰ができている。

トリスタンは地図の経路を指でたどるように、その峰をなぞるところを想像した。激しい渇望がこみあげ、一瞬、衝撃的に、そして暴力的に息がとまった。あたかも密輸業者を待っている密輸船のように、渇望は何日もただ潜んで彼を待ち構えていたのか。それとも彼が気づくのを待っていたのか。

「では、あなたの存在の意味は?」

「任務だ」彼の頭はまだくらくらしていた。

ようやく彼女の口から視線をあげた。

見つめていたことを気づかれたとしてもかまわなかった。

レディ・デリングのことだから、おそらく気づいているはずだ。

「即答ね。考えるまでもないの。気軽な哲学的質問ではまったくないのに」

「任務は、ぼくの人生に秩序と意味を与えてくれるものだ。あとは、ここ〈グランド・パレス・オン・ザ・テムズ〉のきみたちの規則もだが、もちろん」

「まあ。ではあなたは、人生があまりに無秩序だから、秩序と意味を絶えず付加する必要があると思っているの?」

問だ。

「そうだ」

ああ、くそっ。彼女の目はいまや質問であふれている。彼が答えたくないような質問だ。

そして憂わしげに考えこんでいる。

やれやれ。彼女は彼についていろいろ想像しているに違いない。女性とはそういうものだ。刺繍をする。自分の頭のなかに、そして枕に。

しかし、彼女はなにも質問しなかった。

「たぶん、わたしの存在の意味は親切だわ」ほぼ自分に向かっていっていた。彼が尋ねるのを待っていたが、待ちきれずに諦めたかのようだ。

トリスタンはため息をつき、また本をおろした。「レディ・デリング」暗く皮肉っぽい口調で残念そうにいったとたん、彼女の表情が、彼にちょっとした暴力を振るいたそうな表情に変わった。たぶん、編み針でちょっと突くとかそのくらいの。「そういう純真さが、この〈パレス・オブ・ローグス〉を破滅させる要因になるかもしれない。ロンドンのこのあたりでは、無情さが防犯対策となる」

彼女の目が怒りできらめいた。「わたしが世の中のことを、じつはすごくよくわかっているかもしれないと思わないの？　なんといっても未亡人なのよ。伯爵夫人が下宿屋を経営するなんて、しょっちゅうあることではないわ。わたしが多少なりとも荒波に揉まれてきたとは思わないの？」

「思わない。きみが世の中をよく知っているとは信じがたいし、とくに揉まれてきたとも思わない。きみは世の中をひじょうに特殊なレンズを通して見ていて、そのせいで新しい環境のなかでも慈悲深く振る舞ってしまう」

彼女はなにも言わなかった。

まばたきさえしなかった。

ただ、じっと動かなくなった。そして、考え深い、むしろすべてを見通すようなまなざしで彼を見つめた。

彼が空想的な男だったら、もちろんそんなことはないが、彼の魂の中身まで撃ち抜こうとしていると思っただろう。

「そうね。誤りを認めるわ。あなたはたしかにすべてをおわかりなのね、ハーディー艦長」

「そうだな。ほとんどというべきだが」彼は謙虚に訂正した。少しだけ皮肉をこめる。

彼女がこわばった笑みを浮かべた。

「しかしながら、レディ・デリング……きみがもしもなんらかの、なんというのかな、適応、を余儀なくされているならば、これほど腕のよい料理人と献身的な使用人たちを雇い、すべての部屋を快適に保っていることは印象深いし、どうやっているのか、ひじょうに関心がある。壁の燭台には獣脂ではなく蠟の蠟燭、テーブルにはクリスタルの食器。なんらかの魔法を使っているに違いない」

彼女がまた沈黙した。小さなランプ越しにふたりの視線が合う。

それから、秘密を打ち明けるかのように身を乗りだした。「ハーディー艦長……」ささやき声になるまで声を低めた。彼女の動きとともに漂ってきた花の香りは、間違いなく彼女の体温が熱くなったことによって発散されたものであり、つまり、彼の存在のおかげといえるかもしれない。〝レディ・デリング〟。彼女が赤くなるのを見たくて、そういっている自分を想像する。〝きみが梯子に乗って、届かないところに届こうと手を伸ばしていた瞬間から、その美しい肉体に感嘆していた〟

「なんだ?」彼女のささやき声に合わせて小さくいう。

そして考えた。ひょっとしたら、この女性が密輸業者かどうか、これではっきりするのかもしれない。しかし、彼のなかの気まぐれな衝動はこの瞬間が永遠に続くことを望んでいた。彼女を見て、感じて、そばにいられれば、そんなことはわからなくていいと思っていた。

「たぶん、あなたは厳密にいえば紳士ではないから、ハーディー艦長、そういう質問を女主人にぶつけるのは、無骨なことだと知らないんですね」

トリスタンはもう一度、少し唐突に坐り直した。

彼女はまだ彼を見つめている。その目に勝ち誇ったようなきらめきを確かに見たと彼は思った。それとも挑戦？　同情も少しあった。あるいは憐れみか？　なにについて？　トリスタンはいぶかった。彼の地位についてではない。なんとなく、そうではないと確信があった。

おそらく、彼女が純真だと決めつけた男の傲慢さにたいする憐れみだろう。

「ああ、たしかにそうだ。指摘してくれてありがとう。レディ・デリング」

「どういたしまして。ミスター・デラコートと、たぶんミスター・ファラデーもよろこんで喫煙室にご一緒なさると思いますわ。ミセス・ブリードラヴがあなたの分の葉巻をご用意しています。いまは彼女が葉巻の保湿箱を管理していますので」

「こちらの卓越した料理人が用意したすばらしい食事のあとに、ミスター・デラコートが声に出さずに胃腸で自分の意見を述べた時点で、ぼくは彼と一緒に小部屋に閉じこめられるのは二度とごめんだと思ったのだが」

彼女はこれを聞いて眉間をほんの少し寄せ、頭もほんの少しかしげた。まるで彼が無作法な男というより、特別な現象であるかのようだ。

「葉巻の煙がうまく隠蔽《いんぺい》してくれるでしょう、ハーディー艦長。あなたは熱気に慣れていると、なにかがわたしに告げているわ」

そういうと、彼女はまるで花が咲くように優雅に立ちあがり、レディはこうあるべきだという教訓を彼に残して立ち去った。

彼女が部屋を横切って歩いていく姿を見守ったのは、そうしないことがなぜか難しかったからで、しかも、その楽しみから自分を遠ざける理由がなかったからだ。

「無骨？」しばらくして、彼は小声でつぶやいた。まだ彼女を見ていた。

ふと自分がほほえんでいることに気づく。

彼は即座にそのほほえみを消した。


デライラは、ガードナー姉妹が居間での団欒の義務を果たして部屋にあがったあと、繕いものに戻っていたアンジェリークの隣に坐った。

「うまくいった？　ハーディー艦長は、産毛に覆われた無力な弱々しいひよこのように、殻から出てきたの？」

デライラは壁に頭から激突したみたいに、まだくらくらしていた。

「お産の話をしたのよ」ぼーっとしながらいう。「いらっときて。しかも、なぜその話をしたか憶えていないの」

アンジェリークが口をぽかんと開けた。それから閉じた。「彼は殻のまわりに石の要塞を築いたでしょうね。もちろん濠も」

「そしたら彼が、腹部の張りのことをいったわ」

この言葉に仰天して、アンジェリークが黙りこんだ。

「彼のお腹ではないわよ」デライラはつけ加えた。

そのほうがまだましであるかのようだ。

「……あなたの?」アンジェリークがおののきながらささやいた。

「いいえ。ミスター・デラコートのよ」

「ああ、なるほど。それならわかるわ」

デライラはハーディー艦長を見やった。彼が見えない岩で、彼女の船がそれにぶつかって沈没したかのような、畏れか恨みかわからないような感覚に思わず身を震わせる。

彼がブランデーを飲む。

彼が本のページをめくる。

彼はデライラのほうを見ていない。

「たぶん、今夜は、シェリーをひと口かふた口だけにしておけばよかったかもね」アンジェリークが結論を出した。

「それが賢かったでしょうね」デライラは少し暗い気持ちでうなずいた。

手を伸ばして、やりかけの刺繡を取る。

そして、それをひざに置き、水晶玉かなにかのようにじっと見つめた。

「彼がとてもいらいらさせられる人なのがいけないのよ」小さい声で憤る。「だれでも、彼の完璧さと向き合うと、きっと戦いたくなると思うわ」

「あなたはそうでしょう。わたしは違うわ。もっと分別があるもの。それに、いらいらさせられるというのは、頭にくるけれど魅力を感じるという意味よ」

「ばかばかしい」

アンジェリークの言葉は、まさにデライラが思っていることだった。

アンジェリークが、デライラが言いたいことを、デライラ自身よりもよくわかっていることが腹立たしい。

とはいえ、アンジェリークはそうしたことに伴う代償についてもよくわかっている。

それでも、デライラは知りたかった。アンジェリークが知っていることを。

そして、ハーディー艦長もおそらく知っていることを。

しかし、いらだちがおさまり、ぼうっとした思考がふたたび理性と合わさると、デライラの思いは、彼が部屋を借りにやってきた日、彼が応接間で完全に動かなくなったあの瞬間に、磁石のように引き寄せられた。彼がデライラを見たその瞬間に。

彼はついに真北を発見したかのようだった。

ハーディー艦長は時計を確認すると、本を閉じて立ちあがり、礼儀正しく、しかしなんの感情も示さず、部屋の全員にお休みの挨拶を述べた。

部屋を出る時、彼の視線がデライラの視線をかすめた。

ハーディー艦長もデライラのことを魅力的だと思っているのはたしかだ。

たぶん、こわくなるほどに。

14

この数週間、デライラは家事労働で多忙な一日を終えたあと、枕に頭を置くやいなや眠りに落ちるのが常になっていた。しかし、今夜はひたすら天井を眺めていた。全身がうたっているように感じる。すべての細胞のひとつひとつに、小さな聖歌隊歌手がいるかのようだ。

ぼくを誘惑しようとしているのか、レディ・デリング？

これからは、どんなことにかんしても正直に生きると自分に誓ったのに、いざそれが試されることになったら、どうしようもなく臆病になっている。

なぜなら、真の答えがイエスであることを恐れているからだ。

デライラは何度も寝返りを打ち、ついに上掛けをはいだ。肌が感じやすくなっていて、その重みさえも耐えがたいような気がした。

そう、要するにこれは欲望だ。少しもうれしいことではない。いらいらの原因である対象を考えれば、都合がいいとは到底いえない。

デリングの……関心……を向けられている時でさえも、さなかには自分のなかで、なにかが湧き起こった。いくらか期待し、完全に興味がないわけではなかった。それがよろこびに似たものであることは、漠然とわかっていた。

あのことには、もっとなにかがあるのではないかと、ずっと疑問に思ってきた。さもなければ、このことになったとたん、男も女もまさに愚か者のように振る舞う説明がつかない。

そしていま、アンジェリークがいった——デリングはまったく想像力がなかった——という話のおかげで、自分のせいではなかったこと、そして、その想像力こそが重要らしいというふたつのことがわかった。

ハーディ艦長が知っていることを、そしてアンジェリークが知っていることを、自分は知りたいのだろうか？　悲しい思いをしたり、あるいは利用されたり、ひどく傷ついたりするのがどれほどありがちなのかよくわかっているのに？　それとも、ただ経験したいという、たとえばキューガーデンとかそうした場所を訪れたいというのとおなじ理由で知りたいだけなのだろうか？

ハーディー艦長はその……想像力をもっているだろうか？

気難しくて、傲慢で、寡黙で、でも真面目な顔でおかしいことをいって、それでいて人を見下すようなあの男性が、なぜデライラの心をこんなにも占領するのだろう？

もちろん、長身でがっしりしたあの体のなかにすべての要素が詰まっているという、わくわくする事実は否めない。ロンドンはハンサムでかっこいい男性たちであふれている。デライラはそういう男の人たちを目にしてきた。でも、そのうちのひとりでも、一目見て息をのむことはなかった。つまり、デライラ自身があまのじゃくで皮肉っぽくて複雑で、母がこう育っては困ると恐れていたような人間だからなのだろう。

そう気づいても、なぜかデライラは気にならなかった。

それなら彼は？　彼は紳士ではない。彼は撃たれたことがある。彼は無情といってもいいほど冷酷だ。

でも今夜は話しかけてくれた。ひとりの人間として、ひとりの人間と認めている相手に話す話し方で、使い捨てられる気持ちを語った。デライラにとっては、男性と交わしたことがない種類の会話だった。男性だけでなく、ほかのだれとも交わしたことはない。だれかと議論するような事柄ではない。きついという理由でコルセットをはずしたり、鎧をつけずに出陣したりしないのとおなじだ。

男女のやりとりはどれも、結局のところ取引になりがちだ。目標達成の手段のように思える。どんな方法であれ、その対象となることに、自分はどれほどうんざりしているだろう。〈グランド・パレス・オン・ザ・テムズ〉で、ひとりの人間としてほかの女性たちと一緒にいられるのがどれほど贅沢なことか。

でもデライラは、彼が今夜、あの部屋の戸口に立ったときに目に浮かべた表情を見た。歓迎されるかどうか確信がないかのようだった。デライラと視線が合うまでは。

その時、彼の瞳孔がどんなに熱く燃えあがったか、彼は知っているのだろうか？その様子を思いだすだけで、いまも息が速くなる。デライラがそれに気づいたかどうか、彼は気にするだろうか？

そしてまた、ほんの一瞬だったが、彼の顔に紛れもない優しい表情が浮かんだのは、子供はいないとデライラが話したときだった。

ハーディー艦長は岩でも投石機でもない。

でも、優しい瞬間があるから、彼が強情でないともいえない。

賢いことかどうかはわからないが、浅い眠りに入る直前まで、デライラのなかに子守歌のように残っていたのは、彼のこの優しい表情——驚いていて、用心していて、傷つきやすくて人間的な——表情であり、彼の太ももではなかった。

二階におりて鍵を解錠するというトリスタンの計画は、雲ひとつない空と満月によってくじかれた。ドア自体が舞台のように煌々《こうこう》と照らされてはどうしようもない。彼は夜明けとともに起床し、女中のひとりが部屋に入って火を熾《おこ》したり、しびんを運びだしたりするときを狙って、謎の部屋に滑りこむのが最善策と判断した。

しかし、彼がその階におりると、ひとりの女性がその部屋から出てくるところだった。

「ハーディー艦長！」

「レディ・デリング。互いを認識できたところで、おはよう」

「おはようございます」

そのあとにほんの一瞬ぎこちない時が流れ、どちらも相手によい一日をと告げて、それぞれの仕事に向かう好機を失い、まるで興味深いが、やや困惑する光景が目の前にあるかのように、ただ見つめ合った。

どうやら、彼女がそばにいると、重力の法則が無効になるらしい。おそらく、彼が彼女から離れたくない、あるいは彼女が立ち去るのを見たくないせいだろう。彼女の前にいると、どんな力で地表に押しつけられていようと、どんな責任が重く肩にのしかかっていようと、すべてがふっとなくなってしまう。彼女から離れるにつれ、檻の中に戻るような気持ちになる。

「たぶんお忘れかと思いますが」少しして、彼女が優しくいった。「あなたの部屋は三階です。ミスター・デラコートの真上」

「忘れるはずがないだろう、レディ・デリング？　ぼくをあの部屋に案内したときに、デラコートがひどい風邪を引いた竜のようないびきをかくことを、知っていたんだろう?」

「いいえ、全然知りませんでした」彼女がなにも知らないかのように目を見開いた。

「たぶん、たまたまではないでしょうか」

トリスタンは笑わないように試みたがうまくいかなかった。

彼女のほおが淡いピンク色に染まった。目を落とし、腰にさげた鍵束を両手でまさぐる。

トリスタンは、自分がほほえみで彼女をどぎまぎさせられると知ってうれしくなった。ふたりのあいだでふつふつとたぎっているものに、焚きつけ代わりにほほえみを投げ入れることができる。

彼女が目をあげた。「そんなに睡眠の妨げになるのでしたら、すぐ別の部屋にお移りいただけます」急いでつけ加える。この下宿屋がすばらしいもてなしをうたい文句にしていることを考えれば、もちろんそうだろう。

ちょうどいい。彼はほかの部屋を見る機会として、そして一種のテストとして、申し出を受けることにした。

「それはいい解決法かもしれない。決める前に、ほかの空いている部屋を全部見せてもらえるかな?」

レディ・デリングはうれしそうな顔をした。「それはいい考えだわ! それぞれ少しずつ違いますから」誇らしげにいう。「でも、みんなおなじように快適です。ドットにいって、ご案内させますね」

彼女が、借りるかもしれない客たちに部屋を見せたくてたまらないのがはっきり伝わってきた。禁制品の葉巻をたくさん隠そうとしているとは、とても思えない。

「それはひじょうにありがたい。この家の最上階で寝ているきみのところから、デラコートのいびきが聞こえないのがむしろ驚きだが」

「そういわれてみれば、わたしたちのところにもときどき聞こえていたかもしれません。遠くから聞こえたので、ゴードンの声かと」

強烈な嫉妬心の波に襲われ、トリスタンの息が一瞬とまった。いったい全体何者だ、その――。

「ゴードンはうちのトラ猫です」彼女が説明した。「甘えたい時とか、料理人においしいレバーを少しもらったときに、ごろごろと喉を鳴らすし、寝る時はすごいいびきをかくの」

それを聞いて感じた安堵がトリスタンは気に入らなかった。自分の感情が振り子のように揺れ動く感覚も気に入らなかった。自分は岩に喩《たと》えられることが多く、その比喩はいつもうれしく感じている。

「ぼくはまだお目にかかる光栄に浴していないが、廊下を走る足音は聞いたような気がする。この建物は真夜中に揺れたり、ぎしぎし鳴ったりする」

「ええ、すてきだと思いません？」彼女は真剣にいっていた。「とてもくつろぎます、あの音を聞くと」

彼は魅せられた。「だれかが贅沢な食事を消化しようとしているような。ぐぐもったドスッという音だった。まるで建物がなにかをのみこんだものの、うまく落ちていかないような感じの音だ」

彼女が笑った。「ええ、わたしたちもそれを聞きました。ここに移ってくる前に一度。移ってきたあとに一度。調べたけれど、なにかわかりませんでした。たぶん大きいね——」

ふいに言葉を切り、唇をぎゅっと結ぶ。

「鼠といおうとしたのかな」

「鼠は一匹もいません。ゴードンのおかげで」

スカートの襞《ひだ》のあいだでこっそり指を十字にしているに違いない。

トリスタンは口元を曲げてゆったりした笑みを浮かべた。心から楽しんでいた。

彼女もほほえんだ。ふいに豊かな曲線ときめ細かい肌の持ち主の魅力的な存在がはっきり見えた。曲げた指。その唇。長い喉もと。光に当たって真珠のようにきらめく肌は、ふれたら、きっと花びらのようだろう。こめかみに垂れるカールした黒髪と長いまつげ。胸のふくらみは、彼の両手それぞれにぴったり合う形につくられているかのようだ。

ふいに高まった欲望を抑えようとしているのか、胃のあたりの筋肉が張りつめる。

彼女を誘惑するという思いに一瞬息が止まったのは、それが可能であることと、一ダースの理由からそれは得策でないことの両方を同時に考えたからだ。一ダースの理由も、がんばれば全部否定することもできるだろう。

「この階でなにをしていらっしゃるのですか、ハーディー艦長？　そうだわ！　ミスター・デラコートを訪ねるところだったのね？」彼女が期待で顔を輝かせた。「おふたりはお友だちになったの？　あの方はチェスが好きだから。声が大きいけど、頭がいいし、総合的に見ればとてもいい方だと思います。でも、彼はもう朝食におりられたのではないかしら」

自分の不出来な息子をみんなに好きになってほしいと願っている母親のようないい方だ。トリスタンは、子供がいるかと訊ねた時に、彼女の顔に一瞬浮かんだ悲しそうな表情を思いだした。レディ・デリングはたぶんここで、家庭のようなものをつくろうとしているのだろう。

またどうしようもないほど魅了される。「ぼくのチェスの腕は大したことない。どうせ負けるのならば、もう少し勝ち目のある戦いを挑みたい」

「あなたは負けることがあまりないのでしょうね、ハーディー艦長」

「一度負けて以来、たしかにないな、もう何十年も前のことだ」

トリスタンは、彼女のほほえみを浴びる一瞬を自分に許した。この下宿のふわふわの枕と同様、彼女のほほえみという楽しみは、彼の人生において贅沢であると同時に貴重なものだ。

「でも、ミスター・デラコートを探していないのなら、ハーディー艦長、なぜこの階にいらっしゃったのですか？　すでにこの建物の構造はよくわかっていると思いますが」

彼女は容易に諦めない。

「ぼくの快適な青の部屋に早く着きたいあまり、うかつにも一階分の階段を飛ばしてしまったに違いない」

彼女の顔を輝かせようという意図は当たり、お世辞には多少懐疑的だったとしても、彼女の顔はぱっと輝いた。

「ところで……勝つといえば、だれなんだい、ぼくよりも早くこの続き部屋を予約できた幸運なろくで――人物は？　その彼か彼女に、ぼくたちはいつ会えるんだろう？」

レディ・デリングはためらった。そして興味深いことに、かなり気をつけて言葉を選んだ。

「ああ、そのこと。たぶん、そのうち会えると思います。あなたがどのくらい長く滞在するかによりますが、ハーディー艦長。あなたがたの部屋を片付けて快適にしていますが、ハーディー艦長。それまで、わたしたちは部屋をよく片付いた快適な状態に保っています。あなたがたの部屋を片付けて快適にしているのとおなじように」

特段の理由なく口が重いのかどうかはわからないが、そのわりには用心した言い訳に聞こえる。

どちらにしろ、いつものように、そのうちなんらかの方法で解明できるだろう。それが、ベッドで裸の彼女の横に寝ている時に解明できれば、なおのことありがたい。そのためには、どんな犠牲も厭《いと》わない。

トリスタンは秘密めかして声をひそめた。「実は、昨夜、自分の部屋にあがっていく時に、ミス・ガードナーがこの階にいるのを見た。廊下を歩いてきた」

「ミス・ガードナー？」レディ・デリングは困惑したようだった。「でも、彼女は……でも、あの人たちは……どちらのミス・ガードナー？」

「あの……大きいほう」言いながら、トリスタンは自分が大ばかなような気分になった。

「でもまさか、ないですよね……ミスター・デラコートと……ミス・ガードナーが」

彼女はまたピンク色にほおを染めた。両手を顔に持っていき、またさげた。

彼女はその光景を思い浮かべているようだが、だれであろうと、正気を保つために、そんなことはすべきではない。

「でも、この〈グランド・パレス・オン・ザ・テムズ〉では、自室で女性をもてなしてはいけないという規則があるのに！」

彼は小さく笑った。「馬具をつけることで、馬の一群を並んで駆けさせるように、規則によって人々を制御できるならば、英国に海軍は必要ない、レディ・デリング」

彼女の顔は絵画のように美しかった。「人生はミス・ジェーンとミス・マーガレットに無情だった」ためらいながらいう。「ふたりがここに来てくれたことで、わたしたちが親切に優しくお世話できて、彼女たちに安心を感じてもらえるのがうれしいの」

まるで、レディ・デリング自身が人生に望んでいることのリストを聞いているような気がした。

それなのになぜ、彼自身の真の目的を、生まれて初めて説明されたように感じるのだろう？

「ミス・ガードナーはきっと、曲がる角を間違えてしまったのだと思う」彼は優しくいった。心のなかで葛藤しているような心配そうな表情を、彼女の顔から消したかったからだ。

もちろん、事実とは思っていなかったが、そのうちわかるだろう。

彼女はほっとした表情を浮かべた。すると、突然、彼の感情も彼女の感情を反映し、彼自身もほっとした気持ちになった。

それが気にくわず、少し顔をしかめる。彼女に欲望を覚えることが、夜に居間に坐らされるのとおなじく、自分の意に反して無理にやらされていることであるかのように。

もう行ったほうがいい。マッシーが指示を待っているだろう。

彼女は彼の無言の渋面に気づいたようだった。「なにかわたしにできることがありますか、ハーディー艦長？」

「そうだな」彼はそっけない口調でいった。「デラコートが、すごいにおいだが、ひじょうに興味深い葉巻を勧めてくれたのだが、そういう葉巻がどこで見つけられるか知っているだろうか？」

彼女がため息をついた。「もしかしてそれって……たぶん壁の内側で死んだものを、いろいろな家庭菜園の薬草や香草のなかに埋めて、残飯入れの中の液体をかけたようなにおいですか？」

彼は笑いださないように必死にこらえた。「デラコートの説明とは少し違うな。しかし、きみの描写もおなじくらい的確だ」

「デリングがまさにそういう……変わった葉巻が好きでした。でも、彼がどこで購入していたかは知りません。請求書も領収書も見たことがないわ」

「まさか、それ以外の請求書や領収書はよく見ていたとか？」まるで伯爵夫人が領収書を扱うのが滑稽《こっけい》なことのように、少し驚いた顔で軽口めかして訊ねた。

彼女はまたためらった。「家計に関しては、もちろん見ていましたわ。でも、デリングの購入したものは全然」奇妙な表情で、探るように彼の顔を眺める。質問のなにかが気になったらしい。「わたしがどうやって、大きな下宿施設を運営する専門知識を身につけたか不思議にお思いでしたら、艦長、家庭の必要経費を注意深く監視していたからです。わたしは予算を立てたり、使用人を管理したりするのが得意なんです」誇らしげにいう。「デリングは違いました、もちろん」彼女が淡々とつけ加えた。

トリスタンは彼女を信じた。これほど知的で、こんなにたやすく顔を赤らめる女性は、こんなにすらすらと嘘をつかないし、こうした情報を進んで明かしたりしない。

そうはいっても、他人のことはわからない。〈グランド・パレス・オン・ザ・テムズ〉の前で寝ていた酔っ払いにいったとおりだ。

「この非の打ち所ない施設とぼくの快適な部屋は、まさにきみの家政管理能力の証だ、レディ・デリング」

彼女がまた浮かべたやや斜に構えた笑みが、お世辞には、とりわけ彼からのお世辞には懐疑的であることを示していた。しかし、それにもかかわらず、花が春の冷たい雨を受けようと前のめりになるかのように、彼女が彼の言葉にそっともたれた感じが伝わってきた。

そう感じたことで、彼はまた顔をしかめた。「仕事の途中だったのだろう。引き留めてすまなかった」

「燭台に蠟燭を立てようとしていただけです」

彼女が少しうらめしそうに壁付燭台を見あげた。

彼は窓の上に手を伸ばしていた彼女の体を思いだした。どんなことでも助けてやりたいという衝動は、どうしてもかきたいかゆみに似ていた。

「よければやろうか……」彼は燭台のほうを身振りで示した。「ぼくのほうが簡単に手が届く」

彼女は気が進まないのか、思案するような黒い目で彼を見あげた。

「ご親切にありがとうございます」いくらか堅苦しく、少しはにかんでいう。降伏するに等しいと思っているかのようだった。

デライラは蠟燭を彼に渡した。

彼がやれば、なんの苦労もなく手が届く。

最初の燭台。

そして次の燭台。

さっき会話のほうが、いまの沈黙よりも安全だった。というか、ハーディー艦長の前で安全と感じられれば、ということだけど。彼はドットが評したように、まさに半分ルシファー、半分アトラスだとわかった。つまり悩みの種。そして、あからさまにいえば、歩く願望。

沈黙のせいで、はっきりしたのはふたつ、彼とふたりきりであること、そして、蠟燭を渡す時の位置が近いせいで、呼吸をしただけで、煙と石鹸と麝香《じやこう》の混じった、さわやかだけど濃厚で、くらくらするような彼の香りを吸いこむこと。デリングが葉巻についてどんなふうに感じていたかがようやく理解できた。デライラはこの香りがする毛布がほしかった。毎晩、それに包まれたかった。二度と眠れないだろう。

デライラは彼にもう一本、蠟燭を渡した。

そして、彼が手を伸ばした時に、さらにほんの少し身を乗りだして、彼の肘の近くでそっと、こっそり息を吸いこんだ。

頭がくらくらする。デライラは目を閉じた。

目を開けた時、彼がじっとデライラを見おろしていた。顔が完全に固まっている。

驚愕の表情だ。

「きみはぼくの……においを……かいだのか、レディ・デリング？」

おもしろがっている声だった。そして、とてもやわらかな声だった。彼女の隣の枕から聞こえる声のように。

恥ずかしい長い沈黙のあいだ、彼は一度しかまばたきをせず、彼女の顔の温度は数度上昇した。デライラはそっとささやいた。「もしかしたら、気づかずにかいだかも」

問題は、彼がまだすごく近くにいて、デライラがまだ彼の香りをかげることだった。彼の腕に頭をもたせたいという、とんでもない、それにこわい衝動にかられている。

その時突然、彼がデライラの顔になにかを見たらしく、判読不可能な表情を浮かべて顔を近づけた。

それから、恥ずかしさに爆発しそうなデライラをそのまま残し、黙って向きを変えた。

彼が次の燭台に移動する。

デライラが彼に蠟燭を渡し、彼が手を伸ばす。「ラベンダー」彼がいう。声がしゃがれている。

「なんですか？」

彼が振り返ってデライラの目を合わせ、秘密を打ち明けるような静かな声で、しかし確信ありげにはっきりいった。「昨夜、きみがぼくのほうに身を寄せて、ぼくのことを無骨だといったとき、きみはラベンダーと香辛料の香りがした。上等な石鹸のような香りだ」

突然、彼の銀色の目が虫ピンに、彼女が蝶になった。話そうとしても、声を出すこともできなかった。デライラはただ彼を凝視した。息がとまる。

彼の目が彼女のまなざしをとらえて離さない。「昨夜、青い快適なベッドカバーの上に横になって、そのことをずっと考えていた」まるで衛兵に合い言葉を伝える諜報員のような口調だった。

デライラはなにも言わなかった。

彼がまた向きを変える。

彼が最後の蠟燭をゆっくり差しこむのをデライラは見守った。

差し終えると彼は動きをとめ、デライラのほうにふり返った。

沈黙がいまや夜のように活気づき、言葉にならない多くのことをハミングしている。

ぼくを誘惑しようとしているのか、レディ・デリング？

「あなたはいびきをかくの、ハーディー艦長？」彼女がそっといった。

彼がとめていた息をふっと洩らした。灰色の目が燃えあがって黒くきらめく。

こんな微妙な質問をするなんて、これまでの人生でやったことのなかで、もっともぶしつけでどきどきすることだったが、じつはただ純粋な好奇心から生まれた疑問だった。でもいったとたんに、自分の手に負えないとわかった。

踵《きびす》を返し、すばやく立ち去ろうとした。

二歩行ったところで、彼が前より少し大きい声で呼びとめた。「レディ・デリング……どうもわからないことがあるのだが」

デライラは足をとめた。

目を閉じる。

勇気を出そうと、震える息を吐く。

それから、彼のほうを向いた。三フィートという比較的安全な距離をとった場所からいった。「そんなはずありません。あなたはなんでもわかっているのに」

彼の笑みはかすかだが、忍耐強かった。「きみはこの〈グランド・パレス・オン・ザ・テムズ〉におけるすべてにおいてひじょうに優れている。それなのに、なぜ、ぼくを欲しいのは隠せないんだ？」

トリスタンが優れていることのひとつは奇襲だ。

彼の言葉を理解すると、彼女は目を大きく見開いた。

現行犯逮捕された泥棒のように、打ちひしがれ、諦めたように見える。

そのあとついに息を吸うと、強風に吹かれたあとのように、もう一度姿勢を正した。

「いいえ、ハーディー艦長、あなたのその評価には、反論せざるをえません。なぜならわたしは、まったく隠そうとしていないもの」

なんだって――！

トリスタンは言葉をのみこみ、息だけ大きく吐きだした。

そして、彼女がまた背を向けて歩きだすと、思わず手を伸ばした。

原始的な反射行動だったが、崖を落ちる寸前というほど切羽詰まったものではなかった。獲物を追う猫か、金をつかむ守銭奴といったところだろう。

彼女の腕をつかむ。

そして、乱暴と感じるほど長くつかんでいた。時間に異変があったから――とまったように思えた――よくわからないが、じっさいには三秒くらいだったようだ。

彼女は彼をひっぱたくべきだった。

トリスタンは彼女を放すべきだった。

ただし、ひとりが肺に空気が入ったり出たりするのを数え、ひとりのほおに赤みが勢いよく流れこみ、ひとりの目がきらめいて一シリング硬貨くらいの大きさに開かれても、ふたりとも動かなかった。

それから、彼は彼女の腕をつかんだ手を下にずらし、手首のブレスレットのところまで滑らせた。

指先で彼女の心臓が早鐘を打っているのが感じられた。少なくとも、彼の鼓動とおなじくらい激しく。

それがわかれば、じゅうぶんだった。

彼女のからだをぐっと抱き寄せた。

荒々しく激しい衝突のようなキスは、まるで、これを望んでいる自分を、そして相手を、罰するためのものであるかのようだった。

これは間違いだ。わかっていても、自分をとめられなかった。

片手で彼女の背中をなでながら、もう片手を頭に当てて指を髪にからませる。そして、その頭をうしろに引くと、有無を言わさず貪欲に、欲望のままにキスを深めた。

彼女が小さくうめいた。そして、甘さと渇望をこめて口を開いたことが、彼を驚かせ、どう猛なまでに駆りたてた。彼女が両手をあげて彼のシャツを握り、彼を強く引き寄せる。両手を滑らせ、彼女の尻の丸みを包みこんだ。引き寄せ、彼の張りつめたものに強く押し当てると、彼女が激しく喘ぎ、肋骨と肋骨が激しくぶつかるのを感じた。

彼女が両脚のあいだに彼のものがぴったり合うように体をずらし、腰をさらに押しつけたせいで、欲望がもう少しで頭のてっぺんを突き破りそうになった。

もはや抑えられない。

阿片窟からよろめき出てきたかのように、廊下がぐるぐる回っている。

彼女の指は彼のシャツを握ったままだった。体も彼の体に押しあてられたままだったから、彼女の心臓の鼓動が彼の鼓動と重なるのがはっきり感じられた。

彼女のつむじにほおを押しつけることもできる。それは、彼の部屋の枕とおなじくらい魅惑的であり、限りなき弱さの一瞬だった。

ああ、どれほどそうしたかっただろう。

だからこそ、しなかった。

「ぼくは紳士ではない」しゃがれ声でようやくいう。

キスから浮上して一番にいう言葉がなぜこれなのか、自分でもわからない。警告だろう、おそらく。それとも説明か。謝罪ではない。

仕方がなかったことに謝罪はしない。

彼女がようやく後ろにさがり、震える息を吸いこんだ。

両手を持ちあげるのを見て、トリスタンは一瞬、彼女が顔を隠すのかと思った。でも、そうはせずにまたおろした。そして、彼を凝視した。批判のまなざしではなかった。状況を見極めている？　おそらく。驚いている？　まさに。彼女の目はかすみがかかったようにけぶり、ふんわり優しかった。

「ええ、たしかにちがうわ」彼女がようやくいった。

彼はなにもいわなかった。

彼女は礼儀正しい自分に戻ろうとするように背筋を伸ばした。

それから、なにもいわずにくるりと背を向け、階段をおりていった。

注意深く、そしていつもよりも少しゆっくりとおりていく様子はあたかも、足元の揺れ動いている世界で足場を探しているかのようだった。

15

「艦長がいなくて寂しいです」マッシーがいった。「艦長のいびきも、ぶつぶつこぼす不満も、しかめ面も、うなり声で発する命令もなくて」

トリスタンはにらみつけることで、マッシーの期待に応えてやった。自分の皿のソーセージを切り分ける。一片を刺して、口にもっていった。

前の会合から二日が経っていた。

ふたりは〈グランド・パレス・オン・ザ・テムズ〉の角にある貸し厩の向かいのパブにいた。トリスタンは発見したことをマッシーに話した。とくに重要なことはないが、いちおう発見と言えるだろう。

さまざまな酔いの段階にいる正直な職人たちとろくでなしたちで騒がしいなか、トリスタンとマッシーはエールをあおり——というより、あおるふりをして——ほかの男たちにおごってやりながら、会話のなかにさりげなく〈グランド・パレス・オン・ザ・テムズ〉にかんする質問を滑りこませていた。

「いやあ、あそこにだれも行きたかないよ、旦那」数人の男が彼にいった。しかし、それがなぜかいえる者はひとりもいないようだった。

「みんな知っている」そう言われた。そして肩をすくめられた。

実際のところ、あそこに行くべきでないという台詞《せりふ》を、だれかひとりがいっているのではないかとトリスタンは疑っている。だが、なぜだ？

部下に連絡して、建物を見張らせ、〈グランド・パレス・オン・ザ・テムズ〉を出入りした全員を尾行するように指示を出した。

また、別の四人の部下には、地元の人々に、できるだけひそかに、さりげなく、この建物について質問するように命じてある。デリングのことを知っているか？　彼をこのあたりで見かけたことがあるか？　独特のにおいの葉巻をどこで買えるか知っているか？

彼は窓のそとに目をやった。向かいの貸し厩からは、安定した流れでかなり頻繁に荷馬車や四輪馬車、そして、つやつやしたみごとな馬たちが出入りしている。

「あの下宿屋で温泉に入れるんですか？　それとも、強壮剤を飲ませてくれるとか？」とつぜんマッシーが訊ねた。

「もちろんそんなことはない」

「前より……お元気そうです」

トリスタンは彼をにらんだ。「ぼくはいつも元気だ」

「いや、なんというか……顔が輝いています」

「ぼくの顔はいつも健康的に輝いているはずだが」

「ええ、もちろんです。すみません。ぼくはなにを考えていたんでしょう」

マッシーはなにを見たのか？　自分がどう感じているかはわかっていた。トリスタンの神経は真鍮製のボウルを落としたような状態になっていた。あのキス以来、ずっと鳴り響いている。その音と感覚のせいで、かなり困った状態に陥っている。彼女にキスをするべきではなかった。そもそもキスをするつもりではなかった。自分をとめることができなかった。キスすると自覚する前にすでにキスをしていた。この四つの絶望的な事実と、自分は彼女にキスをする以上の、もっとはるか多くを望んでいるという気づきがあいまって、彼をひどく悩ませている。

しかも自分は、彼女もそれを望んでいるのではないかと疑っている。

とはいえ、レディ・デリングが本当はなにを考えているか、まったくわからない。

それにたぶん、自分はこれを任務という言葉で正当化できる。必死とか絶望という言葉を使う必要はない。自分ははるか昔に、絶望を冷酷な決意に変えたと思っていた。

だが、毎晩天井をにらみ、デラコートのいびきを聞いている理由は、冷酷な決意ではない。

一昨日ときのうの晩、彼が居間で自分のテーブルにブランデーを置き、本を手に坐っているあいだ、女性たちは針と布でなにかを作るとかその他もろもろのことをやり、小声で楽しそうに内輪話をしていた。だれひとりとして、彼に非難の目を向けていなかった。レディ・デリングは分別がある。だれにも話していないらしい。

というわけで、彼は本の八ページを読み、彼の所持品すべてが荷造りされて玄関の横に運ばれるかもしれないと思いながら、ファラデーとデラコートと喫煙室に移り、立ち話をしたのだった。

そこでようやく、ファラデーが〈グランド・パレス・オン・ザ・テムズ〉に来ることになった理由を知る機会を得た。

そして、牧師の趣味にかんする逸話も含んだ気の毒としか言えない説明を聞かされた。

「そんなふうに逃げだすのは少し臆病といえないか、ファラデー?」彼はいった。

同情を感じないわけではない。それでも、叱りたい気持ちがあった。

「ええ」ファラデーが意気消沈した様子でうなずいた。「そのとおりです。でも、ほら、そうしないわけにいかなかったんですよ。どうやって解決できるかわかりませんが、とにかくいまは、明日の晩にデラコートとボクシングの試合に行くのが楽しみで」今度は顔を輝かせる。

「デラコートはよい影響を与えてくれているようだ」トリスタンは皮肉っぽくいった。その言葉にデラコートとファラデーはどちらもよろこび、トリスタンに向かってにこやかにほほえみかけた。

彼は部屋全体に自分を悩ませている疑問について訊ねてみた。なぜ気になるのか、いまだによくわからない疑問だった。

「ガードナー姉妹についてどう思う？」

デラコートとファラデーは黙りこんだ。それで、ふたりとも心優しい性格であることが判明した。なにも言えないのは、明らかに、まず思い浮かんだのが紳士らしくないことだったからだ。

「わたしの薬箱に薬草の調合薬があるんだ」デラコートが考えこんだ。「中国の奥地から来たもので、煎じて飲めばさまざまな病気を治してくれる。でも、うっかり摂取し過ぎると、ひじょうに魅力的な幻覚を見ることになる。わたしも一度やったことがあるんだが、ガードナー姉妹はそういう幻覚のひとつから飛びだしてきたようだ」

デラコートのひじょうに雄弁な説明に、トリスタンとファラデーは感動に満ちた沈黙で称賛を示した。

「ここはとても好きですよ」ファラデーがブランデーを飲み干してからようやく口を

開き、明るい声で満足そうにいった。「いい人たちだ」

　奇妙なことだが、トリスタン自身もその言葉にとくに異論はなかった。

「パブで話していて、ほかになにかわかったか？」トリスタンは、彼が考えこんでいるのを黙って見守っていたマッシーに問いかけた。

「いいえ、なにも。あの下宿屋のことを全然知らないか、近寄らないほうがいいことは知っているけれども、その理由は知らないかどちらかです」

「思いついたのだが、マッシー、だれかが、〈グランド・パレス・オン・ザ・テムズ〉から人々を遠ざけようとしているんじゃないだろうか？」

「ぼくもそう思います」

　トリスタンはソーセージをもうひと口食べた。「先日、使用人のひとりに屋敷内の部屋を案内してもらった。ドットという名のぼんやりした素朴な娘だ。だから、洋服簞笥からベッドの下、カーテンの後ろまで全部見ることができたが、危ないものはなにもなかった。気になるものさえなかった。葉巻の匂いがする部屋も皆無だ。すべての部屋が少しずつ異なり、どれも快適で気持ちよい部屋ばかりだ」

　実際にそうだった。デラコートが愛《め》でている女性的な心遣いの証拠がいたるところに見られた。ひとつの部屋は色鮮やかなキルト布で特徴づけ、別な部屋は『我が家に《ブレス》

『神の祝福を』の刺繍サンプラーの額が中心になっている。どの部屋も編んで裂いた敷物が敷かれ、小さな花瓶が置かれて、あの雲のような枕が備えられている。

「二階の一角の続き部屋だけ鍵を開けられず、その場をしのぐ言い訳もまだ思いつけない。なにかやるたびに驚くほどすぐに邪魔が入る。あの〈グランド・パレス〉……」

彼は〈グランド・パレス・オン・ザ・テムズ〉で邪魔された直近の例を思い浮かべた。

「艦長？」マッシーが心配そうに見ている。

トリスタンは咳払いをした。「しかしながら……宿泊客のうち、そこに関心をもっている者がいる可能性がある。その階に部屋を借りていない者だ」

「どの客ですか？」

「ミス・マーガレット・ガードナー。熊のように大きい女性で、夕食も熊のように食べる」

マッシーはフォークであごを軽く叩いた。「あの女性ですか。お話しするつもりでしたが、きのうモーガンが彼女をつけていったんです。あの貸し厩に入ったそうです」

「貸し厩？」

「ええ。馬もかわいそうですよ、乗せるといっても、あんなに――」

「そうだな、マッシー、それ以上いうな」トリスタンは鋭くさえぎった。ガードナー姉妹について話した時のデライラの悲しそうな優しい表情を思いだしたからだ。

「すみません。モーガンは、彼女が馬に乗って出かけるのを見ていません。数分後に歩いて出てきたそうです」

「ひとりで？」

「はい」

「彼女があいう場所にひとりで行くとはおもしろい。ミス・ガードナーは男をおそれているように見えるからな。ぼくとはぜったいに話さない。夜はいつも、暖炉から離れて、客間の一番暗い隅に姉と一緒に坐り、たまたま顔をあげた時も、ぼくが嚙みつくと確信しているようだ」

「ということは、性格判断は得意ということですね」

「ひじょうにおもしろい、マッシー。姉もほとんど話さないが、話す時は単語ではなく、いちおう文章で話す」

彼らは椅子の背にもたれて頭をひねった。トリスタンはエールのカップの横を指で叩き、窓のそとに目を向けて板張りの厩を眺めた。馬に乗りたい。行動したくてたまらない。密輸業者を追ってサセックスの街道を疾走していれば、未亡人と情熱的なキスをすることにはならない。すべてはやむを得ない接近のせいだといってもいいかもしれない。

「居間はどんな感じですか？」

マッシーの話しぶりは、捜査官であるのとおなじくらい、寝る時のおとぎ話を聞きたがる子供のようだった。

「快適だが、家具はまちまちだ。温かく、ランプと蠟燭が適度に配置されてとても明るい。不吉なのは、ピアノが置いてあることだ」そして、あの女性のそばに坐ると、ラベンダーのような香りがすることも。

「それに、客たちは必ず居間に行かねばならないんですよね？」

「ああ、それが規則のひとつだ。滞在したいならば、規則に従う必要がある。まるで海軍のようだ」

マッシーはまた遠くを見る目つきをした。「そんな厳しいんですか、その規則は？」

「いや、どちらかといえば実際的だ。それに……親切。目的は仲間意識を養うことだからな」

「仲間意識？」トリスタンとおなじくマッシーも困惑したらしい。「効力はありますか？」

トリスタンはためらった。無意識に片手を曲げたり伸ばしたりしたのは、思いだしたからだ。その手をレディ・デリングのやわらかな髪にからませて後ろに引いたこと、彼女の唇が彼の下でどんな感じだったか、そして、彼の腹部の筋肉がぴんと張りつめたこと。

トリスタンは顔をあげた。「まあ、いちおう」ようやく答えた。

彼はマッシーに、下宿屋の見張りと宿泊客の尾行は継続し、聞きこみも続けるように指示した。

その晩、居間に入ったトリスタンは、いつものように男らしく暖炉から距離を取った小テーブルの席に、ブランデーとロビンソン・クルーソーを持って落ち着いた。スティーヴンズ・ホテルで男たちに囲まれ、彼らの不信心な衝動を阻止する瓶もない、気の毒なマッシーのことを考える。

自分としてはめずらしく合理的でない考えだ。兵士たちと一緒にいるほうがいいに決まっているはずだろう?

デラコートとドットが、なにかミセス・ブリードラヴが読んでいるものをのぞきながら、声を立てて笑っている。ガードナー姉妹はこの客間が地下牢だと思っているように隅に引きこもっている。そして、レディ・デリングがいる。ショールに身を包み、おそらくは、癒やしの言葉をさらにいくつかサンプラーに刺繍している最中だ。

やむを得ない接近が欲望を募らせるという理論も、彼女の姿の前では気体と化して消える。違う。自分はどこでも、いつでも、彼女が欲しい。

レディ・デリングが立ちあがった。彼が見守るなか、部屋を横切って彼のほうにやってきて、きわめてさりげなく彼の向かいの椅子を引き、そして坐った。

トリスタンは彼女を見つめた。

半喪服ではなく、どんな色でも色のある服を着た彼女を見てみたいと、ふと思う。赤か、あるいは金色、それとも緑。喪服を見ると、彼女がかつてデリングのものだったことを思いだすからだ。これもまた、どんどん増える一連の不合理な考えのひとつだ。

「今週は玄関ドアの横にぼくの荷物が置かれていないか見にいく毎日だったよ、レディ・デリング。〈グランド・パレス・オン・ザ・テムズ〉から出ていくようにいいに来たのか？」

「いいえ。それに、ミセス・ブリードラヴにもほかの使用人たちにも、あのことはいっていませんし、いうつもりもありません。でも……だからといって、ふたたび勝手に振る舞うことを奨励していると思わないでください」

彼は彼女を見つめた。

「勝手に」考えながら、ゆっくり繰り返す。「振る舞う」彼女が熟考を要する高尚な哲学的概念を述べたかのように。

「あなたなら、なんと呼びますか？」

「もしもぼくが勝手に奪ったときみがいうならば、ぼくは、きみが自発的に差しだしたという」

彼女が彼の言葉を思案した。小さくうなずく。「たしかにそうですね」

彼はかすかにほほえんだ。いまのように彼女を好きになることなど、最初は考えもしなかったことに思い至ったからだ。

「でも、あの……ああいうことは……ふたたび起きるべきではありません」それからきっぱりつけ加えた。「〈グランド・パレス・オン・ザ・テムズ〉はきちんとした下宿屋で、わたしにとっては、その評判がすべてです。無思慮な振る舞いはできませんし、そうするつもりもありません」

いいたいことは一ダースも思いついた。〈グランド・パレス・オン・ザ・テムズ〉にいくべきではないという、地元でささやかれているあの〝言葉〟を彼女は知っているだろうかと考える。彼女には伝えないと決めたのは、彼女の顔に傷ついた表情がよぎるのを見たくなかったからだ。

べきではないという彼女の言葉をはっきり聞いた。しかし、起きるべきでないと起こらないはまったく違うし、ふたりともそれはわかっている。

彼はいった。「たしかにそうだ」

嘆く必要はない。交渉では——そして、これは交渉だとトリスタンは確信していたが——、調査や軍事行動とおなじく、忍耐こそ最強の武器だ。

彼女は去るために立ちあがらなかった。

彼の黙認にほっとした様子も見せなかった。

その時、彼女のうしろで笑い声が起こった。ドットとデラコートとファラデーだ。

意外な組み合わせの人々が自分の居間で楽しんでいる様子に、彼女は優しさと真のよろこびを顔に浮かべ、自分もそこに加わりたいかのような様子を見せた。

だが、彼女はそうしなかった。

トリスタンは気づくと息をとめていた。そして、彼女が彼のほうに向き直った時、自分のなかによろこびと安堵の震えが走るのを感じたのだった。

自分は彼女の顔を見るたび、いつもそこにあたらしいなにかを見るだろうか。なぜなら、これまでずっとそんな感じだからだ。

部屋は心地よい音に満ちていた。ページをめくる音、紙にペン先を走らせる音、火がはぜる音、ネコのゴードンが喉を鳴らす音。

「ハーディー艦長……」デライラが前で両手を合わせ、絡ませたりほどいたりしている。

「なにかな？」

「自分がいわゆる美人であることはわかっていますが……」

彼はほほえんだ。「それについて異論はない」

「それは重荷というわけではありません」

「そうだろうな」あえて反論はしない。

「でもわたしにはそれが、自分とはなんの関係もないことのように感じられるんです。弓矢を射ってもいないのに、弓術の賞をもらったような」

トリスタンはいいたかった。もっと美しい女性は何人もいたかもしれないが、その女性たちときみの違いは、汚れた窓と、磨かれて陽光が差しこむ窓のちがいと似ている。光の質が違うんだと。

「弓術が得意なのか？」そうは言わず、代わりに訊ねた。

「弓術の話をしているのではありません」そのいらだった様子に、彼は笑みを押し殺した。「つまり……不思議に思って……」彼女が咳払いをした。それから、元気づけのように息を吸いこみ、ゆっくり吐いた。「……なぜ、あなたはわたしを〝欲しい〟の？」

〝欲しい〟という言葉に、つかえた。

そのほおがみるみるピンク色に紅潮する。

彼は言葉を失った。

ふたたび、質問に完全に面食らったからだ。自分のほおもかっと熱くなるような感覚を覚えたが、前回そうなったのがいつか、彼は思いだせなかった。

おそらく女性がらみだっただろう。女性はそういう生き物だからだ。しかし、彼女の表情は真剣で、いくらか苦しそうに見えた。この問題が彼女にとって重要なのは明らかだ。きわめて用心深く進めるべきだろう。

「その質問のなかで強調したいのは、〝欲しい〟、それとも、〝わたし〟?」

「両方について答えてくれたらうれしいわ」

「なぜなら、レディ・デリング」トリスタンは慎重にいった。「もしもきみがお世辞か説得を求めているならば、残念ながら、ぼくには与えられない。どういえばいいかわからないだけでなく、きみにかんするぼくの目標は明確だからだ」

これこそ、彼がしばしば〝手加減しないやつ〟といわれる一例だろう。

いかにもあまのじゃくな女性らしく、彼女はただ、「なんの話をしているの、ハーディー?」というようなあきれ顔で首を横に振った。

「それに、期待しているのが花とか、あるいは――」彼は咳払いした。「詩を書くことなら、それも残念ながら……」

「まあ、とんでもない。違います」彼女が片手をさげてテーブルを驚くほど強く叩いた。「あなたが花束を持っているところを想像してみて！」

彼は顔をしかめた。

「つまり」――彼女が身を乗りだした――「そんなものは無意味という意味です。そうでしょう？　花、詩？　くだらない慣例的なことだわ」粉々になったなにかを払うように、指ではじいた。

トリスタンは目をしばたたいた。

全面的に同意見――以前、痛い目に遭ってそれを学んでいる――だが、彼女が声に出してそういうのを聞くと、奇妙なことに、思ったよりもうれしくなかった。

「思い伝える手段にはなる」彼は慎重に言葉を選んだ。「あわれなろくで――ええと、男たちにとっては、言葉の代わりになるはずだ。男にとって、繊細な感情を伝えるのは、つねに苦闘だからね」

「思い伝える手段？」彼女がくり返した。おもしろがりながら、同時に困惑している。「ささげ物にはなるでしょうね。いちおう。わたしは、あらゆる種類のそうしたものを受けとって、デリングと結婚したわ。温室で育てられた花々のブーケ。そうしたはかない美を育て保つにはとてもお金がかかります。だから、それが語るのはお金のことでしょう？　わたしのお金を見て！　と声高にいっている。バイロンとかそういう詩人の詩集も同様です。デリングが彼の人生で暗喩を楽しんだとは思えないけれど。

相手をいい気分にはさせるし、もちろんわたしも感謝して、あなたがいうとおり、彼の意図ははっきり伝わりました。デリングのような慣習を重んじる男性は、どれほど下位であろうと、まがりなりにも貴族の娘に公の場で軽々しく求婚したりしない。でもそういうものが愛情を示す？　いいえ、示さない。そういうもので相手に思いを伝えることはできないわ」

彼はこれを聞き、自分がこれまで考えもしなかったその内容と、彼女の内面を垣間見たことにすっかり心を奪われた。

「そうかもしれない」

「ごめんなさい、でも、わたしはすべてのことに正直でいたいんです。いいたいことをいい、訊ねたいことを訊ねる。そして、ただほかの人を満足させるためになにかしたりしない」

トリスタンのなかに、またしても、デリングにたいする刺すような嫌悪感が湧きおこった。あの男は明らかに彼女がどんな女性かを知らず、知ろうともしなかった。

「きみは花が好きなのか？」一瞬置いて彼は訊ねた。

「大好きです」彼女が思いに沈んだ様子でいう。「とくにデイジーが」

「デイジー？」

「デイジーは生えたいところに生えるでしょう？　驚くほど小さい地面でよく咲いて

いる。温室で育てられることはほとんどない。閉じこめられず、異国の花々のようにお金で買われたり売られたりすることもない。昔からずっと、デイジーが一番好きだったわ」

もう二度とデイジーは見られないかもしれないと思っているような口調だった。

なぜ、彼女をたくさんのデイジーの花に埋もれさせたいと思うのだろう？

「でも花束を欲しいわけではないんです。二度と結婚するつもりはありませんから」決意を示すかのように小さく身を震わせる。「わたしはいま、すべての点で自立しています。それがわたしに合っているんです」

「すばらしい、レディ・デリング。求愛と結婚に関してぼくたちは意見が一致している。できれば、きみの質問をぼくも理解できるように説明してほしいのだが？」

彼女は気持ちを奮いたたせようとするかのように大きく息を吸った。

「あなたは出会った美しい女性ならだれでも〝欲しい〟の？」

彼はまたしても驚愕し、困惑の思いで彼女を凝視した。

思考力が少し戻ってきて、ようやく質問を理解する。

彼のなかで、この唯一無二のすてきな女性を、単なる交渉材料か、お飾りか、あるいは家系を継ぐ手段として扱った人々にたいして、怒りの炎が燃えあがった。こんなに非凡な女性なのに。

このような状況でなかったら、彼はいったろう。これほどだれかを求めたことはない。きみがどうしても欲しい！　あるいは、官能的な低い声で、同様の意味の熱烈で大げさな言葉をささやいただろう。自分がそうしたいと思えば、修道女の膝をもがくがくさせられる自信がある――実際、かつて一度、修道女見習いにいい寄り、すぐに下着を脱がせて両脚を宙にあげさせたことがある。

しかしながら、それが真実かどうか、確信がなかった。〝これほどだれかを求めたことはない〟。

これまでにも欲望は経験してきた。熱烈なものも。

確かなのは、レディ・デリングのような女性に会ったことがないということだ。

その事実が、彼女への渇望に関係があることは、なんとなくわかっている。

もしかしたら、彼女が類のない女性だからという単純な話かもしれない。変化を好まない者はいないだろう。

実際、その認識の縁のあたりで見え隠れしているのは、これまで一度も経験したことがない危険だ。はっきりしない、うまく説明できない。

少なくとも、これまで一度も、このような会話をしたことがないのは確かだった。

「いや、出会った女性すべてを欲しいと思うことはない。若い時は、そんなふうに感じたこともあった。それだけとっても、男でいることは時に情けない。魚売りの女の腰の動きや、ふとしたにおいだけで、ふらふらしてしまう。正直いって、どんなものでも男をその気にさせることはできる。年を取るにつれて、ぼくも洞察力や思慮深さといったものを身につけた。つまり答えはノーだ」

彼女の目がいたずらっぽい笑いでいっぱいにきらめいた。「では、その厳しい選別を通過しただけでも、よろこぶべきですね」

「ああ、その通りだ」

彼女が声を立てて笑った。この女性は、笑うことを彼が予期していない時に限って笑うという癪に障る女性だ。時には、笑うべきでないときに。自分がとくに機知に富んでいるとは思っていないが、彼女の笑いを聞くと、快晴の日に風で帆がはためく船の甲板にいるような気がする。彼の心それ自体がよろこばしい場所であるかのように。それも、彼女を欲しいと思うもうひとつの理由だと気づく。

そう気づいた瞬間、警報が鳴り響き、警告が叩きつけられた。

「わたしをにらんでいるんですか？」彼女が突然いう。

「いや、これはいつものなにげない表情だ」

「そんなことないわ、あなたの顔のしわはちがうことを語っています」

トリスタンは困惑し、顔を少しそむけて暖炉のほうを見やった。自分のしわに気づかれたくなかった。まして読まれたくなかった。

それを彼女に知られたくなかった。

「ははは、きみの負けだよ！」ミスター・デラコートの大きい笑い声が響き渡った。ミスター・ファラデーが困ったようにうめき声を漏らすのが聞こえ、デライラは肩越しに背後に目をやり、自分の差し金により、まったく異なるふたりが交流をまあまあ楽しんでいる様子を確認してよろこびの笑みを浮かべた。

彼女がわずかに動かした体の姿勢から、そろそろ立ちあがって彼らに加わり、ほほえみかけるか、もてなしの言葉をいうつもりだとわかった。

「きみが輝いているからだ」彼はすばやくいった。「人々でいっぱいの部屋のなかで、きみはただひとつ夜空に輝く星のようだ」

そういったのは、ただ彼女が立ち去るのを見送るよりは、いったほうがましだと思ったからだ。

そして、それこそ彼が熟知していることだったからだ。月。星。風。海。詩ではない。ぜったいに。

彼女がゆっくりふり返り、彼と向き合った。

その目が大きく見開いている。

なにも言わなかった。

「それに、きみの動き方、それは……」

彼がいいたかったのは、それは美しく自然だということだった。それは漠然としたよろこび、しっかりした造りの帆船とか、速い馬とか、岸辺に打ち寄せる波とかを見るような単純明快なよろこびだが、それを口に出していわないほうがいいことは、さすがにわかっている。彼は、人生とはよろこびであり、自分の体はつばさであるかのように動く。

「魚売りのよう?」彼女が優しくからかった。

「ちがう」

ふたりのあいだにやわらかいが緊迫した、トリスタンにとって心地よいとはとても言えない沈黙が流れた。

彼女がもうそんなに長くとどまらないことはわかっていた。

「きみが驚くほど怒りっぽくて、賢くて、そのあいだもずっと美しくて、それが官能的だからだ。そして、きみの頭のてっぺんがちょうどぼくの鎖骨のところにくるからだ。それが好きだ」

彼女はまたゆっくり、とてもゆっくりと、わずかにこわばった笑みを浮かべて、彼にほほえみかけた。まともに笑ったら、部屋のテーブルがいくつもひっくり返り、さまざまな物が飛んでしまうと思っているかのように。

「人の好みはいろいろね、ハーディー艦長」

トリスタンは彼女にほほえみかけた。

彼女のほおのピンク色がさらに濃くなり、それはかわいらしかった。

彼の笑みが消えたのは、自分が彼女の質問をはぐらかしたのには、理由があったことに気づいたからだ。

それは、本気で答えたら、彼女についてとおなじくらい、あるいはそれ以上に、彼自身について暴露してしまうからだった。

〝なぜなら、きみに十五秒ものあいだキスをして、いまもなお、自分の体にきみの体が刻まれているように感じているからだ。硬貨に刻印するように〟

〝なぜなら、突然、きみを自分のものにできないという見通しとおなじくらい、きみを自分のものにすることがこわくなったからだ〟

ばかげている。

〝こわくなった〟が、ふさわしい言葉であるはずがない。

自分は、恐怖を使い尽くした。もうこわがるものはない。

音楽会が開かれない限り。

彼は会話に適当な音量まで声を低めた。「なぜなら、それは根本的なことだからだ。男と女のあいだの欲望。それは漠然としていて、推し量ったり、分析したりできない、すべきでもない感覚だ。欲望以上を求める必要はないし、それを満たすことについて罪悪感を感じる必要もない。しかも、きみは好奇心が強いから、ぼくがやりたい不道徳なことすべてをやらせてくれると思っている」

彼女が気づかれないようにすばやく鋭く息を吸いこんだ様子は、これまで彼に起こったことのなかでもっとも官能的だった。

半ば目を閉じて首をそらした彼女と、枕に広がった髪が思い浮かぶ。トリスタンは片手をぎゅっと握りしめた。自分の欲望をすべて閉じこめるかのように。

「チェック、メイト」

「このくそったれ！」ミスター・ファラデーが陽気な驚きの声をあげた。

ミスター・デラコートがよろこびに浮かれて椅子のなかで小さく飛びあがり、勝ち誇ったように両手を突きあげた。

しかし、いっせいに振り返った女性たちの顔は例外なく非難に満ちていた。

「すみません、ご婦人がた、申し訳ない。試合で熱が入ってしまったもので」

「おめでとうございます、ミスター・デラコート、勝ったのですね。でも、残念ながら、あなたは瓶に一ペニー入れていただく必要がありますわ、ミスター・ファラデー」アンジェリークがいった。

「一ペニーですよ、先日あなたが入れたようなお豆ではなく」デライラはつけ加えた。

「わたしたちが気づいていないと思わないでくださいね」

ミスター・ファラデーが信じられないという顔でデライラをにらんだ。

そして、そのまま部屋をぐるりとゆっくり見回した。そもそも自分はなんでこの〈グランド・パレス・オン・ザ・テムズ〉にいるのかといぶかっているか、あるいは自分の味方になってくれる人を探しているかのように見える。

しかし、その目が見つけたのは、女性たちの非難を浮かべた美しい目だけだ。あとは、規則に従っていて、ハンサムなしゃれ男がふたりの女性に罰金を課せられているのを見ても平然としているトリスタンの、「さあ、どうする?」というようにすくめた片方の肩。

ミスター・ファラデーは重くため息をつき、テーブルを押して立ちあがった。とぼとぼと部屋を横切るミスター・ファラデーを全員が見守った。彼の一ペンスが瓶のなかに落ちるチリンという音が響いた。

ミスター・ファラデーは椅子に戻った。

全員が彼に温かくほほえみかける。

ミスター・ファラデーもしばらく笑わないように必死にこらえていたが、ついにっこりほほえんだ。

それを見た瞬間、彼女の関心が別な場所に向いていることにトリスタンは小さいナイフにえぐられたように、憤りを感じた。

「レディ・デリング……」

彼女が笑みを浮かべたまま、彼のほうにふり向いた。

「きみはなぜぼくが欲しいんだ？」

彼女の動きがとまった。彼をじっと見つめる彼女の目がランプの光によって、謎めいた深い淵になる。

それから、かすかに笑みを浮かべた。

そして、椅子を後ろに押して立ちあがった。

彼の横を通りすぎるとき、彼女は少しだけかがんで、彼の耳もとでささやいた。

「なぜなら、あなたがわたしを欲しがっているから」

16

いまやこれは交渉だった。だがなんの交渉なのか、トリスタンには定かではなかった。

〝もうこんなことをしたらいけない〟と彼女はいった。〝するべきではない〟もまた真実だ。

〝もうしない〟とはどちらもいわなかった。彼はそれを梃子《てこ》としてつかうつもりだ。彼女は無分別にふるまうわけではない。大人の女だし、ヴァージンでもない。そんな女性がよく考えて愛人をつくることを選ぶのは、別に無分別なことではない。レディ・デリングもそれはよくわかっているはずだと、トリスタンは思った。彼女は知るよしもないが、彼は容赦のないしたたかな交渉人であり、機会を見出し、それを利用するやり方を知っている。

そしてそのとおりのことを、次の日の朝、彼はおこなった。マッシーと会うために外出しようと自室に鍵をかけたところで、彼女に気づいた。

リネン類を腕いっぱいに抱えている。

彼女は二階のアルコーヴの窓辺の、差しこむ弱い光が形づくる矩形《くけい》のなかで立ちどまった。下の通りを眺めるその顔に複雑な表情が浮かんでいる。皮肉、憂い。目の下に薄いくまができている。

「まあまあ悪くない日じゃないか、レディ・デリング？」

これはよほどの例外の日をのぞき、ロンドンの天気について言える最高の褒め言葉だ。

彼女はぎょっとしてふり向いた。顔がぱっと明るくなり、それからすぐに不安げな表情に変わり、そのあと、ほおを少しピンク色に染めて、すばやく窓のほうに向き直った。

「建物に向かって用を足したあの紳士は、たしかにそう考えたのでしょうね」

「彼が青い小花模様のしびんを持っていれば、もう少し絵になっただろうな」

彼女が小さく笑った。それでも、愁いを帯びた表情は消えない。それに、少し緊張しているように見える。どちらも、自分がいるせいかもしれないとトリスタンは思った。それと、レディ・デリングは世の中がある方向に向かってほしいのに、規則があるにもかかわらず、そうならないせいかもしれない。

「きょうはお出かけになるんですか、ハーディー艦長？」静かな、なだめるような声だった。これもいま彼がいるせいだろうか。

「ああ、出かける。街で片づけなければならない仕事がいくつかある。それに、友人と会って食事をすることになっている」

どうすれば、数秒でふたりのあいだの距離がすべて消えてしまうなんていうことが起こるのだろう？　自分は動いていないし、彼女も動いていない。見たところでは。それなのに、ふいに自分の体に彼女の体の熱を感じた。地面に水が染みこむように。

それなのに、一瞬目を閉じて、彼女の香りを吸いこんでいた。

彼女のほおに、縁なし帽から滑り落ちたひと筋の髪がかかっている。彼の指がまるで自由意志があるかのように動き、その髪をそっと耳の後ろにかけ、それから、彼女の喉を撫でおりた。そのなめらかさはまさに彼が夢に見ていた通りだ。

彼女の目が軽く瞬いて閉じた。まつげがほおにふれる。

呼吸が速くなるのが感じられた。

「想像するんだ」彼女の耳元でささやきながら、耳の螺旋《らせん》の形を指先でそっとなぞり、速い心拍が感じられる場所に触れた。彼女の喉に鳥肌が立つのを見守る。「ぼくの指がぼくの舌だと。そして唇だと。きみとぼくのあいだになにもないと。木綿の生地もモスリンの生地もなにもない。ぼくの肌がきみの肌にふれている。ぼくの両手と口がきみの体のすみずみまで探索する。想像するんだ、ぼくがきみをここで抱くこと

「……いま……だれかに見つかるかもしれないところで」

彼女がごくりとつばを飲みこんだ。頭を後ろに傾ける。唇が開き、息が不規則になっている。

彼は彼女の肌に息を吹きかけながら、そっとささやいた。「想像するんだ、きみが感じること……それが千倍になることを。そうなったらどう感じるかを」

彼は後ろにさがった。

「なぜなら、きみは想像するしかならないからだ、そういうことはいっさいするべきでないということでぼくたちは同意したからね」

彼は彼女を残して立ち去った。

ひどい人！

デライラは感心していた。ひじょうに巧みな戦法だ。しかも、好都合なことに、ハーディー艦長に想像力があるかどうかという彼女の疑問にも答えてくれた。デライラはまるまる一分間、窓辺から一歩も動けなかった。体がよろこびで大騒ぎしている状態だったからだ。彼が始動させた切望の震えるような熱い感覚を、完全に消えるまで味わっていたかった。さらに何分かかかった。荒い息遣いがおさまるまで、彼が彼女のことを考えていると――それこそ明らかに彼がしていたことだったから――考えるだけで、あのどきどきするような官能の熱がまた新たに押し寄せてくる。

廊下で彼にキスをされて――いえ、ふたりがキスして――以来、まったくなにも考えられないというわけではない。でも、その渇望のせいで、感情的に荒れ模様の日々が続いている。やることなすことすべてが頭のなかで、どきどきするような、けだるい背景に重なってしまう。

そして、睡眠は――寝てはいたが――断続的だった。それに、少々いらだってもいる。

べきとか、べきでないとか。そういうことに自分の決断が影響されることはないと誓った時のことを考える。

彼とそうなるべきではない。

でも、そうなりたい。

ああ、そうなりたくてたまらない。

でも、それがただの情事ならば――そして、間違いなく、未亡人たちはいつもそうしている――そうよ、なぜ自分がそういう未亡人ではいけないの？

問題は、彼がいった別な言葉にあった。別な意味で、彼女の息を完全に奪った言葉。

夜空に輝く星のようだ。

ロマンスにかんするさまざまな空想、子供っぽいリボンとか、洗礼式用のスプーンとか、鍵がかかった思い出の箱。そうしたものをわざわざ思いだすことに意味はない。でも、生涯に一度、たったひとつだけ、男性から言われたい完璧な言葉を選べるとしても、こんなにロマンチックな言葉は思いつかないだろう。

彼は誘惑するために、こうした言葉に頼るような人ではない。実際に目にしたことをいっているだけ。

そして、ハーディー艦長が彼の意図——欲望を満足させること、それだけ——を明言しているいま、デライラを悩ませているのは、彼の意図にかかわらず、必ずついてくること、すなわち傷つく可能性——というよりたぶんそうなる見込み——だった。

ふたりのどちらにとっても。

それでもできるだろうか？　自分が物であるように感じないで、結局は男に利用されただけと思わないで、ただ快楽のためだけに快楽を共有できる？　ほんとうの自分を取り戻してから、まださほど経っていない。繭《まゆ》から出たばかりで、まだ少し傷つきやすい。

そのよろこびには、傷つくだけの価値があるのだろうか？

ああ、よろこびのことを知りたいとどれほど願っているだろう。

ようやく動けるようになると、デライラは窓を離れて階段をおり、厨房に向かった。

期待していたとおり、厨房はとても騒がしかった――アンジェリークとふたりの洗い場女中たち、そしてヘルガが、おしゃべりと切るのと剝くのと、全部一緒にやっている――から、建物のほかの場所が、彼女が望ましいと思うよりもはるかに人が少ないことと、普段から、ある特定の男性が不当に大きな場所と空気を占めていることを、一時的にでも忘れやすかった。

デライラは腰をおろすと、果物ナイフを取ってリンゴを切りはじめた。

「馬のように食べますよ、あの男の人たちは！」ヘルガが幸せそうにいう。空腹な人々に食べ物を詰めることこそ、彼女が本領発揮する分野だ。「あんたたち、流し場を見てきてちょうだい。はい、すぐに行って！　ドット、いい子だから、バターを少し取ってきてくれる？」

洗い場女中たちとドットが慌てて走り去った。

デライラは声を低くした。「あなたがたに質問をしてもいいかしら？　かなり個人的な性質の質問になってしまうのだけど」

「もちろんですよ、レディ・デリング。この年になると、ちょっとやそっとでは驚きませんからね」ヘルガが元気よくいう。

「できれば、先にお鍋を置いてくれるかしら、ヘルガ？」

アンジェリークはすでに心配そうな表情でデライラを見守っていた。なにを質問するのか、はっきりわかっているようだ。

「そうですね、でも、ちょうどいま、このリンゴのタルトをこれに入れて焼くところなんですよ、レディ・デリング。夕食に出すなら、余分な時間は一分もないし、あたしの体格はこれよりずっと頑丈ですからね」ヘルガが鋳鉄製の鍋の底を大事そうに軽くぽんぽん叩いた。

「それならいいわ」デライラは咳払いをした。顔はすでに焦げそうなくらい火照《ほて》っている。「わたしの質問は……質問はこうよ。男の人と……関係を……もつのは……気持ちいいもの？」

鍋が床に落ち、ものすごい音に全員が両手で耳をふさいだ。

鍋がぐらぐらする勢いが強すぎて、次第に弱まって止まるまで、三人とも待つ以外になすすべがなかった。

「そんなに衝撃的な質問かしら？」鍋がようやくとまると、デライラは弱々しい声で訊ねた。

「あなたからの質問だから」アンジェリークとヘルガの声がぴったり揃った。

「すみません」ヘルガがたしなみ深く急いでつけ加える。「奥さまがとても優しくて、ちゃんとしているからですよ、レディ・デリング。だれも想像しません、あなたが……そうした疑問をもっているなんて。そういうことをすることも」

レディ・デリングのほおは燃えているように熱くなっていたが、がんばりつづける決意だった。「ちゃんとした女性だから、そういうことをしないの？」冷ややかにいった。「ちゃんとした女性はそういうことを楽しまないということ？」

「デライラ……」アンジェリークが口を開いた。「あなたがなにを思っていようと、すぐにそれをやめるべきだわ。あなたには、そういう状況に対処する経験も資質もないんですもの」

デライラの目に怒りのもやがよぎったのを見て、アンジェリークは驚いた。

「アンジェリーク」

デライラのその口調は、ヘルガとアンジェリークをショックで凍りつかせるものだった。氷柱《つらら》ができそうなくらい冷たかった。

アンジェリークは目を大きく見開いた。

「あなたにとって人生が公平でなかったことも、辛辣な性格はある意味、自己防衛のためであることも理解しているわ」デライラはいった。「あなたのユーモアも、たいていは楽しんでいる。でも、その偉そうな態度にはうんざりしているし、今後は、わたしを子供のように扱わないでくれるとありがたいわ。経験を傘に偉そうにするときは、どのように、そしてだれを通してわたしたちが知り合ったかを思いだしてちょうだい」

まさにその時、デライラは貴族として目下の者に話していた。だから、言葉が口を離れた瞬間、すぐに言い過ぎたことに気づいた。よくない時によくない場所で、よくない口調でよくないことをいってしまったのは、強い欲望にいらだった神経と、官能的な想像からくる睡眠不足によるものだ。

とはいえ、その言葉と感情は、これまでもずっと、デライラのなかでふつふつとたぎってきたものだった。

アンジェリークの顔が完全に無表情になった。

まばたきもせずにデライラをじっと見つめる。

それから、ゆっくりと椅子を後ろに押して立ちあがった。

みんなが息を止めて彼女を見守るなか、一秒の千分の一くらい完全に動かなかった。

それから、皇后にも見まがう品格と威厳を保って部屋から出ていった。

一度も振り返らなかった。

部屋がしんと静まりかえった。

「雇ってくれるところをほかに探すべきですかね？」ヘルガが諦め口調でいう。これまでさまざまな家庭や環境で働いてきたから、三歩先を読むことに慣れている。「ばらばらになりますかね？」

「そんなことないわ。ごめんなさいね、ヘルガ。ふたりとも大人だからだいじょうぶ。

わたしが解決するわ」

でも、いますぐにやるつもりはない。

アンジェリークも、先ほどの言葉を少なからず考える必要がある。

そうは思っても、落ちた鍋のような気分だった。惨めで、傷だらけで、がんがん鳴り響いている。デライラはため息をつき、リンゴの皮むきを再開した。

男性にかんする問題が、またひとつ増えたようだ。

「レディ・デリング……」ヘルガがいった。「あなたの先ほどの質問の答えですが……」

デライラは驚いて目をあげた。「答えはイエス？」

ヘルガが声を低めてささやいた。「ああ、そうです、イエスですよ」片手をあげて、大きな手のひらで胸のあたりをあおぐ。「間違いなく気持ちいいですよ。気持ちいいなんて言葉じゃ、半分にもならない」

デライラはにっこりした。そして、深く息を吸い、その息で大きくため息をついた。

そう聞いてもそれほどの違いはない。でも、やはり役立つ情報だった。

「ありがとう、ヘルガ。あなたの専門的な意見で助かったわ」

「いつでもよろこんでお助けしますよ、レディ・デリング」

数時間後、レディ・デリングはアンジェリークが最上階の居間でペティコートの裾を細かくまつっているところを見つけた。お茶の盆を運んできている。

デライラが部屋に入り、わざとティーポットをかたかたいわせても、アンジェリークは目をあげなかった。

デライラは盆をテーブルに置いた。

それでもアンジェリークは顔をあげなかった。「あなたがいったとおりね、レディ・デリング。あなたは感じのよい人とはとてもいえない」

「警告はしたでしょ」

アンジェリークがようやくデライラを見やり、こわばった笑みを浮かべた。

それから、またうつむいて縫い物を再開した。デライラは砂糖をひとつ入れてから、ふたつの茶碗にお茶を注いだ。砂糖を入れたほうのお茶をアンジェリークに渡す。夫の元愛人のお茶の好みを知っているのは奇妙だが、でも知っている。

ふたりはしばらく黙って坐っていた。

「もしもわたしたちが男ならば」アンジェリークが考えながらいった。「わたしはきっとあなたに決闘を申しこんでいるわね。そして、ピストルを持って夜明けに会い、いまごろはどちらかが部屋で横たわっていたでしょう。死体となって」

「そんな不幸なことが起きたら、葬儀にはどの部屋を使うのがいいかしら?」

「一階の応接間がいいでしょう。喫煙室はどうかしら？　暗い雰囲気だし、広いわ」

　ふたりは毒に満ちたユーモアに小さく笑った。なぜなら、どちらもおなじことを考えていて、それこそ、この協力関係が今後成功する鍵だからだ。

　デライラがぶち壊してしまっていなければ。

「あなたのユーモアのセンスに傷つけられたときは、どちらがペティコートを速く直せるか競争したらいいかも」

「流血沙汰になりそう」

　また少し緊張が消えた。今後も意見が合わないことはあるだろう。きっと喧嘩もするにちがいない。でも、乗り越えられるはず。そう願いたい。

　そもそも、この諍《いさか》いは間接的とはいえ、男性をめぐって始まった。

　どの男性のことかアンジェリークは知っているかもしれないとデライラは思った。それに関してぶしつけに言及しなかった事実は、アンジェリークが、本人の自覚以上に、デライラのことを信頼している証かもしれない。

「男性にもいいところはあるでしょう」アンジェリークがいう。「でも、自尊心とか名誉とか、そういうくだらないものとなると、男はあり得ないほど愚かになるわ。それに残酷で利己的。程度はいろいろだけど、もとから彼らの本質に組みこまれているみたい」

秒針がまた少し振れるあいだ、ぎこちない沈黙があった。

「使用人の前で、あんな言い方をするべきではなかったわ、アンジェリーク。間違ったことだし、それについては、心から謝るわ。もう二度としない。でも、いった内容については、謝罪はしない」

アンジェリークが息を吐きだし、繕い物を傍らに置いた。両手を膝の上で組み合わせる。

そして、咳払いをした。

「わたしがあなたに対して、あなたが子供のような言い方をするという点も、あなたは正しかったわ。そして、それについては、デライラ……」彼女はまた大きく息を吸い、ゆっくりと吐いた。「謝罪するわ」

彼女のほおの真ん中に浮かんだ赤い点が、彼女にとってこの謝罪が見かけよりもはるかに難しいということを示していた。

「それは、デリングに関係しているの？　あなたの……偉そうな態度は？」デライラはこの質問をするのを躊躇《ちゅうちょ》したが、でもどうしても答えを知る必要があった。

アンジェリークはたじろいだ。どの言葉にたじろいだのか、〝デリング〟か、〝偉そうな態度〟か、デライラにはわからなかった。

アンジェリークは答える前に少し考えた。「デリングはあまり関係ないわ……むしろ、生まれた環境とか、立場とかでしょうね。自分が思っているほど、影響されていないわけじゃないみたい」――咳払い――「嫉妬の感情に。ずっと嫉妬しつづけていたから、気づいていなかったのね。あなたが子供であるかのように話していることも。それにしても、あんなにはっきり指摘するなんて、ずいぶん勇敢だこと」

この瞬間は明らかに危険で繊細で重要だった。

「わたしにはどうしようもないことよ。自分の生まれ。結婚。あなたが自分の経歴をどうしようもないのとおなじ。でもわたしはあなたを尊敬している」

「わかっているわ。もちろんわかっている。これからは不安をあなたにぶつけないようにするわ。あなたがブレクスフォード公爵夫人のような口調で、わたしに上からものをいわないかぎり」

「ブレクスフォード公爵夫人は大嫌い。わたし、彼女のような話し方をしていたかしら?」

「たぶんね。わたしも彼女は嫌いだわ。でもね、もしあの人がここに滞在したいと望んだら……」

「賃料を倍額にしたらいいわ」

ふたりは笑いだした。

「デリングはわたしの冗談に一度も笑わなかった」デライラはいった。「彼の冗談には全部笑ってあげたのに」

「だじゃれよね」アンジェリークが皮肉っぽくうなずいた。「彼のだじゃれ、大嫌いだったわ」

デライラはいいたかったが、いわなかった。〝ハーディー艦長はわたしがいうことに笑ってくれるの。それに、彼の笑みにはいつも驚きやよろこびを浮かべている。まるでわたしが彼に贈り物をあげたかのように。彼の笑い声はすばらしくて、めったに聞けないものなの。彼は見かけよりもずっと思慮深いわ。それに時々笑わせてくれる。彼はさりげないけれど、とても深い思想家なのよ。〟

しかし、女性が愛人をつくるためだけに愛人をつくるのなら、こういうことを重要視すべきではない。まったく考えてはいけない。むしろ、彼のすばらしい太ももを……。

アンジェリークが、いくらかためらいがちにいった。「わたしが思うに、欲望は……男の人が善人かそうでないかなんて気にしないものよ。そんな区別はしない。ときには、説明できないような対象に執着する。女にとっての欲望は、男の場合とはくらべものにならないほど危険なものなのに、そんなものを背負わせられているなんて、おそろしいほど不公平だと思う。それでも、わたしたちにも欲望はある。初めて心が張り裂けたときは、間違いなく最悪よ。二回目もあまり楽しいものじゃないわ。

そしてしまいには、見る影もなくなった心なんてすべて廃棄物の山に投げ捨てることになる。なぜならそれは、落として割れた陶磁器のように、胸のなかでカチャカチャうるさいからよ」

これを聞いて、デライラは心がひどく痛んだ。アンジェリークがこういうことを苦しい経験で学ばずにすめばどんなによかっただろう。

「というか、そう聞いたわ」アンジェリークがつけ加えた。「わたしにはそもそも、心なんてないから、知ってるでしょ」

デライラは鼻を鳴らした。

17

「ミスター・ブリンカー？　わたしは〈グランド・パレス・オン・ザ・テムズ〉の共同経営者、レディ・デリングです」

ドットが門限後に玄関に応答して、見知らぬ男の人を入れてしまったのだ。「申し訳ありません、よく考えないでやってしまったんです、レディ・デリング」彼女は両手をもみしぼった。「おもてはひどい雨でとても寒いし、風も強くなっているでしょう、なかはとても暖かくて、その人は紳士のようでしたし、そこでレディ・デリングがわたしにどうしてほしいか考えたんです。きっと親切にしなさいというはずだと」すばらしい。デライラからドットへの教えはちゃんと根づいているらしい、でもその教えも時と場合によるということは、教えそこねてしまったようだ。

アンジェリークはすでに寝床に入っている。ハーディー艦長らほかの下宿人たちは、自分の部屋に戻っていると、ドットの報告があった。一時間前に、彼にお茶のポットを届けたそうだ。

問題の男の人は、デライラの声にこちらをふり向いた。長身で、がっしりしたからだはほとんど長方形に見えた。何重にもケープのついた優雅なデザインの外套は、完璧な仕立てで肩から足首まで美しい線を描いていた。どうやら彼は、ルールのカードを手にしているようだ。

ドットのいうとおりだ。デライラは、彼の身につけているものを、ホービー、ウェストン、ガスリーの店までたどれそうな気がした。

彼はデライラを……じっと……ちょっと長過ぎるほど見つめて、それからお辞儀をした。

背すじを伸ばしたとき、彼の視線は相変わらず少し親しげすぎた。黒っぽい目はまっすぐで濃い眉に隠れ、いかつく、色白で、とてもイングランド人らしい顔立ちだ。デライラは、そわそわと髪やエプロンを直したくなったが、こらえた。

〝親しげ〟。その言葉は、彼女の過去に属する言葉だ。なぜなら、いまでも彼女には爵位があるが、その地位はこういう視線から彼女を守ってはくれない。

だが男の人なら、それができる。デライラは苦々しくそう考えた。いまいましい。

彼女はハーディー艦長がベッドで、願わくは眠れずに天井をにらみながら、何度も、何度もあのキスを思いだしているところを想像した。それは別の言葉でいえば、彼女自身がふた晩続けてしていることだった。でもデライラは彼とふたりきりにならないよう、気をつけていた。距離を置けば、理性が戻ってくるのではないかと期待していた。なぜならこの決断はとても重大で、危険をはらんでいるし、結果がどうなるかは不透明で、彼女の一部は、もし決断しなくてもすむならそのほうがずっと楽だと考えていたからだ。

デライラは、いま彼がここにいてくれればいいのに、と思ってしまったことに腹を立てた。ルシファーとアトラスが、聞いてあきれる。

「わたしの馬が蹄鉄を飛ばしてしまって、明日の朝になるまで直せないのです、レディ・デリング」ミスター・ブリンカーは事情を話した。「コックスの貸し厩に馬を預けて、今夜はこちらに泊めていただきたく、なんとかあなたを説得できないかと思いまして」

彼の話し方は優雅で、その声は低く感じがよかった。

それでもなにかがひっかかって、お掛けくださいとはいえなかった。

「それは災難でしたね、ミスター・ブリンカー」

「下宿屋を経営しているご婦人というものは、その建物のような体格で、綿棒を振り回し、あごにひげを生やしていると思っていました。あなたの話し方は……本当のレディのようですね」

彼女は短く、上品に笑った。それは、かつて自分がデリングのエゴを満たし、和を保つために笑っていたことを気まずく思いださせるような笑いだった。「わたしはレディです、ミスター・ブリンカー、夫は亡くなりましたが」

でも、家のような体格で、あごにひげを生やした女主人のほうが、いまのようなときにはよかったかもしれない、と彼女は思った。

「ああ」彼はいった。少し間があり、「なるほど」

なぜ彼のいうことはすべて、謎かけのように聞こえるのだろう?

「説明させてください、ミスター・ブリンカー」彼女はじゅうぶん愛想よく切りだした。「うちでは下宿人の方に、一泊より長い期間滞在していただいています。ほかの下宿人の方々の安全と安心のためです。みんながたがいによく知りあって、信用しあえるように」

これは彼が謝罪して立ち去るタイミングだった。

しかしかすかに顔をしかめただけだった。「ここで……波止場のそばで?」

「世の中のさまざまな職業の方々に便利な立地なんです。だって、あなたもここにいらしたんじゃありませんか」口調に皮肉がにじみはじめている。

「そうでした。いやひょっとすると、ここが次のセント・ジェイムズ・スクエアのような高級住宅街になるかもしれませんな」

デライラは彼のいい方が気に入らなかったが、その理由ははっきりわからなかった。

「ひょっとしたら」

もしかしたら彼はただ、雨に濡れて不測の事態に遭って疲れていて、なじみのない場所で不安なのかもしれない。もしかしたら、ここで彼女が彼を落ち着かせて、手厚くもてなしたら、彼は裕福な知り合いたちに〈グランド・パレス・オン・ザ・テムズ〉の噂を広めてくれるかもしれない。

「ロヴェル・ストリートには、どんなご用でいらしたんですか、ミスター・ブリンカー？」

「わたしは商人で――おもにシルクを扱っています。父親がケントに織物工場を所有していて、わたしはその投資部門にかかわっています」

「なんて興味深い」それはじゅうぶん世間体のよい仕事に思えた。

「ある意味ではそうです、そうだと思います」彼のかすかな笑みになんとなくひっかかった。なにかをほのめかしているように感じられる。

そのとき彼は、ほとんど気づかないほどすばやく、彼女の全身をさっと眺めた。もしかしたら、夜中に彼女が盗みをはたらくのではないかと疑い、小型ピストルか鋭い小さなナイフを隠し持っているかどうか、目で探したのだろうか。

だがその目つきはそんなふうに思えなかった。デライラは腕に虫がはったかのように、身震いしたくなった。心臓の鼓動が少し速まる。

「先ほど申しあげましたとおり、ミスター・ブリンカー、わたしどもの館では、だれかをひと晩だけお泊めすることはしていません」今度はさっきよりも強い口調でいった。

「じゅうぶんなお支払いはします」とつぜん、彼の手にはソヴリン金貨がいくつか載っていた。

デライラは凍りついた。息もとまった。しばらく彼をにらみつけることしか、できなかった。いまいましい男たちと、そのお金。いまいましい人生と、毎日つきつけられる選択。彼は、上辺では、危険そうには見えない。でもわからない。見た目でなにもかもわかるわけではない。それはよくわかっている。でも金貨三枚があったら……。彼女はエプロンの下で指を交差させて十字をつくった。無言の祈りだった。

「それではご案内します、ミスター・ブリンカー。お茶をご所望でしたら、ベルを鳴らしてください。お部屋のドアのそとまでお届けします」

トリスタンが部屋に戻って三十分ほどしたころ、ドットがやってきて、ガチャガチャと部屋のなかを動き回り、枕をふっくらさせ、暖炉の火を熾し、先に頼んでおいたお茶を置いて――夜中、気まぐれにベルを鳴らしてお茶を頼むなんて、たとえ規則で許されていたとしても、彼には最悪の種類の怠惰と身勝手に思えてできなかった――静かにおやすみなさいといって、出ていった。

そのどれも、ほぼ確実に彼のほうがうまくできることだった。

だが、じっさい、それで自分が大切にされていると感じられた。

彼はすぐにはお茶に手をつけず、ブランデーを注ぎ、飲んだ。

あの窓での一件はやりすぎだったのだろうか、と考えた。

ここ二日ほど、マッシーら部下たちとともに、商人たちに聞き込みをおこなっていた。一種のパターンのようなものが、浮かびあがってきた。

だが、謎の続き部屋を借りたのがだれであれ、その人間はまだ下宿屋にあらわれていない。それに十中八九、その理由はなんのことはないのだろう。ひょっとしたら、あそこはこの館で唯一片付いていない部屋で、それを隠しておきたいだけかもしれない。

だがトリスタンには、そうは思えなかった。

十二時半過ぎ、彼は上着の袖に腕をとおした。ポケットに錠前破りの道具と蠟燭と火打石を入れて、彼はそっとドアをしめて廊下に出た。

「ソヴリン金貨三枚、ソヴリン金貨三枚、ソヴリン金貨まるまる三枚」デライラはぶつぶつとつぶやきながら厨房におりた。お湯を沸かし、お茶の葉を計るあいだもずっとつぶやいていた。ほとんどの下宿人は気をつかって、夜遅くにベルを鳴らしてお茶を求めることはない。規則では夜ごとお茶を頼めることになっていても。

だがミスター・ブリンカーはちがった。デライラはまったく驚かなかった。

今夜は寝つく前に、ソヴリン金貨三枚で買えるものをひとつひとつ数えあげるべきかもしれない。使用人を増やせれば、彼女もアンジェリークも夜中に下宿人の要求をきくために起きなくてもよくなる——たとえばこのようなことも、二度としなくてもいい。それとも、従僕をふたり雇ったらどうだろう。もっとも、従僕ひとりにかかる食費は、目の玉が飛びでるほどかかるけど。

デライラはお茶をトレーに載せて、注意深くバランスをとりながら階段を登った。

玄関広間に入ったところで、広い居間からそっと呼ぶ声がした。

「わたしはここだよ、レディ・デリング。こっちにお茶を頼むよ」

デライラは固まった。なんてこと。

「まあ……ミスター・ブリンカー。お茶はお部屋のそとに届けるとお伝えしたはずです」

「お茶はこの居心地のよい居間でいただきたいと思ったんだ。お茶が冷めてしまう前に、こっちにもってきてくれるかな?」

それはお願いというより命令だった。

すぐに心臓がつかえるように打った。まったく、まったく、まったく! 鼓動が大きく鳴りひびいて、気分が悪くなる。

腕が震えている。お茶の重さだけのせいではない。いますぐどこかに置かないと、床に落としてしまう。

デライラは急ぎ足で居間に入り、いちばん近いテーブルにトレーをおろし、すぐに退散するためにふり向いた。

思わず息をのんだ。

ミスター・ブリンカーが、すぐうしろに立っていた。彼女と、部屋のドアのあいだに。

彼はなにもいわなかった。暗くてその表情は見えない。でもその息遣いはあえいでいるようだった。

「ミスター・ブリンカー、あなたは今夜だけのお泊まりですから規則をご存じないかもしれませんね。この時間には下宿人の方々はみんな、ご自分のお部屋にいます」デライラは大きな声を出し、無駄かもしれないけど、だれかが聞いてくれることを祈った。

「規則か」彼は小さく鼻を鳴らした。心からおもしろがっている。「さあ、レディ・デリング、金貨を三枚払ったじゃないか。まさかそれが宿代とお茶代だけとは思わないだろう？」

「あなたは気前のいい方だと思いました」

彼はあきれたように鼻を鳴らした。

そこでデライラは、彼の行動の理由を理解した。階下のこの居間では、もし彼が彼女を襲っても、悲鳴はだれにも聞こえない。

そのとき、心からぞっとした。

「さあわたしといっしょに、長椅子のところまで行くんだ」彼はこともなげにいった。

「いやです」

「もし多少抵抗するのが好みなら、かまわないよ、そのほうが興奮することもあるからな、そうだろ？」

「いいえ、まったく」デライラは明るくいった。

彼女は横に二歩ずれて小さなテーブルに近づいた。その上には本の隣に白目の燭台が置かれていた。

デライラは背中から手を回した。燭台を倒して、手の届かないところに転がしてしまった。

燃えさかる炎が彼女とミスター・ブリンカーの揺れる影を壁に映した。彼にはたぶん、彼女の寝間着の中身が透けて見えているのだろうと気づいて、デライラはぞっとした。

虚勢と理性を試してみた。「そういうことなら、ミスター・ブリンカー、どうするかご説明します。お支払いになった金額に不満があるのなら、金貨を一枚お返しします。なぜなら、ルールに明記されている以外のサービスを期待されても困りますから。さあ、そこをどいて、通していただけますか?」

デライラは彼に、これはすべて冗談だったというチャンスを与えた。考え直すチャンスだ。

「だがわたしはより多く払うつもりはないよ、もしきみが抵抗するつもりなら」ミスター・ブリンカーは、まるで会話を続けているかのように、いった。「だが、支払った分だけは楽しませてもらう。もう黙ってこっちに来て、長椅子に横になるんだ、そうしたらすぐにすむ」

そして彼はズボンのボタンに手を伸ばした。デライラはすばやく左に跳んだ。なんとか彼を回りこむ。

だが引きもどされた。手首をつかまれてしまった。彼の手は重い締めつけ具のようだった。

デライラは叫んだが声にならず、ただのかすれた音で、恐怖で震えて切れ切れだった。役に立たない。

彼はぐいっとひっぱって彼女を自分のからだに引き寄せ、長椅子のほうへ進んだ。

「手を放してください」たまらなくいやだったのは、ほとんど泣き声になってしまったことだ。必死の懇願。

「すぐに終わるよ。あまりにも早くて、じっさい、二回やってもいいくらいだ」

ぞっとすることに、彼が手をデライラの胸に置き、押し倒そうとしたところで、ピストルの撃鉄を起こす音が、ふたりの背後で響いた。

じっさいの銃声よりもっと原始的で、もっとおそろしかった。

なぜならその音には犠牲者の死への期待がこめられているから。

ブリンカーは固まった。

デライラは目をとじ、心臓が飛びだしそうで、意識さえ、燃える蠟燭の火のようにちらちらするように感じた。

「おまえの頭蓋骨の下部を狙っているピストルを撃つつもりはない。それでも、ぼくがおまえだったら、動こうとは思わない」

ああ、神さま、トリスタンだ。デライラは地獄の門の護衛たちがおなじくらい簡潔にしゃべるところを想像した。

ミスター・ブリンカーの顔色はいまや彼女の寝間着とおなじくらい白かった。手首をつかんでいる彼の手が、恐怖の汗で湿っているのが感じられた。

彼は、よりによって、声に出さずに祈りを唱えているようだった。

でももしかしたら、トリスタンの魂を呪う言葉なのかもしれない。

「おまえを確実に仕留める方法は、手、足、戦略をつかうものが十通りもある。銃弾を一発も撃つ必要はない」トリスタンは考えこむようにいった。「そのほうが、染みひとつない家具についたおまえの脳みそを使用人に掃除させるよりずっといい。だが安心しろ、そのきたない息でレディ・デリングの髪を揺らしたら最後……」ようやくデライラにも、その言葉に、冷たく、真っ黒な怒りが聞こえた。食いしばった歯のすき間から言葉がしぼりだされている。「……どちらかを実行する。そのあと、おまえからはなんの音沙汰もなくなり、だれもなにが起きたかわからない。わかったら、彼女から手を放せ。いますぐ」

ブリンカーはすぐに両手を放した。

デライラは安堵の声を押しころした。

「彼女から一歩離れろ。小さく一歩だ。頭蓋をぼくのピストルにぶつけたくなければ」

ブリンカーがあとじさった。

デライラは半分ころび、半分走るようにして部屋を横切り、隅にしゃがみこんだ。遅ればせながら、燭台を拾った。いまさらだったけど。

「ハーディー艦長、その人の名前はブリンカーよ」彼女はひきつった声でいった。

「ありがとう、レディ・デリング」トリスタンは彼女のほうを見なかった。「さあ両手をあげるんだ、ブリンカー。だがゆっくりとだ。なにしろぼくは、一日二日人を撃っていないと、ちょっとしたことで引き金を引くと有名だからな」

あんなに言葉に吝嗇《りんしょく》だった人が、こんなおそろしい、芝居がかったことをいうなんて。

でもブリンカーは、男のばかさ加減には際限がない証拠に、ぱっとふり返ってトリスタンのピストルを奪おうとした。

そのあとは速くてよく見えなかった。

トリスタンは両肩でブリンカーを押さえると、まるで彼が小麦粉の袋であるかのように、くるっと回してその頭を押しさげ、テーブルの角に突っこませた。バン！

ブリンカーはひざまずき、それからあおむけに倒れて、まるで九柱戯ピンのように床に横になった。

そしてまったく動かなくなった。

「ああ神さま、神さま、神さま、神さま、神さま」デライラの声はかすれたささやきにしかならなかった。

死んだの？

ふたりはブリンカーを見おろした。

デライラは半分、死んでいることを願っていた。死体はテムズ川に投げこめばいい。生まれてから一度も、そんな残忍なことを考えたことはなかった。

少しして、彼の鼻から血が流れだした。

デライラが最初に考えたのは――神よ、お赦しください――絨毯の血液の染みを落とすのはとんでもなく大変だろうということだった。

ブリンカーはうめき声をあげ、その手がぴくりと動いた。

「ああ、あんたはあのハーディー艦長か」とつぶやいた。

デライラはハーディ艦長を見つめた。それはいったいどういう意味なの？

だがトリスタンはまた目にもとまらぬ速さで動いた。大きな長方形のような体躯《たいく》のブリンカーの片腕をつかみ、ひっぱりあげて立たせた。ブリンカーはまるでトリスタンにつかまれた操り人形のようにぐったりしていたが、なんと足をついて立った。

「ぼくが戻るまで待っていろ、デライラ」彼が命令した。

そしていなくなった。

ドアがひらき、とじる音がした。

彼女は待っていろという彼の命令にそむくことは考えられなかった。倒れこむように長椅子に坐った。両腕を、まるでそれが自分を守る鎖であるかのように、からだに巻きつけたが、とつぜん激しく震えだしてとまらなかった。

あのような、目にもとまらぬほど速く、不思議なほど自信に満ちた、熟練の暴力。

毎晩居間で本を読んでいる、静かの島のような男性とおなじ人だとは思えなかった。

ブリンカーはいったいどういう意味でいったのだろう……あのハーディー艦長?

18

トリスタンは、ぐったりして、うめき声を洩らし、血を流している荷物を持っておもてに出て、小さく口笛を吹いた。

すぐに、〈グランド・パレス・オン・ザ・テムズ〉を見張っていたモーガンとハリガンが、影のなかから姿をあらわした。ふたりに、ブリンカーを殺すことなく、できるだけ早くできるだけ遠くに連れていくようにと手短かに指示を出した。

心臓が喉元までせりあがってくるように感じながら、すぐに戻って長椅子のデライラの隣に坐った。

彼女は両手で顔を覆ったまま、顔をあげなかった。見るからに震えている。

トリスタンはロックしたピストルを気をつけてテーブルの上に置いた。そして上着をぬいだ。

それを彼女の肩にそっとかけた。

それでも彼女は顔をあげなかった。だが大きく息を吸って、ため息を洩らした。

震えがおさまってきたようだ。

彼のなかのなにかもおさまり、ほとんど有頂天といった感じになった。

「デライラ……」彼は小さな声でいった。ふたりとも、彼が呼んでいるのは、ひとりきりのときに天井を眺めながら呼んでいたが、彼女の前では声に出したことはなかった名前だということに、気づかなかった。「怪我はないかい？」

彼女はうつむいたままうなずいた。

「ブランデーか、シェリーか、お茶か、それとも——」

彼女は激しく首を振った。「あの人をどうしたの？」

「貸し馬車に乗せて料金を払い、ロンドンの反対側まで連れていくようにと頼んだ」

真実に少し嘘を混ぜた。

彼女はこの知らせを聞いても、なにもいわなかった。

「不公平だわ」ようやくいったのがその言葉だった。少しくぐもっているのは、彼女が両手で顔を覆っているからだ。それで襲撃と暴力の現場を消し去ろうとしているかのように。

「なにが不公平なんだい？」

「ドットはなんの技能もないわ。というより、あるけどそのすべてが下手なのよ。でもドットは人の役に立ちたいと思っているいい子だし、世界にはもっといい人が必要だとわたしは思っている。だからあの子は、門限を過ぎたあとでも、あの人を入れたのよ。心からの親切で」

「なぜならきみが親切で、彼女はきみを尊敬して、きみのようになりたいと思っているから、当然だ」

デライラは短く笑った。「そうだと思う。またあなたが正しかったわ、ハーディー艦長。ほんとね、親切なだけではだめなんだわ。ここでは。波止場の近くでは。あざ笑ってもいいのよ」

「あざ笑うなんて軽薄なことはしない」

誓ってもいい。彼女は両手の奥でほほえんでいた。

しばし沈黙が落ちた。

「デライラ……」彼の声は優しかった。自分の声に、かすかな、絶望の痛みを感じた。彼女を傷つける男をとめることはできる。だが恐怖が反響するのはとめられない。そのことが彼はつらかった。

「わたしは泣いたりしていないから、そんな声を出す必要はないわ。わたしは激怒しているのよ」

「それにひとりぼっちだと感じている」

彼女は静止した。ゆっくりと両手から顔をあげて、指先越しに彼の顔をじっと見つめた。

「そうだと思う」彼女は驚き、不機嫌にいった。眉が逆立ち、目がきらきらしている。

絶望よりは怒りのほうがいい。

彼女の目の縁は少し赤くなっているし、まつげが濡れて束になっていた。だがほおが赤く染まっているのは、失望よりも怒りと不満のしるしだった。

彼女は、じっさい、彼が思っていた以上に強い。とつぜん彼は、親切を貫くには鋼のような勇気が必要なのだということを理解した。

「なぜそんなことをいったの？　あなたはひとりぼっちだと感じているの、ハーディー艦長？　なんといっても、あなたのような人間はたぶんひとりしかいないもの。でも考えてみれば、あなたはなにも感じないのでしょうね」

まるで顔全体に小石を投げつけられたかのようだった。ひとつひとつの痛みはたいしたことがなくても、衝撃的だった。

彼女は食ってかかっているだけだとわかっていた。彼の部下の男たちもそういうときがある。男なら、どう対処すればいいかわかっている。

だがトリスタンはこうしたことには不慣れだった。繊細で複雑なことには。彼女を抱きしめる、というのがまず思い浮かんだ。それは彼女の慰めになるだろうか、それとも、彼もまた彼女の望みをわかったつもりで迫る男のひとりになってしまうのだろうか。それで慰められるのは自分なのか、それとも彼女なのか？

それからどうなる？　間違いなく、不可避のことが起きる。ふたりが互いに求めあう気持ちは、相手を求めたくないと思う気持ちとおなじくらい強い。

彼がなにもいわずにいると、彼女は短く苦々しい笑いを洩らした。「ああ、冷静沈着で、勇敢なハーディー艦長。今回だけは質問への答えをもっていないのね。でも説明する必要があるとは思わない。いったいなにが男を――」彼女は彼のほうに手を振った。「こんなに無情で、勇敢で、冷淡で、仕事一筋の――」

「もういい」

静かな声でいった。だがそれは命令だった。そしてその表面下には、傷ついてひりひりするなにかがあった。

これまでトリスタンが自分の強味だと思ってきた資質を、それこそまさしく彼を嫌悪すべき理由だといわんばかりに彼女が厳しく並べあげていくのを聞くのは耐えがたかった。

彼のいい方のなにかが、彼女の怒りの鎧を突破した。

彼女は好奇心をそそられたように、まじまじと彼を見た。

「ぼくがもっているのはこれだ。いつも上着のポケットのなかに、ピストルといっしょに携帯している」

彼女に羽織らせたコートのポケットに、慎重に手を入れた。

そしてハンカチーフをもった手を差しだした。

彼女の手がゆっくりと近づく。そして片方の口元をゆがめて、受けとった。

そしてそれで目尻をそっと押さえた。〈グランド・パレス・オン・ザ・テムズ〉でだらしのないふるまいを始めるわけにはいかない。

トリスタンは少しでも彼女の役に立ててほっとした。

「さっきはひどいことをいってしまって、ごめんなさい」彼女はいった。

「なんとか生き延びるよ、なにしろぼくは無情で、冷淡で、仕事一筋だから」

どういうわけか、彼女はそれを聞いて、笑った。短く痛々しい笑いではあったが。

笑いはいいが、痛々しさは気がかりだった。

沈黙がまるで埃のように落ちてたまった。

彼は動かなかったし、彼女も動かなかった。

なぜいままで一度も考えなかったのだろう？　女性が、もっともちやほやされている者でさえ、日々どんな危険にさらされているのか。ただ女性でいるという行為がいろいろな意味でどれほど勇敢なことなのか。

「わたしたちが開業する資金をどうやってまかなったか知ってる、ハーディー艦長？」とつぜん彼女が訊いた。「アンジェリークとわたしは、この建物をわが家にするために、ボンド・ストリートのリーヴスという男の人に宝石を売ったのよ。品のない話でしょ。でも、それはほかの人を必要としないためにしたことだったの。とくに男の人を」

トリスタンは息ができなかった。ずっとこの真実を知りたいと思っていたが、彼女がいま彼にその話をする口調の痛切な後悔に動揺していた。なぜなら彼女が無防備で、彼を信用しているからだ。

「ただ……わたしはもう必要とし、し、し、したくなか、か、か、ったの、だれのことも」最後の言葉で彼女の声がひび割れた。

彼は口元の片端を吊りあげた。「それはぼくの楽園そのものだ」

彼女が顔をあげた。そしてまた、小さく皮肉な笑い声を洩らした。「まあ、あなたっておもしろい人ね、ハーディー艦長。どうしてそんなふうになったの？　どうせ話してくれないのでしょうね、だってひと言にまとめられるはずないから」

それはまるで、自分にも問いかけているようないい方だった。

初めて見る彼女の苦しみに、トリスタンは息苦しくなった。彼女は自分の一部をほかの人々と分かちあうほど善良なのだ。彼はその好意を、まるであけた窓から入ってくるそよ風とおなじように当たり前に思っていた。

そしてなにひとつ、彼女に返していない。

もちろん、彼女は完全に善良ではないかもしれない。じっさい、密輸団を幇助《ほうじょ》している可能性はまだある。それでもトリスタンは、いまこの瞬間に彼女が必要としているものを与えずにはいられなかった。生々しい、真実の、彼の一部を。

「ぼくの生まれは」彼は慎重に切りだした。「もしきみが寝る前に聞いたら、すぐには眠れなくなるような話だ」

だれにもこんな話をしたことはなかった。彼は自分の物語がだれかになんらかの価値があるとは考えたことがなかった。いままでは。

彼女は静止した。トリスタンには彼女の変化が、まるで天気を読むようにたしかに読みとれた。

だが彼女はこんなふうに、彼を見るべきではない。彼の言葉で、痛みを感じているかのように。彼の人生の物語を、顔のしわから読みとれるかのように。まるで彼がほんの数インチドアをあけたら、彼女はそのすき間からすべてが見えるかのように。

これも、彼がこれまでひと言も口にしない理由のひとつだった。だれの慰めも必要ではないし、欲しくもなかった。自分自身を慰めから引き離すのは、ぬかるんだ轍《わだち》から車輪を引き離すのとおなじくらい、簡単だった。彼は同情や非難といった重荷なしで世の中を渡っていくのを好んだ。

だめだ、彼女はこんなふうに彼を見るべきではない。

そして彼は、これをよろこぶべきではない。

彼が必要としている——求めている——のは、彼女が苦しんでいるいまでさえ、そのしなやかなからだから寝間着を引きはがし、その喉に顔をうずめ、彼女が喉の奥であげる切ない声の振動を唇で感じ、両手で彼女の胸をつつむことだった。

いまでさえ。男というものは基本的に動物だ。

彼女はこれも、間違いなく知っている。

デライラが咳払いをした。「それなら」その声は少し弱々しかった。「ありがとう、ハーディー艦長、助けてくださって。もう寝ないと」

それはふたりにとって、もっとも賢明なことだ。

「先に上に行きたまえ、レディ・デリング。今夜はもう、歓迎されざる客は来ないよ。ぼくが朝まで見張っていよう。それできみの気が休まるなら」

デライラは彼の、穏やかだがやはり非情な彼の顔を、燃えるような謎に満ちた目を、見つめて、その言葉を聞いたとたんに自分のなかのなにかがほっとしたことに、自己嫌悪を覚えた。まるで彼が見張っているかぎり、なにも悪いことは起きないかのように。まるで彼が唯一の答えであるかのように。そんなふうに感じたくなかった。

さっきいったことは本気だった。彼女はだれのことも必要としたくなかった。まして、求めたくなかった。

最初にするべきは、彼のそばから離れるという難題だった。美しい壁のように坐っている彼に、とりついてよじ登りたくなる。割れ目から光が射している壁に、まるで蛾のように引き寄せられてしまう。でも壁にぶつかったらたぶん、彼女は粉々になる。

次にいった言葉は早口になってしまった。「朝まで見張りをする必要はないと思います、でもありがとう、おやすみなさい」

さっとふり向いた彼女の三つ編みが、まるで九尾の猫鞭《ねこむち》のように、彼の前で空を切ってしなった。

彼は向かってきた蛇をつかむように、三つ編みをつかんだ。

滑稽なことに、ふたりはまるでデリングの彫像のひとつのように、その場で凍りついた。トリスタンの動きに、デライラは息をのんだ。スピードと精度。彼はまるで、その偶然の隅々まですでになんらかの形で遭遇し、だから今度も準備ができていたかのようだった。思わず感心していた。

じっさい、彼は見事だった。

口元が片方吊りあがっている。「ぼくがどんなにきみの不興を買ったとしても、レディ・デリング、鞭打ちされるほどではないと思う」彼はささやいた。

デライラは短く引きつった笑いを洩らした。そして謝ろうと口を開いた。

だが彼の表情のなにかが、彼女を黙らせた。

三つ編みを見る彼の目には、讃嘆のような、当惑のようなものがあった。まるで仕掛けた罠にかかった外国産の生き物を見つけて、放すべきか名付けるべきか、迷っているかのような。まるで自分には、これにさわる権利がないと思っているかのような。

デライラの心臓は、なぜか有頂天になって鼓動を刻んでいた。

彼は三つ編みを親指と人差し指ではさんだ。「これは返さないでおこうと思う」彼はそっとからかった。「役に立つかもしれない。高い城からおりるときにつかったり、そう、ラプンツェルのようにだ。あるいはまた、メインセールを張るのにつかったり」

彼は目をあげて彼女を見つめた。デライラはその熱を感じた。

「ハーディー艦長、あなたが詩作の能力についてほんとうのことをいっていたのか、よくわからないわ」

彼女もささやいていた。

彼はちょっと顔をしかめた。「いまいったことのどこも韻を踏んでいない」

気づくと、デライラは少しずつ彼にからだを寄せていた。

おずおずと、彼のあごに手をあてた。どうしてかはわからない。ただ、むき出しの驚きを目の当たりにして、彼の顔にさわってみたくなった。まるで引力のように、引き寄せられた。

彼のほおは、生えはじめたひげで少しざらざらしていた。硬い。温かい。これだけ近づけばその傷も、そのしわも見えるし、その顔、そのほお骨、そのあごの厳《いか》めしい形状の地図をつくれそうだった。

だが応接間の薄明かりのなかでは、その目を読むことはできない。これでいいのだろう。いまから彼女がしようとしていることが、やりやすくなる。

デライラは彼にキスした。

そっと。

清らかに。

ほんの一瞬。

唇を離して、震える息を吸った。

彼があまりにも硬直していたので、つかの間、その血管のなかで血液も流れるのをやめているはずだと思った。

彼を驚かせてやったというよろこびは、キスとおなじくらいよかった。

目をあげて、彼の顔を見た。

瞳孔が大きく開いている。

一瞬、どちらが息を吸って、どちらが息を吐いたのか、わからなかった。ふたりのあいだで起きた小さな嵐。

「きみの頭はいま、正常に働いていないかもしれない、レディ・デリング」彼の声はしわがれたささやき声になった。

「わたしは頭なんてまったくつかってないわ。あなたはそれにつけこむべきでしょう」

彼が息を吸って、吐く音が聞こえた。

「デライラ……からかうな」

ああ。厳格なハーディー艦長は命令する。

でもその声は、かすかにかすれていた。デライラには彼は慈悲を求めているのだとわかった。たぶんこれまで一度もなにかを請い求めたことなんてない、この人が。

ふたりとも、手の届かないものを求める辛さを知っている。

デライラは彼を苦しめたくなかった。今夜、ある男が彼女を無理やり奪おうとした。

自分をほかの男に与えるのは、彼女の輝かしい権利だ。

だからもう一度、彼にキスした。

今度は唇がふれたとき、彼が両手で彼女の顔をつつみこんだ。そのまま考えつくした優雅さで頭をうしろにそらされて、彼はいったい何度、まさにこの動きをくり返してきたのだろうと、一瞬、デライラは思った。

そして彼は貪《むさぼ》った。

その瞬間から、どちらが主導権を握り、これからなにが起きるのか、疑問の余地はなかった。期待と不安とおそれとよろこびはすべて別々の感情で、それぞれが肉体的な快感でもあった。デライラはほとんどなにも知らなかった。彼はきっとなんでも知っているのだろうと思った。

そして彼女は、そのなんでもが欲しかった。

彼は唇の熱とダークな甘さで夢中にさせ、舌を絡ませてきて、微妙に異なる何層もの快感を与えた。快感はおののきとなってデライラの血管を流れ、まるで溶岩か水銀のように脚のあいだにたまり、ずきずきといわせた。彼女も貪るように応え、ぼうっとして、震えながら、彼の体温で熱くなっているシャツに両手でしがみついていた。

そして彼女も与え、要求しはじめた。彼の欲望も高まっているのは、そのしわがれた罵り、勝ち誇った低いうめき声からわかった。ふたりのせわしない息は熱くて甘く、ふたりの舌は絡みあい、唇は密着して離れ、さらにと求めた。寝間着に空気が入ってきてはじめて、彼がこのさなかに、ひそかに彼女のガウンを肩からはずしていたことに気づいた。

彼が両手をさげて喉をなで、指のひねりでたくみに胴衣のリボンをほどくと、ローン地のガウンはまるで驚いた乙女のように崩れた。そしてこの一枚も、彼女が舌で耳を愛撫されてめろめろになっているうちに、肩から、胸から滑り落ちていった。彼が両手で乳房をつつみ、親指を往復するように乳首をこすった。快感の衝撃で息が喉に詰まり、彼女は頭をそらして、つかえながら自分も罵り言葉を口にしていた。彼が喉に顔をうずめ、脈が速くなっているところに口づけた。彼の唇、その舌、その息が、官能のヴァスコ・ダ・ガマとなって彼女の肩に新しい快感の航路をたどり、そのあいだも両手は彼女の胸の愛撫をやめない。自分の肌が、自分の感覚が、こんな魔法を隠していたなんて、こんな激しい歓喜を秘めていたなんて、デライラは知らなかった。

欲望は鍵爪のように彼女をわしづかみにした。

「お願い……」言葉が出てこない。「ちょうだい……」

自分がなにを求めているのか、よくわかっていなかった。

「なんでも」彼が低く熱っぽい声で応える。「いってごらん」

ああ、彼が耳の下のくぼみにした、彼女の血管に瞬時に快感を滴らせるあのことの呼び名を知ってさえいたら。それをいったのに。

「もっと」デライラがいったのはそれだった。

彼は知っている。にやりと笑うと、応接間の薄暗い明かりのなかで白い歯が見えた。

デライラは気づいていなかったが、感覚を圧倒されているあいだにいつの間にか横にされて、天井の水漏れ跡とシャンデリアの漆喰の薔薇を眺めていた。自分のからだがどこからどこまでなのか、もうわからない。よろこびを受けとる生きものになっていた。
　トリスタンが寝間着の裾をつかんでひっぱり、布地が脚を滑っていくのも愛撫にな
った。デライラは自分がまるで繭をぬいで生まれ変わるように感じた。古い長椅子に
横たわる裸の蝶。からだを動かすと、長椅子のクッションが彼女のお尻をそっとつつ
んだ。世界のすべてが、彼女を抱いている。
　ほんとに裸なのね。いままで男の人の前で完全に裸になったことは一度もなかった。
意識したせいで、官能のもやが少し晴れ、彼女は腕と脚を組もうとしたが、そのとき
トリスタンが、ごちそうを目にした男のように、半分ため息、半分うめき声のような
声をあげ、彼女の隣にやってきて抱きしめ、その両腕の温かさと、汗と煙草と麝香の
混じった彼独特のにおいでつつみこんだ。ひょっとしたら武勇のにおいかもしれない。
　デライラは彼のシャツのなかに手を滑りいれた。ほんとうに壁だった。熱く、なめ
らかな、石の上にサテンを張った壁。胸毛で少しふわふわしている。
　彼が吐息混じりにいった言葉は、「ああ、いい」のように聞こえた。
　だれかにこんな声を出させるのは、なんて楽しくて官能的なの。
　だからもう一度やってみて、彼の温かさと力強さを味わった。
　彼が下にずれて頭をさげ、乳首を口にふくんだ。そして吸った。舌でなでるように

して、また吸った。なんて強烈な。なんてみだらな。

トリスタンはふたたび唇を重ね、彼女が長くなまめかしいキスに逃避しているすきに両手をさげ、繊細な略奪者のような指先で、彼女のウエスト、腰、太ももへと続く曲線をたどり、ふれるところどこにでも火をつけていった。彼の指が太もものあいだに滑りこみ、目的の場所についたとき、デライラはまさにそこにさわってほしかったのだとわかった。

「知らなかった……ああ」

彼女のからだのほうが賢く、自然と脚を開いていた。

「どうしてほしいかいってごらん」指で円を描き、なでながら、彼はささやいた。デライラは熱く荒い息で肺が苦しくなり、彼の手に腰を押しつけていって動かしていた。

「これ……ああ神さま、これは……」あえぎ声になる。

「これ?」そして彼は、脚のあいだの濡れたところを強くこすった。

思わず腰を浮かして彼の手に応え、たぶんいままで一度も口にしたことのないような言葉を発していた。

彼はまた、そしてまた、力をこめて、ゆっくりと返した。

自分はどうなってしまったの?

デライラは彼のズボンのふくらみを手でなで、彼が鋭く息をのみ、喉の筋が張りつめるのを見た。

「ボタンをはずすんだ」欲望で切迫した、かすれた命令。どうしようもなく官能的だった。でも、なにもかもがそうだった。

指が震えて、歯をつかって引きちぎりたくなる。でもこんなときでも繕いのことを考えてしまい、なんとかひとつひとつボタンをはずした。

彼のものが勢いよく飛びだした。

彼はデライラの手をとって、握らせ、そのまま下におろさせた。こうするのだという見本だ。

デライラはやってみた。

「いいよ……そうだ……ああ、デライラ……そんな……おお……」

この人にかすれ声で切れ切れの懇願をつぶやかせるなんて、彼女の人生で最高にわくわくすることのひとつだった。

またやってみた。

彼のよろこびは自分のよろこびとなり、もっと彼をよろこばせたくなる。

曲芸師のようにすばやい動きで、彼はデライラにからだを重ね、顔をつきつけた。

彼のものが、硬く、ずしりと大きく、デライラの太ももにあたっている。彼女は生まれて初めて、彼がこれからしようとすることを、心待ちにした。

彼女の太ももはふしだらにも大きく開き、〝ようこそ〟という看板をあげているようなものだったから、彼は楽々とまた指をつかいはじめた。今度の愛撫はリズミカルで、執拗で、速かった。彼はデライラがどこに行くのかわかっているが、彼女にはわからない。自分がなにかに突進しているのか、なにかが自分に突進してくるのか。こわいけど、必死だった。なんと呼べばいいかわからないものを、こんなに求めたことはなかった。このファンファーレが期待はずれになるのではと心配だった。

「トリスタン……教えて……お願い……やめないで……」

それは切れ切れの、かすれた懇願だった。それを聞きながら、デライラは自分がからだのそとに出てしまったように感じていた。不思議。

「ぼくを信じて」

彼の声が、自分の荒い息遣いの向こうから聞こえる。あちこちから、どこからともなく、遠くから。彼の執拗な指が熾《おこ》す快感が、何度も、何度も稲妻のように彼女のからだを貫き、とつぜん羽毛のようにやわらかな灰の膜のようなものが肌をなめていった。

その瞬間、想像もしていなかったような恍惚《こうこつ》が爆発した。背を弓なりにして、音にならない叫び声をあげた。彼女は粉々に割れて、シャンデリアでまたたくクリスタルのような快感のかけらになった。星屑に。

快感の波が次々に押し寄せる。

「ああこんな……どうして……これは……」デライラの想像力は柔軟だったが、これは想像できなかった。

彼はすでに、さらに彼女のからだを欲しいままにするために手際よく体勢を整えていた。デライラの上で上体を起こし、その両脚を自分の腰にひっかける。

「ぼくにつかまれ、デライラ」彼はささやいた。

たったいま、予想もしていなかった快感で自分のからだから高みに打ちあげられたばかりで、その命令をきかないことは考えられなかった。ひょっとしたら、もっとすごいものがまだあるのかもしれない。

そして彼がいっきに突きあげた。デライラは両脚を彼の背中に巻きつけ、両腕を彼の肩に回し、できるだけ深く受けいれた。

彼はゆっくりと動いた。初めは。ゆっくりと沈み、腰を引き、ため息をつき、自分のよろこびと驚きを低い声でつぶやいた。その顔は影になっている。それでもデライラはじっとその顔を見つめた。

彼が腰を動かし、自分のよろこびを長引かせる。

「ぼくは……あまりもちそうにない……デライラ、ぼくにはきみが必要なんだ……」

デライラは両手で彼の筋肉質のお尻をつかみ、伸びあがってからだを押しつけていって、彼をコントロール癖から解放してやった。「あなたのしたいようにしてほしい」

その許可を合図に、ふたりのからだははげしく動きはじめ、しわがれた声で荒い息遣いの会話が続いた。「ああ、いい」というつぶやきや、切なげなうめき声。ビロード張りの長椅子はまるでつながれた山羊のようにゴツンゴツンと音をたてた。彼がさらに速く腰を叩きつけるように何度も彼女のなかに突きあげ、あのすばらしいものの始まりがふたたび彼女のなかで大きくなっていった。普段は穏やかな海のような彼女のなかが、この嵐に荒れくるい、はげしく渦巻いて岸に押し寄せているかのようだった。デライラは快感にすすり泣き、彼の肩にしがみついて、その動きに合わせて腰をもちあげた。歓喜の叫びは、彼の肩でくぐもらせた。

そして彼は押し殺した咆哮《ほうこう》とともに静止すると、さっと彼女の上から転がりおりた。太ももに粘りつくものを感じて、そのわけがわかった。デライラは、射精の反射ではげしくからだを震わせる彼をぎゅっと抱きしめた。

そしてふたりは、汗ばんだからだを絡めあったまま、並んで天井を見あげる姿勢になった。デライラは頭を彼の胸に乗せた。

「ぼくのいったことは正しかった?」ようやく彼がささやいた。

「ええ、もちろん正しかった。あなたが間違うことなんてあるの?」

彼は荒い息で短い笑いを洩らした。まるでテムズ川を泳いで渡り、この長椅子にやってきたかのように息を切らし、満足をにじませている。

「とてもよかった。でもみだらだった？　わたしはみだらに感じたわ」

短い間があった。「きみはすばらしかった」彼はそっといった。その言葉はまるで詩のように響き、デライラは気恥ずかしく感じた。

「なんとなくだけど、その言葉は普段はつかわないのでしょう、艦長」

トリスタンは答えなかった。デライラの頭の下で、彼の胸が上下している。ときどき、これは彼の戦略なのだろうかと思うこともあった。発する言葉が少なければひと言ひと言の深みが増す。ウイスキーが、蒸留すればより強くなるように。

彼は親指で、デライラの下唇をなぞった。そっと、何度も。まるで地図製作者が地形をすっかり自分のものにしようとするかのように。

「あなたがもっと裸だとよかった」彼女はつぶやいた。

彼女の肩につけた唇が、ほほえむのが感じられた。「次はこれまで生まれた男のなかでもっとも裸な男になるよ」

「次はありえない」

彼の胸の動きがとまって、自分が口に出していったことに気づいた。

気づくと自分も息をとめていて、彼がなんというか待った。

「いいだろう」

その口調は読めなかった。

デライラはいま説明したくなかった。からだにはまだ、交響曲の最後の音のような余韻が残っているのに。じっさい、説明したいと思わなかった。次ということは、その次もあるということだ。なにしろいまは、あれをくり返し求めないなんて、考えられない。それに、どんな種類の魔法がつかわれるのか、解放に向かって走るとき、どこまで飾りのない無防備な自分になってしまうのか、はっきりとわかってしまったから、くり返すたびに少しずつ自分を失うのも想像がつく。すべて彼のものになってしまうまで。

そこには、破滅の可能性がひそんでいる。

いま終わりにするほうが簡単だ。

「ありがとう……きょうは」

「どういたしまして」彼はおもしろがっているようだった。

デライラのからだの汗が冷えはじめ、あと数時間もすれば下宿屋の朝が始まる。もし料理人が応接間に入ってきてこの場面を見たら、卒倒してしまうだろう。

「もしわたしが、ただひとつのことで求められるのだとしても」彼女はいった。「こんなよろこびがあるのなら、いいわ」

ふたたび、彼の全身の筋肉がこわばり、まるで馬車の座席のように、彼女を跳ね返しそうになった。

そしてとても長い息を吸った。長々とそれを吐きだした。

いけないことだけど、そうする彼の胸がふくらみ、しぼむのを感じられるのがうれしかった。彼のコントロールは見事だ。解放されている。

「それなのにぼくが人でなしだというのだから」彼がつぶやいた。

「だれがあなたを人でなしだというの？」

トリスタンは質問に答えなかった。それでデライラは皮肉なほほえみを浮かべたくなった。腹立たしい人！　なんて傲慢な！　なにに、いつ答えるかは彼が選ぶ。世の中でなにが重要なのかを決定する、唯一の裁定人であるかのように。

「きみの夫は、その……」彼は慎重に切りだし、彼女は待った。「デライラ、彼はもっと気遣いをするべきだった」

さっきまでふたりでうめき声をあげたり、懇願したり、野生動物のようにからだを打ちつけあっていたのに、デライラは顔が熱くなった。恥ではなかった。厳密には。無防備な部分をさらけだしてしまったからだ。彼が慎重に言葉を選んだこともだ。優しさ、といってもよかった。

でもそんなはずはない。たぶん正確さを重んじただけだろう。

デライラは、彼が感じていることがなんであれ、内心ではもっと強いはずだと思ったら、自分のあまりの過保護に身がすくむ気がした。

一瞬、なにもいえなかった。

「わたしのせいだと思っていたの」彼女は小声でいった。「わたしが知っているべきだと、それに――」

「ちがう。彼のほうがするべきだったんだ……きみは……きみはすばらしく素質があるよ」

おかしかった。別のとき、別の場所で、彼女が別の人間だったら、それはとんでもなくおぞましい評価だっただろう。波止場のそばの下宿屋で、ビロード張りの長椅子の上での激しいセックスのすばらしい素質があるなんて。しかもまったく紳士ではない男の人を相手に。

きっと、そんなことでよろこんだりしなかっただろう。でもじっさい、彼女は有頂天だった。どんな厳しい人生が、この寡黙で揺るぎない人をつくったのかはわからないけど、この人に自分が慰めと休みを与え、自分も与えてもらって、うれしかった。

デライラ、ぼくにはきみが必要なんだ。

彼は自分がそういったことに気づいているのだろうか。

でもそこで、自分がいったことを思いだして、ぎょっとした。

デライラは起きあがろうと、からだを動かした。

彼はからだをずらしてくれた。

だが彼女が起きる前に、彼が両手をくしゃくしゃになった三つ編みにとおして、彼女にキスした。ゆっくり、そっとキスされたら、あのすてきでみだらなほてりが脚のあいだにたまりはじめて、愕然とした。ほんの少し誘われたら、きっとまたこの長椅子で抱かれてしまう。たぶん長椅子はもうその負担に耐えられない。

ひょっとしたら、裸でいるのがいけないのかも。

床に落ちていた寝間着をとって、からだの前にあてた。

「デライラ……」ふいにトリスタンが、そっと呼んだ。彼女の名前がまるで歌のように聞こえた。

彼のほうをふり向いた。その声はなにかの前触れのようで、彼女の心臓は期待で飛びだしそうになった。なにを期待しているのかは、わからなかった。

「きみがいったことだが……そうだな、少なくとも一ポンドは瓶に入れないと」

19

あくる朝、デライラは厨房の作業台について坐り、ヘルガがさっそく卵を溶きはじめて、流し場女中に指示を出しているのを聞きながら、小声でアンジェリークに、ミスター・ブリンカーについての話をかいつまんで聞かせた。身なりのいい裕福な傲慢男で、レイプする気まんまんで彼女の胸をつかんだが、ハーディー艦長がピストルを突きつけ、ブリンカーの頭でテーブルに小さなへこみをつくった、と。

自分の感情のことはいわなかった。その必要はなかった。

アンジェリークは顔色を失い、無言だった。

「でも少なくとも、金貨三枚は残ったから」デライラはそういって話を締めくくった。

ふたりは暗いほほえみを浮かべた。

ユーモアのセンスが似ているのが、ふたりで乗りきる助けになっている。

「だいじょうぶ、デライラ?」アンジェリークがひざにさわってきた。「そんなひどいことがあったのに、わたしは……あなたがそんな目に遭ったなんてかわいそうに」

「わたしは驚くほどだいじょうぶよ。怪我ひとつないわ」

アンジェリークは首をそらして、デライラをまじまじと見つめた。そして目をせばめた。「たしかにあなた、いつもより晴れやかね」

「そう？」デライラはいった。

晴れやかな気分だったし、すてきな感じにひりひりしていたけど、そのことをいうつもりはなかった。まるで人生に新たな一面が加わったように感じた。そこにはさまざまな色と気持ちがしまわれている。

アンジェリークはまだデライラを見つめていて、なにかいおうとしていたが、やめたようだ。「ドットにはいった？」

「ドットにはいえないわ。きっと打ちのめされてしまう」

「でもあの子はドアをあけるのが好きなのよ。そこにいるだれかを見つけるのが楽しいのね。少しだけあの子に話すといいわ。決めた時間以降はドアをあけるのはこわいと思わせ、でもあまり自分を責めないくらいに」

「そうね」デライラはため息をついた。「従僕を雇ったほうがいいのでしょうね。それか、胴衣のなかにナイフを忍ばせておく」

「たしかにそうね。少なくともひとりは従僕が必要よ」アンジェリークはいらいらといった。「まったく。男って大食らいだし給料も欲しがるのよ」

ふたりともこれにほほえんだ。だがミスター・ブリンカーの残していった金貨で従僕を雇えるだろう。なんて皮肉なの。

女ばかりの下宿屋で働きたいと思う従僕がいるだろうか？

ヘルガがドイツ語の歌をうたっていた。

「デライラ……ハーディー艦長は夜中に応接間でなにをしていたの？」アンジェリークがふと尋ねた。

デライラははっとした。そのことは考えなかった。たしかにそれは、いい質問だ。

「たぶん眠れなくて、声が聞こえたとか？　深夜の一杯を探しに来たとか？」

「ミスター・デラコートのいびきでうるさいのに、声が聞こえる？」

これも、じっさい、いい質問だった。

「ブリンカーがあおむけに倒れて、鼻血を出しながらなんていったと思う？　『ああ、あのハーディー艦長か』っていったのよ。どういう意味なのかしら？」

アンジェリークは考えこんだ。「わからない。もしかしたらブリンカーは頭を打ってぼうっとしていたのかもしれないわ」

「たぶんそうね」デライラは軽くいった。「ヘルガ、朝食にソーセージを追加してくれる？　わたしお腹がぺこぺこなの」

忘れがたいセックスの一夜を経験し、トリスタンはまさに爽快な気分だった。足取りも軽く玄関広間を横切り、自分の船を見にいってからマッシーとの朝食に向かおうとしたとき、居間から感じのいい女性の声が聞こえた。

「おはようございます、ハーディー艦長」

彼は立ちどまった。

ミセス・ブリードラヴが長椅子にひとりで坐っていた。灰色のモーニングガウンを着て、背後から明かりを受けた彼女はとても魅力的だった。「これは、ミセス・ブリードラヴ。悪くない天気だね」

彼女はレディ・デリングとはまったくちがう。ダイアモンドとデイジーのちがいだ。ふたりともそれぞれ美人だが、たぶんまったく異なる状況によって形作られている。

「ポットにまだお茶が残っているんです、ハーディー艦長。お出かけ前に一杯いかがですか？ ここで静かにお茶を飲もうとしていたんです、いわゆる家族に朝食を食べさせる前に」

その瞬間、ミセス・ブリードラヴは彼と話したいことがあるのだと、トリスタンにはわかった。これは彼のほうからもいくつか質問するいい機会になる。

「ご親切に。いただきます」

彼は向かいの椅子に坐った。「あなたとレディ・デリングは居心地のよい温かい下宿屋を生みだした。ふたりの出会いはどういうものだったんだ？」

「わたしは彼女の夫の愛人でした」

彼がなにを予想していたにしても――慎重ないい方？　たくみな婉曲表現？――この答えは意外だった。彼に衝撃を与えるつもりだったのだろう。または、彼がほんとうに驚くかどうか、見極めようとしたのかもしれない。

「まさか」彼は当たり障りのない反応をした。

それで彼女はほほえんだ。「わたしたちは、気まずく、またまったくの偶然の状況で、デリングがわたしたちを無一文にしていったと知ったんです。そして無責任なデリング伯爵以外にも、たくさん共通点があるとわかりました。デライラが唯一相続できたのがこの建物だったんです。彼女は親切にも、自分の計画にわたしを入れてくれました。これまでふたりで、かなりうまくやってきています」

「レディ・デリングは親切な人だ。そしてあなたも」彼はやさしくいった。だがそんな穏やかな言葉がミセス・ブリードラヴにあてはまるかどうかは、自信がなかった。

彼女は礼をいわなかった。アンジェリークはただ、首をかしげた。「あなたとわたしはよく似ていると思います、ハーディー艦長」

「なるほど。あなたも午後五時を過ぎるとひげが生えてくる？」

彼女は礼儀正しくほほえんだ。「なんにも傷つきません。もう。でもそれはいいことでしょう?」

トリスタンは彼女を見つめ、にわかに用心した。

「そうだと思う」彼は短くいった。

「わたしは、人間というものはひと皮むけばおなじだという結論に達しました。聖人、罪人、そのちがいは意味論の問題で、表面的なものだわ」

「それなら同意見だ。ぼくにはどうもあなたが、本題に移るまでの遠回りをしているように思えてならない。このやり方においては、ぼくとあなたはちがう。そこで単刀直入に質問するよ。いったいなにをいおうとしているんだ?」

「あなたが彼女と別れるとき、どんな理由であれ、彼女は粉々の破片に砕け散る。いっぽうあなたは、かすり傷さえ負わない」

一瞬、彼は息をしなかった。

トリスタンは自分の考えを顔にはあらわさなかった。それは、彼女のいうとおりかもしれない、ということだ。

それでも。

ミセス・ブリードラヴの目はしばしばみ色だ。彼女のような女性にはやわらかすぎる、夢見がちな感じの色だ。彼女にはやわらかいところも、夢見がちなところもなかった。

少なくともいまは。

たしかに、自分と彼女は似ている。

彼は最初に彼女の目を褒めた男のことを考えた。何事にも最初があるものだ。人生が彼女にとって辛いもので、自分の思ったとおりにならなかったとしたら、それは気の毒だった。人は〈グランド・パレス・オン・ザ・テムズ〉に人生からの逃げ場を求めているのかもしれないと、彼は思った。

「ミセス・ブリードラヴ、ぼくが気まぐれな男だと思うかい？」

「いいえ、だから心配なんです。あなたはかなり目的をもった人だわ。わからないのは、あなたがどんな目的があって〈グランド・パレス・オン・ザ・テムズ〉に住んでいるのかということ」

「それは、宿だよ、もちろん。それに居心地のいい居間でガードナー姉妹ににらまれながら読書をする楽しみのためもある」

「そういうことなら、はっきりいいます。可能性は低いけれど、あなたの鋼の胸のなかにほんの少しでも心が残っているなら、彼女を放っておくべきだわ」

彼は紅茶をひと口飲んだ。すでに冷めて、少し濃くなっている。

そんなにわかりやすかっただろうか？　それは考えられない。

それともデライラが――？

「いいえ、彼女はなにもいっていません」ミセス・ブリードラヴが、彼の内心の問いに答えた。

彼は真実をぼかすつもりはなかった。なにも認めない。否定もしない。無言で、ミセス・ブリードラヴをまじまじと見た。

「このような助言をしているという事実で、あなたが傷ついたことがあり、彼女のことをとても大切に思っているのがわかる」

ほんの一瞬、彼女の冷静な顔に驚きと無防備さがよぎった。いい負かされるのは好きじゃないらしい。

ひょっとしたら、彼を査定しなおしているのかもしれない。

トリスタンはもう少しでほほえみそうになった。明らかに彼女は、頭の切れる男は特異例だと思っているらしい。

ひょっとしたら、そうなのかもしれない。

「というより、わたしは全員の最大の利益を考えているんです。すき間風の入ってくるこの建物を掃除するだけでも大変なのに、粉々の破片が散らばったら、絨毯やカーテンから永遠に拾いつづけることになるのよ」

彼女は無造作に手を振ると、部屋を出ていった。どういうわけか、それで部屋の温度は十度くらいさがった。

「レディ・デリングによると、彼女とミセス・ブリードラヴはリーヴスという質屋に宝石を売った金で、下宿屋を始めたらしい。裏をとる必要がある。まだ葉巻の密輸にかんして彼女が無実だと決まったわけではない。だがぼくの直感では、彼女たちは関与していないのだろうと思う。今朝、ミセス・ブリードラヴと話をする機会があった」

トリスタンは、デライラとミセス・ブリードラヴはなにも悪いことはしていないとますます確信していた。だがもっとはっきりいえば、彼はふたりが無実であってほしいと思っていた。

つまり、私情にとらわれている。だから彼は、下宿屋に住んでいるのは葉巻の出所を突きとめるためだと、自分に言い聞かせた。デライラとミセス・ブリードラヴの無実を証明するためではない。

「承知しました。裏取りをしておきます、艦長。それにしても、よりによってなぜ下宿屋を始めたんでしょう？」

「なぜなら……彼女たちが充実して生きていくための選択肢は限られていたからだ。ほとんどの選択肢は男に頼ることが前提で、ふたりはそれはしたくなかった。どうやら男は、わたしたちが思っているほどすばらしい生き物ではないらしい、そう彼女たちは考えているんだ」

マッシーは唇をぎゅっととじて、考えていた。

彼はブリンカーの件についても知っていた。トリスタンの部下によってロンドンの反対側に連行され、〈グランド・パレス・オン・ザ・テムズ〉に滞在したことについて尋問されたことも。

それによって、ブリンカーは人でなしだが密輸業者ではないことが確かめられた。じっさいブリンカーは、頭がはっきりしてくると、ケントにおける密輸を阻止したことについてハーディー艦長に礼を伝えてほしいといいだした。彼の家族も密輸によって損害を被っていたらしい。

ブリンカーの馬は、彼がケントに戻ったときに返すといった。そうするつもりだ。海上封鎖部隊は有能だった。そしてブリンカーがふたたび〈グランド・パレス・オン・ザ・テムズ〉に戻ったら、彼のたまを皿に載せて食わせてやると脅しておいた。

「レディ・デリングの男についての意見は正しいんでしょうか？」マッシーはこれまで一度もそんなことを考えたことがなさそうだった。悩んでいるようだ。

トリスタンはおかしかった。

「おまえは善良な男だ、マッシー、安心しろ」

マッシーはほっとしたようだった。ハーディー艦長は軽々しく人を褒める人間ではない。

だがトリスタンはおのれの善良さには自信がなかった。彼は、無防備に彼を信用しているレディ・デリングから、求めていた——宝石にかんする——情報を得た。彼女が無防備に彼を信用するようになったのは、ここ数日間、ふたりがある種の親密さを築いてきたからだ。彼はこのようにするつもりで始めたわけではなかったが、いまやすべてが——欲望と捜査も——こんがらがって、それをほどく方法はなかった。

いままで、自分は良識をもつ、公正な人間で、正義を追求していると思っていた。自分なりの行動規範を忠実に守ってきた。だが善良な男が女にこんなことをするだろうか？

彼はいまになって、この好意の本質をじゅうぶんに理解した。そこには、最初から、裏切りが内包されている。

それでも、ふたたび彼女と愛を交わすのをためらうつもりはない。

男はその程度のすばらしさの生き物だから。

それにあのようなよころび——一生に一度の贈り物——を拒否することのほうが、より大きな罪だとも思えた。

「われわれは、正しい道を進んでいるのでしょうか？」マッシーが、つぶやいた。

「この捜査は？」

マッシーはためらっていた。その質問をするのも勇気がいるという感じだった。どちらも行動の人間だ。トリスタンの部下は全員がそうだ。そしてこの捜査での行動、聞き込みや出入りする人間の尾行は、骨が折れるだけであてがないように感じられてきた。

「ああ、そうだと思う。パズルのピースがいくつか手に入ったが、それがどうはまるのかはまだわからない。なにひとつ見逃さないようにするんだ」

マッシーにはこれでじゅうぶんだった。これまでトリスタンが間違っていたことは一度もなかったからだ。彼はいくらか安堵したように見えた。

だがいっぽうで、今回のように、国王から捜査の進捗を報告する手紙を求められたことも、一度もなかった。トリスタンはその手紙を書かなければならなかった。

「ところで、デリングの未亡人が美人だということなら、どうでしょう、捜査をはかどらせるために、艦長が彼女を誘惑して話を聞きだして……」

トリスタンの冷たい視線に、マッシーは驚き、言葉をのんだ。

マッシーの言葉を最後まで聞きたくなかったのは、たぶん自分のうしろめたさのせいだろうと、トリスタンは思った。

「そういう目的のためにだれかがエミリーを誘惑したらどうする?」しばらくして彼はいった。静かな声で。

うに思った。
マッシーは無言で固まり、トリスタンをじっと見た。そしてとつぜん、理解したよ
「エミリーの名前を憶えていたんですね、艦長」彼はそっといった。

デライラはその日、波立つ海のような感情をかかえて過ごした。ある瞬間には有頂天になり（あまりよく知らないセクシーな艦長と、長椅子の上ですごいセックスをしちゃった！）、次の瞬間には愕然となった（ほとんど知らないセクシーな艦長と、長椅子の上ですごいセックスをしてしまったなんて）。後悔はしたくなかったし、していなかった。でも自分はこういう人間になりたいのかどうかは、疑問だった。デライラは淑女として育てられた。じっさいにそれがどういう意味かはともかくとして。それに彼女は、しばらく前から〝しなければ〟や〝するべき〟をどんどん捨てるようにしてはいるが、応接間の真ん中で寝間着を脱ぎ捨てるのは、それとはまったく別の話だ。でもどんなに頑張っても、自分の考えを整理してこの問題をじっくり考えることはできなかった。彼女のからだにはいまも、ゆうべの快感が響きわたっていた。理性はかき消されてしまった。

ずっと頭のなかで彼の声が聞こえていた。〝きみのことが必要なんだ〟。

彼女はそわそわした、うわの空の状態で仕事をすませ、最上階の居間でアンジェリ

ークとお茶を飲んでいた。

ふたりは、ドットが階段を駆けあがってくる音にはっとした。ドットは階段の最後の段でつまずき、両手両ひざをつくようにして小さな居間にとびこんできた。

「レディ・デリング、ミセス・ブリードラヴ、とても若いレディがいらして、お部屋を借りたいと。すてきな身なりの方なんですが、すっかりとりみだして、どうしてもといって聞かないんです」ドットは何歩かはい進んで、からだを起こした。

明らかにドットは、数分前にやってきたらしいその若い女性に少しいらだっているようだ。

「それならぜひすぐに会いにいかなくてはね」アンジェリークは、目を天井に向けていった。

デライラはアンジェリークを皮肉な目で見て、繕いものを脇に置いた。「もちろん、すっかりとりみだしたお嬢さんにお目にかかるわ。あなたはお茶をもってきてくれる、ドット？」

応接間の長椅子に坐っていた娘は、ひと目で裕福な家の出身だとわかった。鮮やかなトルコ赤のウールのドレスと、そろいの上着はうらやましいほど小粋で最新の流行だったし、縁にさくらんぼと葉っぱ飾りのついたかわいらしいフェルトの帽子が、彼女の隣に置かれていた。

かなりくつろいでいる感じだった。

「あんなこと、どうしてもできないんです。どうしても！　ぜったいに無理。死んだほうがましだわ」というのが、部屋に入っていったふたりに、彼女が発した言葉だった。

たぶんドットが出ていってから、この言葉を自分にくり返していたのだろう、とデライラは思った。

「もちろん、死んだほうがましなんてことはないわ」アンジェリークがきっぱりといった。「〝あんなこと〟がなんであれ。代わりに下宿屋を開けばいいのよ」

デライラは皮肉な目でアンジェリークを見た。

「あなたがたには、わからないわ！」娘が叫んだ。

「男の人がかかわっているのね」デライラがいった。

「どうしてわかったの？」彼女はいぶかしげに訊いた。「お母さまのいうとおり、年をとると賢くなるってこと？」

彼女は目を大きく瞠った。

しばし沈黙が落ちた。

「おもてに放りだしたらいいわ」アンジェリークがいった。

娘は不安げな青い目でアンジェリークとデライラを見た。感じのいい丸顔で、かわいらしい薄いそばかすが、たぶん自分では嫌っている鼻の上に散り、カールしてピン留めしてある蜂蜜色の髪は、とりみだしているにしては驚くほど乱れていなかった。

デライラは彼女の隣に腰掛け、そっとその腕に手を置いた。

「深呼吸して、どうしてわたしどもの館にやってきたのか、説明してみたらどうかしら、ミス……」

「ビーヴァン＝クラーク。ルシンダ・ビーヴァン＝クラークです」

「ミス・ビーヴァン＝クラーク、わたしはレディ・デリング、こちらはミセス・アンジェリーク・ブリードラヴよ」アンジェリークは向かいの席に坐った。「わたしたちは〈グランド・パレス・オン・ザ・テムズ〉の共同経営者です。どうしてここにいらしたのか、なぜそんなに焦燥しているのか、話してみたら？」

ミス・ビーヴァン＝クラークは大きく息を吸った。「あなたたちは結婚しているんですか？」

一瞬ためらったが、デライラが代表して答えた。「わたしたちは未亡人よ」

「ほんとに困っているんです」ミス・ビーヴァン＝クラークは勢いこんでいった。「彼のことは小さなときから知っています。でもわたしは彼を愛してないんです。彼と結婚なんて考えられません！」彼女は身震いした。「でも両親はわたしたちが似合いだと思ってて、なぜかというとわたしたちの家はどちらも裕福なんですけど、わたしたちが結婚すればもっと裕福になるから、だれにとってもいいことだろうって」彼女は心底いやがっているようにいった。「彼がとんでもなくがっかりするのではないかと心配で。だって彼は、わたしが彼を愛していると思っているみたいだから。そうでなかったら、プロポーズしようなんて思わないでしょう？　共通の友人から聞いたんです。彼は、わたしたちがどちらも出席することになっているあるハウスパーティーで、わたしにプロポーズするつもりだと。だからわたしは旅籠から逃げることにしたんです。貸し馬車の御者に、いちばん近くの下宿屋まで行くように頼んだら、ここに連れてきてくれたんです」

彼女はそれが、まるで誇らしいことでもあるかのように語った。

「裕福、といったけど」アンジェリークがいうのと同時に、デライラは「あなたはだれかほかの人を愛しているの？」と訊いた。

「いいえ、ほかのだれかを愛するのかどうか、知るチャンスが欲しいんです！」彼女は憤然といった。「そう思いませんか？　おふたりとも少し年がいってるけど、それでも、大恋愛の可能性から背を向けたりしないですよね？」

デライラとアンジェリークは、顔を見合わせないように、すごく気をつけた。ふたりともまだ三十前だ。

どちらも、一瞬、この娘の横っ面をひっぱたいてやりたい衝動に駆られた。

恋愛神話について、いろいろと話してやることもできただろう。とりわけデライラは、不本意な結婚は息が詰まるけれど、その埋め合わせにいつか、下宿屋の長椅子でよく知らない、紳士でもない男とのすばらしいセックスをできるから、という話をしてもよかった。脚のあいだのすてきなしびれと、ひげでこすられたほおがひりひりすることで、一日じゅうそれを思いださせた。

でもこのようにあけっぴろげで、怒っていて、希望に満ちた娘にそんなことをいうのは不可能だ。

それに、この子のあけっぴろげで希望に満ちた顔を見ていると、デライラは自分が少しよごれているように感じた。いま自分が知っていることとなにも知らなかったころのことを思い、少し感傷的になる。ミス・ビーヴァン＝クラークは、彼女のことをよく知っている友だちと結婚するかもしれないと思うと、少しうらやましかった。

とはいえ、そういうことは問題ではなかった。ミス・ビーヴァン＝クラークは、デライラとアンジェリークが恋愛なんてものは存在しないといっても、ぜったいに信じないだろう。

「おさななじみと結婚するなんて！　どう思います？　おむつをしていたときから知ってるんですよ。まったくロマンティックじゃないわ！」

「おさななじみと結婚するより悪いこともあるのよ、ミス・ビーヴァン＝クラーク」

「でもそれでいいんですか？〝より悪いこと〟ではないから、それにとびつくことで」

「それでいいのよ」とアンジェリークがいうのと、デライラが「それはちょっと、単純にしすぎだわ」というのが同時だった。

でもミス・ビーヴァン＝クラークはまったく聞いていなかった。

「お金ならあります！　たくさん。いくらでも支払います。しばらくここに置いてくださるなら」

ああ、この子はなにもわかっていない。

デライラはため息をついた。彼女もアンジェリークも、ミス・ビーヴァン＝クラークより十歳も上ではなかったが、自分がまるでウェストミンスター寺院とおなじくらい年をとっているように感じた。

「ミス・ビーヴァン＝クラーク、あなたはおいくつなの？」アンジェリークが尋ねた。

「次の四月で十八歳になります」

「そう」アンジェリークはいった。「最初にいっておきますが、ロンドンで知らない人にたくさんお金をもっているなんていったらだめよ。あなたはたまたま〈グランド・パレス・オン・ザ・テムズ〉にやってきて、運がよかったの。わたしたちの料金はけっして安くはないけれど、それに見合った宿を提供しています。とても礼儀正しい下宿屋ですから安心ですよ。あなたを歓迎します」アンジェリークは言葉を切った。「とりあえずは」

強制退去をほのめかすのは、手に負えない下宿人を行儀よくさせておくいい方法だった。

「わかったわ」ミス・ビーヴァン＝クラークはしぶしぶ認めた。「感謝します」といったが、それはまるで問いかけのように聞こえた。

「ふたつめは、あなたはどうしようもないおばかさんだということ」

ミス・ビーヴァン＝クラークはあんぐり口をあけた。「そんなことないわ！」

「彼女がいおうとしたのが……」デライラはなだめようと身を乗りだした。でも考えなおし、からだを引いた。「いいえ、ミセス・ブリードラヴのいうとおりだわ」彼女は楽しそうにいった。「あなたはほんとうに、どうしようもないおばかさんよ」

ミス・ビーヴァン＝クラークはぐっと口をとじた。びっくりして目を大きく見開いている。

「あなたがここに住むのなら、わたしたちに敬意を払ってもらいます」デライラは毅然とした口調でいった。「わたしたちと話すときには、お母さまにするように、敬意をもって話すこと。もっともわたしたちはほとんどあなたと変わらない年齢ですけど」もちろん、〝ほとんど〟は解釈の問題だ。「わたしたちは人生を経験してきていて、その話はあなたのためになります。これまであなたは甘やかされてきて、今回――ご両親におさななじみとの結婚を求められたこと――が、あなたの初めての試練だった。だからあなたは、まるで赤ん坊のようにとりみだしてしまった」

愕然とした沈黙。

「ひどいいいようだわ」ミス・ビーヴァン＝クラークは怒っているというより、驚いているようだった。これまでだれかに厳しいことをいわれたことがないのだろう。彼女はその目新しさを楽しんでいるようにも見えた。

「でもほんとうよ。元気を出して。癇癪《かんしゃく》を起こさずに批判を受けとめる方法を学ぶのが大人になるということなの。あなたは愚かではないはず。とにかくそうは見えないわ」

ミス・ビーヴァン＝クラークは、ちょっと派手に怒り散らすか、お世辞にひたるか、迷っているようだった。

「わたしは愚かではないわ」

その言葉の選び方で、それがほんとうかもしれないとわかった。

「そうだと思った」デライラははげますように彼女にほほえみかけ、ミス・ビーヴァン＝クラークも、目をかけてもらった生徒のように、満面の笑みを浮かべた。

「あなたはひとりでここに来たの？」とつぜんアンジェリークが訊いた。「波止場のそばのこのあたりは、とても――」デライラは警告する視線を送った。「魅力的な場所だから」

「侍女のミス・ライトが、おもての貸し馬車のなかで待っているわ。わたしの頭がどうかしていると思っているのよ。なかに入りたくないって」

「そう、少なくともひとりは分別があったのね」アンジェリークはいった。

「ありがとう」ミス・ビーヴァン＝クラークは、ミスター・ファラデーのように、お世辞はすべて自分に向けられたものだと思いこむ傾向があった。

「ドット、行って侍女を連れてきて。ミス・ビーヴァン＝クラークは、貸し馬車の料金をドットに渡して」

彼女はびっくりした顔をしたが、なにもいわずバッグのなかに手を入れて、硬貨をひと握り、ドットに渡した。

「ミス・ビーヴァン＝クラーク、どうぞお茶を召しあがれ。いまのうちに、この館の規則をご覧になったらどうかしら？」デライラはからだを寄せて、規則のカードを彼女に渡した。「あなたの立場をお気の毒だと思わないわけではないけど、わたしたちはだれでも〈グランド・パレス・オン・ザ・テムズ〉に受けいれているわけではないの。下宿人の方には大人としてふるまっていただいてるのよ」

ミス・ビーヴァン＝クラークは心配そうな顔になった。

「あなたを下宿人として受けいれることになったら、おうちにいるときとおなじくらい快適にお世話するし、家族として大事にします」アンジェリークもいった。

〝家族〟という言葉で、ミス・ビーヴァン＝クラークの表情に、罪悪感のようなものと、ホームシックのかすかな兆しがよぎった。

デライラとアンジェリークは応接室を出て、反対側の居間で、小声で話しあった。

「ミスター・ファラデーのことはいわないほうがいいと思うわ」デライラはいった。

「それにしても、あんなおばかさんが世界にふたりもいるなんて」

「わたしはなんでもありなのだと思うようになったわ。今夜わかるでしょう――ミスター・ファラデーは一日留守にしているはずで、夕食は同席しないけれど、デラコートとのチェスは欠かさないはず。でもわたしたちはどうしたらいいと思う？　分別のあるだれか、たとえばミス・ライトがここから手紙を書いたら、怒った両親やボウストリート・ランナーズがやってくるかもしれないのよ」

「ボウストリート・ランナーズのお給料はどれくらいなの？　ここに住みたいと思わないかしら？」デライラはいった。

アンジェリークは笑いをこらえている。

「それにあの子をここに住まわせたら、彼女の両親がミスター・ファラデーもおなじところにいたと知ったとき、ふたりで駆け落ちしたのだと思うはずよ」デライラは考えてみた。「彼女は破滅するけど、彼はなんの影響もなく別の人と結婚するでしょう。または、名誉のために彼女と結婚して、ふたりとも不幸になる」

「そうかもしれない。でも不幸な人生を送る確率は、ほとんどだれにでもあるわ。ひょっとしたらひょっとするかも。ふたりはおたがい好意をもっていて、と彼女はいっていたし、多くの結婚はもっと悪い状況から始まるわ。問題が起きたら対処していけばいいのよ。今夜、彼女を通りに放りだすわけにはいかない。それに、もし彼女を受けいれれば、十ポンド手に入るのよ」

「それはいいポイントね、アンジェリーク」

「彼女には、ご両親に無事を知らせる手紙を書かせましょう」

「ひょっとしたら、ふたりは運命の相手なのかも」デライラはいった。「でもふたりとも気づいていない」

「運命の相手なんているの？　それはただ、偶然を運命だと正当化しているだけじゃない？」

それはいい質問だった。もしまたハーディー艦長の腕に抱かれたいと思ったときのために、肝に銘じておくべきことだった。

20

ハーディー艦長は、例によって、夕食後の居間のにぎやかさの海のなかに浮かぶ静かな島だった。夕食はすばらしくおいしいラム肉のミント風味で、下宿人たちは絶賛し、ヘルガはほおを染めてお辞儀した。

デライラは、テーブルをはさんだ向かいの椅子を引いたとき、彼が『ロビンソン・クルーソー』の十ページに差しかかったところだと気づいた。

「こんばんは、ハーディー艦長」

「こんばんは、レディ・デリング」

彼と目を合わせるだけでも、なまめかしい大胆な行為になった。デライラはその褒美に、脚のあいだがかっと熱くなるのを感じた。

「もしよかったらファロのゲームに参加してもらえないかしら?」彼女はうしろのアンジェリーク、ミス・ビーヴァン＝クラーク、ドットとミスター・デラコートを示した。

「ファロ」トリスタンは考えこむようにいった。「次はきっと、賭博場を開くことにしたといいだすんだろうね」

デライラは彼にほほえんだ。

彼もほほえんだ。

「たしかに、わたしたちの居心地のよい居間には少し思いきったゲームだけど、〈グランド・パレス・オン・ザ・テムズ〉に若い下宿人の方たちが入居したことだし、きっと楽しんでもらえるだろうと思って」

「ぼくはほかの下宿人たちが強制的に娯楽を楽しんでいる物音を聴いているだけで満足だよ。ギャラリーで籠の鳥のさえずりを聴いているのに似ている」

彼女はこれにたいして、にっこりほほえんだだけだった。下宿人たちはそれぞれ団欒を楽しんでいる。ハーディー艦長もふくめて。

彼女がこれを実現した。いろいろな背景をもつ人々が大事にされていると感じ、居心地よく、安心できて、楽しいと思える場所。

「ほかの下宿人の方の音といえば、新しく入居したミス・ビーヴァン＝クラークはピアノフォルテがお上手なのよ」

彼は大きなため息をついた。

ミス・ビーヴァン＝クラークは、夕食で紹介されてからずっと、言葉もなくうっとりとトリスタンを見つめている。ときどき睫毛を伏せて、かわいらしい目を隠す。そしてぱっちりと目をあく。明らかに、以前このやり方である種の男の人を魅了できたのだろう。

ハーディー艦長は当惑しているようだった。

「彼女がまばたきするのを見たかい？」彼はあきらめ顔でいった。

「ひょっとしたらいままで軍人を見たことがないのかもしれないわ」

「間違いない。ご両親は賢明にも軍人からできるだけ遠ざけていたんだろう」

「あなたが撃たれたときの話をしてみるべきかも。きっと興奮で気絶してしまうわ」

「気絶にとりかかるために、ぜひ彼女をここに寄越してくれ。ピアノフォルテを弾くのを阻止するためならなんでもするよ」

「あなたはほんとうに、音楽好きではないのね、ハーディー艦長？」

「音楽はかなり好きだよ」そうでないと彼女が考えたことに、驚いたような顔をした。「いい音楽が、上手に演奏されたものが。ただぼくは、ある音が忘れられなくて、なにもその記憶に干渉してほしくないだけなんだ」

「帆が風に吹かれてたてる音？　銃弾があなたの鋼のような皮膚をかすめるときに響く音？」

彼は声をひそめた。「初めてぼくがきみのなかで動いたときに、きみが発した声だよ。ほかの音はぼくにとってすっかりどうでもよくなってしまった」

まるで彼が部屋全体をぐるっと回したかのようだった。ルーレット盤のように。全身に熱が駆けめぐり、脚のあいだのうずく部分に集まった。

彼はゆっくり、いたずらっぽくほほえんだ。同情しながらも満足げに。デライラは彼が、海賊を取り調べたあとにこんなふうにほほえむところを想像した。ちょうどいい弱みを見つけてすぐにそれを利用する。

ミス・ビーヴァン＝クラークの乙女のからだが長椅子から床に倒れこんだとしても、驚きではなかった。

デライラは、テーブルを見おろした。

息も、落ち着きも、切らしている。

彼はなにもいわなかった。

「わたしがファロをやらないのは、ギャンブラーとしてたいしたことないからよ」彼女はいった。「〈グランド・パレス・オン・ザ・テムズ〉を開いたことは別だけど。それはリスクを予想しての行動というより、切羽詰まっていただけだった。その賭けは、ご覧のとおり大勝したわ」

彼はこれにもほほえんだ。「若いファラデーは、今夜はどこに行ったんだ？　彼があらわれたら、ミス・ビーヴァン＝クラークはすぐにあのかわいらしい目を彼に移すだろう」

「彼女の目はかわいいということね？」

思わずそういっていた。デライラは、自分がミス・ビーヴァン＝クラークとおなじくらいおばかさんに聞こえたことに愕然とした。

彼は一秒か二秒、デライラを恥にまみれさせておいてから、いった。「そうだね。だがきみの目じゃない」

彼はそれを、こともなげにいった。まるで世の中のなにもかもを経験して、がらくたをより分けてきて、自分には真に価値のあるものだけを見つける力があるというかのように。

すごくわくわくする。

でも少しいらいらする。

そして正直にいえば、少し圧倒されていた。デライラはまるでこういう経験をしたことがなかった。情事や、口説きや、ほのめかし。

デライラは部屋の反対側からアンジェリークが警戒するような目でこちらを見ているのに気づき、安心させるようなほほえみを浮かべ、未婚のおばたちのほうを見やった。

「ハーディー艦長……わたしも動じないわけではないけれど……」

彼は待った。促したり、口をはさんだり、話題を変えたりしない。ただ待っている。いつもそうしているように。

彼の存在や人格はともかく、この待ってくれることはすごく贅沢に感じられた。彼女が自分自身でいられるスペースをつくってくれる。彼女がいおうとすることは、どうせ女のいうことだからたぶん価値がない、というふうに最初から思ったりしない。

でも彼はデライラの手を見た。その手は握りあわさっていた。

ハーディー艦長は物事によく気がつく。

デライラは両手をほどいた。

「わたしはいままで、愛人をもったことはなかった」彼女は小さな声で切りだした。

「あなたといると……その慎重さがくだらないことのように思えてくる」

「ひじょうによろしい」

小さなほほえみと、その声の震えと、火明かりに照らされた、彼の長い指が、彼女の胸ではなく、ブランデーのグラスに置かれていることが滑稽に感じられる。

「でもあなたから離れて……夜、天井を見つめていると……ひょっとしたらこれは育ちのせいかもしれない、自分で考えていたよりも影響が強かったから……ほとんど知らない男の人を愛人にする女と……娼館で、まったく知らない男の人を相手に生活の糧を得ている女とは、なにかちがうんだろうかと考えてしまう」

彼はぴたりと動きをとめ、愕然とした顔をした。

それからゆっくりと椅子にもたれたが、彼女の言葉をじっくり考えているのがわかった。

彼の表情が落ち着くと、動揺が見えた。

いつも不可解を絵に描いたような人が。

驚いた。彼女には衝撃を与える力もあるようだ。

「現在わたしはそうした……そういうこと……についての自由に選べるけれど……ほかの女の人たちはそうではなくて……わたしはそういうことを二度と非難しないことに決めたの……正直、少し心が苦しくて」

彼は眉をこすった。そういえば、いままで彼がこんなふうにそわそわするところを見たことは一度もなかった。ミスター・デラコートは、たぶん自分では気づいていないけど、ホイストで強い手をもっているときにはいつも、ウエストコートの銀のボタンのひとつをさわる。ミスター・ファラデーは、いつもそわそわしている。女たちは、つねになにかしら忙しくしているから、そわそわと手を動かしていることはない。

「明らかにその解決方法には、夜、天井を見ないようにすることがふくまれる」

デライラはほほえんだ。「人はあなたがおもしろくないというなんて」

「人はぼくについていろいろなことをいう」

だがその表情は、うわの空だ。

彼がすべての答えをもっていないなんて、不思議だった。

そして彼はブランデーを飲んだ。

「こんばんは、みなさん」ファラデーが、雨とタールと葉巻の煙のにおいを連れて居間に入ってきた。すでに手袋をはずし、まっすぐ暖炉に向かう様子は、まるでここが生まれたときから住んでいるわが家のようだった。だが考えてみれば、きっと彼は世界のどこでもわが家のように感じるのだろう。なぜなら世界はずっと彼にやさしかったから。

「今夜はひどく寒いな！」彼はいった。「デラコート、チェス盤を出してくれ、きょうはぜったいに勝って――ぎゃあああああっ！」

それは音楽会にもふさわしい恐怖の叫びだった。それも心からの。

彼はルシンダ・ビーヴァン＝クラークをじっと見た。

「アンドリュー！」彼女は息をのみ、鎖骨を手で押さえた。

跳ねるように立ちあがり、頭を左右に振った。数フィート左に移動したかと思うと、数フィート右に戻り、もといた場所である長椅子の前でとまった。

彼女の侍女のミス・ライトはため息をつき、目を天井に向けた。

それで偶然について多少残っていた疑問はなくなった。

部屋のほかの人々は興味津々でぴくりともしなかった。

「いったいここでなにをしている？」「いったいここでなにをしているの？」ふたりは同時に相手を詰問した。

「母がきみを寄越したのか？」「母があなたを寄越したの？」ふたりはまた同時にいった。

ミスター・ファラデーは大きく息を吸った。「ルシンダ、なぜきみがここにいるのか説明してくれ。ほんとならいまごろハウスパーティーにいるはずだろう、ぼくもそうだった」

「わたしは自分ひとりでここにきたのよ、ご心配ありがとう」

「ミス・ライトもなしで？」

「もちろんミス・ライトといっしょによ！　彼女はそこにいるでしょう！」まるでミス・ライトがマフやペリースのような、持ち物であり、彼女なしで動くことは考えられないようないい方だ。

「やっほー、ミス・ライト」彼はいった。

「こんばんは、ミスター・ファラデー」彼女は皮肉たっぷりにいった。

「だが、つまりそれは……」ミスター・ファラデーは考えていた。

「わたしたちはハウスパーティーに向かっていたのよ、あなたが出席するはずの、でもわたしは、サウスロードの宿屋から夜中に逃げだして、貸し馬車の御者に下宿屋まで連れていってくれるように頼み、最初にやってきたのがここだったの」

「危ない目に遭っていたかもしれないんだぞ、ルシンダ！」彼は気が動転しているように見えた。「きみはひとりで出かけるべきじゃない、たとえミス・ライトがいっしょでも」なぜ逃げだしたのかと訊く前に彼女の安全を気にしたのは、ほほえましかった。

「ミス・ライトはそれとまったくおなじことを申しあげました」ミス・ライトはつぶやいた。

「ああ、アンドリュー、心配してくれるなんてやさしいのね」その言葉には苦しげな思いと動揺が混じっていた。ミスター・ファラデーの顔は見る見る明るくなった。

「つまり、あなたはハーディー艦長とはちがって、若いし、世間をよく知らないけど、あなたなりのやり方でやさしいということ」

気の毒にミスター・ファラデーは、褒め言葉がハーディー艦長から転がり落ちてきたものだとは考えていなかった。

ミスター・ファラデーは、ハーディー艦長のほうを見た。いままで、こんな年寄りがルシンダにとって魅力的だとは考えたこともなかったというふうに。

「でも……あなたはとてもいい人よ」ミス・ビーヴァン＝クラークは唇を噛んだ。

「ああ、アンドリュー。わたしはただ……あんなこと……考えられなくて……」

部屋にいる全員が息をとめた。

だが彼女はその言葉をいわなかった。

「ルシンダ、きみはすてきな子だよ」彼はあわてていった。まったく詩的ではなかったが、熱烈な心からの言葉で、部屋にいる年上の人々全員の心が少しとろけた。「よく考える前にしゃべってしまうところがあるから、人を傷つけることもあるけど」ミスター・ファラデーはいった。彼自身、少し傷ついているように見えた。「だがきみはすごく……おもしろいし快活だ」その言葉には一種のやさしいいらだちが感じられた。

彼女は満面の笑みを浮かべて彼を見た。少しも気を悪くしていない。「あなたはわたしのことをほんとうに、よく知ってるわ。あなたに会えてよかった。元気そうだし。でも……」彼女はかわいらしい眉をひそめた。「なぜあなたがここにいるの？」

「だがぼくはいやだったんだ……つまり……」

彼は口をつぐんだ。

正直な混じりけのない恐怖で、彼の口元が白くなった。

「いっちゃいなさいよ」ミス・ジェーン・ガードナーが、部屋の隅から、うれしそうなささやき声でいった。

デライラはびっくりして、問いかけるような視線を彼女に向けた。

部屋の沈黙がとつぜん、痛いほど不穏なものになった。

ミス・ビーヴァン＝クラークは唇を嚙み、両手をぎゅっと握りあわせた。

ミスター・ファラデーは手にしていた山羊のなめし革の手袋をねじった。

そのときドットが編み棒を床に落とし、カタンという音でみんなびくっとした。

それでも、だれも口をきかなかった。暖炉の火がはぜて音をたてた。聞こえるのはかすかな軋むような音で、それはたぶんガードナー姉妹のどちらかのコルセットが呼吸のたびにたてる音だった。緊張感をはらんだ沈黙の存在感がすごくて、まるで居間にいるもうひとりの下宿人のようだった。いまにもミスター・ファラデーにチェスの勝負をもちかけそうに思えた。

ついに声が響いたとき、その衝撃は神の声のように大きかった。

「あなたはピアノフォルテがお上手だとうかがいました、ミス・ビーヴァン＝クラーク。一曲弾いていただけるなら、ぼくがページをめくりましょう」

全員、驚いて顔を向けた。

トリスタンがゆっくりと、優雅に立ちあがり、ミス・ビーヴァン＝クラークにほほえんで――いいえ、満面の笑みを向けて――いた。

デライラは彼をじっと見つめた。口をあんぐりあけて。炉棚の上の時計が生命を得ておなじことをいったとしても、これほどは驚かなかっただろう。

ミス・ビーヴァン＝クラークも口をあけた。彼女はびっくりりして、椅子に少し沈みこんだように見えた。

でも次の瞬間、彼女のかわいらしいそばかすの散ったほおがピンク色に染まった。

「こんな調子なら、わたしたちは〝静かな居間での夕べ〟のチケットを売るだけで、各種請求書の支払いができそうだわ」アンジェリークがつぶやいた。

デライラの胸のなかに不安が泡立ちはじめた。

彼はなにをしようとしているの？

だが彼はこちらを見ず、なにも手掛かりを与えてくれなかった。

トリスタンは、ミス・ビーヴァン＝クラークがまるで真北であるかのように、銀色の目で彼女をじっと見つめた。たぶん彼女のそばかすの数も数えてしまっただろう。

ミスター・ファラデーは深刻に不安げな目でハーディー艦長を見ていた。

ミス・ビーヴァン＝クラークは頭を振った。「もちろんです、ハーディー艦長」その声は少し震えていた。「よろこんで」

彼女は威厳たっぷりに席を立ち、すっかり見とれている人々の注目を浴びて、密度の濃い沈黙のなかをゆっくりと歩いてピアノフォルテのところに行き、椅子に坐った。

そしてトリスタンも加わり、彼女がさまざまな曲のページをぱらぱらとめくるのを肩越しに見守った。

「彼女はすごく上手なんだ、ほんとに」ミスター・ファラデーがふといった。その言葉はごくかすかに喧嘩腰に響いた。「何十回も聴いたことがある。ぼくのうちでも、さまざまな集まりでも。それに何十回もいっしょに踊ったこともある」

トリスタンは無表情で彼を見た。「それは幸運だな」

ミスター・ファラデーは顔を赤くした。

彼はミス・ビーヴァン＝クラークが坐っていた長椅子にドスンと腰をおろした。しばらくして、彼はふたたび胸の前で腕を組んだ。それは猫が不安に思ったときにしっぽを脚に巻きつける様子に似ていた。

彼も、ほかの全員とおなじく、引きつけられていた。

「『ソルジャーズ・アデュー』はご存じですか？」ミス・ビーヴァン＝クラークが尋ねた。

「もしぼくが『ソルジャーズ・アデュー』を知らなかったら、それはどんな海軍士官だろうか？」

彼女は、まるでそれが史上もっとも魅惑的な言葉であるかのように、目をきらきらさせてハーディー艦長を見あげた。

「だが、できればバリトンに合ったキーで演奏してもらえるかな？」彼の口調があまりにもやさしくて、デライラは胃が締めつけられるように感じた。

もちろん彼はバリトンだ。

耳のなかで彼の声の響きがよみがえった。きみのことが必要なんだ、デライラ。

彼女は初めての感覚にとまどっていた。まるでトチノキの実をまるごと飲んでしまって、からだのなかをとげとげの実が動いているようだ。

どういうわけか、愛人をもつと嫉妬もついてくるとは考えていなかった。愛着もないのに、なぜやきもちをやくの？

あまりにもうろたえていたので、ミス・ビーヴァン＝クラークが情熱をこめて力強く鍵盤をたたき、軽快なバラッドを弾きはじめたとき、思わずとびあがってしまった。

彼女の演奏は芸術の域ではないかもしれないが、じゅうぶん上手だった。

とつぜんだれもが少し身を乗りだし、そわそわしながらハーディー艦長が口を開くのを待った。

（繕いものをしていたドットは落とした編み棒がおしりの下に入ってしまい、手で探しながらだったので、余計にそわそわしていた）

最初の——豊かで自信に満ちて完璧にすばらしい——声が響き、みんなため息をついた。

デライラの心臓は文字通りこぶしのようにぎゅっと締まり、甘美な痛みを覚えた。

どうしてかはわからなかった。

すべての音程がぴたりと合っていたわけではなく――ときどき、ほんの少し高かったり低かったりしたが、彼はさりげなくやすやすと、感傷的な歌に軍人らしい実感をこめてうたい、デライラはなぜか、自分の喉が詰まるように感じた。

そしてやっと――ようやく――彼がこちらを見た。ほんの一瞬の銀色がちらりと見えた。

だがその目は意味深だった。

ひょっとしたら、ほんの少し……茶目っ気も見えた。

デライラは、まるで潮風のようにさっと全身を吹き抜けた安心がうれしく、同時にいやだった。ようやく彼がなにをしようとしているのかを理解した。

それによって、自分がトリスタンのことをどう思っているのか、知りたくないことまで知ってしまった。

とにかく、次に自分がするべきことはわかった。

小さなテーブルのところから、太ももを打ちながら曲に合わせた鼻歌をうたっているミスター・デラコートの横をとおって、しぶしぶ注目しているアンジェリークの脇をすり抜け（まるで久しぶりに本物の音楽を聴いたという感じで、花が雨を吸収するように音楽を吸収している）、ミスター・ファラデーが黙って坐り、きつく腕組みをしながらも足で拍子をとって、しぶしぶ演奏を楽しんでいるところに行った。

彼の隣に腰掛けた。

「すばらしいわ」トリスタンとミス・ビーヴァン＝クラークが、二番に差しかかったところで、デライラはミスター・ファラデーに耳打ちした。「ハーディー艦長を殻からひっぱりだすのはとても大変だと思っていたけど、ミス・ビーヴァン＝クラークにかかればあっという間だった。彼女はほんとうにすばらしいお嬢さんね。あんな人はほかにいないわ」

「そうです」彼は一瞬の間のあと、簡潔に答えた。すばらしいミス・ビーヴァン＝クラークとトリスタンを見つめる彼の顔は、微妙な葛藤の戦場となっていた。

ようやく曲が終わった。

だれもが惜しみない拍手を送った。

トリスタンはお辞儀までして見せた。

「ハーディー、あんたはきっとなにかの才能を隠してると思ってたよ。くたばりぞこないの船乗りめ！」ミスター・デラコートは上機嫌だった。

トリスタンは顔をしかめそうになったが立派にこらえた。「隠していたんじゃないよ、デラコート。単純な配給だ」

ミス・ビーヴァン＝クラークは、まるで夜空に月がかかっているのも彼の功績だといわんばかりに、ハーディー艦長を見あげていた。

アンドリュー・ファラデーは、ハーディー艦長がナイフを突きつけて強盗してるような目つきで、彼を見ていた。

だがそのとき、ミス・ビーヴァン＝クラークがふり向いて、ミスター・ファラデーを探した。そして彼のまなざしに見たなにかで、ふたたびほおをピンク色に染めた。

そして首をすくめた。

ああ、なんにでもすぐに赤くなる年ごろなのね。

そして睫毛のあいだから、見あげた。

ミスター・ファラデーは、驚きに打たれたように、かすかに顔をしかめて彼女を見つめていた。いままで、こんなふうに彼女のことを見たことがなかったのだろう。

「さあ、みんなで踊ろう！」デラコートがはりきっていった。

ハーディー艦長は固まった。「全員である必要はないだろう、あまり調子に乗って度の過ぎたことはするものじゃない」

手遅れだった。ミスター・デラコートはすでに調子に乗っていた。すでに家具を片付けはじめている。

「なにいってるんだ」彼は楽しそうにいった。「歌をうたえるなら、ダンスだってできるよ。わたしはリールは上手に踊れるし、この人数ならカドリールも可能だよ。レディたちが女どうしで踊ってもかまわなければ、ワルツもいい。そうだ、ワルツにしよう！　上手に踊れるかどうかなんてだれも気にしない。友だちのあいだで格好つけることはないだろう」

「ちょっと大胆ではないかしら？」アンジェリークがいった。「でも考えてみれば、さっきまでわたしたちはファロをプレーしていたし」

とても冷静ないい方だ。

「みんな家族みたいなもんじゃないか」ミスター・デラコートはたたみかけた。そんな、めったにないうれしい言葉を聞かされて、デライラは彼のほおにキスしたい衝動に駆られた。「きっと楽しいよ。みんなどう思う？　ワルツは弾けるかい、ミス・ビーヴァン＝クラーク？」

ミス・ビーヴァン＝クラークは口を開いた。

そして閉じた。

その表情で、彼女はピアノフォルテを弾くよりもダンスがしたいのだとわかった。

「わたしはワルツを弾けるわ」アンジェリークが、ほんの少しいたずらっぽく、申しでた。

「それはすばらしい！」デラコートは興奮ではちきれそうになっていた。

アンジェリークは立ちあがってスカートのしわを伸ばし、「ミスター・ファラデーは、サセックスではどんなふうにワルツを踊るのか、レディ・デリングに教えてあげたらいいんじゃないかしら」と提案した。

ミスター・ファラデーは目を大きく見開いた。

だがもちろん、紳士たるものこういう提案を断るわけにはいかない。

始めたのはトリスタンだが、いまや全員が結託していた。

「ぼくと踊っていただけたらたいへん光栄です、レディ・デリング」ミスター・ファラデーはいった。なぜなら彼はすばらしい礼儀作法を心得ていて、レディ・デリングにやさしくほほえみかけられたら、彼女のいいなりだったからだ。だが考えてみれば、ふさわしい女の人の手にかかれば、ミスター・ファラデーはきっと、一生いいなりになるだろう。

このすべてを引き起こした人とはちがって。

だがミスター・ファラデーがぴょんと立ちあがってデライラに手を差しだし、彼女の手を引いて椅子から立たせたのを見て、ビーヴァン＝クラークの顔にさっと不安がよぎった。

彼女は、ミスター・ファラデーがトリスタンを見ていたような目で、デライラを見つめた。大人の女――しかも未亡人――は、たとえどれほど美人でも、魅力なんてあるはずがないと思っていたかのように。デライラは事実上別の種の生きものだった。

ミス・ビーヴァン＝クラークの頭のなかでは。

「もしもあなたが、ぼくとワルツを踊ってくれたらひじょうに光栄です、ミス・ビーヴァン＝クラーク」と、ハーディー艦長がいった。

「よろこんで、ハーディー艦長」ミス・ビーヴァン＝クラークは、まるで法廷で最終弁論をおこなっているかのように、昂然《こうぜん》たる口ぶりでいった。

「わたしはドットがいっしょに踊ってくれたらうれしいな」ミスター・デラコートはいった。

じっさいに踊ったらそんなことをいってられなくなるだろう、とデライラは思った。ドットはひざを折って小さくお辞儀して、なんとか転ばずにすみ、ミスター・デラコートが手を差しだした。

「ミス・ガードナーとミス・ガードナーは？」トリスタンが部屋の隅に坐っている姉妹をはっきりと誘い、みんなを驚かせた。

「まあ、わたしたちは踊れないわ」ジェーン・ガードナーが消え入りそうな声でいった。

「そんなこといわないで」トリスタンがいった。親切に。とてもやさしく。「もしワルツの踊り方をご存じないなら、ぼくが教えよう。女の人ならだれでも知っておくべきだ」

ふたりはびっくりした顔でトリスタンを見つめ、しばしの沈黙のあと、マーガレットはふたたび下を向いてしまった。

「ぜひ」トリスタンはふたたび誘った。

「だって、だれもわたしたちに足を踏まれたくないでしょう?」ジェーンが小さく笑った。「踊るならわたしたちはふたりで組むことにするわ。そういうふうに習ったのよ、もともと」

形ばかりの抵抗やためらいはあったが、最終的に、ガードナー姉妹は説得されていっしょに立ちあがった。そもそも部屋から逃げだすには、家具や人々のあいだをとおっていかなくてはならない。

ミス・ライトが、アンジェリークの横で楽譜をめくることになった。

アンジェリークは鍵盤に指を置き、明るい『サセックス・ワルツ』をたくみに弾きはじめた。

思いがけずいっしょに踊ることになった人々が、少しいびつな楕円形を描くように部屋のなかをぐるぐる回る。

ミスター・ファラデーのワルツはほぼ大またの駆け足で、彼と踊るのは、大きな犬に綱をつけて散歩させているのに少し似ていた。不快というわけではないが、デライラには技と集中力が要求された。

久しぶりのダンスが驚くほど楽しかったのはたしかだ。デリングも、結婚しているあいだに招かれた三つの舞踏会で最低限のダンスはした。部屋のなかをぐるぐる回るなんて不真面目なことに参加するのは、すごく開放的で、まったくデリングらしくなかった。その内面があらわれるのは、彼が購入するものだけだった。

「ごめんなさい、まあまた、ごめんなさい」ミスター・デラコートにリードされながら、ドットがつぶやいている。彼のように太った人にしては踏まれた足をさっと優雅に引きぬいている。ワルツというより、ジグのように見えてくる。

ミス・ビーヴァン＝クラークと踊っているトリスタンがそばにやってきて、どんなすてきな魔法をつかったのか、気づくとミス・ビーヴァン＝クラークはミスター・ファラデーの腕のなかに移動していた。

そしてトリスタンはデライラを連れて逃げた。

彼女は一瞬、息ができなかった。

ふたりはしばらく無言で踊り、たがいの感触とリズムに慣れた。

トリスタンはこんな楽しい気持ちになることはめったになかった。彼女の手を握り、そのウエストに手を置いて、はみだし者といってもいい個性的な面々に囲まれて、この居心地のよい地味な部屋のなかをぐるぐる回る。彼女にキスしたかった。彼女のからだを感じたかった。

だがこんなふうに彼女の手を握っているのは、それとおなじくらい、ともすればもっと親密に感じられた。

わかってきたのは、これはダンスであると同時に運動だということだ。踊りながら、ほかの踊り手たちとぶつかるのを避けなければならない。

部屋を一周したところで、彼は咳払いをした。「ぼくはセント・ジャイルズで生まれた」

彼がスラム生まれだと知っても、彼女はショックで手を振りあげたりしなかった。彼の手の下のからだがこわばることもなかった。彼女の足取りがぐらつくこともなかった。

彼女はなにもいわなかった。

でもその目は彼の顔をじっと見つめていた。まるで暖炉のように温かかった。そして彼の部屋のやけに寝心地にいいベッドのように、やわらかかった。

彼は続けるべきではなかった。ひとつひとつの言葉が鎧にあいた穴のように感じられ、ひとつひとつの言葉が謎を削りとり、ありのままの彼自身に彼女を近づけた。それは不自然で不慣れな感じだった。まるで右手の代わりに左手をつかうように、ぎこちなかった。もちろん彼は、どちらの手でも戦えるが。だがトリスタンは、彼女が求めるものを与えたいという気持ちを抑えられなかった。もしもそれで、彼女が感じている恥辱やとまどいをやわらげられるなら。

「ぼくは父の顔も知らない。母から父の名前を聞いたかどうかも憶えていない。それに母とも長くはいっしょにいなかった。ぼくが八歳のときに亡くなったんだ。十歳で船長の助手になった」

彼女がすうっと息を吸い、彼の手の下で肋骨が上下するのが感じられた。

だがなにもいわなかった。質問も。そして哀れみも。

彼女は足元ではなく彼をじっと見つめたまま、ふたりは完璧に曲に乗って踊り、ほかの踊り手たちとぶつかることもなかった。だが考えてみれば、彼には豊富な舵取りの経験があるのだから。

それに彼女が彼を信頼しているから。

彼女の信頼という名誉と、彼女を欺いているといううしろめたさに、トリスタンは引き裂かれる思いがした。

「あなたは多くの理由で非凡な方ね」ようやく彼女がいった。「そのひとつが、ミス・ビーヴァン＝クラークからの熱烈な思いと憧れをなくす危険をおかして、あのふたりの目を覚まさせたこと」

彼はほほえんだ。

生まれてからいままで、男の人のほほえみに心が張り裂けそうになることがあるなんて知らなかったわ、とデライラは思った。こんなに甘美なやり方で。

「あのふたりは愚か者だよ。だが、だれかにとられそうになって初めて、それがほんとうに大事なものだとわかるのはよくあることだ。これまでの職務で解決してきた紛争とくらべたらたやすいことだった」

「親切なおこないだったわ。あなたにとって、音楽の夕べを引き起こすのがどんなに大きな犠牲か、わたしは知っているわ」

「自分自身への親切だよ、大部分は。ふたりのことで気が散って、あと三ページも読みつづけることは不可能だった」

一年前の彼女なら、これを幸せとは呼ばなかっただろう。夫のもと愛人や、これまで雇ったなかで最悪の侍女、田舎から家出してきたおばかさんふたり、守ってあげたくなるほど内気で垢抜けない姉妹ふたりが揃った部屋の、くたびれた家具をどけた空間で、明らかに紳士とはいえない人と踊ること。

もしこれが幸せでないなら、いったいなんと呼べばいいのか、デライラにはわからなかった。でもいいことであるのはたしかだ。すてきな気分だし、デリングと結婚していた日々とはまるで似ていない。あのころのことは、いまとおなじ人生のことのように思えなかった。

だがとつぜん、なにかが彼女のダンスパートナーの関心をとらえた。彼のからだがさっと緊張するのが感じられた。

その視線の先を追ってみた。

「見て、おかしいわね」彼女はいった。「ガードナー姉妹はふたりともパートナーをリードしようとしているからまったく進んでないわ」

トリスタンはぼんやりといった。「立ったまま酔っ払ってる人間のレスリングのようだ」

じっさい、彼はふたりから目を離せないようだった。

「もしかしたら、いままでだれも、彼女たちと踊ろうという人がいなかったのかもしれない」デライラは悲しそうにいった。「ふたりをしかめっ面で見るのはやめて、こわがらせてしまうから」

21

その夜遅く、トリスタンは青いベッドカバーの上に寝ていた。下の部屋のデラコートのいびきが聞こえてくる。

どういうわけか、その音がうれしかった。

ゴードンが廊下を往復するように走っている。

ゴードンはたぶん、鼠を追っているだけでなく、遊んでいるのだろう。

その音もうれしかった。

そして彼は、館が寝静まるときにたてる軋む音やため息のような音の点呼に耳を澄ませていたが、そのとき、あの奇妙なドスッという音は聞こえないことに気づいた。この建物がなにかをのみくだすのに苦労しているかのような、あの音だ。

彼が階段でミス・マーガレット・ガードナーを見て以来、あの音を聞いていない。

きょう、彼がガードナー姉妹もダンスするように誘ったのは、デライラがたぶん思っているような親切な理由からではなかった。最初に姉妹を目にしたときに始まった違和感がある疑いとなり、どんどん大きくなっている。あしたマッシーにこのことについて話すつもりだった。

マッシーもたぶん、眠れぬまま横になっていとしい人のことを考えているだろう。とつぜん彼は、自分の手がベッドカバーをそっと握っているのに気づいた。まるでそれがデライラの手で、ふたりでふたたびワルツを踊っているかのように。彼はベッドカバーを離した。恥ずかしかった。

「いとしい人」彼は口に出していった。皮肉な口調で。

マッシーはいったいなぜ、この言葉をあんなにたやすく口にできるのだろう？　この言葉はとても優しい。青空や子羊や花の咲いた牧草地を思いださせる。

その花はデイジーのような花にちがいない。

トリスタンの感情のいずれも――こうして身をこわばらせて天井を見つめている原因である欲望も、深まりつづける彼女への尊敬も、彼女の親切に惹かれてしまう気持ちも、彼の上着を羽織って震えながら坐っていた彼女をどうしようもなくいとおしいと思ってしまった気持ちも、彼女にふれるとき、いや彼女の目をのぞきこむだけでこみあげてくる愛情も――やわらかくも、優しくもなかった。それらはとげとげしていて、荒々しく、制御不可能だった。ひょっとしたら、彼が慣れていないせいかもしれない。明らかにそういうものが自分にもあったようだが、放置されてはびこり、伸び乱れている。

以前、上司の将校の令嬢に求愛したことがあった。美人で浮ついた娘で、まるでミルクを求める子猫のように彼の関心を求めて近づいてきた。彼は光栄に思い、夢中になった。だが彼女は、彼が結婚を考えていると知ると心から驚愕していた。

「でも……あなたは紳士じゃない！　つまり……無理よ！」

それでよかったのだ。ふたりはきっとたがいを不幸にしただろうし、トリスタンが彼女に求愛したのは、それが彼の年頃の男のすることだったからだ。それでも、彼のプライドは多少打撃を受け、彼は前よりも賢明に、慎重になった。

正直、自分がだれかの〝いとしい人〟になるなんて想像できなかった。

〝厳しい人〟ならありうる。

これが本来の彼であり、それはいまの彼を形つくった力の影響があるのかもしれない。

じっさい、これまで彼は、感情に翻弄されることなく、つねになにをなすべきかを心得ていることで、キャリアも人生も築いてきた。だからこそいま、そうした感情は、不従順な兵士にするように、にらみつけることで黙らせられるものではないと知って、ひどく落ち着かない気分になっている。

だが彼は、制御できないからといって、太陽にこぶしを振りあげたりはしない。その事実を受けいれて生きている。

それでも、彼はこれをそのまま放っておくしかない。彼女のためにも、彼自身のためにも。こうした感情は、放置し、認知せず、求愛したい衝動を避ける必要がある。よしよし。自分がどうすべきかわかったことで、多少なりともコントロールをとり戻したように感じる。いずれ彼女が彼の正体と、彼がここでなにをしているのかを知ることになっても――それは任務を遂行するためには避けられない――彼はすぐに出航するから、裏切りで粉々に砕けた彼女の心を長く見なくてすむ。そう思うことには、いくばくかの慰めがあった。

だがトリスタンは、まるで彼女がすでに思い出であるかのように、あらたなよろこびを彼女と経験したときのことをなつかしんでいる自分に気づいた。サテンのようになめらかな喉。彼の心臓と重なりあった彼女の心臓の鼓動。暗闇で光り輝くようだったあの肌。なかで動いたときに、喉で感じた彼女の息のリズム。

くそっ。まるで焚火に向かって麦わらを放り投げているようだ。

トリスタンは転がり、ベッドの端に腰掛け、両手で顔を覆った。そのまま動かず、呼吸した。まるで痛みをこらえているかのように。

じっさい痛みを感じていた。

ただそれは、これまでに経験したことのないものだ。止血帯も、ウイスキーのがぶ飲みも、デラコートの不安になるほど珍奇な薬草や薬も、この痛みを和らげることはない。

ひょっとしたらひとつだけ、手立てがあるかもしれない。

立ちあがり、けだるい足取りで小ぶりな書き物机のところまで行って、椅子を引いた。

蠟燭に火を点《つ》け、筆記用箋を手元に引いた。

まるで意志の力でその秘密を打ち明けさせようとばかりににらみつけた。このあいだの夜、海をにらみつけたときとおなじように。

鵞《が》ペンをインク瓶にひたす。

だがこれは拷問だった。

なんとか十一語を紙に書いた。ひと言ひと言が傷口から絞りだした血液の滴のようだった。

それにものすごく頭を絞ったにもかかわらず、そのどれも韻を踏んでいなかった。

「愛人」デライラは口に出していってみた。その言葉は奇妙に、いかがわしく、世慣れているように響いた。「わたしは愛人をつくった。彼はセント・ジャイルズで生まれたの」

自分がブレクスフォード公爵夫人にそういうところを想像した。あの人がボンバジンの衣擦れとコルセットの砕ける音とともに、卒倒するところを見て楽しむために。その愉快な空想はともかく、デライラはいまでもその言葉に落ち着かないものを感じていた。

彼女は覚醒と夢見のあいだの、もやのかかったすてきな時間のあいだ、天井を見つめて、無条件に大成功だった夕べのことをふりかえっていた。みんなが代わる代わる歌をうたった。あやうく本物の音楽会になりそうだった！　彼女の夢はすべてこんなふうに思いがけない形で実現するのだろうか？

何年も前に鍵をかけてしまいこんだ、古くて埃をかぶったロマンスの夢も？

デライラはミスター・ファラデーとミス・ビーヴァン＝クラークのことを考えた。集まりの最後には、長椅子に並んで坐り、小声でおしゃべりして、ほほえみを交わしていた。まるで出会ったばかりで、はにかみながら知りあっている最中のように。ふたりはたしかに、回り道ではあったけど、探し求めていたロマンスと冒険を見つけた。

いいえ、デライラがつくったのは愛人で、ロマンスとは関係ない。静かな、気おくれしているようなバリトンの声で、〝ぼくはセント・ジャイルズで生まれた〟と彼女に告げた愛人だ。それはミスター・ファラデーやミス・ビーヴァン＝クラークにはとうてい不可能なほど、ものすごくスリルに富み、危険に満ちたことに感じられた。なぜなら、愛人は、料理や空気とはちがう――むしろ阿片窟にたむろする人々がつかの間の休息を求めてのむ、美しい薬に似ている。のめばのむほど、欲しくなる。

そして阿片に溺れた人がどうなるかは、だれでも知っている。

〝ぼくはセント・ジャイルズで生まれた〟という言葉は、機織り機の上に投げかけられた糸のようだった。そういう告白は人々を結びつけるものだから。デライラはその言葉を大切にし、憧れをいだき、もっと、もっと聞きたいと思った。そういうことすべてが、こわかった。

なぜならわたしは、ほんとうに心から、二度と男の人に翻弄されたくないからだ。

今夜、短い時間、突き刺すような嫉妬に胸が苦しくなったとき、自分の感情が男の人によって簡単に左右されると知って、はっとしたし、これはいけないと思った。それで、かつてデリングのご機嫌をとるために自分がやっていた、暗黙の内心のゆがみを思いだした。デリングが彼女を無一文の状態にして亡くなってから、デライラは自分自身の大部分をとり戻した。

でも考えてみれば、ほんとうの自分を見せたのはトリスタンにだけだ。ますます危険だ。

それに、愛人を〝つくる〟という言葉にはひっかかる点もあった。それは対象者と本物の結びつきをつくることではないという含みがある。いずれ、いずれ別れるときがかならず来るという。

それに彼は最初からもうすぐいなくなるとわかっていた。

ここでアンジェリークの経験を活かすことができる。すばらしい肉体のよろこびを知ったいま、デライラは真に分別のある決断をして、もうハーディー艦長という阿片を摂取するべきではない。

それくらいできるはず。そうよね？　強風が煙突をおりてきて彼女の服を吹きとばし、彼の腕のなかに放りこむというわけではないのだから。しなければいいだけだ。

彼女はアンジェリークたちと力を合わせてこの下宿屋をうみだした。その下宿屋はいま、きわめて多様な人たちに食事と宿を提供している。そして彼女たちのささやかな事業はうまくいきそうだ。これを奇跡といわずして、いったいなにが奇跡になるだろう？

デライラは大きなため息をつき、誘うような眠りの腕のなかにさらに身をゆだねた。しないときっぱり決意したことでセックスの心配がなくなり、ほっとしていた。かすかに殉教者のように感じて自分を誇らしく思った。ただ、あのよろこびを知ったことについては、小さな感謝の祈りを捧げた。

とはいえ全体として見れば、トリスタンがもうすぐ永遠にいなくなるのは、とてもいいことのはずだ。

トリスタンは、まるで船体からフジツボをこそげとるかのように、容赦なくひげを剃っていた。ぴかぴかに身だしなみを整え、たぶんいまいましい葉巻のことについてなにひとつ有益なことが出てこないあらたな一日を始める。

「ぼくはひげを剃る、ラララ」鏡を見ながらうたってみた。

だがちっとも楽しくならなかった。

「ぼくは密輪犯を捕まえる、ラララ！」変えてみた。痛烈な皮肉。

きれいな青い花柄の洗面器の水で顔を洗い、タオルで拭いた。

ふり返って、居心地のいい部屋を眺めた。しおれはじめていた花瓶の花はきのうのうちに交換されたようだ。ふいに、わけもなく、感動した。だがそこで、自分が部屋に新鮮な花を生けた花瓶があるのを気に入っていることに気づいて、愕然とした。

そのとき、書き物机の上の筆記用箋のことを思いだした。飛びつくようにして、その恥ずかしいまがいものをひっつかむと、二度と明るい光にふれないように、財布にしまった。

鏡のなかに見えたものに満足し——毅然として、険しく、ハンサムで、夜通し眠れずひどい詩を書いていたせいで疲れている——腕を上着にとおし、部屋を出た。

鍵を回したところで、彼は固まった。

心臓が痛いほどに打ちはじめる。

デライラが彼の部屋の隣に入ろうとしていた。埃はたきを手に、彼とおなじく、陽気に毅然としている。

彼を見て、固まった。

彼女の目の下にも、うっすらと青黒いくまができていた。ひょっとしたら彼女も、ひと晩じゅう天井を見つめ、もう一度服をぬいで彼の腰に脚を巻きつけるべきかどうかを考え、それは賢明ではないという結論に達したのだろうか。そのほうがいい。

だがなすすべもなく立ちつくし、彼女の下唇の曲線を見つめながら、トリスタンは理解した。困ったことに、ひと晩じゅう放置された野火はより大きくより熱く燃えあがるのだということを。

ふたりは心のなかで、相手というすばらしい事実を受けいれるよう気持ちを調整し、厳粛な面持ちでたがいを見つめた。

「おはよう、レディ・デリング」ようやくトリスタンはいった。「きょうは部屋の埃払いを歌にするのかい？」

「おはようございます、ハーディー艦長。どうして？　ゆうべ、わたしの歌は悪くない水準だと思いました？」

「聴いても命に別状はない水準だ」彼は愛想よく、より正確な言葉で訂正するようにいった。

これに彼女がほほえみ、それで彼は骨抜きになった。

「急いだほうがいいわ、ハーディー艦長。まだ卵がいくつか残っているし、ヘルガはあなたはよく食べる方だといっていました」

「それは光栄だが、残念ながら、同僚と朝食を約束している」

どちらも動かなかった。

それなのになぜ、ふたりのあいだの空間が消え、彼の腕が彼女のウエストを囲み、彼女は顔をあげ、さがってくる彼の顔を迎えたのだろう？

トリスタンは彼女を抱いたままぎこちなく前進し、アルコーヴの壁に彼女を押しつけた。

「デライラ」彼女の耳元で、焦がれるようなささやきで、その名前を呼んだ。それはため息であり、責める言葉でもあった。まるで彼女が、彼の意志に反して魅了したかのように。

彼女は両手でトリスタンのシャツを握ると、彼のからだが自分のからだに重なるまで引き寄せた。そして彼の首に腕を回した。

キスははげしく、凶暴なほど濃厚だった。ふたりの唇はぶつかり、離れ、愛撫し、貪り、切り結んだ。彼はキスにわれを忘れた。両手をおろし、彼女の胸をつつんだ。

指を彼女の胴衣の下に滑りこませて、指先で乳首をこすった。

彼女が弓なりになって声をあげ、彼はその口を次のキスでふさいだ。

よろこびに彼女が頭をそらし、その喉にもキスをする。

彼女が唇を彼の耳につけ、舌でその形をなぞった。彼はそちらに顔を向けた。気持ちよさで頭がおかしくなりそうだった。彼の硬いものに、彼女が腰をこすりつけて動く。いつ、だれがやってきてもおかしくない。

「ぼくのところに来てくれ」かすれた声で、彼女の唇、喉、耳にいった。それはささやきであり、命令であり、懇願であった。「ぼくの部屋に。お願いだ。きみの来れる時間でいい。きょう。ぼくにはきみが必要なんだ」

どうかしている。なにかに憑《つ》かれているにちがいない。切羽詰まった、半分命令で半分が懇願の、感情がむき出しになった声は、とても自分が発したものとは思えなかった。これまでの人生で一度も、なにかを望んだことはなかった。まして乞い願うなど。いままではなんでも、戦って手に入れてきた。トリスタンは、夜中あれほど苦しんで納得したことが、彼女をひと目見ただけで、どこかに行ってしまったことが、情けなかった。だがもし必要なら、ひざまずいてもかまわない。

「行くわ。かならず。行くから。わたしにもあなたが必要なの。ああどうしよう、わたしもあなたが欲しい」彼女はトリスタンの口に、耳に、喉に、唇をつけてうめいた。

彼はとつぜん彼女から離れた。まるで血の誓いを彼女から引きだしたかのように。

彼は帽子を直した。

ズボンをひっぱる。ガードナー姉妹や、密輸業者のことを考えれば硬くなったものはすぐに落ち着くはずだ。

トリスタンは彼女を見つめた。髪が乱れ、息が荒くなっている。彼女はまるでエプロンをつけたセイレーンで、彼をアルコーヴに誘いこんだ。

彼女がほほえみかけてきて、まるで天国が訪れたかのように感じられた。

彼もほほえみを返し、階段を駆けおりた。

「ダ、ダンスしたんですか?」トリスタンが昨晩のことについて話すと、マッシーはうらやましさのあまり、激怒せんばかりだった。

「一種のワルツだ」

マッシーは怒り、驚きながら、彼を見つめた。

そしてため息を洩らした。「まあ、あなたが艦長ですから」

「そうだ。ぼくたちは歌もうたった」

マッシーはまたため息をつき、諦めたように肩をすくめ、男らしく羨望をのみこんだ。「ところで、宝石の売却は裏がとれました。ミセス・アンジェリーク・ブリードラヴはたしかに、ボンド・ストリートのリーヴスという名前の仲買人にいくつか上等な宝石を売っています。こちらが金額です」

彼は小さな紙切れをトリスタンのほうに滑らせて寄越した。

「あの館を掃除したり修繕したりした作業員にも話を聞きました。とくに過大な支払いはなかったようです。面倒なことはなにもなく、レディ・デリングとミセス・ブリードラヴについてはいいことばかりいっていました。ひとりがレディ・デリングのことを〝威張り屋だよ〟と評していましたが、まるで取り柄のような口ぶりでしたね。これが作業員たちのやった仕事と、受けとった報酬の一覧です」マッシーはまた別の紙を寄越した。

「よくやった、マッシー」トリスタンはぼんやりといって、受けとった。これはデライラとアンジェリークがある人生を別の人生に取り換えた記録だ。真珠の首飾り二本。ルビーのネックレス。ダイアモンドのイヤリング。ほかにも。大金にはならないが、〈グランド・パレス・オン・ザ・テムズ〉を立ちあげるのにはじゅうぶんな金だ。

デライラはなにかひとつでも宝石を残しているのだろうか？　だがよく考えてみれば、彼女の肌に真珠を飾っても余計なだけだ。

「じつはワルツは、必要があってぼくが提案したんだよ、マッシー」

「艦長が……提案したんですか？」彼はあんぐり口をあけた。

「そうだ。そしてきょうは、おまえといっしょにいくつかの商店を訪ね、ある質問をする。あらたなアプローチだ」

「このあたりの人間は、だれから葉巻を買ったか話したがりませんよ。そろそろわれわれの顔を憶えて、あやしむはずです」

「ぼくになら話すだろう」彼は単純にいった。

これはほんとうだった。彼には独自のやり方がある。

「その質問というのは、なんですか？」

「ぼくが知りたいのは……」トリスタンは言葉を切った。口に出していうのには勇気がいった。「彼らが大柄の、熊のような男から葉巻を買ったことがあるかどうかだ。耳の下に傷痕がある。またはとがった顔の小柄な男から」

「ミス・ガードナーの兄弟のように聞こえますが」

トリスタンは苦い顔でマッシーを見た。

マッシーがはっと思いあたった顔つきになった。「まさかそれは……」

「ひとつの疑いだ。しばらく前から気になっていた。大柄のほうは人前ではなにも話さない。ひょっとしたら、声音《こわね》を変えるのが難しいのかもしれない。いつもうつむいて、表向きな内気だということになっているが、たぶん顔をよく見られたくないのだろう。そしてふたりとも、ゆうべのワルツでパートナーをリードしようとしていた。

ひどいものだったよ」

マッシーはその光景を想像して、顔をひきつらせた。

「ふたりはどうすればいいのか、わからなかったんだ。音楽が鳴りやむやいなや、自室に戻った。ぼくがだれだか、わかっているんだと思う」

「もしそうなら、きっといまごろ捨て鉢になっていますよ、ハーディー艦長」

「ぼくもそう思う。そのうえ……考えてみろ、マッシー。貸し厩には荷車や馬車がひっきりなしに出入りしている。密輸品を流通させるのにもってこいだ。だれも疑うことはないだろう。ケントの密輪団のことを憶えているか？」

「トンネルでしたっけ？」マッシーはしばらく考えてからいった。

「トンネルだ」トリスタンがいった。

マッシーは低い口笛を吹いた。「まさか……」

「まだわからない。だが、〈グランド・パレス・オン・ザ・テムズ〉を見張る者をのぞく全員に周囲で聞き込みをさせろ。一度話を聞いた商人のところにも行くんだ。葉巻を吸っていたやつらも全員」

「了解しました」マッシーはいった。

「だがまだ二階のあの部屋のことが気にかかる。ぼくが廊下でマーガレット・ガードナーを見かけたあの晩、きっとあの部屋に忍びこもうとしていたんだと思う。だが彼女も――いや彼かもしれないが――まだあの部屋に入れていない」

ふたりは黙って食事を続け、聞こえるのはパブの雑音だけだった。男たちが吸う煙草、こぼれたエール、汗のにおい。トリスタンは風呂に入りたくなった。この密輸業者追跡捜査の老廃物――ここのようなパブにいる男たちの紫煙、エール、汗――が、自分の肌にこびりついているような気がする。

ぼくのところに来てくれ、と彼はいった。彼女は来るだろうか？　彼女の肌にふれることを考えただけで、自分の全存在が痛みを伴う切望に収縮するようだった。

しばらくして、彼はいった。「マッシー？」

「はい」

「どうして、その、わかるんだ？」

マッシーは眉をひそめた。「わかる、ですか？」

トリスタンは〝いや、いいんだ〟といおうかと思ったが、自分が始めたことから逃げるのは彼らしくなかった。「エミリーの……ことだ」

マッシーはびっくりしたように、彼を見つめた。眉根を寄せて。

だが次の瞬間、トリスタンの表情のなにか、その態度のなにかで、ぴんときた。

「ああ！　わかる、ですね。つまり、自分が彼女を愛していることを」

トリスタンはじっと動かなかった。マッシーは〝愛〟という言葉は〝地雷〟や〝暴風〟とおなじ範疇《はんちゅう》に属するのを知らないのだろうか？　軽々しく口にするべきではない。

「すぐにわかりました、どうしてだか」マッシーはいった。「いつも彼女のことを考えている、そんな感じでした。最初は。それがある日、ぼくたちはあるハウスパーティーに出席していて、晩餐のあと、彼女のほっぺたにちょっとソースがついていたんですが、彼女はそれに気づいていなくて、それで……自分は彼女を愛しているとわかりました。そういうことって、ありませんか？」マッシーはあいまいにいった。

トリスタンにはわからなかった。

〝すぐに〟という部分が。これで安心していいのか、もっと心配するべきなのかも、定かではなかった。

デライラは午前中いっぱい、官能的な優柔不断の熱にうかされて過ごした。仕事を終えて、アンジェリークと本を読みあい、することが次々とあるのがありがたかった。いまでは下宿人が六人（六人も！）いて、自分たちの分もつくるので、すべての人手が厨房で必要とされていた。デライラも午後遅くに厨房に顔を出し、自分の分のじゃがいもの皮むきにとりかかった。ヘルガが新鮮な魚を手に入れたので、今夜の献立は具だくさんのチャウダーとパンとチーズ、デザートのタルトになった。デライラは考えるだけでお腹が鳴りそうだった。

じゃがいもを手にとって、さあ剝こうとしたとき、バケツをもった流し場メイドが、彼女の背中にぶつかった。彼女はドットの指示で動いているらしく、ドットがそのバケツにお湯を入れた。

「申し訳ありません、レディ・デリング！ ほんとうにごめんなさい！」

「いいのよ、ドット、なにをしているの？ メイドが行ったり来たりしているのはどうして？」

「お風呂を用意しているんです、レディ・デリング！」ドットはそれをうれしいお祝いのようにいった。じっさいにはたいへんな重労働なのに。幸運なことに、この館には奇跡的に自前の井戸があったが、腰湯用のお湯を沸かすだけでも簡単な仕事ではなかった。

とはいえ、下宿人がお風呂を所望したのは初めてのことだ。不思議なことに、それはまるで〈グランド・パレス・オン・ザ・テムズ〉の洗礼のように感じられた。

「それはよかった！ お風呂を頼んだのはだれ？」

「ハーディー艦長です。わたしたちに本物の硬貨までくれたんです」

デライラは、とつぜんじゃがいもの皮むきの手をとめたことを、だれにも気づかれませんようにと願った。

それからしばらく、夢見るように、ただじゃがいもを眺めていた。

そして、ゆっくり、のろのろといってもいいほどのペースで、ふたたび皮むきを始めた。空気がやわらかく溶けて、濃くなったようだ。まるでブラマンジェのように。

そのじゃがいもをむき終わった。

次も。

それからじゃがいもを刻んだ。ゆっくり。慎重に。

そして、そろそろハーディー艦長の部屋にお風呂が用意されたはずだと思ったとき、ナイフを置いて、ひと息ついた。

自分が決心したと自覚する前に、言葉が口から出ていた。

「すぐに戻るわ」

22

彼の部屋についたときには、心臓があまりにもはげしく鼓動し、耳のなかが血流でずきずきしていた。デライラは二度、指先で、ドアをたたいた。「ハーディー艦長」ドアに唇をつけるようにして、いった。

彼がドアをあけたとき、あやうくなかに倒れこむところだった。彼はそっと彼女を引きいれ、ドアをしめて鍵をかけた。

彼は腰に大きなタオルを巻いていた。太ももや胸についた水が光っている。そのからだの斜面や頂やくぼみに、その肩のなめらかな隆起に、背骨に沿ってついた筋肉がつくる溝に、水滴がついていた。

彼女の頭から血が引き、まっすぐ下腹部に向かった。

「時間が、あまり、ないの」声が切れ切れになっていた。

たぶん彼女の表情は、ごちそうを前にしたミスター・デラコートと聖杯を手にした古美術鑑定人のあいだのどれかで、彼はそれに気づいた。

彼はタオルをほどき、床に落とした。

彼女は、この部屋に来るまでに紐をほどいていたドレスを、すぐに頭から引きあげてぬぎ、落とした。それからほかの服もぬいだ。

あっという間に裸になった彼女を見た彼の表情は、頭を小槌で殴られたようだった。彼女はうれしくなって、自分も臆面もなく目の保養をした。彼はファラオの墓の部屋から発掘された、少し切り傷やへこみのある偶像のようだ。美しく、貴重な金属ではなく丈夫な金属でつくられている。ふくらはぎの傷、太ももの硬い曲線、白い張りのあるお尻は彼女がしがみつくときにつかむのにちょうどいい小さなへこみがある。そして逆三角形の上半身。

白い傷痕と古傷のへこみを見て、彼女は奇妙な胸苦しさを覚える。どうして彼を撃つなんてできるの？　まるで彼が犠牲になってもかまわないかのように。だれかが彼を出しぬいたなんて、信じられなかった。

彼のどこにもやわらかかったり無防備だったりするところはない。例外は、彼の睫毛だけだろう。

デライラはしゃがんで、彼が落としたタオルを拾い、そのからだの地形をたどった。最初はタオルで、それから唇、そして手で。彼の背骨の溝に指を滑らせた。その胸に爪を軽くこすらせた。彼の物語を語らせていった。

「この傷は……」

「海賊だ……ぼくたちの船に乗りこんできた……」彼の声はうっとりとかすれていた。

「殺したの？」

「そうだ……さもなければ……殺されていた」彼の答えは、短く途切れ途切れで、息が乱れていた。

だからデライラは、彼の傷にキスした。「あなたが殺してよかった」

「デライラ……」半分喉が詰まったような、半分笑っているような声。

「これは？」彼女はひざまずいて、彼の腰に手を滑らせ、すぼんだ傷痕はどうしてできたのか推測した。

「撃たれた。何週間も起きあがれなかった」

「それを頑固さだけで生き延びたのね」

「なぜならぼくは熱に浮かされて、目の前にきみがひざまずき、文字通り傷痕をなめている夢を見たからだ。だから死ねなかった」

デライラは傷痕をなめた。そして舌を、腰から、巻き毛に囲まれて大きくなった彼のものまで這わせ、その近くに、でもずっと遠くに、はにかみながらキスをした。

「デライラ」彼はうめいた。まるでもう一度撃たれたかのように。「口でしてくれ。頼む。ぼくのをくわえてくれ」

「まだよ、艦長」彼女はいった。

彼はぶつぶつと彼女を罵った。デライラはほほえんだだけだった。自分の力に酔い、昂《たかぶ》っていた。

「それならこれは……」彼女は彼の腕の線のような傷痕を見つけた。

「……子供のころ……りんごを盗んだんだ……行商人から」彼は汗をかいていた。

デライラは詳細は訊かなかった。ハーディー艦長が無敵になり、複雑で情熱的で魅力的な男として、いま彼女の前に立っているのは、一度か二度捕まったことがあるからだということを、彼女は理解していた。だから彼女は傷痕にキスした。

そしてデライラが彼のものを口に入れたとき、彼は頭をそらし、両手を彼女の髪の上に置くと、うめき声を洩らし、それから罵り言葉、神々への祈りを続けた。どうしようもない快感に、その支えが必要だと思っているらしい。

これよ。これはみだらだわ。デライラはなめらかな丸い先を舌で愛撫した。彼の両手が髪に差しこまれた。「ああ神よ。なにをしてもいい……やめないでくれ」

彼女は中断した。「これは〝牧師の趣味〟と呼ばれているそうよ」

半分笑い、半分うめきのような声。「きみの手……手も……手もつかってくれ」

いわれたとおりにした。彼の首筋の筋が張りつめ、あごがこわばり、頭をそらした。

彼女が与える快楽を受けとり、それを味わう彼の、切羽詰まったような息遣い——耐えがたいほど官能的で、立ちあがったデライラは、まるで酔っ払っているようにふらついた。

トリスタンが彼女の腰をつかみ、さっと勢いよくうしろを向かせると、彼女はつんのめって青いベッドカバーに両手をついた。彼は両の手のひらで彼女の背骨をなぞり、ひざでその太ももを開かせた。彼女がうずき、濡れているところに片手をやって、リズムを刻みはじめた。そのリズムは、驚くほど激しい快感に彼女が前腕でくぐもらせた声からとられた。「トリスタン……」デライラは切なげな声でいった。「お願い……」

トリスタンがいっきになかに入ると、彼女は粉々のかけらに砕け散った。その叫び声はベッドカバーに吸収された。彼がすばやく打ちつけるように彼女を突きあげているあいだ、彼女の指はベッドカバーを握りしめ、放し、また握りしめた。「デライラ……神よ……」彼の声が震える。「ぼくは……」

からだをこわばらせ、おさえた叫びをあげた彼を快感の波が襲い、難破させた。

彼女がとろけたもののように床にこぼれ落ちる前に、彼は両腕でかかえあげ、ベッドに引きあげた。彼女はトリスタンの腕のなかでぐったりと、まるで荒れた海のように大きく上下する彼の胸に頭をあずけた。

彼女の髪はひどく乱れていたので、彼はピンを、一本一本はずしていった。

そしてナイトテーブルの上に置いた。

「戻る前にまた留めればいい」彼は眠たげにいった。これまでこんなふうに快感にのまれたことはなかった。完全に焼きつくされた。快感が、たとえつかの間にしても、彼であること、世界を支える者であることの重荷を完全におろさせてくれたことは一度もなかった。

「すぐに戻らないと」彼女は小声でいった。そして眠そうだが愕然として笑った。「とんでもない夢物語のなかでも、昼間にはげしく奪われたあとで髪をピンで留め直すことになるなんて、想像もしたことないわ」

「はげしく奪ったあとに、だろう」

「否定はしない」

彼はほほえんだ。トリスタンは両手で彼女の髪を梳《す》いた。夢見ていたとおりのやわらかさで、ほどいた髪は明るいマホガニー色だった。「とんでもない夢物語だって？」彼はものすごく知りたかった。

彼女は口ごもった。「ぜったいに笑わないって約束する？」

「こんなに満ち足りていては笑えない」

「前に、アンジェリークとわたしは、〈グランド・パレス・オン・ザ・テムズ〉に国王陛下がいらしたらどうしようって話したことがあるの」

「国王が？　いまやぼくを征服したから、残るのは陛下だけということかい？」

「そうしたら、ブレクスフォード公爵夫人を悔しがらせることができるから。彼女がいくらがんばっても、陛下はいままで一度も、夫人の晩餐会に御臨席なさったことがないの。彼女はわたしにたいしてものすごく無礼だし、料理人を盗もうとしたのも一度では済まないわ。わたしのことを、自分より下だと思ってるのよ」

「まだ時間があるんじゃないかな」トリスタンは考えこむようにいった。「もう一度きみがぼくの下になる」

彼女はほほえんで、片脚を彼の太ももの上にかけた。その手はぼんやりと彼の胸をなで、筋肉で形作られた溝をたどっている。トリスタンはもぞもぞとからだを動かした。狂おしいほどの欲望は名残りだったが、すでにまた高まりはじめた。「どうしてりんごを盗んだの？」彼女が訊いた。

「腹が減っていたからだ」

「トリスタン」彼女がいった。愛撫の手をとめて、ひじをついて上体を起こした。髪が彼女の顔にかかり、彼の胸に落ちる。トリスタンはまるでお気に入りの音楽劇の幕のように、ふたつに分けた。彼女の顔はつらそうだった。

「ぼくと、この下宿屋の入り口にいる酔っ払いの違いは、頑固さと意志の力だけだよ」

「そうね、きっとそれだけなんでしょう。勇気も、知性も、技能も関係ないのね」

「お世辞かい。きみはまたぼくを誘惑しようとしているんだろう」トリスタンは希望をこめていった。

だが彼女は静かになった。「とてもこわかったでしょう」それはささやきのようだった。

彼女が胸を痛めているのはたしかだ。いまの彼、そしてかつて少年だった彼のために苦しんでいる。だがどういうわけか、彼は気にならなかった。これまで、語られなかった物語になにかしらの重み――あたかも船を安定させるバラスト――があるとは思っていなかった。こんなふうに、それが大事なことだと思うだれかに語りはじめるまでは。

「ぼくはこわかった。だが恐怖が日々の経験の一部になると、それを恐怖とは認識しなくなる。それに引き具をつけて力の源にするか、逆に自分が引き具をつけられ、魂をだめにしてしまうかのどちらかだ。ぼくはどちらの実例も見てきたよ」

「それに性格のちがいもあるわね。あなたがいまここにいてよかったと思うけど、あなたがそれを耐えなければいけなかったことを、気の毒に思う」

「いまは重要じゃない」

それは完全な真実ではなかった。

彼の人生の軌跡がそれを許さない。彼が密輸業者を捕まえるのは重要だった。彼にとっても、部下たちにとっても、国王陛下にとっても、殺された一家の遺族にとっても。そこから広がる数十人、数百人の人々が、彼が知恵と判断と経験を駆使して犯人たちを捕まえ、裁きを受けさせることを期待している。

そして彼がまだ彼女に訊けない質問も、重要だった。たとえば、二階の続き部屋を借りているのはだれなのか？

だがトリスタンはふたたび彼女にキスした。なぜなら彼女の隣に寝ていてキスしないのは不可能だから。そしてどうやら彼はアキレスで、彼女はかかとのようだから。

それはゆっくり始まった。時間があまりないと承知しているふたりに可能なかぎりゆっくりと、たがいのからだをなで、くぼみやこぶやとがっている部分ややわらかな隠された場所を見つけていって、それがたがいに息をのませ、快感のさざ波を起こし、さらに求めさせた。だがすぐにそれは、無我夢中の手足の絡みあい、軽い咬み痕と濃厚なキスと、技巧より情熱に変化した。しがみつく彼女に何度も何度も突きあげた。解き放たれた叫びは、彼の下で激しく震え、まるで彼が奇跡を起こしたかのようにトリスタンの名前を連呼する彼女の喉にうずめた。

ふたたび並んで横になり、肩に彼女の頭をつけて、海賊に撃たれたときよりも心臓が激しく鼓動していたとき、デライラが鼻を鳴らした。

泣いている！　トリスタンははっとしてからだをこわばらせた。

彼女はほほえんでいった。「ごめんなさい」

「ぼくを咬んだこと？　むしろうれしかった」

彼女は腕で目を覆い、まだ少しすすり泣きながら笑った。

思わず彼女を自分のからだに抱き寄せた心安さに、動揺した。彼女がやすやすと彼にくっつき、肩に顔をうずめて安心するのにも、狼狽した。彼女を慰めることは自分を落ち着かせることでもあると気づいたのが、いちばん気がかりだった。

「気持ちを表現する方法はほんとうに限られていて、いまわたしはいくつもの複雑な気持ちをもてあましているということなの」

トリスタンは、どんなとんでもない夢物語のなかでも自分が女性にこの質問をするとは、また自分がその答えを知りたいと思うとか、想像したことがなかった。

「きみはどんな気持ちを感じているんだ、デライラ？」彼は贅沢なサテンのような彼女の背中をゆっくりとなでた。

二度とレディ・デリングとは呼ばない。かつて彼女を自分のものにしていた男は、彼女を理解することも、称賛することも、愛することもなかった。

「わたしが思ったのは……デリングが生きていたら……わたしは一生知らなかったかもしれない、こんなふうに……愛を交わすことや……あなたといっしょにいることも。

それに、下宿屋を経営するということは、日々不確かな崖っぷちを歩きつづけるようなものだけど、後悔する気にならない。でもデリングが死なななければ、わたしはそういうことを知ることはなかった。デリングがいたらけっして実現しなかったことを残念だと感じている。それに、自分があやうくなにかを失うところだったのかもしれないという、おそろしい恐怖も。ばかみたいでしょ？」

「いや」トリスタンは簡潔にいった。自分がもっと言葉豊かだったらと思った。「ちっとも」

彼女の背骨の小さな真珠のような凹凸をたどりながら、彼女が下宿屋を開業するために売却した真珠のことを考えていた。

「彼が恋しい？」トリスタンはぶっきらぼうに尋ねた。

「いいえ」

彼は無言で、ぶしつけに、よろこんだ。

「ときどき……ここで夫の存在を感じることがある。ふとしたときに、あのくさい葉巻のにおいがするような気がするの。だいたいは厨房の、洗い場近くで。デリングが生きていたときもそんな場所にいたとは思えないんだけど」

洗い場の近く。

洗い場は、彼の記憶が正しければ、謎の続き部屋のほぼ真下にあるはずだ。

そして洗い場の下にはなにが?

なんということだ。

すばらしい気分の解放のあとのもやは、理性によって消失した。

いま、その質問をするべきではない。腕のなかの彼女が無防備で感じやすいときに。彼女が慰めや力やよろこびだと思っているときに。彼女は彼を信頼している。これまでの人生でずっと人々に手段として利用されてきて、二度と男を信頼しないと誓った、このすばらしい女性が。

だが彼女が無防備であることこそ、彼がいま質問をしなければならない理由のひとつだった。

ひとたび質問すれば、取り消すことはできない。だがトリスタンは、もう遅いのだとわかっていた。これが自分の運命だと。

「二階の続き部屋はだれに貸したんだい、デライラ? 心配なんだ。それよりも重要なのは、その下宿人がホイストをやるのか、ピアノフォルテを弾くのかということだが」

「二階の続き部屋?」彼女は眠たそうにほほえんだ。「じつはね、とても奇妙な話なの。取り澄ました、傲慢な、上等な身なりの男の人がソヴリン金貨二枚を払って、あの部屋を自分の謎の雇い人のために借りたの」

それは彼が予想していたこととはまったくちがった。「それは奇妙だ。彼は特定の部屋を要求したのかい?」彼女を抱きしめる手に力が入った。トリスタンは無理やり力を緩めた。

「いいえ、その人はうちの、『もっとも広い部屋』を借りたいといって、だからわたしたちはあの部屋を貸したのよ。そのお金を受けとるのは不安だったし、少し腹が立ったけど、結局は受けとった。そうしなければならなかったから。そのときノーという理由もなかったから。彼はべつに、こわくなかった。ただ高飛車だっただけ。ソヴリン金貨二枚よ。それに食事を用意する必要さえないのだから」

「ソヴリン金貨二枚にはノーとはいえないな」彼はぼんやりといった。頭のなかはものすごい勢いで働いていた。

「ほんとにそう。使用人のお給金も払える。それに暖房費も」

「きみたちはその人物に会ったことがないのか? 部屋を貸しているその男に? 会ったのは彼の代理だけ?」

「一度も会ったことがないわ。奇妙でしょ? 代理人は、雇い主はロンドンじゅうに部屋を借りているといっていたわ、その言葉を引用すれば、『万が一のために』」彼女はからだを伸ばし、足をとがらせた。「堕落した貴族かなにかが、酔っ払って近くの隠れ家に泊まるということだと思う。でもほんとに知らないのよ。その人は——ミスター・Xと名乗って――わたしたちにトークンの半分を置いていった。彼の雇い主がもう半分を示したら、その人だとわかるだろうといって。アンジェリークとわたしはばかばかしいと感じたけど、いまのところ、そのばかばかしさに悪意はなさそう。わたしたちは約束したとおり、毎日部屋を掃除しているわ。下宿人はまだあらわれないけど」

トリスタンはこれをよく考えてみた。この話は完全にいかれているが、彼女を疑うことはなかった。率直にいえば貴族にはいかれた人間がごまんといる。それにつくり話にしてはあまりにも突拍子がなかった。

だがこのミスター・Xがなんらかの形で密輪にかかわっている可能性は？

ひょっとしたら、そいつがあの部屋を借りたのは偶然だったのかもしれない。

あるいは……トリスタンがまったく間違った方向に進んでいるのか。

そう考えると、腹の底に小さく冷たいしこりが生まれた。

彼はきょう一日かけて、チーズショップ、仕立屋、パブ、菓子屋などで、「傷のある大柄な男が、また葉巻を売ってやるって約束したんだが、彼を見かけなかったか？小柄な友人とつるんでるんだ、ちょっと狐顔の」などと訊いて回った。そのアプローチにさまざまな変化をもたせて。

きょう彼が話した人々はだれも、そうした見た目の男たちを見たり、話したりしたことはなかった。

だがトリスタンは部下たちに、聞き込みを続けるようにと指示した。見込みのある返答があったらすぐに知らせるようにとも、いっておいた。「知らせには英語以外の言葉をつかうんだ、マッシー。ポルトガル語だ。それならぼくも読めるし、おまえも書けるだろう」彼もマッシーも、海軍でのキャリアでいくつもの言語の初歩を習得していた。

トリスタンは胸のなかに広がる疑いの緊張感に屈するわけにはいかなかった。

「そのトークンはどんなものだった?」彼はいつの間にか彼女の下から腕を引きぬいていたことに気づいた。端的にいえば彼女の信頼を悪用しているときに彼女にふれているのが、不名誉なことだというかのように。

「なにか家紋のようだったわ。家紋の半分ね。ライオンの脚か、ユニコーンの脚かも? あまり手がこんだものではないけど、それがなにかはわからないの」

彼は顔をしかめた。家紋もトークンも、まったくぴんとこない。

ちくしょう。やはりあの部屋に入る必要がある。

彼女は少し、彼から離れた。トリスタンのからだは緊張で板のように硬くなり、それに気づいたのだろう。いまは心配そうな目で、彼を見つめている。

ドアがノックされて、ますます緊張が高まった。

ふたりは凍りついた。

彼女はベッドカバーを頭からかぶった。

「なんだ?」トリスタンが応えた。

「ハーディー艦長?」ドットだ。

「そうだ、ドット、悪いけど、いまはまだドアには出られない」

沈黙。トリスタンはドットがうぶで、彼が風呂をつかい、それには全裸になる必要があったということ以外の理由を推理しないことを願った。「男の方が、あなたへの緊急の伝言をもってきました、ハーディー艦長。完全に封印されています」

彼の心臓がとまった。

ちゃんと封印して、よくやったマッシー。「ドアの下から滑りこませてくれるかい、ドット、ありがとう。それと、少しそこで待っててくれ」

ドットが伝言を部屋のなかに押しいれるカサカサという音がした。

彼はベッドから飛びだしてそれを取った。マッシーは蜜蠟で封をしていた。

中身はポルトガル語で書かれていた。

ハリガンが四本先の通りにある煙草屋に話を聞いたところ、店主は、傷痕のある大男が約束の葉巻をもってこないといって、怒っていたそうです。おもてでご指示をお待ちしています。

M

さまざまな感情と印象がまるで嵐のなかの葉っぱのようにどっと彼に向かってきた。

勝利。名誉。歓喜。希望。

後悔。

不条理。

恐怖。

最後の三つは、いまこの女性を置いていかなければならない彼の人生と運命に向けられたものだった。

だがすべてが吹き飛ばされても、任務は残る。

トリスタンは自分がどれくらいそこに立ちつくしていたのか、わからなかった。だがデライラがじっと見つめているのは感じた。

ふり向くと、彼女は心配そうな顔をしていた。そして警戒している。彼はとっさにそれを軽くしてやりたいと思った。

そのときトリスタンは理解した。自分が彼女の信頼や希望に満ちた考えを利用しながらも、その恵みに浴してきたのだと。自分を見る彼女の目が輝くのが当たり前になっていた。

彼は、このあいだ苦しみながら詩作がおこなわれた現場である書き物机のところに行って、ポルトガル語で書いた。


部下を集めろ。十五分後、コックスの貸し厩に集合すること。


マッシーは察するだろう。

彼はインクに息を吹きかけて乾かした。背後でデライラがドレス、室内履き、ヘアピンを集める音が聞こえた。

彼はまだ彼女を見ていなかった。

伝言をドアの下のすき間から滑らせた。「ドット、手間をかけて悪いが、これをおもてで待っている紳士に手渡してくれるかい」

「かしこまりました、ハーディー艦長!」ドットが陽気にいった。

階段を駆けおりていく音が聞こえた。

トリスタンはようやく意を決してデライラを見た。

彼女はまばたきもせず彼を見つめていた。心配している、だがまだ信頼している。

「デライラ、すまない、だがすぐに出かけなければならないんだ」

「なにかあったの？　わたしにできることはある？」

トリスタンは彼女がピンで髪を留めるのを見つめた。毎日彼女がピンで髪を留めるのを眺め、夜にそれをほどく男はどんなに幸福だろう、と彼は思った。

なだめるための嘘はつきたくなかった。

「そうだ。なにかがあった。だがそれは正される」

ふたりはたがいの目を見つめた。

彼女の姿勢はこわばっていた。さぐるような目つきになり、かすかに警戒する表情に変わった。そしてたぶん、少し冷笑的に。

トリスタンはすぐに彼女のところに行って、そのほおに手をあてた。彼にそんな権利はないはずだが、もう一度彼女にキスした。そうすれば彼女の警戒するような顔を見なくて済むし、抱きしめた彼女のからだから力が抜けるのを感じられるから。それにこのキスが最後になるかもしれないから。彼はいまの彼女を憶えておきたかったから。

23

貸し厩の現在の親方であるミスター・コックスは、長年この仕事で鍛えてきたがっしりした男だったので、彼が行きたい場所に行くために毎度まいどじゃまな馬をもちあげてどかしていたとしても、だれも驚かなかっただろう。

だがじゃまな兵士たちをもちあげてどかすことはできなかった。

仕立てのいい服に身をつつんだ男が、司令官らしい。

「コックス、ミス・マーガレット・ガードナーかミス・ジェーン・ガードナーに馬を貸したり、馬を預かったりしたことがあるか？」トリスタンは尋問した。

「ありませんよ。誓ってもいいです。貴婦人だけでこの厩舎に来ることなんてめったにないです、理由はご覧のとおりで。ロンドンでもとくにこのあたりはないですね。もっとも、まったくありえないわけじゃねえですけど」

「どういうことだ？」

コックスは深呼吸して背筋を伸ばした。「ときどき、ひどく混みあうときもあります。そんなときは、出入りする人間全員を見ているとはいえません。厩番の小僧たちに話してもらってもいいですよ」トリスタンがあごをあげて合図すると、兵士たち三人が厩番に尋問しにいった。「だがはっきりいえるのは、おれはご婦人が出入りするところは見ていないってことです」

「デリング伯爵はここに馬を預けていたのか？」

「デリング伯爵は、ご冥福をお祈りします、ここに馬車用の馬一組を預けていました。じつのところ、二組です。上等な馬ですよ。少し前に売られたはずです」

「そのほうが馬にとってもいいだろう」トリスタンは不機嫌にいった。

ミスター・コックスにはそれがどんな意味なのかわからなかったが、トリスタンと部下たちはいまあいている馬房に集合した。

「次の質問だ、ミスター・コックス。こんな男を見たことはないか？　大柄で、つぶれた鼻をして、傷痕が――」

「――耳にですか？　ああ、ありますよ。それはミスター・ガーです。デリング伯爵に雇われていました。荷車でサセックスとここの往復をしていました。疲れた馬たちをここで替えて出ていったり。伯爵の彫像とかを運んでいたんです。ほら、伯爵は蒐集家だったから」

勝利と名誉が日光のようにトリスタンの胸のなかに射した。

「彫像？」

「石でできた裸の人々のね、あきれたもんです！　いったいだれが、あんなものを自分の家に置きたがるかね？　彫像は全部、角を曲がったところにある建物に運びこまれましたよ。娼館と関係があるんだろうとおれは思ってたんです。上流階級の旦那方はなにをするかわかりませんからね」

さらに日が射したように、トリスタンは建物に寄りかかっていた酔っ払いの言葉を思いだした。〝そいつは友だちを連れてきてたよ、ときどきね。荷馬車に乗せて。そいつらは半分裸で、てめえでは歩けないみたいだった、だからやつが引きずって家に入れていたよ〟

彫像。石でつくった彫像か。

トリスタンはなぜか確信していた。その彫像のなかは葉巻のにおいが染みついていたはずだ。いやひょっとしたら、葉巻は土台に詰められていたのかもしれない。

「あそこは下宿屋だ」彼はぼんやりといった。「娼館じゃない。〈グランド・パレス・オン・ザ・テムズ〉というんだ」

「旦那がそうおっしゃるんなら、そうでしょう。おれが知ってるのは、あんなところに行くべきじゃないってことです」

トリスタンの部下たちは厩舎を徹底的に観察し、手袋をした指でデリング伯爵が馬を預けていた馬房の床板の継ぎ目をなぞった。

彼らはその取っ手をあやうく見逃すところだった。とても巧妙で目立たないようにつくられていたからだ。彫りだした木に紙やすりをかけた取っ手は、厩舎の壁際の床板と平らになっていた。

いったん取っ手を見つけると、およそ三フィート四方の上げ蓋らしい継ぎ目もすぐにわかった。

トリスタンはその下に指を入れてひっぱり、取っ手をしっかりと握った。

そして引きあげた。

上げ蓋は簡単に開いた。

見ていた部下たちから驚きの声や罵り声があがった。

コックスは真っ青になった。「ほんとうです、旦那、おれはなにも知らないんです……」

トリスタンはそれを信じるべきかどうか判断がつかなかったが、調べればコックスが無実かどうかわかるだろう。

「ランタン」彼は険しい顔で命じた。

ランタンが手渡された。

見たところ、深さは十フィートほどで、狭い梯子がボルトで壁にとりつけてあり、底まで続いていた。土の床は踏み固められて平らになっている。彼は手を伸ばして梯子の強度を測るためにひっぱってみた。しっかり壁に固定されているようだ。

そしてもしミス・マーガレット・ガードナー——ミスター・ガー——がこの梯子をおりているのなら——たぶんおりているはずだ——トリスタンがおりても折れることはないだろう。

「ぼくがおりる。あとからランタンを吊りさげてくれ、いいな?」

彼はランタンをマッシーに手渡し、マッシーがランタンに綱を結びつけた。

トリスタンはピストルを手にもち、すばやく梯子をおりて、土の床に着地した。マッシーが吊りさげたランタンをつかみ、周囲を観察した。

そして唖然とした笑いを洩らした。

そうだ。密輪犯たちはイングランドのすき間や、幅木や、割れ目が大好きなのだ。

それにトンネルも。

じっさい、正確にいえば、これは長いトンネルの一部だった。とても古く、しっかりした造りで、上部の横桁で天井が支えられ、幅は狭かったが、身長六フィートの男が背をかがめずに歩ける高さと、密輪品を運ぶのにじゅうぶんな幅があった。

もともとそれが目的でつくられたのかは、わからない。イングランドにはさまざまな目的のトンネルが縦横無尽に走っている。トリスタンは、国王が気に入ったパブや愛人をかこっている秘密の部屋に行くためのトンネルがブライトンにあったことを思いだした。〈グランド・パレス・オン・ザ・テムズ〉がかつて娼館だったということなら、さにあらん。そういう推理もできる。

彼はくるっと向きを変えた。

上げ蓋から五フィートほどのところに、鋲を打ったオーク材のドアがあった。跳ね橋のようにどっしりとしている。

この向こうには、さまざまな商人や貴族、ときにはデラコートのような珍し物好きまでもがむなしく待ちつづけている葉巻が保管されているのだろう。

ドアの手前の壁につけて置かれていた小さなトランクは、年季が入って黒ずんでいた。なかからはみ出しているのは古いドレスで、ひょっとしたら舞台衣装なのかもしれない。ひっかき回してそのままになっているようだ。

トリスタンはファッションには詳しくないが、これらのドレスはジェーンとマーガレットのガードナー姉妹が着ているのとたしかに似ている。あのサイズに合うドレスを見つけるのは、大変だったはずだ。

なぜすぐに男だと気づかなかったのだろう？　だが心のどこかでは気づいていたのだと思う。無意識になにかがおかしいと感じていた。彼はデライラのように、最初から信用というフィルターをとおして姉妹を見ていなかった。彼はほとんどなんにたいしても、最初から信用することはありえないからだ。彼女以外は。

トリスタンはしゃがみこみ、ランタンの光を鍵穴に向けて、なかをのぞいた。暗いということしかわからなかった。だがその暗闇のなかに、小さな黒っぽい箱が積まれているのは見えた。彼はあの箱になにが入っているのか、自分の全財産を賭けてもいいと思った。

ふたたび立ちあがり、ドアの取っ手をつかみ、ひねってみた。予想どおり、鍵がかかっている。

彼は取っ手を強くひっぱってみた。ドアが前に出てきて、枠のなかで少しだけ弓なりになった。だがあかなかった。

彼が取っ手を放すと、ドアがもとの場所に戻り、大きなドスッという音がした。

そのとき、〈グランド・パレス・オン・ザ・テムズ〉の最上階の居間にいた三人のレディたちは、ぱっと顔をあげた。ミスター・ファラデーがシャツにかぎ裂きをつくり、ミスター・デラコートがまたひとつボタンをなくしたので、三人はその繕いものをしていたところだった。

「またあの、ドスッという音だわ。しばらく聞こえなかったのに」アンジェリークがいった。

「それに、夜のこの時間に聞こえたのも初めてです」ドットもいった。

「もしかしたら、ドブネズミが冬眠から目覚めたのかもしれない」アンジェリークが推理した。

ドットは泣きそうな声を洩らした。

デライラはいさめるようにさっとふたりを見た。

「アンジェリーク、お願いよ。それにドット、ここには動物の本もあるから、それを読めばドブネズミは冬眠なんかしないってわかるわ。なんでもよく知れば、それほどこわくなくなるのよ」

アンジェリークとデライラはどちらも、厳密にはそんなことはないのを知っている――ときにはその正反対が真実なのだ――でもふたりはドットをなぐさめることでなぐさめられていた。

トリスタンは思った。もし彼がいまごろ、にぎやかな貸し厩のなかではなく、青いベッドカバーの上に寝転んでいたら、ドスッというあの音は、館が消化不良を起こしているような音に聞こえただろう。

まったく。ガードナー〝姉妹〟はあの音に気づいただろうか。

トリスタンはトンネルの底から見あげた。見おろしている部下たちの顔が見えた。

その目は緊張して警戒しているのだ。彼らもおなじ結論に達しているのだ。トンネルのなかで声を出したら、どのように反響するかわかったものではない。

彼はポケットを探り、錠前破りの道具を上にあげて部下たちに示した。

それから作業にとりかかった。五分もしないうちに、ドアの取っ手が回った。

取っ手が回転したことで、彼は大よろこびだった。

だがドアはあかなかった。

彼はそっと肩をつけて押してみた。とつぜんドアが元の位置に戻り、さっきのようにあのドスッという音をたてるとまずいので、取っ手はつかんだままだった。

くそっ。なかで閂《かんぬき》がかかっているか、ふさがれているかのどちらかだろう。

トリスタンは暗闇のなか、しばらく立ちつくしていた。このドアを打ち壊そうとすれば、その音は下宿屋のなかでも聞こえるはずだ。

次になにをすればいいのか、彼はわかっていた。


「これがぼくの推理だ」地上に戻ったトリスタンは、部下とミスター・コックスにいった。「脅迫されたのか、それとも自発的だったのかはわからないが、デリングはセックスから禁輸品の葉巻の密輸をおこなっていた。葉巻はたぶん、彫像の土台に詰められていた。たぶん自発的だったのだろうと思う。というのも、彼には借金があり、密輸はかなり稼げると知っていたからだ。伯爵がサセックスの業者に、大理石ではなく石の彫像を注文する。まったくあやしいところはない。またばかなものを買っているのかと思われるだけだ。なにしろデリングは浪費家だったからな。もしかしたら彼が、この企ての資金を出していた黒幕だったのかもしれない。金を払ってロンドンまで葉巻を運ばせて、よごれ仕事は密輸犯にやらせていたのか――あるいは、デリングは駒にすぎず、自分の役割を金儲けの手段だと思っていたのかもしれない。賭けてもいいが、ミスター・コックス、この厩舎のだれかが、トンネルのことを知っていたはずだ――このトンネルがどこにつながっているかも――これによってデリングは、ミスター・ガーや、狐顔の友人と会うことができた」

コックスの顔から血の気が引いた。「おれじゃありません、旦那、命にかけて誓ってもいい」

「いずれわかるだろう」トリスタンは冷静にいった。「デリングは〈グランド・パレス・オン・ザ・テムズ〉に彫像を運びこませて、室内でひそかに葉巻を取りだし、地下のある部屋の出入口からトンネルのなかに運びこんでいたのだと思う。そのあと、ガードナー姉妹が厩からトンネルに入り、葉巻を取って、荷車で運びだす。まったくあやしいことには見えないし、だれからもあやしまれることはなかった。男がふたり、馬に引かせた荷車には葉巻の箱を隠すためにたぶん藁などを積んでいたのだろう。彼らは葉巻を、すでに代金を支払った商店主などに配達する。そして商店主は法外な値段でそれを売る」

「だがそこでデリングが死んだ、ということですね」マッシーがいった。「ガードナー姉妹は困ったことになった。なぜなら下宿屋にもトンネルにも入れなくなったから」

「そうだ。トンネルのドアには鍵と閂がかかっていて、そこからなかの葉巻を取りだせなくなった。そして彼らは下宿屋に入ることもできなかった。改装工事の真っ最中でにぎやかだったからだ。あまり注目を集めたくなかったからか、それとももともと残忍ではなかったからか、ふたりは下宿屋に入りこむ計画を立てた。まずは近所で、あの下宿屋はひどいという噂を流す。そして自分たちは下宿人として入りこみ、葉巻を取ってずらかる、というわけだ。だが計算外だったのは、目当ての部屋に入れなかったことだ。まったく入るチャンスはなかった。それにぼくが下宿にいたことも、計算外だっただろう」

「笑い話のようですね、艦長が下宿にいたのは」

「マッシー」

「すみません。いまごろきっと、ふたりは捨て鉢になっていると思います」

「そうだ」トリスタンは言葉少なにいった。

彼はさまざまなシナリオを考えたが、犯罪の確たる証拠もなく、下宿屋に入ってい
って寝ているガードナー姉妹を捕まえることはできなかった。
「ぼくがいまいったことは、ふたりをトンネルで捕まえられなければ、なんの意味も
なくなる。つまりトンネルで捕まえる必要がある。いますぐとりかかるぞ」

24

「レディ・デリング、レディ・デリング、レディ・デリング……」

「なんなの……ドット？」

デライラは夢を見ていた。それにドットはいつになく小声でささやいていた。彼女の顔から二インチのところで。

「しーっ。ハーディー艦長が下にいらして、急ぎのお話があるということです。わたしにミセス・ブリードラヴとあなたを呼んでくるようにいわれました。ただしくれぐれも静かに、ということでした」

デライラは手を伸ばしてドットの顔をさわり、彼女が本物で、見ていた夢の続きではないことを確かめた。

ドットの鼻は小動物の鼻のように冷たくて、押すと少しへこんだ。

炉棚の時計を見ると、十二時を半時間過ぎたところだった。

デライラはベッドでがばっと上体を起こした。

「彼はだいじょうぶなの？」

ぞっとするような恐怖と激しい意志がすぐさまあらわれた。もしだいじょうぶじゃなかったら、わたしがだいじょうぶにする。

それでもだめなら、わたしも死ぬ。

それはこんな夜中にひらめきたいことではなかった。

デデイラはめまいを覚えた。そこでドットがいった。「そう思います、レディ・デリング。とてもお元気そうに見えました。五、六人の兵士の方々といっしょで、艦長が指揮していますから、だいじょうぶだといえます」彼女は言葉を切った。「わたしたちはどうか、自信がありません」

最初は兵士たちが見えなかった。青い軍服を着ているのに。彼らはぴくりともせず、影にとけこんでいた。そして彼らの一分のすきもない緊張が、部屋のやわらかな雰囲気を壊していた。この部屋にあるものはすべてほころびて、やわらかく、すりへっていた。兵士たちは硬直し、よごれひとつなく、厳粛だった。

トリスタンは見えた。部屋の真ん中に、まるでコンパスの針のようにまっすぐ立っている。

「おふたりとも、坐ってください」トリスタンはすぐにいった。静かな声で。

デライラは凍りついた。

「デライラ」アンジェリークがいって、デライラの腕にさわった。

ふたりは長椅子に腰掛けた。

手と手をふれあっていた。アンジェリークの手は、デライラの手とおなじくらい冷たかった。

「こちらはマッシー海尉だ」トリスタンの声は、ほんのささやき声だった。彼は長身で体格のいい黒髪の男の人を示した。アンジェリークとデライラは、海尉に会釈した。

「この要求のものものしさと、詐術の必要性については謝罪する。だがミセス・ブリードラヴ、レディ・デリング、これからおふたりは、ガードナー姉妹に彼女たちがもともと借りたがっていた部屋があいたと告げ、すぐに部屋を移るようにいってほしい。明日の朝いちばんで。あなたがたはひと言だけいえばいい。そして鍵をふたりに手渡す」

「いったい……わけがわかりません」アンジェリークは口がきけた。ささやき声だったが。

デライラもいった。「でも……わたしたちはすでにあの部屋を貸してしまって……約束したんです……できません……」

「レディ・デリング」とつぜん彼にそう呼ばれるのは間違ったことに感じられた。デライラ。彼はそう呼んだ。レディ・デリングは別の人生の別の女の名前だ。「ぼくは国王の封鎖艦隊の艦長であり。指示どおりにすることを強く要求する」

デライラは、彼がまるで松明《たいまつ》を顔に突きつけたかのように、少しうしろにさがった。

「あなたの安全、そして下宿人たちの安全のためなんだ、レディ・デリング。ガードナー姉妹は姉妹ではないし、女でもない」

沈黙が落ちた。心臓が胸から飛びだしてしまいそうなほど暴れている。

「トリスタン……」デライラはこぶしを長椅子に押しつけた。まるで自分がどこまでも落下していくように感じた。

マッシー海尉は〝トリスタン〟という名前を聞いて、目を大きく見開いた。

彼はトリスタンとデライラを代わる代わる見比べた。

トリスタンの表情は読めなかった。その目は暗い薄暗い部屋のなかで、銃弾のように冷たかった。彼はいま、司令官でしかなかった。

アンジェリークはなんといっていた？　岩か投石器《トレバシェット》のようだと。

「ハーディー艦長」アンジェリークもおびえている。デライラにはわかった。でもその話し方はあくまでも感じよくなだめているようにしか聞こえなかった。アンジェリークはこれまでなにがあっても生き延びてきたのだ。「おわかりいただけると思いますが、この建物はわたしたちが所有しています。当然、心配になります……いったいなにが起きているんですか？　わたしたちは犯罪を疑われているんですか？」

アンジェリークはすばらしく合理的におそろしい質問をしてのけた。それに少しはユーモアも感じられる。

でもアンジェリークは、きのうこの人の傷痕にキスしたわけじゃない。ほんの数時間前に彼の腕のなかで満たされ、離れがたく感じたわけでもない。懇願するように彼女の名前を呼ぶ彼の声を聞いたこともない。彼の用心深い心にひびを入れて、そこにあったものを大事にし、それと同時に自分の心にもひびが入ったことに気づかなかったのも——そういえば、アンジェリークはなんといっていた？　まるで落として割れた磁器のようにカチャカチャいうと？　たしかにそんなふうに感じる。

さまざまな感情の波が、まるで鳥の群れのようにとつぜんデライラに襲いかかった。怒り、失望、胸の悪くなりそうな裏切り、そして焼け焦げたプライド。

なんてばかだったのだろう。

トリスタンはどう答えるか慎重に考えていた。それもこわかった。

「われわれは、あなたとレディ・デリングはこの件への関与については潔白だとたしかめた」

「あなたが……たしかめた？」デライラはいった。傷つき、信じられないという声だった。

唇が麻痺して動かない。

しばしの沈黙があった。

「そうだ」彼の声はしわがれていた。かすかに謝罪がこめられていた。だがほんの少しだ。

デライラは衝撃に頭をそらした。

けっきょく、彼の目的は任務だった。

「また残念ながら、ぼくは捜査の詳細についてあなた方に自由に話せる立場ではない。いまはまだ。われわれが目指す結果をなしとげるまでは」

「なぜならわたしたちは、まだ容疑者かもしれないからね」デライラはある種の苦々しい驚嘆の念でいった。

「あなたがた自身の安全のためだ。われわれはあなたがたふたりと、ガードナー姉妹をのぞく下宿人は全員潔白だと思っている。だがあなたの夫はちがったよ、レディ・デリング」

デライラの両手はひとりでに顔にあがった。いいえ、これから隠れることはしない。もし自分の感じていることが顔にあらわれているのなら、トリスタンにも見せたかった。もし彼が、なにかで心を動かすことがあるのなら。

彼女は小さく、皮肉な笑いを洩らした。たまらなく痛かった。まるで重要な臓器がすべて傷ついているかのようだった。

「なるほどね、いまわかったわ。あなたがあの、ハーディー艦長だったの」

彼が鋭く息をのむのが聞こえた。

「いつでも追う男を捕まえます」マッシー海尉が誇らしげにささやいた。

「女もなんでしょうね」デライラは軽い口調で、ゆっくりといった。「そうなんでしょ、ハーディー艦長？」

彼の表情は読めなかった。だが彼の、そしてほかの兵士たちの緊張が感じられた。まるで発射の準備をしている投石器のようにきりきりと引きしぼられている。彼らはそのために生まれたのだ。

「われわれは国王陛下の命令で動いているのだ、レディ・デリング。したがってぼくは陛下の代理であり、ここにいる兵士たち全員を指揮管理している」トリスタンはいった。「そしてこれには生死がかかっているというのは、誇張ではない」

「つまりあなたは〝誇張〟という言葉の意味を知っていたの。それにあなたがこんなに多くの言葉をつかうなんて、驚きだわ。そのうちのいくつを、本気でいっているの？」

「すべてだ」彼は平然といった。まるでそれが混じりけのない真実で、石に刻まれた戒律であるかのように。

デライラは顔をそむけた。

彼の冷徹で、謎めいた兵士の顔を見ていられなかった。

彼が少し前に出た。

「命にかけてきみを守る」

ゆっくりと言葉を置くようにいった。まるでそれは求められた誓いであるかのように。

その言葉は真実だと彼女にはわかった。彼は一度、すでにそうしたことがある。なぜなら彼女はそのときも愚かで、不適切なときに見知らぬ男を家に入れて、その男が彼女を襲ったから。

〝あのハーディー艦長〟。そういったのは、あの男だった。奇妙な麻痺がデライラの全身に広がった。

「あの部屋の鍵を渡してくれるかな、レディ・デリング」彼は忍耐強くいった。手を伸ばして。

デライラは震える手で、ベルトにつけた鍵束から問題の鍵をはずした。ジャラジャラいう耳障りな音が永遠に続くように思えた。

彼は忍耐強く待っていた。兵士たち全員が見つめている。

彼女は鍵を彼の手に渡すとき、その肌にふれないように気をつけた。

「ありがとう。建物内の空室すべてに兵士を待機させる」彼はいった。「これからほかの下宿人たちに状況を説明して、安全のため一時的に敷地から退避させる。使用人たちに、あすは二階を避けるように指示してくれ。いまは……」彼は立ちあがった。「できれば眠ったほうがいい」

それはデライラが聞いたことのあるなかで、もっともばかげた提案だった。

そして彼はとつぜん背を向け、兵士たちは彼の話を聞くために部屋の隅に集まった。デライラは、もうすでに自分は忘れられたのだろうかと思った。

ほかになにもできなかったので、ふたりは階段を、音をたてないように気をつけながら登って部屋に戻った。

「狐」アンジェリークは階段を登りながらぼんやりといった。「鶏小屋」

「少なくともわたしの勘はあたった」さらに数段のぼったところで、彼女はいった。

でもデライラはなにもいわなかった。

「あなたはほんとうに親切な方ね、レディ・デリング」あくる朝、朝食のあとで、デライラがいちばん広い続き部屋に移れるというい知らせを告げたとき、ジェーン・ガードナーがいった。昨夜遅く、トリスタンの部下のひとりが、きょうの準備を終えた部屋の鍵を彼女に返しにきた。

「ええ」デライラはぼんやりといった。「そうでしょう?」

彼女はジェーン・ガードナーに鍵を手渡した。

「ありがとう」ジェーンは小さな、笛の音のような声でいった。デライラは身震いをこらえた。

マーガレットが睫毛の下から上目遣いに見た。そして目を伏せた。「それにここのお食事はすばらしいわ」そのいい方は少し残念そうだった。

ヘルガが、ほかの下宿人たちは出かけたといわれたガードナー姉妹に朝食を出しているころ、兵士六人は貸し厩で待っていた。

別の六人は一階の空き部屋で、いつでも三番の続き部屋になだれこめるよう、待機していた。

デライラとアンジェリークとドットは最上階にこもり、ドアをしめていた。

午前十一時、たっぷり朝食を食べたジェーン・ガードナーは二階の衣装簞笥の扉を開き、その床につくられた上げ蓋をあけて、梯子をおり、トンネルから小さな箱をひとつ取ってきた。

貸し厩の上げ蓋から下におりていたマッシーは、鍵穴から、この様子を見ていた。

そこでジェーン・ガードナーという偽名をつかった人間はためらった。閂をかけたドアを見やる。

だがやはりもと来た道を戻ることにした。

彼女が影に隠れて見えなくなったとき、マッシーはドアの取っ手をぐっとひっぱり、放した。

ドスッという音が合図だった。

ジェーン・ガードナーが、キャップと鬘《かつら》がずれたまま、衣装箪笥から出ようと苦労しながら、〝妹〟のマーガレットに手渡そうと葉巻の箱をもった手を伸ばしたが、マーガレットは受けとれる状態ではなかった。

すでに両手首を縛られ、兵士ふたりに取り押さえられていた。

代わりに別の兵士ふたりが、ジェーンの脇に手を入れてひっぱりあげ、衣装箪笥から出してやった。

「それはぼくが持っていよう」トリスタンはいった。

そしていまいましい葉巻に手を伸ばした。

数時間のあいだにトリスタンの部下たちはガードナー〝姉妹〟の部屋を捜索し、所持品を押収し(そこには興味深いことに各種ナイフやピストルもふくまれていた)、貸し厩経由でトンネルから葉巻をすべて運びだし、厳しい尋問の結果、厩舎で働いていた数人を逮捕した。ひとりの厩番の少年の祖父がかつて娼館で働いており、トンネルのことを知っていたということだった。彼らは、デリングが〈パレス・オブ・ローグス〉の所有者だと知り、借金まみれだった彼が拒否できない事業案を提示した。じっさい、〈ホワイツ〉で亡くならなければ、デリングはあと二、三年で借金をすべて返済していただろう。

トリスタンは捕まえた犯人たちから、サセックスの密輸団のメンバーの名前をいくつか聞きだした。彼らを捕まえるために、警官がすでにサセックスに向かっている。

〝ガードナー姉妹〟は、葉巻を注文してすでに代金を支払った商人たちから、さまざまな脅迫を受けていたようだ。それも、彼らが女装した理由のひとつだった。

こうしてブルーロック密輸団は壊滅した。

兵士たちは下宿屋の人々に衣装箪笥の床にあいた穴を見せた。

「これは、ほかにどこにつながっているんだろう?」デラコートは考えこんだ。「だれかがおりて、調べてみる必要があるな」

「わたしはドットがいいと思う」アンジェリークがいった。

ドットは不安げだった。だが兵士たちを眺めるという楽しみで、すぐに心配を忘れた。

デライラはトンネルなんて見たくなかったが、見てみた。

めまいがした。

ガードナー姉妹の計画は、デライラとアンジェリークが愚かで——もっと婉曲ない い方をすれば、世間知らずで、またはお金に困っていて——ふたりを下宿人として受けいれ、変装を疑わないことにかかっていた。もし彼らが人殺しを辞さなかったり、自分たちの計画を過信していなかったら、デライラたちはトンネルを見おろしていなかっただろう。

男って。なんということだろう。どこまで非道なの？

デリングは驚くほど金しだいでなんでもする人間だった。そのあいだもずっと、彼女はダイニングテーブルをはさんだ彼に従順にほほえみ、その日のことを尋ねていた。デリングが借金のことでうろたえていたとしても、犯罪をうしろめたく思っていたとしても、それは表面にはあらわれなかった。もしあらわれていたら、気がついたはず、そうよね？ でも考えてみれば、彼女はドレスを着た男ふたりを、下宿人として受けいれたのだ。

ガードナー姉妹は、おなじ屋根の下に海上封鎖艦隊の司令官が入居したと知って、夜も眠れなかったにちがいない。密輸犯の彼らは、彼があのハーディー艦長だとわかっていた。

だが彼はその前から、密輸犯を追っていたのだ。彼が自分は不撓不屈だといったのは、事実を正確にいっただけで、傲慢でもなんでもなかった。

デライラとアンジェリークは、ミスター・Xが残していったトークンの半分をハーディー艦長に渡して調べてもらった。だがこのトークンが密輸犯たちが目的の部屋に入るのを阻止したことから、当面、捜査には無関係だと判断された。アンジェリークはそのトークンをナイトテーブルの抽斗にしまった。

たぶん、いつかはこのすべてを、ひどいことがあったと笑えるようになるだろう。たぶん。それなりに。

トリスタンが彼女を、必要な情報を得るために利用したという部分を除いて。

「面接のやり方を改善する必要があるわね」アンジェリークはいった。「いま流行している袖のデザインはどんなものか質問するとか」

アンジェリークは驚くほど楽観的だった。でも考えてみれば、彼女の人生はすでに起伏に富んでいる。

兵士たちの称賛のまなざしも、いくらか彼女の気分をやわらげたようだ。心は割れた陶磁器のようにカチャカチャいうかもしれないけど、デライラの希望は暖炉にひとつだけ残っている燃えさしのようだ……。

煙突を突きぬけて飛びだし、屋根に火を点けてすべてを灰燼《かいじん》に化す。

希望なんて、愛やロマンスとおなじで、嘘なのだ。デライラは断定した。

部下たちが葉巻を運びだし、ガードナー姉妹の部屋の捜索をおこなっているあいだに、トリスタンは国王への報告を急いでしたため、封印をし、下に持っていった。部下のひとりに届けさせるつもりだった。

彼は玄関広間で一瞬立ちどまり、最初にここに立って歌をうたう女性を見あげたときのことを思いだした。あの日はどんよりとした曇り空だったが、窓から射しこむ光がシャンデリアのクリスタルにあたり、ひとつふたつ虹をつくっていた。

「ありがとうございます、ハーディー艦長」

彼はびくっとした。

デライラがひとり、小ぶりな応接間にいた。トリスタンは、彼女が部屋にいれば、いつでもその存在を感じられるということを、はっきりと理解した。彼女がそばにいると、彼のなかのなにかが軽くなるのだということも。

だが、いまの彼女は崩れてしまいそうに見えた。身じろぎもせず、生気もなく、まるでそこにぽんと置かれた操り人形のようだった。

その日は痛ましかった。まるでふたつの黒々した傷痕のようだ。

そして彼が心のどこかでいだいていた、最後にはなにもかもうまくいくだろうという期待は消失した。

トリスタンは息を吸ったがそれは喉を焼き、両腕に電流のような恐怖が走った。つまりこれが、破滅の感じなのだろう。彼はその瞬間、自分が心から恐怖していることに気づいた。これほどの恐怖を感じるのはもしかしたら十歳のとき以来かもしれない。まったく新たな感覚だった。自分の海軍でのキャリアの最後に、これまでに最大の勝利をおさめて、自分はなにかを失くしたと感じている。

なぜ彼は、自分でありつづけ、任務をこなしながら、ひょっとしたらおのれを殺すことになるかもしれないとは、一度も考えなかったのだろう?

どうやら彼は、なにもかも知っていたわけではないらしい。

トリスタンはゆっくり彼女のほうに歩いていった。

そして彼女の向かいの長椅子に腰掛けた。

しばらくふたりともなにもいわなかった。

「おめでとうございます、ハーディー艦長」ようやく彼女がいった。

「ありがとう」

これに、彼女の唇の端が苦々しくゆがんだ。

しばらくふたりとも無言だった。

「わたしのことをばかだと思っているんでしょうね。ドレスを着た男がふたり。密輸犯。それなのにわたしは……少しも……疑わなかった。大ばかだと思っているのでしょう」

「そんなことはない」彼の声は静かだった。しわがれていた。「きみは生まれつき親切なんだ、デライラ。人々のいいところをを見ようとする。それは……きみのすばらしい魅力のひとつだよ。ドレスを着た危険な密輸犯が下宿人になるなんて、予想できなくて当たり前だ。だれにもできない」

自分がまったく彼女にふれなければ、ものごとはちがっていたのかもしれないとは、思えなかった。そうするのが立派なことだった。だがいまでも、月に投げ縄をかけて空から引きおろすほうが、それよりは楽だっただろうと思う。

それでも、もし彼女が月を欲しがったら、自分は月を引きおろそうとするだろう。

「まあいいわ」彼女はいうと、背筋をのばして坐った。そして一種のぞっとするようなつくりものの明るさで、両手をぱちんと打ち鳴らした。「それでも、わたしは大ばかだと思うわ。自分はとてもうまくやっていると思っていたのよ、ここ〈グランド・パレス・オン・ザ・テムズ〉を開いて。下宿人の人たちが小さな家族になるかもしれないと思っていた。人々がどんな見た目をしていても、自分でいうとおりの人だと思っていた。いまではそれが、ばかばかしい夢だったとわかるわ」

「ばかばかしくなんてない」彼は短くいった。

「でもあなたは知っていたんでしょう？　ガードナーたちのことを」

「すぐになにかが変だとは気づいた。だがはっきりとはわからなかった」

彼女はまた小さな声で笑った。「いままでずっと、わたしはあなたの目的を知らなかったのよ。ずっと目の前にあったのにね。でもわたしは目がくらんでいた。あなたの魅力に」――彼女は手をひらひらと振った――「わたしはうれしかったし、それにもちろん、誘惑された。〈グランド・パレス・オン・ザ・テムズ〉に、わたしのようにうぶなばかがいて、あなたは運がよかったわね。それを自分に都合よく利用できたのだから」

なにをいってるんだ。

「いま考えてみるとわかるわ、あなたの質問がどれほど巧妙だったか。さすがね。わたしのことを笑っていたの？」

彼は息が苦しかった。「デライラ……そんな、ぼくはけっして――」

「わたしも密輸犯かもしれないと思っていたんでしょう？」

トリスタンは口をつぐんだ。なにをいってもだめだ。真実をいっても、真実をごまかしても。彼女は気がつく。

「デライラ、ぼくにははっきりわからなかった」彼はできるだけ冷静にいった。「わかるだろう。ぼくの仕事では予断は禁物だ。そんなことをすれば、人が死ぬ。ブルーロック密輸団のせいである家族がまるごと死んだ。それにもしガードナー姉妹が今後もずっとあの部屋に入れなかったら、やつらは追い詰められて暴力に訴えていたはずだ。やつらはきみたちが、不在かどうかにかかわらず、下宿人との約束を守るとは思っていなかった。封鎖艦隊の指揮官がおなじ下宿屋に入居することも」

彼はおのれのしなければならないことをしたことを謝ることはできなかったし、謝るつもりもなかった。恥じることではない。だが彼は恥じていた。命令でそれを追い払うこともできない。彼には知るよしもなかった。この、波止場の近くの下宿屋で、彼の最大の長所――力、使命感、勇気、正義への信念といった、これまで彼が人生で唯一真実だと思ってきたもの、彼の人生に意味を与えてきたもの――が、自分の心を打ち砕くことになるとは。

そして愛する女の心も。

これまでずっと人々の目的のための手段だったこの女性の。

「ぼくの仕事は……必要で、困難で、危険だ。人の命を救う仕事で、ぼくは失われた命に正義をもたらす」

これを理解しないほど、彼女は愚かではないはずだ。

彼女は短く苦々しい笑いを洩らした。片手で口元を隠し、ぼんやりと首を振った。

「どんな手段をもちいても、でしょ、ハーディー艦長」

彼女は彼の顔をじっと見つめた。彼のことは英雄としてではなく、苦痛と破壊をもたらす者として見なければいけなかったのだといわんばかりに。ガードナー姉妹の実像を見なければいけなかったように。

トリスタンには彼女の苦痛が舌で感じられた。嵐のときのように、空気中に存在する金属的な味だ。あるいは口のなかの血の味だった。

彼は結果的に、彼女の最後の無邪気さと信頼を失わせてしまったのだ。

「きみが傷ついてしまったことをどれだけ残念に思っているか、とても言葉では適切にいいあらわせない」彼は慎重にいった。声は低く、しわがれていた。「それはぼくの意図したことではなく、もしそれを防ぐことができたら、きっとそうしていた」

これには軽蔑のまなざしが返された。

トリスタンは自分がおそれない権利を得たと思っていた。愛が密輸犯よりもこっそりと忍びより、密輸犯よりも信用ならないものだという事実に、彼はまったく覚悟ができていなかった。

「たしかにご一緒した時間は楽しかったわ、ハーディー艦長、そのことについてはお礼を申しあげます。あなたは本物の英雄で、それについても感謝します。あなたはわたしとアンジェリークを自滅から救ってくれたのでしょう。今回のことを貴重な教訓にします。それにしても……」

彼女はいきなり立ちあがった。そして彼の目を見おろした。

「……ほんとうによかったわ、あなたを愛したりしなくて」

トリスタンの肺がとまった。まるで彼女にナイフを突き刺されたかのように。心臓も鼓動をやめた。

彼女はつかの間、彼を見つめていた。ひょっとしたら自分の一撃がちゃんととどめを刺したかどうか、たしかめていたのかもしれない。それは彼の目を見ればわかるからだ。

デライラは彼の横をとおって、階段を登っていった。

トリスタンは動けなかった。自分が息をしているかどうかもわからなかった。だが彼の目はずっと彼女を見つめていた。まるで自分の意志の力だけで彼女を引き返させようとするかのように。

もちろん、彼女は戻ってこなかった。彼女の意志は彼とおなじくらい強い。

しばらくして——どれくらい時間がたったのかはわからない——ゆっくりと立ちあがった。頭がうまく働かなかった。まるで夢から覚めて、ひとりで部屋にいるのだが、その部屋は前とおなじなのにまったく違うのだ。自分が手に、国王への報告書を持っていたのを忘れていた。

ようやく彼はゆっくりと歩きだし、応接間を出た。そして黒と白の市松模様の真ん中に立った。

そのとき気づいた。彼のものがきちんと荷造りされて、玄関ドアの隣に置かれていた。

25

デライラが最上階まで階段を登り、こぢんまりした私的な居間にたどりつくと、アンジェリークはミスター・デラコートがどうやってか破った枕を繕っていた。いびきが布を破るなら、ミスター・デラコートの部屋は早晩ぼろぼろになるだろう。

デライラは戸口で立ちどまった。

アンジェリークは目をあげてデライラの顔を見て、すぐに繕いものを置いた。

デライラは二歩進んで床にひざをつき、アンジェリークのひざに顔を押しあてた。泣けるとは思わなかった。自分という存在の真ん中に、熱くてひりひりする大きな場所があって、息をするたびにものすごく痛かった。まるでトリスタンが彼女のたましいから荒っぽく摘出されてしまったかのようだった。彼女の涙はすべて熱で蒸発してしまった。

アンジェリークは、さすがに、〝いったでしょ〟とはいわなかった。デライラとハーディー艦長について彼女が知っていることは表面的なことでしかなかったし。でもデライラは、かわいそうに、謎めいてはないし、それにアンジェリークにはあいにくなことに、男も謎めいていなかった。

でもアンジェリークは階段をおりていくハーディー艦長の顔を見た。

あれは、勝利と誇りと出航の期待だけで心がいっぱいの男の顔ではなかった。彼は自分がデライラになにをしたのか、わかっていた。それ以外のことを彼が選ぶことはなかったとしても。

そして彼はその代価もわかっていた。

アンジェリークは、どうしても自分を抑えられず、おのれの心を打ち砕いてしまう愚かもののために心が痛かった。

そして、どうやらまだ痛む心をもっている自分のためにも。なぜならいまその心は、痛い教訓を学んだデライラのために張り裂けそうになっているから。人が自分を傷つけるのを防ぐことは、こんなにも難しい。デライラはいまは涙が出ないかもしれないが、アンジェリークはちがった。彼女の目は涙でひりひりしている。

彼女はなにもいわなかった。

一瞬ためらった。

それからデライラの髪をなではじめた。ぎこちなく、そっと、まるでデライラがゴードンであるかのように。

「あなたのいうことを聞けばよかった」しばらくしてデライラはいった。その声はまるで、幾重もの悲しみをとおしたようにくぐもっていた。

「まあ、なにいってるの。もしあなたがわたしのいうことを聞いたら、どんなに退屈だと思う?」

でもデライラはあまりに茫然として、あまりにもからっぽで、ほほえむこともできなかった。いまならわかる。デリングの死後の麻痺は、ただのショックだった。

これは死のように感じる。

それに彼女はハーディー艦長を傷つけたくて、彼に嘘をついた。そして、しっかり彼を傷つけた。傷つけたのが心だったのかプライドだったのか、それは永遠にわからない。でも傷つけたのはたしかだ。

でも、復讐の麻酔効果は長続きしなかった。

いまになって、デライラは彼を傷つけたことで、彼を心から愛したこととおなじくらい、自分がいやになっていた。

愛した。彼を過去形で思うことに慣れなくてはいけない。

そしてデライラは、一度ならず心を打ち砕かれ、利用されたアンジェリークのことを思った。それがどんなことかいまならわかるし、アンジェリークのために胸がひどく痛んだ。

「どうして耐えられたの?」デライラはアンジェリークに訊いた。

アンジェリークは少し考えていた。「うっかり傷つけてしまう善良な男と、善良に見えるけど自分の欲しいものをとってその結果を気にしない男のあいだには、ちがいがあると思う」

でもデライラには、聞く準備ができていなかった。

デライラとアンジェリークとドットとヘルガとゴードンとメイドたちには、悲嘆にくれるミスター・デラコートが残された。彼には〈グランド・パレス・オン・ザ・テムズ〉のように居心地のよい温かい下宿屋を出ていく理由がなかった。彼はハーディー艦長がいなくなってさみしく思っていた。彼のことがかなり好きになっていたからだ。それはたぶん、気難しい年寄りのペットにいだく気持ちとつうじるものがあった。

だが彼は、規則に記されているとおり、夜はダイニングルームで食事をとった。ドットにチェスを教えはじめたが、これはひょっとしたら、だれにとっても、人生最大の難事業だったかもしれない。

ミスター・ファラデーとミス・ビーヴァン=クラークは、一生分の冒険をして、自分と相手をまったくあらたな目で見直し、グレトナ・グリーンに駆け落ちするという置手紙を残していなくなった。ふたりはミス・ライトを連れていった。だが手紙には、すぐに戻るとも書いてあった。

デライラは自分のことがまったくわからなくなってしまった。たとえば歩くとか、息をするとか、話すとか、そういう普通のことも、一から学び直さなければならなかった。よろこびと希望が重力、空気の感触、食べものの味、自分の肌、自分が渇望するもの――たとえば彼の手――を変えてしまうなんて、彼女は知らなかった。半分本気で、繭をつくり、少しそこにこもって、なにも感じなくなればいいのにと願った。そのあいだに、過去の痛みの記憶のない、新しく美しいものに生まれ変われたら。みんなデライラが傷ついているのをわかっていて、とても心配していた。でも彼らには彼女が必要だった。彼女を頼りにしていた。

そしてスキャンダルのせいで、〈グランド・パレス・オン・ザ・テムズ〉に入居したいと訪ねてくる人はだれもいなかった。少しでもうしろ暗いところのある人は、最近、厳しい顔つきの兵士十数人が、暴れている女装男ふたりを意気揚々と連行していったなんて事件のあった下宿屋に行こうとは思わない。

ついでにいえば、法律を守る市民も、ついこのあいだまで密輸犯が住んでいたような下宿屋のドアをノックするはずがなかった。密輸犯にとって居心地のいい場所なら、ほかにどんな輩がたむろしているか、わかったものではない。新しい看板がどんなにぴかぴかで、女主人たちがとても親切でも。

〝牧師の趣味〟を期待してやってきた人々が二、三人いたが、ふたりは丁重に断った。二階のトンネルつきの続き部屋を借りた謎の下宿人も、あらわれなかった。デライラはその人が英雄なのか悪人なのか、決めかねていた。彼がいなかったら、ガードナー姉妹（あとで教えてもらったが、本名はジョン・ガーとリー・ラフキン）はさっさと目的をとげていたはずだ。でもひょっとしたら、彼女はハーディー艦長をすぐにあの部屋に案内していたかもしれない。そしてひょっとしたら彼はトンネルを発見し……ひょっとしたらふたりが愛を交わすことはなかったかもしれない。

ひょっとしたら、ひょっとしたら、ひょっとしたら。

このような閑散とした状態で耐えられるのはあと二週間くらいだ。いつもの節約を実行した。下の階の暖炉には火を入れない。夕食には牛肉は出さない。壁付燭台には安い獣脂の蠟燭を置く。

ひょっとしたら、二週間よりも長くもつかもしれない。

でもデライラがヘルガと買い物に出かけたとき、視界の端を横切ったのは、たしかにブレクスフォード公爵夫人の紋章がついた馬車だった。

波止場で。

三度も。

上空を旋回するハゲワシのように、〈グランド・パレス・オン・ザ・テムズ〉からまたヘルガを盗もうと思っているのだ。

そしてハゲワシが狙うのは、もう死んでいるか、死にそうな動物だけだった。

「うまくいきましたね、艦長。自分がその一員だったこと、あなたの下で働けたことを心から誇らしく思っています」

ふたりはスティーヴンズ・ホテルのテーブルをはさんで坐っていた。マッシーの前には朝食をたいらげたあとの皿、トリスタンの前には手のつけられていない皿があった。

マッシーは、この一週間、ハーディー艦長に話しかけても無駄だとわかっていた。まるで艦長はなにも聞こえないかのようだった。

マッシーは心配していた。ふたりは間もなく国王陛下の御前で報告することになっていた。孫にそれを語って聞かせるのがいまから楽しみでならない。彼とエミリーがたくさん子供を生み育て、その子供たちがまたたくさん子供を生み育ててからの話だが。そして国王陛下はハーディー艦長に、どんな褒美が望みかと尋ねていた。

マッシーの望みは、ふるさとに帰ってエミリーと結婚することだけだった。

「ぼくたちの結婚式に参列していただけますか、艦長?」

「ああ、マッシー。光栄だよ」ハーディー艦長はフォークで卵をつついている。

「ぼくの付き添いになっていただけますか?」

「いいよ。もちろんだ。光栄だよ」

この質問をするのに緊張していたマッシーは、とてもうれしくなって、艦長の注意散漫、より正確にいえば不幸な虚脱状態を利用した自分自身を許した。

また沈黙が落ちた。

「お楽しみが終わったのを後悔しているのですか?」

「ちがう」

彼らはブルーロック密輸団を根こそぎ捕まえた。トリスタンのキャリアにとって大勝利だった。人生にとってといってもいいかもしれない。

それなのに、トリスタンはまるで鐘のようにからっぽに感じていた。

「こんなことのあとでは、だれも部屋を借りようとは思わないでしょう、あの〈パレス・オブ・ロー〉——」

「〈グランド・パレス・オン・ザ・テムズ〉だ、マッシー」

「イエッサー」

トリスタンをもっとも苦しめていたのは、まさにそのことだった。彼はもうすぐ旅立つ。手に入れた美しい船で世界を航海する。もちろん、マッシーの結婚式に参列したあとだが。だが、だれも下宿人がいなかったら、デライラはどうやって生き延びる？　彼女は彼を愛していない。彼女は正直な人間だし、本気でいっていた。英雄になる過程で、彼はうっかり彼女の夢をつぶしてしまった。

「艦長……」

トリスタンは目をあげてマッシーを見た。

「行って、ご自分の気持ちを彼女に伝えるべきです」

長い、長い沈黙のあいだ、トリスタンはマッシーをにらみつけていた。

そしてため息を洩らした。彼は両手で顔をこすった。

「彼女はぼくを恨んでいるんだ、マッシー。頑固だし。ぼくがなにをいっても、なんの意味もない。たとえあの館のなかに入れてもらえたとしても」

「それなら、言葉以外で示すべきです」

トリスタンの動きがとまった。

そして部下の海尉をじっと見つめた。すさまじい希望とひらめきが浮かんできた。

「ありがとう、マッシー」

それがあまりにも真摯な言葉だったので、マッシーは赤くなった。

「ぼくに礼をいう必要はありません、艦長。いとしい人を捕まえてください」

「レディ・デリング。ミセス・ブリードラヴ」

最上階の居間にいたデライラとアンジェリークは、ドットの不自然な呼びかけにはっと顔をあげた。

「ドット……どうしたの？　ドット、具合でも悪いの？　坐って」

「いいえ……ご自分で見て……」ドットの顔は蒼白だったが、奇妙に幸福そうな輝きを帯び、まるでたったいま神による幻を見たかのようだった。

「この子、気絶しそうよ！　急いで、アンジェリーク、気つけ薬を！」

「ちがいます」ドットはいった。恍惚というより憤慨しているような口調だった。

「でもわたしの口から、わたしがいうべきことをいうわけにはいきません。だって信じてもらえないから」またその声が、畏怖に打たれたような、厳粛なささやきになった。「きっとわたしのことを頭がおかしくなったと思うでしょう。だからいえません。下に来て、ご自分の目で見てください」

「ドット……」デライラの忍耐にも限りがあり、この〝ドット……〟には警告がふくまれていた。

ドットは息を吸った。「王さまが下の応接間にいらしています」

アンジェリークとデライラは心配そうに目を見交わした。

「ダイアのキング？」デライラはやさしくいった。

ドットのことだから、わからない。

「それとも、やっとミスター・デラコートに勝ったの?」それがアンジェリークの寛大な推測だった。

「それにはクイーンが必要です、ミセス・ブリードラヴ」ドットはいばっていった。「それに命をかけていいますが、王さまままです。ミスター・デラコートはご自分のお部屋にいます」

ふたりは当惑したまなざしでドットを見つめていたが、やがて真実が浮かびあがってきた。

「……イングランドの」ドットが説明した。

そのときデライラは、理解した。あまりの勢いで立ちあがったので、繕いものがひざから落ちた。

「それに兵士の方もたくさん」ドットはうれしそうにいった。

アンジェリークはゆっくりと立ちあがり、スカートのしわを伸ばした。

「王さまがおっしゃるには」——ドットは頭をそらし、一言一句正確に思いだそうとしているようだった——「王さまが高く評価しているある男の人が、〈グランド・パレス・オン・ザ・テムズ〉は悪くないところだといったそうです」

アンジェリークとデライラはたがいに見つめあった。

「もうお茶の準備をしています」ドットはこともなげにいった。「あとでお持ちします」

ドットは玄関広間が従者や警備兵たちでいっぱいだということは、いわなかった。全員、武器を構えている。じっさい、階段に並んでいる彼らが、厳しく忠実な面々の密集陣形を形づくり、玄関ドアが見えないほどだった。

だが三人のレディたちがおりてくると、彼らは分かれて道をあけた。

そしてドットはほとんど駆けるようにして、地下の厨房にお茶をとりに行った。

デライラとアンジェリークは、夢を見ているような心地で、応接間に入った。

そこにはもっとたくさんの赤い軍服を着た警備兵がいた。六人で国王陛下を、〈グランド・パレス・オン・ザ・テムズ〉のおそろしいレディたちから守っている。

なんとピンク色のブロケード織の長椅子に、兵士たちに囲まれて、イングランドの国王が坐っていた。

国王は見事に肥満していた。その着物は目が痛くなるほど美しく、王をつつんではちきれそうになっていた。長椅子は王の重みに軋んでいた。

王さま。

イングランドの!

ふたりは畏怖の念に打たれていた。もちろん、人々がこの王さまのことをなんといっているかは知っていた。そのように生まれたのは彼のせいではない。トリスタンとおなじだ。彼は自分の趣味にふけり、浪費し、見境なく次々と愛人をつくり、この先も人民に敬愛される見込みはなかった。なぜならいったん人々がだれかを軽蔑すると、それは習慣になるからだ。それにこの王には人々が笑いものにできるところがたくさんあり、人々は遠慮なく笑いものにしていた。

不摂生のために健康を害し、いまではほんとうに快適な瞬間は少ないだろう。

それでも、イングランドの国王だ。唯一の君主であり、人々が愛する国の生きた象徴だった。そしてそれは、どこでもだれでもわかるはずだと、デライラは思った。国王本人、その歴史、その威厳から光輝いている。一度でも国王に会ったことのある人が、なぜ彼についての冗談をいえるのか、彼女にはわからなかった。

デライラとアンジェリークは、ひざを折って深くお辞儀した。

「国王陛下」ふたりはささやくようにいった。同時に。

「たいへん光栄に思っております」次にアンジェリークが、小声でいった。

「そうか」彼はいった。「そうであろう」

国王が彼女たちの気を引いている。ごくさりげなく。

明らかに求めれている追従《ついしょう》笑いが、部屋に広がった。

デライラとアンジェリークはあまりにも緊張して、笑うどころか息をすることもやっとだった。

「そなたが……」国王が促した。

「わたしはデライラ、レディ・デリングです」

彼は亡くなったデリング伯爵についてはなにもいわなかった。だがその目がちらっと動いた。

「わたしはミセス・アンジェリーク・ブリードラヴです」

国王は目を輝かせてふたりにうなずきかけた。「朕《ちん》はふたりに会えてうれしく思っている」

イングランドの国王がふたりに会えてうれしく思っている！

デライラが輝くようなほほえみを向けたのは、国王だから、という理由だけではなかった。彼女の目はたまった涙できらきら輝いたが、それも国王のためだけではなかった。トリスタンは彼女に、とんでもない夢物語のことを尋ねた。彼はちゃんと聞いていた。そしてその夢を実現させてくれた。

国王が咳払いをして、みんな動きをとめた。

「話によると」国王は、開け放した窓に届くほどの大声でいった。「〈グランド・パレス・オン・ザ・テムズ〉は並はずれて居心地がよく、温かい宿だそうだ」

先触れがトランペットを吹き鳴らしたとしても、これほどは響かなかっただろう。

ひょっとして、先触れは期待しすぎだろうか？

おもてには野次馬が集まっているはずだ。なぜなら国王とおつきの人たちの行くところはどこでも、野次馬が集まるものだから。

それにたぶん兵士たちも、口づてに話を広めてくれるかもしれない。

下宿希望者があふれるほどやってくるだろう。

「英雄と呼ぶにふさわしいある艦長は、王国のために多大な功績をあげ、朕も高く評価している。その者がそう申していた。朕もひと晩滞在するにやぶさかではない。ここ〈パレス・オブ・ロー〉——」

ある廷臣が国王に耳打ちした。

「〈グランド・パレス・オン・ザ・テムズ〉に」国王は訂正した。

国王はまるで台本を読んでいるようだった。

もしかして前にここを訪れたことがあるのかもしれない。ひょっとしたら数十年前に。

ああ神さま、国王はお泊まりになるつもりなのだろうか？

ひょっとして国王が、ミスター・Xの謎の雇い主なの？

まさかそんなことはない。あの人はもっとさりげないはずだ。

「だがあいにく、いまは無理だ」

デライラは少しほっとしたのは否めなかった。でも彼女とアンジェリークは、心からのよろこびと温もりをこめて、国王にほほえみかけた。デライラには、かつてはハンサムだったその顔、いまは不摂生のせいで膨れているその顔に、みんなとおなじように愛されたがっている人が見えたような気がした。でも国王は、古い愛人たちがいるにもかかわらず、だれからもそういう愛を受ける目はない。愛する娘を失い、イングランド全土を喪に服させ、自分も喪に服している。

だからふたりは、自分たちにできることをした。わが家のようにくつろいでもらおう。

「じっさい、居心地のいい宿でございます、陛下。お茶はいかがですか?」

ドットがお茶のトレーを、カチャカチャ音をたてながら、運んできた。

こうしてデライラは、ブレクスフォード公爵夫人よりも先に、国王陛下にお茶を淹れて差しあげることになった。

国王はお茶をひと口飲んだ。その前に近くにいた廷臣がひと口飲んで、愛想よくうなずき、絨毯に倒れてもだえ苦しむということがなかったから。

「こちらには下宿希望者用の規則があるそうだな」国王がいった。「それにときには音楽会も」

こうして、デライラの夢はすべてかなった。

ブレクスフォード公爵夫人がきっと、バルーシュ型の馬車であたりをうろうろして、ヘルガと話をしようと狙っているはずだと思うと、デライラはうれしくて舞いあがりそうな気持ちだった。

国王と随行するさまざまな人々は、国王がお茶をふた口飲むまで滞在した。

それから国王は四人の人々に支えられて立ちあがり、国王とおつきの人々は、ジャラジャラ、ドスンドスンといった規則正しい音とともに部屋を出ていった。

ただひとりを残して。

デライラとアンジェリークは、まるで夢のようなひとときの感動にあまりにも昂っていたので、玄関の前に立っている彼に気がつかないところだった。

とても静かに。

とても背が高く。

手に帽子をかかえて。

彼女たちはじっと彼を見つめ、やがて理解した。

ドットの顔はよろこびに輝いた。「まあ、見てください、ハーディー――!」

アンジェリークが跳ねるように立ちあがり、ドットの腕をつかんでひっぱりながら、きびきびとした足取りで階段を登っていった。まるで牧羊犬が羊を連れていくようだ。

デライラは長椅子に深く坐り直した。

彼はゆっくりと近づいてきた。一歩一歩、まるで彼女が消えてしまったり、手を伸ばしてドアを指さし、「立ち去れ！」といったりしないか、おそれているようだった。デライラは自分が蠟燭になったように感じた。からだのすべての部分が、ささやくように、神を称える言葉をうたっているかのようだった。

「立たないでいい」彼はいった。

立とうとしても、できなかったかもしれない。まして話をするなんて。イングランド国王の訪問が、その日にあった二番目にいいことだという日が来るなんて。

「話してもいいかな？」

ハーディー艦長が許可を求めるなんて、なにかがひどくおかしい。

でもデライラはうなずいた。とても話せなかったから。

彼はおそるおそる、向かいの長椅子に坐った。つい先ほど国王陛下の坐っていた椅子に。ハーディー艦長が〈グランド・パレス・オン・ザ・テムズ〉に入居した初日から、彼の王座にしていた、そしていまもしている椅子に。

彼は息を吸った。それをゆっくりと吐いた。

彼女のほうに身を乗りだした。両手を重ね合わせ、ひざの上に置いて。

「天候がよければ、あす出航する。ドーヴァーまで、マッシーの結婚を見届けるために。それから海を渡る」

デライラはなにもいえなかった。心臓がどきっとした。まるでとつぜん生き返ったかのように。もしこれが彼を見る最後になるなら、彼の顔を隅々まで憶えておきたかった。

「デライラ、ぼくは自分がちがうことをしたかどうかわからない。ずっと正しいことをしてきたのに、あるときなにが正しいのかわからなくなっていたようだ。なぜならぼくは、いままでほんとうにだれかを愛したことは一度もなかったのに、とつぜん、気づくと愛していたから」

彼女のなかで爆発した光のまぶしさは、耐えがたいほどだった。まるで新しい星が生まれたようだ。彼女は音もなく唇を開いた。彼の名前をいおうとした。でもできなかった。

「きみは前に、なぜぼくがきみを欲しいのか、と尋ねた。そのときの答えが、ぼくがきみを愛する理由なんだ。きみの核心は、まるで太陽の核心のようだ。あるいは春の日のそよ風。あるいはサンザシ、トゲもふくめて。きみはおかしい。情熱的だ。そして賢い。きみはそのままで完全で、ただきみでいるだけで世界をよくしている。きみがあまりに美しいから、ぼくの心臓はきみを見て以来、以前のようには鼓動しない。きみのような人はほかにはいない、ぼくにはわかる。そしてぼくがいつも正しいのは知っているだろう」

デライラは指で目をこすった。困ったことに、目がぼやけてハーディー艦長がよく見えなかった。彼女は短く笑った。

「そうしない理由がたくさんあるのに親切にするのには大きな勇気が要る」彼はいった。「世界にきみのような人間とぼくのような人間がいる理由は、きみが親切にした人間がふさわしくないやつだったとき、ぼくがきみを守るためだと思う。だがこうしたことすべてを合わせても、ぼくがきみを愛する理由にはまだ足りない。だから……詩を書いた」

デライラはあんぐりと口をあけた。

それは彼女が予想もしていないことだった。彼女の驚きように、彼がごくかすかなほほえみを浮かべたのが見えた。

「歴史のどこかに、こうした──詩とかそういう──ものにも目的がある。言葉は気持ちの苦悩を、大いにやわらげてくれる。おそらく、表現し、受けいれるのを助けてくれるのだろう。だからぼくもやってみた。だがひと言ひと言が、傷口から絞りだす血液のようだった。うまくいかなかった。ひどい詩だ。ぼくにできたのはたった十一語だった。だがこれはきみのだ。ぼくがいなくなってから読んでほしい」

驚いたことに、彼はたたんだ筆記用箋を彼女の前のテーブルに置いた。

デライラは言葉もなく、それを見つめた。

奇跡を前にして、言葉は不要に思えた。

そして彼はゆっくりと立ちあがり、まるでその魂に彼女の姿を焼きつけようとするかのような燃える目で、彼女を見おろした。

「デライラ、ぼくはきみの喪失を背負って生きていく。これまでもさまざまなものを背負ってきたように。きみがぼくを愛していないという事実も。だがぼくたちが一度しか生まれず、一度しか死なないのとおなじで、ぼくは一度しか愛することはない。もし人生がきみに冷酷にすることがあったら、たとえぼくたちが大洋に隔てられていても、きみは愛されているということを思いだし、できれば慰めにしてほしい。きみがもう二度と、男に翻弄されたくないと思っているのは知っている。だが憶えておいてほしい。ぼくはきみの意のままだ。永遠に」

彼は上着のなかに手を入れた。

そしてそっと、紙で包まれた小さなデイジーの花束を、彼女の前のテーブルに置いた。

デライラの目に涙があふれ、玄関広間を横切る足音、そしてよく油を差してある玄関ドアのしまる音が聞こえた。

彼女はまるまる一分間くらい動けなかった。太陽には言葉は必要ない？

デイジーを手に取って、顔を寄せた。デイジーは本物の涙のシャワーを浴びた。そしてデライラは鼻をならし、頭をそらして、目をふいた。なぜなら詩を読みたかったから。

震える手で紙を広げて読んだ。まるで船の尖塔のように高く力強い、壁付燭台に楽に手が届く人のように長身の文字で書かれていた。

きみの目
きみの唇
きみの心
ぼくの心
ぼくはもうだめだ

「ああ」声が出た。純粋な驚きと痛み。

彼女も、いってしまえば、もうだめだった。涙で文字がにじんでしまってはいけないと思って、そっとテーブルに置くと、用箋がカサカサ音をたてた。

ドットが忍び足で入ってきて、デライラははっとした。ドットはデイジーの花束を取って水の入った花瓶に入れた。

一滴もこぼさなかった。

デライラが目をあげると、囲まれていた。みんな彼が去ったのを聞いて、そっと入ってきていたのだ。

「艦長はあなたを愛しているって、レディ・デリング」ドットがささやいた。

「よく食べる人だよ」ヘルガがいった。

「彼がいないとさびしいね」ミスター・デラコートがいった。「おもしろいからね」

「あなたがいって捕まえれば、彼はすべての壁付燭台に手がとどくし、夜間にドアの対応をしてくれるのよ」アンジェリークがいった。ロマン主義には屈しない。

でもその目は濡れている。

デライラは立ちあがった。「ドット……いっしょに上に来て。ペリースを着ないと。それにほかにも手伝ってほしいことがあるの」

十分後、デライラはおもてに出た。

駆けだした。ひとりで。

気分が高揚していたから、だれかが窓のよごれに〈パレス・オブ・ローグス〉と書いたのも気にならなかった。

〈ゼファー〉号は彼が初めて所有する、重厚で重量のあるもので、だれでもきっと誇らしく思うはずだ。これからこの船、そして海が、彼の家になる。もちろん彼は、それが家庭という意味のわが家ではないことはわかっている。いまならわかるが、その〝わが家〟は、くたびれた長椅子、やわらかな絨毯、机の上の花を生けた花瓶という見た目で、夜中の軋む音やうなる音、廊下を走る猫の足音で、ヘルガの料理やデライラの唇のような味で、デライラの肌と髪と腕のような感触だった。

トリスタンはいわなければならないことはいった。あとは彼女しだいだ。自分が感じているのが希望なのか、よくわからなかった。だが彼の心を押しつぶしていたひどい重しは消えた。もう彼女がなにをして、なにを決めても、だいじょうぶだとわかったからだ。

ボートで漕ぎだす準備をしていた彼は、とつぜん、なぜかふり向いた。

心臓がとまった。

デライラが波止場の端に立ち、風が彼女のスカートと髪をはためかせていた。彼女は緑色のドレスを着ていて、まるで帆のように、青空を背景に色鮮やかだった。デライラが喪服をやめた。

その瞬間、彼の心も解き放たれた。そしてその心は、最速のカッター型帆船の帆のように膨らんだ。

万一これが幻覚であったときに備えて——デラコートの商品に手を出したことはな

いが――ゆっくり、追い風に逆らって、彼女のほうに歩いていった。もし彼女が幻なら、できるだけ長く続いてほしかった。

その目には涙がたまっていたが、その顔は光輝いていた。

「わたしはあなたの喪失を背負えない」彼女はいった。こぶしで目をこすっている。「それに、あなたがなにかを背負わなければいけないなんて考えるのも耐えられない。だってあなたは求められ、愛されるところにいられるのだから」

トリスタンはそれ以上近づく勇気が出なかった。

まだ。

「わたしがなぜあなたを求めるか、いままで一度もいったことなかった。なぜならわたしがあなたを求める理由はわたしがあなたを愛する理由だからよ」

彼は息をするのもこわかった。

「口に出せなかったのは、傷つくことをおそれていたからよ。あなたを失うことも。そしてわたしがおそれていたことが、じっさいに起きたと思った。だからあなたに食ってかかった。それに嘘もついたわ。ほんとうはあなたを愛してるのに」

トリスタンはもう一歩前に出た。一歩だけ。彼女にとって楽にしてやりたいという衝動はあったが、これは彼女が自分でやる必要があった。

「あなたを愛してる。なぜならあなたは我慢強くそこに立っているから。わたしが話すのを待っている。なぜならあなたはわたしの話を聞きたいと思っているから。わたしがいうことが、あなたにとって大事だから。あなたは知ってるかどうかわからないけど、あなたにはやさしい心と、それにすばらしく硬い殻があるから。なぜならあなたの魂は幾尋《いくひろ》も深く、詩の言葉で話すのに自分では気づいてもいないから。それにあなたは自信満々で、頭に来るけど、でもすごく安心する。だってわたしはいままでこんなに強い人に会ったことなかったから。あなたを必要としたくなかったけど、でもあなたが必要なの。ほんとうよ。あなたはなにもかもすてきにする。わたしには詩はないわ。でも愛している」

それが待っていた言葉だった。

アラジンの宝の洞窟を開く言葉。

トリスタンは彼女のほうに近づいていった。人が光と空気のほうに近づいていくように。

「わたしはあなたを幸せにするわ、トリスタン」彼女は誓った。声が割れている。泣いているのだ。「あなたがとどまってくれたら。お願いだから行かないで。お願いだから行かないで。お願いだから――」

トリスタンは行動で示した。彼女を自分のからだに引きあげ、キスでその言葉をとめた。

彼女が安全だと思えるように固く抱きしめた。彼の力をすべて感じて、彼は彼女のものだとわかるように。

デライラは彼にしがみついた。

トリスタンはふたたび彼女にキスした。なぜなら彼女はわが家で、彼女は彼のものだから。

ゆっくりと。ふたりにはこの世のすべての時間があるかのように。

彼は目を閉じて、最初に廊下で彼女にキスしたときからしたかったことをした。彼女のつむじに、そっとほおを押しあてた。

エピローグ

一か月後……

「あなたのいったとおりでした、艦長」マッシーが楽しそうにいった。

彼は〈グランド・パレス・オン・ザ・テムズ〉の居間でゆっくりと回りながら、くたびれた長椅子と坐り心地のいいちぐはぐな椅子、椅子に坐っている笑顔の人々、足をつつみこむような分厚い古いラグ、古い暖炉で燃えさかる火を満足気に眺め、ふと反射的に――これからずっとそうするように――とまって、長椅子でミセス・ルシンダ・ファラデーと並んで坐っているミセス・エミリー・マッシーに、うっとりと見とれた。マリゴールド色のシルクのドレスを着たエミリーは輝くようにきれいだった。このドレスは彼がブルーロック密輸団の褒美の金で買ったものの一部だった。美しいドレスにエミリーはお礼をいったが、ほんとうに欲しいのは彼だけだといってくれた。

「聞いてください！」マッシーは、ハーディー艦長に、エミリーの言葉を教えた。

すぐにでも。

露されそうだった。


「ぼくよりも幸運な男がいるでしょうか？」

　トリスタンは以前と変わらず、べたべたした心情は苦手だった。幸福も彼を饒舌《じょうぜつ》にしたり、愚か者にたいして忍耐強くすることはなかった。彼は自分こそ生きている男のなかでもっとも幸運だと確信しているから、幸運の細かな点について話すこともなかった。

「おまえはほんとうに幸運だよ、マッシー」トリスタンはいった。

　彼らは三組の結婚にシャンパンで乾杯し、歌やピアノフォルテの演奏もこれから披露されそうだった。

　すぐにでも。

　彼が歌をうたわされるのは間違いないだろう。だがそれでデライラがプライドとよろこびで顔を輝かせるなら、犠牲を払うつもりだった。

　トリスタンはマッシーと並んで窓際に立った。窓からは黄昏《たそがれ》の明かりが射しこんでいる。だが彼は、自分が部屋のなかをさりげなく、ほとんど無意識に移動して、ふり向くといつでも、客のあいだを回るミセス・デライラ・ハーディーが目に入るようにしていることに気づいた。

　ガーネット色のシルクのドレスを着たデライラはまるで宝石のように輝いていた。髪を高く結いあげ、やわらかな巻き毛が、喉や耳の、彼女がキスされるのが好きな場所、彼女が幸福のため息を洩らす場所にかかっている。今夜、最上階のふたりの部屋で、トリスタンはまさにそうするつもりだった。年がたつにつれてふたりは、相手にため息をつかせる新しいやり方を見つけていくだろう。それはいまでも彼女が、日々、彼の心の新しい部分を発見し、彼は彼女を愛する理由をどんどん見つけているのとおなじことだ。これまでのところ結婚は、新しい国々を探検し、新しい言葉を学ぶのとさほど変わらない。

ミセス・ハーディーは、〈グランド・パレス・オン・ザ・テムズ〉の新しい下宿人であるミセス・パリソーと並んで坐り、ミセス・ブリードラヴは、彼を横目でちらっと見て、ひそかに半分ほほえんだ。目をそらした彼女のほおが赤くなった。まるで彼が考えていることを正確に知っているかのように。

新しい国々への航海ということでいえば、トリスタンは〈ゼファー〉号を商船として航海する有能な船長を雇った。〈ゼファー〉号の最初のインド航海のために、トリスタンたちは何日もかけて計画し、手配をおこなった。いつか彼自身が船長をつとめることもあるだろう。妻を連れていってもいい。だがとりあえずは、永住の家があるという奇跡を味わっている。もっともその家には、さまざまな人々、やわらかなベッド、猫、そして壁付燭台に蠟燭を置き、高い棚にあるものを取るという未来がふくまれている。

ミスター・デラコートとミスター・ファラデーは、部屋の隅でミスター・キャシディーと大笑いしている。キャシディーはゆがんだ笑顔と、人あたりのよく、傲岸なアメリカ的魅力で〈グランド・パレス・オン・ザ・テムズ〉の面接を突破した下宿人で、彼には、ある種の非情さとひそかな決意も感じられたが、それはおそらく、トリスタンしか気づいていないだろう。彼自身のなかにも、おなじ性質がある。目を離さないつもりだった。

これまでのところ、国王の訪問後にあった下宿人候補者の波で、女主人たちは何人か、興味深い選択をした。ミセス・パリソーは、アイルランドとイタリアの血を引く未亡人で、カードで未来を占うことができるのだと、デライラがそっと教えてくれた。

トリスタンはあきれて目を点に向けた。

彼女は悲しげで親切で皮肉な機知に富み、みんなに好かれていた。

デラコートが叫んだ。「音楽をやらないか？」

女性陣全員からうれしそうな声があがり、音楽が始まることになった。だれが最初に演奏するのか、どの曲を演奏したらいいのかといった、楽しいすったもんだにみんなが気をとられているすきに、アンジェリークは部屋を抜けだした。表向きはドットの様子を見にいくために。ドットはヘルガが焼いた小さなレモンシードケーキをとりにいったまま、まだ戻っていなかった。だが本当の理由は、カップルになれて幸せいっぱいのカップルたち三組――お祝いのために立ち寄ったファラデー夫妻、ハーディー夫妻、マッシー夫妻――が吸っているのとはちがう空気を吸って、ひと息入れることだった。

アンジェリークは驚くほど自然にこの生活に落ち着いた。けっして楽とはいえないけど、よろこび、笑い、仕事、そして思いがけない友情に満ちている。人生で初めて、毎日のリズム、緊張以外の一貫性をもつことができた。彼女はまわりの幸福をねたんでいるわけではなかった。それは穏やかな楽観主義の雰囲気をつくってくれたから。ただ彼女はどこかで、あのような幸福がこのような度合で維持できるはずがないと思っていた。ソプラノ歌手が、純粋な高音をずっと出しつづけることができないのとおなじだ。それに高音を出しつづけると、ガラスが割れるのではなかった？　アンジェリークはハーディー艦長が好きだった。彼は真に善良で、ときどきはおもしろくもなれる。だが彼は簡単な男ではなく、デライラもけっして意気地なしではない。

アンジェリークはほほえみ、おかしくなって、ちょっと大げさに、快い安堵の身震いをした。彼女は幸運だった。男にかんするさまざまな問題に慣れて、心からほっとしていた。ありがたいことに、早々と教訓を学んだ彼女は、ときどき称賛のまなざしで見られて楽しむ以上のことをしようとは思わなかった。

アンジェリークはみんなに好かれているし、数分以上いないと、どこにいったんだろうといわれるとわかっていた。ほんのつかの間、自分が幽霊のように感じた。

アンジェリークとデライラは、いろいろなことがあったこのひと月ほど、十数人の下宿人候補者を選考するという、幸せな仕事に追われた。そのなかには、国王のご訪問のせいで、好奇心とゴシップ以外、下宿する理由がなにもない貴族もいた。デライラとアンジェリークは、爵位に興味はなかった。夕食の席にいたら楽しい人は？ 慰めと安心できる家が必要な人は？ ふたりの興味を引きつけた人は？ ふたりの基準は窓から射しこむ光のように変化したが、ふたりはいつでも意見が一致した。

いつの間にかドットがうしろにいたので、アンジェリークはぎょっとした。目をきらきらさせて、一大事のように手をもみしぼっている。

「ああ、ミセス・ブリードラヴ、いわれたとおり、ケーキをとりにいったのですが、その途中で男の方を応接間にお通しすることになって。夜がふけ、笑い声と歌声でだれにも彼のノックが聞こえなかったみたいです。行って彼と話してくださいますか？」

アンジェリークはため息をこらえた。

「どんな人なの、ドット？」

ドットは息を吸った。めずらしく、ためらっている。「どんなかというと……」でもあきらめた。「あなたとミセス・ハーディーがどんな決定をしても、わたしは彼を見たことを二度と忘れません」

そういうことなら。

ドットがその記憶を大事にするのかどうかは、わからなかった。彼女の目は心配そうだ。

アンジェリークは今度は聞こえるようにため息をついた。「お茶をもってきてくれる?」

彼女は居間のほうを見た。デライラはピアノフォルテのそばに立っている。口を大きくあけて、楽しそうにうたっている。

もし必要になったら呼びにくればいいわ、とアンジェリークは思った。彼女は応接間へと向かった。シンプルなカットの光沢のある淡金色のシルクのドレスを着た自分は魅力的で、レディに見える自信があった。

その人は暖炉のほうを向いていた。怠惰に片方のひざを曲げ、両手を火にあてている。ひょっとしたら、重たそうな印章指輪を炎がきらきら光らせるのを眺めているのかもしれない。長身。贅肉はない。流行より少し長めの黒髪だった。アンジェリークは国王の近侍よりも鋭い目でちらっと観察し、上着はすばらしいカットで、プロに手入れされているのがわかった。上等な外套がぬぎ捨てられ、反対側の長椅子に置かれていた。クラヴァットはひらひらしている。

「こんばんは、わたしはミセス・アンジェリーク・ブリ……」

言葉は喉に詰まった。

こんな目をしているのはジプシーか、魔法使いしかいないはず。ひじょうに澄んだグレイグリーン色。おもしろがっている。ひょっとしたら少しうんざりしている。

彼はアンジェリークをじっと見つめた。その目がけぶった。その表情はかすかに変化しただけだったが、その目のくすぶりは彼女のためだった。アンジェリークは、憶えているかぎり、少なくともここ十年は赤くなったことなんてなかった。こんなふうにつむじからつま先まで。

彼は手を差しだした。まるで呪いをかけようとしているかのように。

その声にもけぶる響きがあった。「きみはぼくのものをもっていると思う」

彼が指を開くと、その手のひらの上には、例のトークンのもう半分が置かれていた。

謝辞

洞察力、熱意、独特のウィットの持ち主である編集者のメイ・チェンに感謝します。すばらしい表紙の制作をはじめ、本書を読者の手に届けるためにさまざまに尽力してくれたエイヴォンの勤勉なスタッフにも。エージェントのスティーヴ・アクセルロッドと有能なスタッフにも、もちろん。そして新しいシリーズをとても楽しみにしているといってくれた読者のみなさまに、心からの感謝を捧げます。

訳者あとがき

人気作家ジュリー・アン・ロングの『忘れえぬキスを重ねて』（"Lady Derring Takes a Lover"）、お楽しみいただけたでしょうか。アメリカでは二〇一九年に出版された本書は〈パレス・オブ・ローグス〉シリーズ一作目にあたります。十九世紀前半の英国摂政時代ロンドンを舞台に、夫である伯爵に先立たれて路頭に迷いそうになったヒロインと、国王の命を受けて密輸犯の捜査に乗りだした王室海軍艦長ヒーローの、もどかしく切ないロマンスを描くヒストリカル・ロマンスです。

ヒロインのデライラは、夫の死で無一文になって空虚だった結婚生活をふり返り、これからは真実の自分で生きていきたいと強く思います。彼女は唯一相続できた建物を改装して、同志のアンジェリークとともに下宿屋を始めます。いっぽう、その建物が密輸に関係しているのでは、とにらんだ海軍艦長のトリスタンは、みずから下宿人となって潜入捜査を開始します。ぎこちない出会いをしたふたりは、相手のことをよく知るにしたがって急速に惹かれ合うのですが、どちらにもその気持ちを抑えつけなければならない理由があって……。

物語の舞台となるのは、デライラとアンジェリークがロンドンで共同経営する下宿屋〈グランド・パレス・オン・ザ・テムズ〉。女主人であるデライラとアンジェリーク、ふたりを支える使用人たち、トリスタンをはじめカラフルな下宿人たちが登場します。まるでシットコム（連続ホームコメディドラマ）のようなやりとりが愉快です。デライラとアンジェリーク、経歴も性格もまったくちがう、じつは因縁のあるふたりがしだいに友情を深めていく様子にも注目です。

あるインタビューで著者は、「下宿屋を舞台にするというアイディアはどこから？」と訊《き》かれて、こう答えています。「人はだれでも、自分の居場所を求める気持ちをもっています。そしてその家族は、血縁でなくてもいいのです。年齢も階級も性格もさまざまな人たちが、主人公の物語に彩りや刺激を与えることで、ストーリーテリングに無限の可能性が生まれます！　それにこの下宿屋は、デライラとアンジェリークにとっては、自分たちの力で輝く場でもあるのです」

自分の居場所を求める気持ち。みずからの力で輝きたいという願い。そして傷つくとわかっていても、だれかを愛さずにはいられない心。人間は本質的なところで、いつの世も変わらないのかもしれません。

胸を打つロマンスと軽妙な人間ドラマと平行して、密輸事件のミステリも存在します。トリスタンと部下たちの地道な捜査と推理のひらめきも、読みどころのひとつです。海軍艦長が密輸の取り締まりにかかわっていたのは、密輸の増加による国庫の損失増大という事態を受け、一八一六年に海上封鎖艦隊（The Coast Bockade Service：訳者による仮訳）がつくられ、海軍艦長がその長についたという歴史的背景があります。

ちなみに〈グランド・パレス・オン・ザ・テムズ〉の下宿代、週に十ポンドは、ある計算によれば現在のお金で五百七十五ポンド（一ポンド＝百三十六円の為替レートで約七万八千円）です。賄《まかな》いつきとはいえ、かなり高級な宿泊施設だとわかります。

著者のジュリー・アン・ロングは二〇〇四年にデビュー作品を出版して以来、二十二篇の長編小説と一篇の短編小説を著し、二〇一六年にはヒストリカル・ロマンス短編部門でＲＩＴＡ（リタ）賞を受賞した実力派ロマンス作家です。代表作の〈ペニーロイヤル・グリーン・シリーズ〉完結後、音楽をモチーフにしたキュートなコンテンポラリーのシリーズをはさんで発表された本作『忘れえぬキスを重ねて』は、ファン待望のヒストリカル・ロマンスへのカムバック第一作です。

◉訳者紹介　高里ひろ（たかさと　ひろ）
上智大学卒業。英米文学翻訳家。主な訳書に、トンプソン『極夜　カーモス』『凍氷』『白の迷路』『血の極点』（以上、集英社）、ヴィンシー『不埒《ふらち》な夫に焦がれて』、ジェイムズ『折れた翼』、シェリダン『世界で一番美しい声』（以上、扶桑社ロマンス）、ロロ『ジグソーマン』、クーン『インターンズ・ハンドブック』（扶桑社ミステリー）他。

忘れえぬキスを重ねて

発行日　2020年9月10日　初版第1刷発行

著　者　ジュリー・アン・ロング
訳　者　高里 ひろ

発行者　久保田榮一
発行所　株式会社 扶桑社
〒105-8070
東京都港区芝浦1-1-1　浜松町ビルディング
電話　03-6368-8870（編集）
　　　03-6368-8891（郵便室）
www.fusosha.co.jp

印刷・製本　図書印刷株式会社

Printed in Japan
ISBN978-4-594-08577-3　C0197